双葉文庫

越境捜査

笹本稜平

越境捜査

第一章

1

鷺沼友哉《さぎぬまともや》は口に溜まった鉄錆《てつさび》の味の唾液を吐き出した。常夜灯の光を浴びて、それはほとんど血の色に見えた。奥歯が一つ、明るい音を立てて突堤の上を転がった。

頭上から冬の星空が覆い被さってくる。故郷の山梨の空とは比べ物にならないが、それでも今夜は空気が澄んでいるのか、その瞬きがやけに賑々《にぎにぎ》しい。コンクリートの冷たさが、薄いコートの生地を貫いて背中に浸透する。

傍らで汽笛が鳴った。その方向に顔を向けると、首根っこの筋肉にまるで力が入らず、カボチャでも転がるように頭がごろりと四分の一回転した。

目の前の本牧沖を、航海灯を点《とも》した大小の貨物船が数珠繋ぎになって東京湾口に向かうのが見える。

今度は反対側に頭を転がしてみる。ライトアップされた横浜港シンボルタワーが、地面から生えた巨根《シンボル》のように夜空に白々と浮かんでいる。

現在地および自分の置かれている状況を思い出す。場所は本牧埠頭D突堤のほぼ先端。シンボルタワー周辺の公共緑地からだいぶ離れた、日中でも人気のまばらな一角だ。

三人の男に襲われて、ぼこぼこにヤキを入れられた。全員が目出し帽を被り、口は一言も利かなかった。

地元のいかれたガキどものオヤジ狩りかと最初は思ったが、抵抗するうちにそんな手合いではないことに気がついた。

鷺沼は柔道は黒帯だし、実戦的な捕縛術の訓練も受けている。頭数で勝るとはいえ、それをほとんど一方的に叩きのめした連中が素人のはずはない。

堪えがたい痛みが正確なリズムで頭蓋を連打する。心臓が頭のなかに引っ越してきた気分だ。連中に殺す気がなかったのは、自分が生きてここにいる事実が証明している。そうしたければできたはずなのだ。すぐ横手には死体が浮かぶのにちょうど手ごろな海がある。

十四年前のいま時分もこの海に男の死体が浮かんでいた。いわゆる迷宮入りの事案で、あと一年足らずで時効を迎える。犯人に至る手がかりはいまもほとんどない。

殺されたのは警視庁捜査二課が追っていた巨額詐欺事件の被疑者、森脇康則《もりわきやすのり》。登山ナイフ様の刃物で胸部を刺されていた。肺のなかに海水はなく、死後海中に投棄されたものと推定された。

遺体を発見したのは突堤で夜釣りをしていた付近の住民で、潮の流れの関係か、護岸の裾に襤褸《ぼろきれ》布のように纏《まつ》わりついて浮かんでいたという。

犯人に結びつく遺留物は、握りしめた手のなかに残されていた、本人のものとは血液型の異なる頭髪数本だけだった。殺害されたとき、揉み合うようなかたちになって、犯人から抜き取ったものと思われた。

神奈川県警からの通報を受けて、警視庁は二課と一課の混成による捜査本部を立ち上げた。一課からは鷺沼の班が動員された。

遺体は、警視庁にとっては重要指名手配中の被疑者の身柄で、神奈川県警にとっては息子のように可愛い自分のシマのホトケだった。捜査面とは別の理由で、厄介な事案だというのが桜田門と県警双方がそのとき抱いた実感だった。

各都道府県の警察本部がそれぞれの縄張りを取り仕切るのが日本の警察の営業スタイルで、そこは商売敵の暴力団とよく似ている。組織上は警視庁も他の道府県警同様、警察庁の指揮監督下にある一警察本部にすぎない。警視庁という名称も明治以来の伝統というだけで、本来なら東京都警察本部で済むはずなのだ。

しかし実態は首都を預かる重責から予算も人員も別格で、そのうえ名称まで別扱いとなれば、他の道府県警の羨望と妬みの的となるのは当然だ。

縄張りを接する首都圏の警察本部のなかでもとくに伝統的に対抗意識が強いのが地域ナンバー2の神奈川県警で、警視庁との犬猿の仲を自他ともに認めてはばからない。

案の定、県警側は遺体の引き渡しを拒んだが、桜田門にしても退くに退けない。

発見現場の周辺に人が争った痕跡はなく、殺害場所は特定できなかった。どこか別の場所で殺されて、発見現場まで運ばれて遺棄されたのかもしれないし、あるいは別の場所で遺棄されて、潮流に乗って漂着したのかもしれない。だとすれば、桜田門としては素直にホトケが県警のものだと認めるわけにはいかない。

インサイダー情報を餌にした巨額詐欺事件の地下茎は政界にまで達している疑いがあり、森脇はその全容を解明するための唯一の糸口だった。その森脇が口の利けない存在に成り果てた以上、彼を殺害した犯人を検挙しないことには、事件の核心への道筋は描けない。森脇が被害者から直接受け取ったとされる総額十二億円の札束が入ったスーツケース四個の行方も杳《よう》としてわからない。

遺体発見と同時に始まった熾烈な綱引きは、警視庁刑事部長と県警本部長の直談判でも埒《らち》があかず、仲裁に入った警察庁の裁量で、桜田門と県警の合同捜査という体裁をなんとかとり繕った。しかしそれもけっきょく名目倒れに終わり、実態は一人の死人を巡って二つの警察本部がそれぞれ勝手に捜査本部を立ち上げるという前代未聞の変則態勢となった。

主導権は遺体を押さえた県警が握ったかにみえたが、桜田門も嫌がらせの点では抜け目がなく、森脇に関するそれまでの捜査資料をひたすら出し渋った。

一方現場周辺での聞き込み捜査では県警の分厚い布陣に圧倒され、急遽乗り込んだ桜田門の捜査チームが手に入れたのは愚にもつかない屑情報だけだった。鑑識作業中の現場では部外者扱いされ、鑑識報告書や死体検案書が桜田門に届いたのは、遺体が発見されてから一ヵ月も経ったころだった。

双方ともに片翼を欠く捜査態勢でまともな成果が上がるはずもなく、どちらの捜査本部も数年後には店仕舞いして、事件は継続捜査扱い——別名「迷宮入り」のファイルに綴じられて十有余年の歳月が過ぎた。そんな経緯を思い起こせば、きょうの襲撃の背後にあるものがなんとなく透けてみえてくる。

鷺沼はこの秋、一課の殺人犯捜査六係から同じ課内の特別捜査一係に移ってきた。春に配属になった尻に青みの残るキャリアの管理官とそりが合わず、捜査方針を巡って派手な衝突を繰り返した。その結果、共通の上司に当たる参事官が「双方の将来を慮《おもんぱか》って」欠員のあった特捜班へ鷺沼を配転することに決めたのだ。

一課の華である殺人班から継続捜査担当の特捜班への異動を同僚たちは左遷とみた。鷺沼本人も不快感は抱いたが、管理官との軋轢はピークに達していた。そんな環境から逃れられることに安堵する思いがむしろ勝った。

継続捜査担当といってもそこはおおむね建前で、特捜班も重要事件が多発すれば前線の帳場（捜査本部）へ駆り出される。捜査一課の飯の種はあくまで出来たての殺人や誘拐といった凶悪事案で、一見閑職にみえる特捜班は予算獲得上の理由でつくられた殺人班の別働隊の意味合いが濃い。

だからといって形式上のノルマがあることに違いはなく、手が空いているときは迷宮入りの事件の洗い直しで暇を潰すことになる。

着任早々駆り出された強盗殺人事件の帳場がお開きとなり、本庁へ戻ったとたんに係長からアリバイづくりの暇ネタを一つ選べと申し渡され、埃を被ったファイルの山から引き出したのが、かつて自分が手がけた森脇康則殺害事件だった。

とくに執着があったわけではない。被害者は同時に悪質な詐欺事件の被疑者であり、世間の同情は皆無に等しい。発生当時の諸事情から考えても、事件解決の見通しはほとんど立たない。つまり迷宮入りのまま時効を迎えても、まず非難を浴びる心配がないわけで、暇潰しにはまさに絶好のネタなのだ。

再捜査開始の挨拶を兼ねて神奈川県警に状況を問い合わせると、先方はすでに時効待ちを決め込んでいる様子で、刑事同士にしかわからない微妙なニュアンスの隠語を駆使して、余計なことはしてくれるなという意向を伝えてきた。

ほじくり出されると困る事情があるような気がした。観測気球のつもりで捜査資料の提供を求めると、古い話でファイルの所在すら不明だとしらばくれる。

県警内部に個人的な伝手《つて》がなくもない。その線から押してもらえば事態打開の可能性は高いが、鷺沼自身、そこまで積極的な思い入れはない。県警にとってもお宮入りの事件で、資料の中身にそもそもさしたる期待が持てるわけでもない。

協力は拒否されたにせよ、こちらからは仁義を切ったものと勝手に解釈して、先週あたりから十四年前の勘を呼び戻そうと頻繁に多摩川の橋を渡るようになったら、さっそく送り狼がついてきた。

尾行技術は警察のマニュアル通りで、技量は稚拙としか言いようがない。公安ではなく刑事畑だろうと直感した。彼らのシマで鷺沼がなにをしようとしているのか、県警の一部によほど気になる人間がいるらしい。

ゆっくりと上半身を起こす。脇腹と背中にメガトン級の痛みが走る。思わず声を上げるが、周囲には反応する人の気配も犬猫の気配もない。

「現場百遍」の格言に従って、遺体発見時とほぼ同時期の同時刻を選んでここにやってきた。半ばは仕事をしているふり、半ばは心のなかで風化した事件に新たに活を入れようという思惑だった。

この手の事件で十四年の歳月は永劫に等しい。周囲の景観に変化はなかったが、新たなヒントもむろんなかった。蘇ったのは事件当時の県警との軋轢の記憶だけだった。敵の尾行技術の拙劣さにこちらも気が緩んでいたのだろう。潮騒と夜陰に紛れて接近してきた彼らの気配に気づかなかったのはうかつだった。自分一人を狙い定めたように大黒埠頭の方向から吹いてくる氷のような寒風に身震いしながら、今度は腕と足を一本ずつ動かしてみる。

節々がひどく痛みはするものの、骨が折れているような感覚はない。分が悪いのを察知して、早めに抵抗を止めて素直に気絶してやった。そのせいでダメージは意外に軽く済んだらしい。

ポケットから煙草とライターを取り出して、コートの襟を風除けにして火を点ける。深々と一服吸い込んだ。穏やかな眩暈《めまい》がやってきて、絶え間ない頭痛の波状攻撃をわずかに沈静してくれた。生きた心地というにはほど遠いが、胸に刺さった古釘のような敗北感がいくらかは癒された。

時計を見ると午後九時を回っていた。護岸のコンクリートで煙草を揉み消して、よろめきながら立ち上がる。車が無事なことを願いながらシンボルタワーの駐車場に向かう。

日中でも閑散としているタワー前の緑地を、師走のこの時刻にこの寒空の下、歩いている物好きは鷺沼一人のようだった。

この件については泣き寝入りするしかないだろう。やったのが県警内部の人間なら、被害届を出したところでまともな捜査は期待できない。

警視庁捜査一課の刑事が管内で暴漢に袋叩きに遭ったという噂は県警全体に広まって、さらに派手な尾鰭をつけて多摩川を飛び越えて、はるか桜田門まで達するだろう。落とし前は別の機会につけるしかない。

刑事の足は電車かタクシーと相場が決まっているが、お宮入り事件の捜査に人員は割けない。この事案でも当面動くのは鷺沼一人で、そのぶん行動の自由度は高い。きょうも会社（警視庁）へは現場直行ということにしておいて、午後遅くにマイカーで家を出た。

久しぶりに転がす車の調子をチェックしながら、湾岸周辺をひとしきりドライブし、浦安のレストランで晩飯を食い、その足で本牧埠頭へやってきた。実態はほぼ無届けの有給休暇といっていい。

やはり悪いことはできないもので、駐車場に停めておいたスカイラインのタイヤはご丁寧に四輪とも刃物で切り裂かれていた。

やけに背丈の低くなった愛車の横で、タイヤの交換費用を頭で計算しながら、携帯でJAF（日本自動車連盟）のロードサービスをコールした。

2

翌日も会社には直行だと電話を入れておいた。さらに神奈川県警の奥の院にいる知り合いに電話を入れてアポをとり、また一眠りして、午後一時過ぎに柿の木坂の自宅マンションを出た。

昨夜、ＪＡＦの作業員とガソリンスタンドの従業員を気味悪がらせた右の眼窩から顎にかけての青痣は、きょうになってさらに色味を濃くしていた。大きめのキャップを目深に被り、顎が隠れるようにマフラーを重ね巻きして、途中の交番で職務質問されないかと冷や冷やしながら、徒歩で東横線都立大学駅に向かった。

自由が丘で急行に乗り換え、東横線と直通するみなとみらい線の馬車道駅で下車したのが午後二時少し前。万国橋通りを海側に向かってぶらぶら歩く。

道を跨いだ第二合同庁舎前の歩道をジャンパー姿の男が一人、こちら側の歩道の後方をしょぼいトレンチコート姿の男が一人、つかず離れず歩いている。送り狼はきょうもなかなかの勤労ぶりだ。

海岸通りに出て、横断歩道の信号が変わるのを待つ。昨夜来の寒波はこの日も健在で、空は抜けるように青いが、ビル街を吹き抜ける空っ風もまた強烈だ。盛りを過ぎたイチョウ並木の黄色の葉が、西日に光って目の前をひらひら舞い落ちる。

背後の男も立ち止まって近くのショーウィンドウを覗いているが、並んでいるのは海外ブランドのスカーフやら香水やらで、煤《すす》けたコート姿の中年男が興味を持つ品物とは思えない。

信号が変わった。横断歩道を渡り、海側の歩道を元町方向へ歩き出す。背後の男は渡らずに、そのまま元町方面へ向かっていく。

先に信号を渡っていたジャンパー姿の男が替わって背後に張りついた。警察学校の実習でよほどいい成績を修めたのだろう。尾行術の基本にあくまで忠実で、こちらの読みを決して裏切らない。

正面にギリシャ風の列柱を配した重厚な趣の横浜郵船ビルの前を通り過ぎる。その一つ先に、背丈は高いが印象はセブンスターのパッケージ並みに軽い県警本部庁舎が虚勢を張るように突っ立っている。足を速めて正門前に立っている警衛の制服警官に背後の尾行者を目顔で示す。

「すいません。おかしなやつに追われているんです。銃を持ってるかもしれない」

「は？」

警官は空とぼけた声を返す。猜疑心を滲ませた三白眼が、怪しいのはおまえのほうだと言っている。さらに怯えた声をつくって言い募る。

「この顔を見てくださいよ。昨夜、あいつらにやられてね。次は殺すって脅されたんです。どうか助けてくださいよ」

「あのねえ。県警本部じゃ、そういう細々した事案は扱わないんだよ。近くの交番か警察署に相談してみたら」

警官は道端で借金取りに出くわしたような困惑顔をしてみせる。警察にとっては死体こそが大事なお客様で、まだ殺されていない人間には極端に冷たいものなのだ。鷺沼は意識して声を荒らげた。

「ああ、そうなの。じゃあ、おれがここで殺されたら、あんたどう責任とるのよ。新聞に書きたてられるよ。不祥事のメッカ、神奈川県警がまたも大失態。県警本部の目の前で起きた予告殺人を警衛の制服警官が見て見ぬふり――」

「わかったよ。あんたここにいて。いま話を聞いてくるから」

不承不承警官は、少し離れた歩道に立ってこちらを窺う尾行屋に歩み寄る。鷺沼はそのまましらばくれて正門をくぐり、広場を突っ切って本部ビルのロビーに滑り込んだ。

「よお、久しぶりだな――」

入り口近くのベンチから立ち上がり、気さくに声をかけてきたのは県警警務部監察官室長の韮沢克文《にらさわかつふみ》だ。時計を見ると約束の午後二時ちょうど。先にロビーに下りて待っていたらしい。そんな律儀さがこの人物らしい。青痣のできた顔を覗き込み、韮沢はにんまり笑う。

「相変わらず血の気の多い暮らし向きのようだな」

「この面相のいわれについてはあとでじっくり説明します。きょうの用件がそれに関係してるんで——」

そんな前置きをしているところへ、先ほどの制服警官が駆け寄ってきた。

「おまえ、いい加減なこと言うんじゃないよ。あれはうちの所轄の刑事だろうが。悪いことしたのはおまえじゃないのか。刑事に尾行されて警察本部へ逃げ込むとは、なかなかいい度胸してるじゃないか」

そこまで毒づいたところで、立ち話の相手に気づいたらしい。警官は慌てて直立姿勢をとった。

「こ、これは失礼いたしました、韮沢警視正。じ、じつはこの人物が——」

「ああ、おれの客人だよ。警視庁捜査一課の鷺沼警部補だ。なんか用なのか?」

韮沢は鷹揚に声をかける。

「い、いや、その、あの——」

しどろもどろに応じながら、警官は背後を振り返る。玄関ドアの向こうで尾行屋が目配せしている。黙って引き下がれという合図のようだ。

「そ、その、つまり、これは自分の誤解であったようでありまして。いや、まことに失礼をば――」

警官は額にたっぷり汗を掻いて、二足歩行ロボットのようなぎごちない足どりでその場を去った。

警察官の素行を監督し、必要なら懲罰も下す警察のなかの警察――。警務部監察官室長の肩書は、どこの本部でも大方の警察官から疎んじられる。それゆえその威圧度も他の部署の警視正クラスの比ではない。

韮沢の気さくな性格がそれを中和しているからまだしもで、そうでなければ彼の周囲二〇メートル以内に立ち入ろうとする警官は、少なくともここ神奈川県警本部にはいないだろう。

警視正への昇進に伴って韮沢が警視庁から警察庁へ移籍したのが三年前。ノンキャリアの警察官ではそうざらにない昇進だ。地方警察採用の警察官の階級は警視が上限で、警視正への昇進となれば自動的に地方公務員から国家公務員、すなわち警察庁職員への移籍を伴う。本庁の席を温めたのは一年だけで、韮沢は翌年には神奈川県警の監察官室長に横滑りした。

十四年前には警視庁捜査二課の係長として森脇康則の詐欺事件を担当していた。本牧の突堤で森脇の死体が発見されてからは、一課と二課の寄り合い所帯の捜査本部で同じ釜の飯を食った。鷺沼はまだ二十七歳の新任の巡査部長で、韮沢は四十をわずかに過ぎた気鋭の警部。しかし階級と年齢の壁を越えて二人は妙にうまがあった。

「昼飯はまだなんだろう。おれも食いそびれてたんだ。中華街まで足を延ばそうや」

昔もいまも変わらない鷺沼のずぼらな生活パターンを見透かしたように、韮沢が誘いをかけてくる。その点はかつての韮沢も同様だった。食事は仕事の成り行き次第で、食えるか食えないかは事件に聞いてくれというようなものだった。身分の上では雲上人《うんじょうびと》に変わっても、仕事と向き合う姿勢まで変わる男ではない。

「図星です。お邪魔した目的の半分はそっちのほうでして」

人間の体は身勝手にできているもので、そんな軽口で応じたとたんに腹の虫がうるさく鳴き出した。

「抜け目がないのも相変わらずだな」

脇腹に軽く拳を入れて、韮沢はエントランスに向かって歩き出す。ほんの少し触られた程度でも、昨晩痛めつけられた腎臓《キドニー》にずきりと響く。

そんな気配はおくびにも出さず、しゃちほこばって突っ立っている先ほどの警衛に片手を上げて挨拶しながら、足早に正門を抜けていく韮沢の背中を追った。

県警本部前の路上でタクシーを拾い、連れて行かれたのは大店の並ぶ中華街大通りから横手に入った香港路という窮屈な路地だった。小さいが美味い店が集まっているという。昼飯時は行列ができて、どの店もそう簡単には入れないらしい。

幸いこの時間帯はどこも空いていたが、韮沢はなかでもことさら小さい地味な店を選んだ。内部も丸テーブルが五卓ほどの狭いスペースだ。

「ここの広東料理が、おれが知ってるなかで一番だ」

そう太鼓判を押す韮沢が、かつて食通だった記憶はかけらもない。しかし警視正ともなると、そのあたりの教養も必要になるのかとついその顔を見返した。

以前より皮下脂肪がついて、えらの張った顎が丸みを帯びている。やや後退した頭髪と太い眉にはだいぶ白髪が目立ってきた。警視庁時代と比べればスーツの仕立ては格段にいいが、胴回りはそのころより一回り太めにみえる。

質より量、味わうよりスピードというかつての韮沢の食事の原則がことさら変化したとは思えない。しかしフカヒレやらアワビやらの高級食材を使ったそこの料理は、その言にたがわず絶品であるうえに値段も手ごろだった。

「そんなわけで、韮さんのお知恵をお借りできないかと――」

空きっ腹にはやや贅沢すぎる料理に舌鼓を打ちながら、鷺沼は再捜査を開始してからの、県警からとおぼしい嫌がらせのあらましを説明した。

「さっき庁舎の玄関にいたやつなら、おれも知ってるよ。今年の春に港北署の刑事課へ異動したんだが、それまでは本部の捜査一課にいた。じつは素行不良でおれが飛ばしたんだ。妻子ある身で本部勤務の婦警と不倫をやらかして、妻が逆上して刃傷沙汰寸前まで行っちまった」

韮沢は手元の鉄観音茶を美味そうに飲み乾した。その茶碗に新しい茶を注ぎながら鷺沼は問いかけた。

「そいつがどうして私を付け回してるんです?」

「県警にはあの事件に関わった連中がまだいくらもいる。そいつらが過去に触れられるのを嫌っている可能性があるな」

「ということは、県警内部の特定のグループが組織的に関与していると――」

その問いには直接答えず、韮沢はテーブル越しに顔を寄せてきた。

「知ってのとおり、うちはいまや不祥事のデパートと化している。おれの着任前の覚醒剤使用揉み消し事件に始まり、飲酒運転、盗撮、痴漢、万引き、補導実績の水増しと、世間を騒がせる事件が引きも切らない。釣りがしたくて警察手帳を使って米軍基地に立ち入った馬鹿もいるし、勾留していた女性被疑者の釈放後に出所祝いで飲食した馬鹿もいる」

「不祥事というより、大半が犯罪ですよ」

鷺沼は同情の意を込めて大きくため息を吐いた。韮沢も返礼のようにため息を吐く。

「警察官も人間だ。なかには悪いことをするやつもいる。新聞ネタになるのは神奈川だけの話じゃない。だからってここまで賑やかなところもそう多くはない」

「それを取り締まる仕事ですから、やりがいがあるでしょう」

挑発するように言うと、韮沢は苦々しげに口の端をひん曲げた。

「冗談じゃないよ。いまは後手後手に回って、世間に頭を下げるのが仕事の大半だよ。しかし、ここまで不祥事がマスコミに報道されるようになったのは、状況がいくらかは改善された証左でもある。内部に隠蔽されるよりは、表に出るほうがまだましだろう」

「それは韮さんのご尽力で？」

「中央から地方まで、不祥事を隠蔽する体質は警察組織に特有のものだ。一朝一夕には変わらない。多少は風穴を開けたつもりだが、そうなると市民の風当たりは逆に強まる。膿を出しきるまでは前途多難だよ」

韮沢は肩の凝りをほぐすように太めの首をぐるりと回す。言葉のうえでは慨嘆しながら、その瞳に宿す炎のような光を感じて、鷺沼もまた力を得たような気分だった。期待を込めて問いかけた。

「私にちょっかいを出している連中の狙いを、韮さんはなんとみます？」

「十四年前の捜査では、県警からはほとんど成果が出なかったのを覚えているだろう。しかし警視庁サイドも、解明した事実は県警に漏らさなかった」

「つまり県警も警視庁と同じように――」

「空振りを装って、じつはなにかを握っていた。そうも考えられるだろう」

「我々のほうには匂いさえ漏れてこなかった。つまり県警内部で緘口令《かんこうれい》が敷かれていた可能性があると？」

「ああ。じつはこちらへ赴任した直後、個人的にも興味があって、公式にファイルされている捜査資料を閲覧したんだ。聞き込み証言やら鑑識報告やら、量は膨大だが犯人に結びつく糸口は一切なかった。まるでそういう要素をきれいさっぱり掃除したように」

　韮沢はデザートの杏仁豆腐を口に運んだ。頭のなかがざわめくのを感じた。

「消えた十二億円に関しては、すでに時効が成立してますからね」

「刑法上の時効が七年、民法上の請求権も十年で消滅する。森脇康則以外の人間に渡っていたとすれば、いつでも大手を振って札びらを切れる」

「仮定の話ですが、当時の捜査関係者が内緒でそれを発見していたとしたら？」

「口を閉ざして時効の成立を待つ——。その誘惑に抵抗できるかだな」

「私は自信がありません」

「おれだって当てにはならん。人間の欲望の限度というのは、身の安全との天秤で決まるもんだ。詐取された金は当時のバブル紳士たちのあぶく銭で、掠め取ったほうも罪の意識は薄い。もし隠蔽が可能な状況にいたら——」

　自分にも確信がないと言いたげに韮沢は首を振った。そんな率直さが韮沢の持ち味で、二課の刑事だったころは、贈収賄や詐欺事件の取り調べで、情にほだされて落ちる被疑者が少なからずいたと聞く。

「県警内部に話を聞かせてくれる人間はいませんかね。形式張った聴取じゃなくていいんです。雑談のついでにちょっとしたヒントをもらえれば」

「十二億円ネコババ説はあくまで憶測だ。単に当時の県警が無能だったということもあり得る」

韮沢は用心深く前言の修正を試みる。鷺沼はそこを一押しした。

「もちろんです。その辺をまず押さえておきたいんです。警視庁サイドの資料から追えるのは、森脇が十二億円入りのスーツケースを携えて行方をくらますまでの足どりだけで、共犯者がいたという状況証拠も出ていない」

「ああ。二課は一貫して単独犯行の見通しで動いていた。詐欺のような頭脳犯罪は仲間割れからぼろを出すことが多い。それがないから身柄拘束に手間どった。そのあいだに──」

「森脇はホトケになって本牧の海に浮かんじまった」

「二課にとっては手痛い失態だったよ」

「私にそのリベンジをさせてください」

「馬鹿に熱心だな。いまさら掘り起こそうにも、関係者の記憶も物証も砂漠の廃墟のように風化しているぞ」

「この青痣とタイヤ四本の代金——。理由はそれで十分です」

その説明で十分だとは、むろん鷺沼も思っていないが、体の奥に湧き出した妙に熱っぽい気分を説明するのは困難だった。

まんまと十二億の現金をせしめてのうのうと暮らしている連中がいるかもしれない。札束は帯封つきの真空パックで、銀行からの情報で警視庁は連番を把握している。普通には使いにくいタイプの金だ。まだ手つかずの可能性だってある。

韮沢も暗に認めるように、スーツケース四個分の万札の山を思い描いて心が乱れるのは、許容されてしかるべき人間的感情だろう。

「探ってみるよ。なにもないんなら隠し立てする理由はない。情報を開示したがらないようなら、そこになにかがあるということだ。県警の裏金として丸呑みでもされていたら、まさに前代未聞の不祥事だ」

ありえなくはないというように、韮沢は表情を引き締めた。

3

韮沢とは中華街で別れ、森脇と横浜を結びつける唯一の接点——妹の三上真弓《みかみまゆみ》の自宅がある磯子《いそご》へ向かった。

三上真弓とは十四年前に何度か会っている。兄の森脇康則の遺体が発見されてまもなくのことで、愛宕警察署に設置された捜査本部から、はるばる鑑《かん》（加害者や被害者の人間的な繋がり）捜査に出向いたときだった。

三上邸は磯子台の高台にあり、夫の三上恭司《きょうじ》と三歳になる一人息子の家族三人で暮らしていた。そのころ入居したてだった新築の家は、まだ木の香が新鮮で、生活の匂いが浸透するには時間がかかりそうだった。

事件当時、捜査二課が二ヵ月近くにわたる張り込みを行なったが、けっきょく森脇は現れず、代わりに冬の本牧の海に物言えぬ身となって浮かんだわけだった。

港区で不動産業を経営する古河正三《ふるかわしょうぞう》という人物が、株式の購入代金十二億円を詐取されたと愛宕警察署に訴え出たのは、森脇の遺体が発見される二ヵ月前のことだった。被害届を受理し、株取引を装った巨額詐欺事件として立件可能とみて捜査二課が動き出した。そのとき捜査を担当したのが韮沢の班だった。

ところが被害者の古河から事情を聴くうちに、別の疑惑が浮上してきた。森脇を介して彼が買おうとしていたのは、三興メモテックという半導体製造装置メーカーの株だった。そのころの三興株には、投資家が食指を伸ばすような勢いはなかった。十二億という大枚を投じて買う理由がはっきりしない。

仕手戦を仕掛けるなら市場で派手に買い進めなければ意味がない。三興の大株主の持ち株となると当然市場に出回らない安定株で、それを森脇の仲介で入手しても、市場への波及効果は期待できない。しかも当時の三興の株価と照らし合わせて、その買値はあまりに割高だった。

韮沢たちはそこに胡散臭い匂いを嗅ぎとった。問い詰めると、古河は開き直ったように真相を語った。十二億円の資金は、森脇が持ち込んだ儲け話を信用し、自分の人脈を通じてあちこちから募ったものらしい。つまり古河はまとめ役にすぎなかったわけだった。

森脇の話はこうだった。三興メモテックが画期的な半導体製造装置の開発に成功した。それが市場に投入されれば、コンピュータ用メモリとして需要の高いDRAMの生産性が今後十数倍に向上し、世界の半導体業界に一大革命をもたらすはずだ。三興株はいまは底値だが、発表と同時に急騰する。しかし公開市場で買い進めれば、それに反応して株価が上昇して旨味がない。

ところがそこにうまい話があって、三興の創業以来の大株主が自社の経営に行き詰まり、持ち株を大量に売りたがっている。そちらも公開市場での売却による株価下落を嫌い、非公開の相対取引を望んでいる。

新技術開発の情報はその株主も承知しているが、資金繰りは逼迫しており、発表まで待ってはいられない。ついては今後の株価の上昇を見越して、現在の相場の一割増しで売却する用意がある。

新技術の発表は三ヵ月後を予定しており、その時点で株価は一挙に跳ね上がる。このチャンスを逃す手はないと、森脇は言葉巧みに古河に売り込んだ。

森脇はハーバード大の経済学修士号を取得しており、かつては大手証券会社のやり手営業マンで、いまは投資コンサルタントとして活動し、内外の一流企業とのあいだに太いパイプをもっているという触れ込みだった。

じつはその事件以前にも、いわば様子見で古河は数千万円規模の投資話に何度か付き合って、悪くない利ざやを稼いだらしい。それが森脇を信用した最大の理由のようだった。

森脇の話が真実で、かつ売買が実際になされていれば、それは明白なインサイダー取引で、証券取引法に違反する。しかし実際には売買は行なわれなかった。

インサイダー取引に未遂罪はない。三興メモテックに捜査員が出向いて事情を聴いたところ、新技術うんぬんの話もでたらめだった。その事案に限って言えば、インサイダー取引の罪状が成り立たないのは明らかで、古河は詐欺被害者以外の何者でもないことになる。

古河本人が出資したのは一億円ほどだった。信義の問題だとして古河は残りの資金の出資者の名を明かさなかった。韮沢たちは雲隠れした森脇の行方を追う一方で、古河という男の身辺も洗い出した。

古河の表看板は不動産業で、新橋界隈に所有する数棟のビルの賃貸と、土地建物の売買の仲介を生業としていた。しかしその十年ほど前まではやり手の総会屋として鳴らし、人脈は与野党の大物政治家から大手企業の経営者、広域暴力団の組長クラスにまで及んでいた。

銀行の口座には数千万から億単位の金の出入りが頻繁にあり、入金先や振込先には、得体の知れない政治団体や広域暴力団のフロント企業が名を連ねていた。

さらに過去の株の売買記録を調べると、非公開の相対取引が目立って多かった。しかも購入した株が直後に高騰したり、売却した株が急落したりという不審な傾向がしばしばみられた。

古河は自らの人脈を利用してインサイダー情報を収集し、それを材料に金に目のない闇紳士たちから集めた資金を投資して、株価が上昇したところで売り抜いて大きな利益を上げていた——。そんな構図が浮上した。それを知って森脇は古河に接触し、まんまと騙して逃げおおせたわけだった。

森脇の捜索は難航した。そもそもが得体の知れない人物で、大手証券会社に勤務していたというのもハーバード大に留学したというのも真っ赤な嘘だった。

古河が伊豆稲取にある別荘で、銀行から引き出してきた真っさらの十二億円を手渡したのが死体が見つかる三ヵ月前。過去のインサイダー取引の発覚を惧《おそ》れて、古河はほぼ一ヵ月悩んだ末に警察に被害を届け出たわけだが、その時間的ロスは捜査面からみれば致命的だった。

株券の現物は翌日届けるという約束だったが、丸一日待っても森脇は姿を見せず、電話一本寄越さない。こちらから電話を入れても、その番号は使われていないという電子音声が応答するだけだった。携帯にかけても通じない。古河は青ざめた。

翌日、品川にある森脇の事務所を訪れると、二日前にすでに引き払われており、物件を扱っている不動産屋も転居先は知らないとのことだった。

現金入りのスーツケース四個を積んで走り去った車のナンバーを古河は記憶していたが、伊豆周辺から首都圏にかけてのNシステム（自動車ナンバー自動読み取り装置）を当たっても、そのナンバーは一件もヒットしなかった。

十二億円もの現金を、森脇という得体の知れない男に預けたうかつさについて、古河はこう釈明したという。

自分としては不正はやっていないつもりだが、あらぬ疑惑を招けば顧客の社会的信用に瑕がつく。そのため機密の保持は自分のビジネスの要諦で、契約書や証文のたぐいは一切残さず、現金や株券の受け渡しも人里離れた別荘で行なうのが常だった。巨額の利益を生むビジネスにリスクは付きもので、相手を信用して大金を先渡しするケースは決して珍しくはなかったと――。

裏の世界は表の世界以上に信義を尊ぶ。そこではいわば命が証文だ。千万単位の金を掠め取られたことは過去にも何度かあったらしいが、その程度の損失を埋め合わせる資金的余裕は担保していたし、頼めば警察に代わって決着をつけてくれる強面の人脈にもこと欠かないようだった。

とはいえ十二億円となれば話は別だ。自己資金で埋める目処は立たないし、その筋の人間に取り立ててもらおうにも森脇の居どころがわからない。思い悩んだあげく、清水の舞台から飛び降りる思いで警察に届け出たというのが真相らしかった。

この一件ではインサイダー取引は未遂に終わり、運悪く過去の悪事が発覚しても、罰則は三年以下の懲役か三百万円以下の罰金だ。大枚十二億の損失とは比べるべくもないという計算が働いたのは明らかだ。

しかしそんな虫のいい話が通るほど世間は甘くない。森脇逮捕の見通しは立たず、自らへの疑惑は深まるばかり。名目は十二億円詐取の被害者としての任意の事情聴取だが、韮沢たちの追及は執拗だった。

森脇の件に関しては、インサイダー情報に基づくものだと古河ははっきり認めた。しかし韮沢たちにとってはそれでは不十分だった。売買が成立しなかった以上、それについては立件できない。過去のインサイダー取引疑惑に関しては、古河は一貫して否認した。

韮沢たちも決め手を欠いた。あるのはいかがわしい匂いのする株売買の記録と、いかがわしい闇紳士たちとの交際を示唆する入出金の記録だけ。ほとんど気配といった程度の状況証拠では、逮捕状の請求など論外だった。

韮沢たちは古河の追及をいったん断念し、森脇の捕捉に全力を傾けた。過去何回か森脇の話に付き合って、満足の行く利益を上げたと古河は供述した。当然それはインサイダー取引だったはずで、森脇を逮捕し、余罪を追及すれば突破口は開ける。そこから古河を突き崩せば、政財界から広域暴力団まで、インサイダー情報の甘い蜜に群がる闇紳士たちを一網打尽にできる。

しかしその目論見はあえなく破綻する。韮沢たちが事情聴取の継続を断念した数日後、稲取の別荘で古河は首を吊って死んだ。別荘のゴミ焼却炉からは灰と化した大量の紙の束が発見された。闇商売の内幕を記録した裏帳簿だと考えられた。

けっきょく古河は自ら墓穴を掘った。十二億円という破格の損失によって魔が差したのだろう。慌てて被害届を出したのが運の尽きだった。疑惑が自分たちの身辺に及ぶことを惧れた闇紳士たちに詰め腹を切るように迫られた――。古河は遺書を残さなかったが、韮沢たちは自殺の動機をそう推測した。

最後の突破口だった森脇の死体が本牧の海に浮かんだのは、韮沢たちがその身柄の拘束に全力を傾け出した十二月中旬のことだった。

4

三上真弓の自宅のある磯子までは、石川町からJR根岸線で三駅目。韮沢との親密さをたっぷり見せつけてやったせいだろう。車内に送り狼の姿は見えない。監察官室長の威光による虫除けスプレー効果がいつまで続くかわからないが、当面は行動の制約が外れるとみてよさそうだ。

真弓は森脇とは二歳違いの妹で、事件当時は二十九歳。夫の三上恭司は横浜市内でファミリーレストランのチェーンを経営し、三十六歳の若さですでに地元では気鋭の実業家として注目されていた。

森脇が立ち寄る可能性に期待して二課が三上邸の張り込みを続けていたとき、真弓も夫の恭司もすこぶる協力的だったという。近親者の犯罪で信用に瑕がつくことを懸念して、警察への協力をアピールし、それを軽減しようという思惑もあっただろう。

しかし韮沢の話では、兄の犯した罪に対する真弓の怒りは本物で、保身のための見せかけという心証は希薄だったという。鷺沼が事情聴取した際の印象もそれと重なった。

兄の死を悲しみはしたものの、それが天命だったとでもいうようにさばさばとしたところがあった。

横浜市内で工務店を経営していた森脇と真弓の父親は、二人が高校生のとき工事現場の事故で死亡した。受け取った生命保険金の大半は借金の返済に消えた。母親は夫を失った心の痛手に堪えながら、女手一つで二人の子供を育てる日々のなかで、重度のアルコール依存症に陥った。

母子三人の家庭は困窮を極めた。働く気力を失った母親に代わって森脇と真弓はアルバイトで生計を支えた。二人の人生のスタートラインはそんなハンディを負ったものだったらしい。

真弓は大学への進学を断念し、地元の高校を卒業して三上の経営する会社に就職した。そして社長の三上に見初められて結婚した。そこまでの話ならいわゆる玉の輿だが、三上もまた恵まれない生い立ちの苦労人で、裸一貫で事業を立ち上げて間もない時期だった。経営は順風満帆とはいかず、資金繰りに行き詰まることもしばしばあった。

ところが真弓には持って生まれた商才があり、彼女の機転で幾度か経営上の危機を乗り越えたと、聞き込みの際に三上はしみじみ述懐した。苦楽をともにした妻を、彼が共同経営者として高く買っていることが言葉の端々から伝わってきた。

一方、森脇は真弓と比べれば恵まれていた。資産家だった父方の伯父に目をかけられ、学費の援助を受けて大学まで進学できた。しかし生来の風来坊で、卒業後も定職につくことを嫌い、言葉巧みに伯父の援助を引き出して渡米した。口実は留学だったが、けっきょく向こうでは大学には通わず、数年の放浪生活を経て日本へ舞い戻った。

森脇は生活能力には欠けるが、人に取り入る能力には長けていたらしい。再びうまい言葉で伯父から資金を引き出して、渋谷に高級ブランド品専門の輸入雑貨店を開いた。商売は当初は順調だったが、図に乗った森脇はやがて株や商品先物に手を出すようになる。

何度か火傷をするうちに負債は膨れ上がり、経営はあえなく破綻した。伯父からの借金は一億近くに膨らんで、ほかにも大学時代の友人やら高利貸しから多額の借金を抱えて行方をくらましたという。

その後、どこでなにをしているのか、消息は伝わってこなかったが、真弓のところへはときおり金を無心する電話がかかってきた。真弓はそれを拒絶した。そのままずるずる付き合わされて、夫の事業に迷惑をかけるのを惧れたのだという。

やがてそんな電話も遠のいて、数年後にようやく聞いた消息が、十二億円詐取の容疑で指名手配されているというマスコミの報道だった。そして二ヵ月後、本牧の海でその兄の遺体が発見されたという訃報に接することになる。

それから十四年。三上の会社は関東一円にチェーン展開するまでに成長した。森脇の事件によるビジネスへのダメージは結果的にさほどのものではなかったようだ。三上真弓に再び会って探りたいのは、事件当時のことではなくそれ以後のことだった。

三上邸は磯子台の海を見下ろす坂の途中にあった。

手入れが行き届いているのだろう。白のタイル張りの瀟洒《しょうしゃ》な印象は十四年前とさして変わらない。事件当時は街並みのなかで浮いた印象さえ受けたものだが、いまでは周囲にも見栄えのいい住宅が立ち並び、際立って存在を主張するというほどではなくなった。首都圏に五十以上の店舗を擁するファミリーレストランチェーン『ギャツビー』のオーナー経営者の自宅としてはむしろ質素というべきだろう。

新築したころは発展途上の経営者としての気負いもあったはずだ。逆に功成り名遂げたいまとなっては、世間に背伸びしてみせる必要もないということか。成功の果実には成金趣味の豪邸とは別の味わい方があるのかもしれないし、そもそもそれを味わう暇がないほど多忙なのかもしれない。

三上真弓には数日前に電話を入れた。十四年前の忌まわしい事件に触れられるのを歓迎はしないだろうと覚悟はしていたが、時効まで一年を切ったことはわかっていたらしい。驚きもせず、さりとて気乗りするふうでもなく、いずれ片付けなければならないやり残しの仕事でもあるように、真弓はてきぱきと事務的な調子で応諾した。

現在はギャツビーの専務を務めているとのことで、午前中は桜木町の本社で会議があり、午後なら体が空くという。社内では人目につくので場所は自宅にしたいと言い、面談はきっかり二時間以内とあらかじめ釘を刺された。

玄関のインターフォンのボタンを押すとわずかな間を置いて「どちら様？」と女の声が応じた。細いが芯の通った響き。十四年前に聞いた声だった。兄の訃報に接して間もないころ、同じ声で、真弓は兄について語り得るすべてを語った。

「先日お電話しました、警視庁の鷺沼です」

インターフォンに向かって答えると、親しみのこもった声が返ってきた。

「ああ、やはりそうだった。あのときの刑事さんね。お一人なの？」

見上げると、ポーチの庇《ひさし》に小型の防犯カメラが取りつけてある。先方はこちらの姿をモニターで確認しているらしい。

「ええ。古い事件でなかなか人手が割けないもので。それに公式の事情聴取というわけでもありませんので」

「ちょっと待ってね」

ほどなくラッチが外れる音がして、玄関のドアが開いた。三上真弓が顔を覗かせた。短めにカットした栗色の髪。柔和な輪郭の顔に生気を与えている表情豊かな瞳。落ち着いたベージュのパンツスーツは、仕事着のまま自宅に戻っていたことを物語っている。十四年の歳月が付加したものは、かつてより丸みを帯びた体形と、気になるほどではない目尻の小皺と、物怖じしない自然な所作だった。しかし美しいという形容は、当時と変わらずいまも妥当だ。左腕に着けたロレックスのレディースモデルに目をやって、真弓は艶然と微笑んだ。

「時間ぴったりね。それはいいことよ。人の時間を盗むのは私に言わせれば泥棒の一種なの」

「だとすればきょうは運がよかった。本当は根っからルーズなほうで、珍しく時間が繋がったんです。危なく一一〇番通報されるところでした」

「そんなことないでしょ。あの事件のときも、あなたはいつもどんぴしゃの時間にやってきて、約束した時間内で必ず質問を終えたじゃない」

まだ融通の利かない若造だった当時を思い起こさせるように、屈託のない口調で真弓は応じ、今度は珍しいものを見つけたように顔を覗き込む。

「それよりどうしたの、その痣?」

「酔って転びまして」

「忘年会シーズンだからね。気をつけなきゃだめよ」

年少の者に諭すような口ぶりだ。鷺沼が自分より二歳年下だということを覚えているのか、あるいは専務として会社を切り盛りするうちに、社員たちと交わす言葉の調子が普段のトーンになってしまったのか。いずれにせよその口調に自然な親しみを感じとり、鷺沼も緊張をいくぶん解いていた。

通されたのは二十畳ほどのリビングで、さすがに家具調度には贅を凝らしている。適度な沈み具合のソファーに腰を下ろすと、テーブルにはすでに来客用のティーセットが用意されていた。時間の使い方はたしかに無駄がない。

名刺を手渡して所属が変わった旨の挨拶をする。受け取った名刺を手もとに置き、二つのカップに香りのいい紅茶を注ぎながら、ため息混じりに真弓は言う。

「もう十四年も経ったのね」

「あれからなにか変わったことは？」

「人生は変わったことの連続よ、同じ日なんて一度もなかったわ」

「お兄さんに関することです。たとえば、そのことであなたに接触してきた不審な人物はいなかったかどうか」

「嫌がらせの電話やファックスはたくさんきたわよ。あの十二億円を手に入れたのは私たちだろうって。ギャツビーはそれを元手に急成長したんだろうって」

真弓は露骨に不快感を滲ませた。初耳だったが、あり得る話ではあった。

「警察に被害届は？」

「出したって無駄よ。事件以来そう勘ぐり続けてきた代表選手が神奈川県警の刑事なんだから」

真弓は鋭く吐き捨てた。慌てて問い返す。

「県警の誰です？」

「あのとき捜査本部ができた山手警察署の馬鹿刑事よ」

「名前は？」

「宮野裕之《みやのひろゆき》。所属は刑事課捜査一係。階級は巡査部長。十四年前もいまも代わりなし」

鷺沼がそのあいだに警部補に昇進していることを踏まえた物言いだが、威張れるほどの話ではないから面映い。

「いまもということは、最近も接触が？」

「一週間ほど前よ。ふらりと会社へ立ち寄って――」

「どんな話を？」

「あの事件以降のギャッツビーの経営状態について根掘り葉掘り訊かれたわ。興信所から入手した調査データを突きつけて。たしかに厳しい時期はあったのよ。ビジネスは急成長していて、積極的に投資しないとチャンスを逃す。ライバルとの競争も過熱して利益率は落ちる一方。いまだって綱渡りのような資金繰りでなんとかもっている状況ではあるの」

真弓の話と、身辺に纏わりつく県警の不審な動きの意味が頭のなかで重なりかけた。

「つまりその刑事は、消えた十二億がギャッビーの資金繰りに使われたと？」

「そう言いたいようね。まさか、あなたもそれを疑って？」

「あらゆる可能性を想定しなきゃいけないのが、刑事という商売の因果なところです」

「いやな性格なのね」

真弓は芝居がかって眉をひそめる。鷺沼は穏やかに切り出した。

「十二億の詐欺事件はうちのヤマです。県警が動き出したのはお兄さんのご遺体が発見されてからで、うちはその二ヵ月前から二課が捜査に乗り出していた。ご自宅の張り込みもさせていただいた。その節はいろいろご協力いただいたと聞いています」

「たしか韮沢さんという方がご担当だったわね」

真弓は敏感に反応した。彼女の記憶力が優れているのか、韮沢との付き合いがよほど印象的だったのか。

「いまは神奈川県警に移籍しています。部署は捜査畑じゃないんで、この件にはタッチしていませんが」

「だったら彼がよく知ってるはずよ。あの詐欺事件が起きて以降、私たちは兄とは一切接触していませんから」

「ええ。ご了解のうえで通話記録も取らせていただきました。会社とご自宅の固定電話、それにお二人の携帯電話――」

「会社の信用に瑕がつくのは私たちにとって死活問題だったし、それ以上に兄が世間に迷惑をかけたことが肉親として堪えがたかったのよ。だからできるだけ早く兄を逮捕して、罪を償わせてやって欲しかったの」

生きて逮捕して欲しかった――。暗にそう言っているように聞こえた。鷺沼は率直に頭を垂れた。

「力が及びませんでした。しかし我々としてはご協力に感謝していますし、十二億の行方に関しては、三上さんご夫妻は真っ先に捜査対象から外しました」

「だったら、どうしていまごろ県警が？」

真弓は当惑を隠さない。鷺沼は語気を強めた。

「十二億円詐取事件は県警が扱うヤマじゃない。いま伺った話が事実なら、彼らは我々の領分に侵入していることになる。それにその件はもう時効です。あなたを捜査対象とする理由が彼らにあるとすれば、お兄さんを殺害した容疑ということになります」

「私たちが兄を殺して、十二億円を奪ったと言いたいわけ？」

「理屈としては」

「すばらしい推理ね。県警の脳味噌がその程度なら、私としては速やかに住民税の納税拒否を通告したいものだわ」

真弓は鋭く言って、目に見えないなにかに挑むように唇を噛み締めた。

5

三上邸を辞して、鞭のように撓《しな》う北西風に背中をどやされながら磯子駅前へ戻った。町はすっかり宵闇に包まれて、ちかちかと賑やかな電光装飾がしきりに網膜を刺激する。有線放送の「赤鼻のトナカイ」がうるさく耳元を駆け回る。商店街はクリスマス商戦たけなわで、家庭をもたない鷺沼にはことさらうら寂しく居心地の悪い季節だ。冷え切った体を温めようと手近な蕎麦屋に飛び込んで、鍋焼きうどんを注文し、この日一日の出来事を思い起こした。

木のうろから虫が這い出すように、十四年の歳月の向こうから魑魅魍魎《ちみもうりょう》が蠢《うごめ》き出てきた。殺された森脇はいまや主役の座を追われ、舞台中央にいるのはまだ姿の見えない森脇殺害犯、もしくはその手に奪われた十二億円の札束のようだった。

三上真弓が語った宮野裕之の顔を記憶のなかにまさぐってみる。

事件当時、たった一度だけ、県警が捜査本部を置いていた山手警察署で、桜田門と県警による合同会議が開かれた。警察庁から下命された合同捜査本部の設置をいかに回避するかがその秘められた目的で、双方納得ずくで険悪ムードを演出し、首尾よく決裂してそれぞれ別個の捜査本部設置にもち込んだ、いわば出来レースの政治的会議だった。そのとき後方の席から挑発的な野次を飛ばしていた自分と同い年くらいの男の顔を思い出した。

県警の管理官が、これも示し合わせたように、何度かおざなりにたしなめた。そのとき呼びかけた名前がまだ記憶に残っていた。宮野巡査部長——管理官はたしかそう呼んだ。

同姓の可能性もあるが、その男が宮野裕之だという確信が心にしぶとく居座った。無精髭を生やした顎を突き出し、小鼻を広げて周囲を睨《ね》め回す、そのときの宮野の人を食った表情が鮮明に思い浮かんだ。

その手のつけられないやんちゃ坊主のような印象に、鷺沼は意外なほど不快感を抱かなかった。たぶん組織のはみだし者だろうという直感が、自分のなかの似たような部分と共鳴したのかもしれない。

ギャツビーの本社を宮野は一人で訪れたと真弓は言った。刑事は二人一組で行動するのが原則だ。だからといって気に入らない相手とコンビを組んでも鬱陶しいだけだから、本部を出たら帰るまで別行動という手を使うことは多い。

鷺沼もその常習犯だが、なかにはもっと危ない理由でそうする連中もいる。いずれにせよ一人歩きを好む刑事に、自分も含めて素行のいいのはあまりいない。

その男がいまになって森脇の事件を蒸し返す理由はなんなのか。こちらからの問い合わせに、県警は再捜査の意思が皆無であることを匂わせた。それは韜晦《とうかい》にすぎなかったのか。

ここ最近の執拗な嫌がらせが県警内部の何者かによって仕掛けられているのは確かだが、宮野はそのグループに属するのか、あるいは一匹狼か。

そこは韮沢に探ってもらうしかないだろう。県警の監察官室長を下請けに使える点は、そんじょそこらの平刑事にはない鷺沼ならではの強みといえる。

じんわり湧いてきたもう一つの疑念——。宮野が三上真弓に目をつけているとしたら、妥当かどうかは別として、そこには彼なりの根拠があるはずだ。

三上夫妻はシロというのが桜田門が当時下した結論だった。消えた十二億円が彼らの手に渡ったという仮説はむろん成り立つが、それを裏づける証拠はなく、終始捜査に協力的だった二人の心証もその判断を補強した。

きょう真弓と会った印象からも、とくに不審なものは感じなかった。とはいえ新たに湧いてきたその疑念が心に纏わりついて離れない。その辺についても、いずれ韮沢の意見を聞いてみるべきだろう。

ちりちりに熱い鍋焼きうどんで体は汗ばむほどに温まった。そもそもがアリバイづくりの暇ネタで、入れ込んだところで、たぶん迷宮入りのまま時効を迎えることになる。

昨晩のこともある。夜間の敵地での行動は危険に満ちている。とりあえず給料分の仕事をしたことにして、きょうのところは早々に引き上げるのが賢明だろう。

勘定を済ませて店を出る。送り狼の姿は見えない。寄り道はせずに駅に向かい、改札を抜けて上りホームに出る。ラッシュ時で下りは混雑しているが、こちらのホームは閑散としている。

大宮行きの到着を告げるアナウンスに促がされて、ホームの端に歩を進める。大船方面から空色のボディーラインの電車が入ってくる。

そのとき人の指先のようなものが軽く背中を押すのを感じた。心臓にびくりと電気が走る。先頭車両が突っ込んでくる。条件反射で真横へ飛んだ。バランスを崩してよろめいた。高速で入線するアルミの車体が轟音とともに目の前をかすめていく。

悪戯にしてもほどがある。全身に怒りを込めて振り返ると、黒のレザージャケットを着た金髪頭の中年男が、指をピストルの形にしてこちらを狙っている。

電車の走行音と構内アナウンスに掻き消されながら、「バーン」と言ったのが口の動きでわかった。にやにやしながら金髪男は歩み寄る。薹《とう》が立ってはいるものの、その顔はさっきまで散々頭に思い浮かべたあの顔だ。

「鷺沼さん。油断は禁物。おれがマジなら命を落としてた」

「冗談だったで済む話じゃない。喧嘩を買う覚悟はあるんだろうな」

拳を立てて身構える。男は両腕をぶらりと伸ばし、舐めきった様子でさらに寄ってきた。

「神奈川県警山手署刑事課の宮野裕之ってもんです。おたくと仲良くしたいんですよ。県警は糞壺には違いないけど、ひょっとして真珠が落ちてるかもしれないじゃないですか」

「それがおまえだって言いたいのか」

「自分じゃなかなかそこまでは――。どうです、軽く?」

顔の前でグラスを傾ける真似をしながら、宮野は薄ら笑いを絶やさない。

第二章

1

宮野裕之は名刺を差し出した。

神奈川県警山手警察署刑事課捜査一係強行犯担当。階級は巡査部長――。鷺沼は一瞥《いちべつ》してジャケットの胸ポケットにそれを収めた。

関内駅北口に近い雑居ビルにある穴倉のようなショットバー。客は鷺沼と宮野の二人きりだ。

マスターは灰色の蓬髪をバンダナで押さえ、同色の髭で顔の半分を覆った無愛想な人物で、その印象の悪さと客の入りの悪さに因果関係があるのは明白だ。

酒と肴を出したあとはカウンターの奥で勝手に夕刊紙を読みふける。宮野とは馴染みらしいことが表情だけの会話から察せられたが、口にした言葉は初顔の鷺沼に注文を訊いた「なにを?」の一言だけだった。宮野については訊くまでもないらしい。

「さっきの悪ふざけを水に流すには相応の見返りが必要だぞ」

警戒心の刃を懐に仕込んで鷺沼は言った。宮野は賢《さか》しらな光を瞳に浮かべて、横に張り出した小鼻を膨らませる。

「わざわざこんなむさ苦しい店にお付き合い願って、手ぶらで帰すわけにはいかないでしょう。そうそう、ここのあん肝、絶品ですよ。マスターの目利きは年季が入っててね。だてに店が汚いわけじゃない」

マスターが奥で咳払いする。鷺沼はバーボンのロックを軽く呷った。

「おれに接触してきた理由は?」

宮野はいつもの飲み物らしいジントニックを一啜りした。

「ずばり、十二億入りのスーツケース」

「それはそっちのヤマじゃないだろう」

「しかし森脇康則殺しはうちのヤマです。犯人の目的がスーツケースの中身だってくらい子供でも察しがつくでしょう。無関係ってわけにはいかないと思うけど」

「どっちのヤマかはまだ決まっていない。おれの感触では、県警はお宮入りにしたがっているようじゃないか」

「県警というより、おたくの顔に青痣をつくった連中がでしょ。そいつらとおれは違います」

宮野はカウンターに頬杖を突いて、珍奇な瀬戸物を値踏みするように鷺沼の顔を覗き込む。昨夜の本牧埠頭での出来事を宮野は知っている。つまりあの連中の素性を知っている。当人がそのなかにいた可能性もある。鷺沼は疑心を滲ませて問いかけた。

「どう違う?」

「そいつらは隠蔽しようとしている。おれはほじくり出そうとしている」

「なにを?」

「スーツケースの行方ですよ」

「県警がそれを摑んだという話は聞いていない」

「おれもだけどね」

宮野は小馬鹿にしたような顔で頷いた。むかつく気分をそのまま声に出す。

「じゃあ、どうして妙な話を持ち出すんだ。あんたと推理ごっこをしていられるほど、おれは暇じゃない」

「だったら、連中がおたくの捜査を妨害する理由はなんでしょうね」

「連中というがな。あんただってそいつらの片割れだろう。今度は手口を変えてきたわけか」

突き放すように応じると、宮野は耳元に顔を寄せてきた。

「犯人は警察組織内部にいるとみてるんです」

安手のコロンの匂いに思わず身を引いた。

「興味深い見解だな。森脇の詐欺事件は桜田門のヤマだった。つまり犯人は桜田門にいると言いたいのか」

自慢できるほどの愛社精神は持ち合わせていないが、それでも覚えず感情が昂ぶった。宮野は神妙な顔で言う。

「そういう単純な話じゃなくてさ」

「だったらどういう話だよ」

「ひょんなところで、妙なものを見つけたんですよ――」

宮野は財布から一枚の紙幣を取り出した。

「これですよ、問題の代物は」

渡されたのは折り目一筋ない一万円札。ただし絵柄は初代の福沢諭吉――。

「いまどき旧札のピン札なんてそうは出回ってないでしょう。あの事件の帳場で、おれはナシ割り（盗品の動きの洗い出し）を担当してたんで、消えた現ナマの記番号が頭に染み込んじゃった。いまじゃ記憶は薄れているけど、でもこれを見たとき臭いと直感してね。当時の捜査記録をひっくり返して、控えてあった記番号と照合してみたら、これがなんと大当たり――」

宮野は顔の前でぱちりと指を鳴らす。

記番号とは紙幣に印刷されているアルファベットと数字の組み合わせのことだ。一枚ごとの連番で、すべての組み合わせを使い果たすと次は文字の刷り色を変える。だから偽札でない限り同じ文字色で同じ記番号の紙幣は存在しない。

消えた十二億円は真空パックされた新券で、銀行の記録から連番の範囲が特定できた。宮野はそれと照合したのだ。体の芯をぞくりとするものが這い上がる。

「どこで手に入れた？」

「一ヵ月ほど前、うちの署に立っていた帳場の打ち上げがあったんですよ。途中で酒が足りなくなって、母屋（県警本部）から出張ってきた管理官から買い足してこいと渡されたのがこれと同じ万札三枚。一枚だけ自分のと取り替えておいたんです」

宮野は鷺沼の手からその札を引き抜いて、戦利品のようにひらひら振った。誘い込まれるように確認する。

「誰かに報告したのか」

「そういう危ない真似はしませんよ。そんなときに上が出す金がポケットマネーじゃないのはうちらの業界の常識でしょう」

「プールされていた裏金のなかに、その札が混じっていたというわけか」

鷺沼は思わず呻いた。北は北海道警から南は熊本県警まで、近ごろ全国津々浦々の警察本部が市民団体やマスコミから告発を受けている裏金疑惑。しかしあらわになったのは氷山の一角にすぎず、実態は警察サイドが主張するような組織の一部に限った不祥事ではない。

警視庁はもちろん、全国の警察組織を束ねる警察庁に至るまで、システムとして根深く定着した、警察官なら誰でも知っている悪しき慣習だ。いや悪しきという意識すら警察内部にはないと言っていい。

旅費や出張費、情報収集費、超勤手当などの捜査費用は国費と地方費の二つの予算で賄われる。しかしその大半がカラ出張やカラ残業、情報提供者への謝礼を装った偽伝票によって裏金化され、現場の警察官に渡ることはほとんどない。

蓄積された裏金は幹部連中の飲食代や異動の際の餞別、官官接待の費用などに消えてゆく。下っ端の警察官には名目不明の闇手当が申し訳程度に支給されるだけ。

民間のサラリーマンには信じられないだろうが、情報提供者への謝礼や飲食代など、現場の刑事が実際に使う捜査費はほとんど自腹というのがこの業界の伝統なのだ。一般企業なら組織ぐるみの横領として摘発されるはずの行為が、警察という特殊社会ではいまも堂々とまかり通っている。

鷺沼も含め、そんな理不尽な伝統を受け容れている下っ端警官にも責任はあるが、世間の仕組みに疎い若造が、警察という閉鎖社会で洗脳され、おかしいと気づくころには長いものに巻かれる知恵もつく。泥棒が泥棒を取り締まるはずもなく、異を唱えれば組織を挙げてのバッシング。労組がないから身を守るすべもない。

接待を名目にゴルフやクラブ通いにうつつを抜かす幹部連中を横目で見ながら、しょせん人生はこんなものとついには達観してしまう。宮野はその裏金のことを言っている。本部からきた管理官ならそれを使える立場にある。

「おれを襲った連中は、その現ナマと関わりがあると言いたいわけか」

「あの金が県警の裏金に化けていたとしたら、関係者ならほじくり出されたくはないでしょう」

「しかし本牧の埠頭に死体が浮かぶまで、県警は森脇の事件には関わっていなかった」

「だから問題が複雑なんです。記番号が一致するこの札が母屋の金庫から出てきたのが偶然だと言えますか？　誰かがどこかでこの札を使って、それが世間を回りまわって裏金の金庫にたどりついた？　だとしたらここまで真っさらなはずがないでしょう」

鷺沼は裏金の現物を拝んだことはないが、銀行には預けづらい金だから、宮野の言うように現金で隠し金庫に納まっているはずだ。そこから引き抜かれた金にあの事件で消えた紙幣が含まれていたというなら、それも折り目のない新券という話なら、宮野の疑念は十分にわかる。

「県警が絡んでいるのは間違いない。しかし県警だけでできることじゃない。そう言いたいわけか」

「そういうことです」

宮野はしたり顔で頷いて、三日分ほどの無精髭を撫でまわす。鷺沼は苦い口調で問いかけた。

「あんた、昨夜、おれを襲ったのが誰だかわかるのか？　いや、そもそもどうしておれが襲われたことを知っている？」

「たぶん母屋のどこかから指令が出てますね。あの事件を担当した連中がいまはお偉いさんになって大勢居残ってるから。おたくを付け回してたのは、その息のかかったうちの署のろくでなしです。そのなかの一人が便所で小便しながら自慢げに喋ってましたよ。昨晩、桜田門の間抜けなデカにたっぷりヤキを入れてやったって」

「間抜けな」の文句にカチンときて、カウンターの下で宮野の脛に蹴りを入れる。

「その万札を切った管理官も、そいつらのお仲間か？」

大げさに顔をしかめながら宮野は頷いた。

「まだまだ下っ端だけどね」

「上となるとどの辺だ？」

「課長やら参事官クラスも何人か」

「うかつにちょっかい出せる相手じゃないな。ところで、あんたがそのお仲間に加わっていない理由を聞こうか。たしか当時は捜査本部にいたはずだ」

「あ、覚えてたの？」

宮野はあけすけに笑った。

「あのときはうちも桜田門に張り合って百人を超す陣容だったでしょう。おれみたいなその他大勢には全体の動きなんかわからなかった。そのあとはくだらないことで味噌をつけて、あちこちの所轄をたらい回し。どこへ行ってもほとんど村八分」

「どうしてそんなことに？」

「人を殺しちゃったんですよ」

宮野はどこか嬉しそうにあっさり言った。思わず訊き返す。

「人をなんだって？」

「殺しちゃったの、人を。八年前のことですよ。あの事件からしばらくして、おれは一課から四課へ配転になったんです。殺しからマル暴への商売替えですよ。覚醒剤所持の容疑で家宅捜索に出向いたとき、そのマンションにいたやくざ者がシャブでぶっ飛んで日本刀を振り回した。一緒に踏み込んだ同僚の刑事が足を切られて、こっちもつい頭に血が昇って――」

宮野は人差し指を鷺沼に向けて、口鉄砲で「バーン」と言った。

「ところがあいにく射撃が下手で、肩を狙ったつもりが心臓をぶち抜いた。やくざ者は即死。正当防衛が認められて無罪放免になったけど、わかるでしょ。銃で人を撃った警察官がたどる運命がどんなものか――」

宮野の話を理屈で説明するのは難しい。日本の警察組織では、訓練以外で発砲することは禁忌といえる。内輪のことでマスコミに騒がれることを極端に嫌うのが日本の警察の抜きがたい体質だ。警官による発砲が格好のニュースネタになることを意識してのことだが、拳銃取扱規範に則った正当な理由があった場合でも、監察官から執拗な事情聴取を受け、山ほど書類を書かされる。

さらに人を撃ったとなればその比ではない。正当防衛が認められても、当人は出世のレールから外れてしまうのが通例だ。

それが単なるジンクスなのか、組織内部の暗黙の了解ごとなのか、鷺沼のレベルでは判断はつきかねるが、そんな事例はいくつも見聞きして、実感としては理解できる。本当に人を殺したとすれば、宮野の言うことはたぶん誇張ではないはずだ。

八年前、神奈川県警の刑事がやくざを射殺したという話は鷺沼の記憶にも残っていた。その刑事と宮野の名前がすぐに結びつかなかったのは、相手が筋者ということで、当時の報道が控えめだったのかもしれないし、県警の情報コントロールが巧みだったのかもしれない。

「おかげでやくざから恨みを買いすぎて、マル暴刑事としてはお払い箱。所轄の強行犯担当へ戻れたのはよかったものの、警部補への昇進試験は何度受けても落とされる、本部への異動を希望すれば嫌がらせのように別の所轄に飛ばされる。自分でも感心しちゃいますよ。真綿で首を締めるような陰湿ないじめを受けて、よくぞきょうまでグレずにきたもんだと――」

宮野は哀切な口調で愚痴ってみせるが、それが演技なのはみえみえだ。言っていることは真実だとしても、そんな扱いで潰されるようなやわな神経の持ち主ではないようだ。無視してさらに問い質す。

「しかしそれだけのネタをどうしておれに明かすんだ？　どうも気前がよすぎるな。別の罠でも仕掛けてるんじゃないのか」

「それ、どういう意味よ？」

宮野は呻いて分厚いカウンターを拳で突いた。重いが鋭い音がしてグラスが軽く跳ね上がる。マスターが驚いて立ち上がる。空手かボクシングの素養がありそうだ。殴り合いは避けるべき相手のようだった。

「すまん。悪気はなかった。しかしおれもあんたの同僚にはいい目に遭わされちゃいない。疑いたくなるのは当然だろう」

「そりゃそうですがね。つまり、おたくなら信用できると思ったんですよ――」

宮野はふと和らいだ視線を向けてきた。

「中野警察署にいた滝田《たきた》って刑事、覚えてますか」

胸の奥に熱を帯びたものが噴き出した。それは鷺沼にとって忘れがたい名前だった。

「滝田恭一《きょういち》さん――。あんた、知り合いか？」

「叔父貴です。おれはその人に憧れて警察官になったんです」

ふてぶてしかった宮野の目が、そのときかすかに潤んで見えた。

2

宮野と別れ、電車を乗り継いで柿の木坂のマンションに帰りついたときは、すでに午後十時を回っていた。それでも刑事の帰宅時間としては健全すぎるくらいなものだ。

まだ飲み足りない気がした。冷蔵庫から冷えた缶ビールを取り出して、逃げていった元女房が「形見」にと残してくれた二脚セットの片割れのバカラに注ぎ、居間のソファーに腰を落とした。

宮野の叔父――滝田恭一警部は、鷺沼の心のなかでは警視庁の至宝、デカ中のデカだった。歳は鷺沼より一回り半上で、付き合いがあったのは十二年前。森脇の事件の二年後のことだった。

当時の滝田の階級は巡査部長で、鷺沼もまだ若輩の巡査部長。滝田は所轄一筋の叩き上げで、鷺沼は本庁捜査一課に籍を置き、ノンキャリアとしてはまずまずの出世コースに乗っていた。

その滝田と、鷺沼はある連続殺人事件の特別捜査本部でほぼ一年のあいだ行動をともにした。

本部が解散してまもなく、滝田は二階級特進で警部となり、警察人生とこの世から同時におさらばしていった。犯人を追跡中に頭部に銃弾を受け、三週間に及ぶ昏睡の果ての殉職だった。そのときの銃声はいまも鷺沼の耳の奥で響き続ける。声もなく地面にくずおれる小柄な滝田の姿がリアルな映像として瞼に焼きついている。

中野警察署に立った特別捜査本部で、本庁捜査一課から出張ってきた鷺沼と、所轄のデカ長の滝田は当初からペアを組んでいた。歳は離れていても息の合うパートナーだった。同じ階級なら所轄より本部が上とみるのが警察組織における一般的な感覚だ。それを尊重したうえでの滝田の気配りもあったはずだった。

滝田本人は、所轄のデカ長で刑事人生を終えるのが本望だと、卑下するでもなく誇示するでもない実直な口調でよく言っていた。本業の実績とは無縁な昇進試験などには目もくれず、地を這うように獲物を追うことだけが生きがいの、猟犬のような気性の天性のデカだった。

滝田が凶弾に倒れたのは、ほぼ一年にわたる捜査でようやく容疑者の隠れ家を突き止めて、捜査員十数名のチームで逮捕に向かったときだった。

事件は中野警察署管内の交番で警察官が殺害されたことからはじまった。柳刃包丁で胸部を刺されてほぼ即死。所持していた短銃が奪われていた。深夜のことで目撃者はいなかった。殺された警察官個人の人間関係からは具体的な犯人像が浮かばない。短銃を入手することが犯行の目的だとする見方が有力だった。

本部は現場に落ちていた包丁を手がかりに大掛かりな捜査を開始した。事件から三日後、今度は同じ中野警察署管内に住む会社社長が銃で殺害された。発見された銃弾は体内から一発、現場から一発。その旋条痕《せんじようこん》から、使われたのは警察官殺害事件で奪われたのと同じニューナンブM60だと判明した。

現場の社長宅は室内が荒らされていないうえ、セキュリティが厳重だったにもかかわらず犯人が容易に侵入していたことから、被害者と面識のある人間による犯行と考えられた。会社関係者からの事情聴取で浮上したのは、半年ほど前に素行不良を理由に解雇された元従業員の向井《むかい》真一《しんいち》だった。解雇されたあとたまたま会った元同僚に、向井は近々社長や重役連中を殺害するようなことをほのめかしていたという。

警察官殺害事件の数日前、向井は家賃の不払いを理由に大家から立ち退きを求められ、それまで住んでいた文京区内のアパートを引き払っていた。その部屋から採取された本人のものと推定される多数の指紋は、警察官の殺害に使われた包丁の指紋と一致した。本部は向井を指名手配した。銃弾をすべて使いきっていないことから、さらに新たな凶行を企てる可能性があった。

二つの事件の舞台となった中野区一帯を中心に足を使った聞き込み作戦が展開された。立ち寄る可能性のあるあらゆる場所で張り込みが続けられた。捜査範囲の同心円はやがて首都圏全域に拡大したが、向井に結びつく有力な情報は得られない。ひたすら靴底を減らすだけの捜査活動にようやく出口が見えてきたのは、事件から一年が経とうとする夏の盛りだった。

きっかけは練馬区内のアパートの住民からの通報だった。隣室に住んでいる男の顔が手配写真の向井とよく似ているという。名前は向井とは別名で、写真より髪は長く、髭も伸ばし放題だが、直感的に似ているという強い印象を得たという。

働いている様子はなく、深夜にときおりコンビニで買い物をするくらいで、日中に外出することは滅多にない。新聞はとっていないし、テレビを観ている様子もない。人が訪れることもない。夏のさなかにエアコンもない部屋で、人目を避けるようにひっそりと暮らしているらしい。男が入居したのは三ヵ月ほど前だという。

本部は捜査員を張りつけて男を監視した。通報した住民の言うとおり、人相はたしかに酷似していた。男の捨てたゴミ袋を回収し、入っていた弁当やカップ麺の容器から指紋を採取してみると、警察官殺害時の凶器にあった指紋と一致した。本部はすぐさま逮捕状を請求した。

向井はいまも短銃を持っているはずだった。普通なら若い者に任せればいい危険な逮捕作戦に、滝田は自ら志願した。むろん鷺沼も逃げるわけにはいかなかった。上からは短銃携行の指示が出た。本部を出るとき、滝田はニューナンブを仕込んだ背広の胸を軽く叩き、鷺沼に耳打ちした。

「こんなものは持ちたかないよ。人殺しを捕まえて改心させるのがおれたちの仕事じゃないか。それが人を殺す道具を持ち歩くなんてお門違いもいいとこだ。無傷で捕まえたいよ、絶対に」

銃を使いたくないのは鷺沼も同様だった。しかし向井はすでに二人の人間の命を奪い、いまも銃を持って逃走中の危険人物だった。抵抗するなら射殺もやむなしと腹は括っていた。願わくばその役割が自分に回らないようにというのが、そのときの鷺沼の偽らざる心境だった。

夜半を過ぎて向井が潜伏する二階の一室の明かりが消えた。鷺沼は滝田とともにアパートの階段下で待機していた。突入部隊が打ち合わせどおりドアを蹴破る音がした。さらに安普請のアパートを揺らす乱れた足音。複数の人間の怒号。銃声が轟いた。わずかな間を置いてさらにまた一発。

「逃げたぞ！　窓からだ！　窓から塀の向こうに飛び降りた！」

受令器のイヤホンに突入班のリーダーの声が飛び込んだ。アパートの裏手は墓地だった。高いコンクリート塀に囲まれていたため、警察側は向井の逃走経路としてはあまり意識していなかった。窓の下にも捜査員は配置していたが、うかつにもその頭上を飛び越えられたわけだった。問い返す管理官の声がそれに続いた。

「銃を撃ったのはどっちだ？」

「ホシです」

「二発だな？」

「そうです」

「怪我人は？」

「いません」

リーダーの声も管理官の声も緊張に上ずっている。

「行くぞ、鷺沼君！」

耳元で声がしたと思ったら、すでに滝田は駆け出していた。日ごろの捜査では拙速を嫌う滝田が、このときばかりは韋駄天《いだてん》だった。向井が所持しているニューナンブM60の装弾数は五発。うち二発はすでに会社社長殺害のときに使用している。そしてついいましがた発射された二発――。残るは一発だけだ。滝田はそこにチャンスを見出したようだった。

塀を乗り越えて墓地の暗闇に紛れてゆくほかの刑事たちを尻目に、滝田は明るい表通りへと込み入った路地を駆け抜ける。もともと土地鑑でもあるように迷いがない。現場の地理は出発前に頭に叩き込んでいたらしい。

表通りに出てさらに五〇メートルほど走ったところに寺があった。アパートの裏手の墓地はこの寺のものらしい。滝田は躊躇《ちゅうちょ》なく山門をくぐる。鷺沼もそのあとを追う。熱帯夜の湿った風に首筋や背中がじっとり汗ばんだ。

境内の暗がりの向こうから、走るような足音がこちらに向かってくる。万一の場合に備え、滝田はこの寺の墓地を向井の逃走経路の一つと想定していたらしい。どうやら大当たりのようだった。

鐘楼の裏手から人の姿が躍り出た。その右手には短銃のようなものがある。こめかみの動脈がずきずきと拍動する。鷺沼は短銃を引き抜いた。滝田はまだ抜かない。

「向井、観念しろ！　銃を捨てるんだ！」

滝田がその人影の正面に飛び出した。やはりまだ銃は抜いていない。鷺沼は教本どおりの射撃姿勢で、滝田を背後から援護する。その気配を感じたように背中越しに滝田が言葉を投げる。

「撃つなよ、鷺沼君。なにがあっても」

その声には有無を言わせぬ力があった。

「しかし向こうにはまだ一発ありますよ」

鷺沼は注意を喚起した。百も承知という様子で滝田は片手を振り、さらに向井に歩み寄る。墓地の方向から向井を探す刑事たちの声が聞こえる。あちこちでパトカーのサイレンが鳴り出した。

「これ以上罪を重ねるな、向井。銃を寄越すんだ」

滝田の落ち着いた声が澱んだ夜気を震わせる。常夜灯の光を受けて向井の瞳が妖しく光る。その右手がゆっくりと上がり、ニューナンブの銃口が滝田を捉えた。

向井と滝田の距離は一〇メートル以上。射撃姿勢はまったくの素人だ。社長殺害事件では向井は至近距離からしか発砲していない。一〇メートル以上の距離から初弾で命中させる確率はごく低い。滝田の大胆な行動はそう読みきってのものらしい。滝田は間合いを計るようにゆっくりともう一歩踏み出した。

向井のニューナンブが赤黒い火を噴いた。乾いた銃声が鷺沼の頭の芯を直撃した。滝田の脇の石灯籠で金属的な残響とともに弾着の火花が散った。鷺沼も危うくトリガーを引きかけたが、撃つなという滝田の言葉が意識下でストッパーとなってその動作を抑止した。滝田は微動だにしなかった。

「向井、悪い夢はもう見納めだ。罪を償うときがきたんだ」

なにごともなかったようにそう言って、滝田は無造作に向井に歩み寄る。もう銃弾は使い尽くしたはずだった。肩に凝り固まっていた緊張が一気に緩む。

そのとき向井が再び滝田に銃口を向けた。不審な思いが湧き起こる。まずいと思ったときは遅かった。乾いた銃声が鷺沼の鼓膜を突き刺した。滝田の体が一瞬静止する。次いでゆっくりと地面に倒れ込む。

向井は短銃を投げ捨てて身を翻《ひるがえ》した。鷺沼は条件反射のようにあとを追って駆け出した。いま起きたことが信じられない。もう弾は残っていないはずだった。頭のなかは真空と化していた。

「殺すなよ、鷺沼君」

呻くように呼びかける滝田の声が耳に届いた。生きている——。そのわずかな安堵に力を得て、背後から向井にタックルし、うつ伏せに倒れたところを上から押さえ込み、うしろ手に手錠をかけた。向井はほとんど抵抗しなかった。長期にわたる逃亡生活で、気力も体力も衰弱しきっているようだった。

銃声を聞いてやってきた刑事たちにその身柄を預け、滝田のところへ駆け戻る。地面に横たわる滝田を静かに抱き起こす。額の右上部に開いた穴を見て、胃の内壁を地虫のような焦燥が駆けずり回った。傍らの刑事が慌てて携帯を取り出して、救急車の出動を要請する。

「捕《と》ったかい？」

苦しげな呼吸とともに滝田が問いかける。まだ意識がある。当たりどころがよかったようだ。それは奇跡のように思われた。

「ああ、捕りましたよ。無事に生かして」

「そいつはお手柄だ。しかし、どこかで計算違いがあったらしいね」

計算違いとは銃弾の数のことだろう。なにかの間違いがあったのだ。それもおそらく警察側に——。悲しみとも怒りともつかない感情の内圧で鷺沼の胸は張り裂けそうだった。さらにか細くなった声で滝田は問いかけた。

「弾はどこに当たったんだね」

「頭部です。ご心配なく。必ず助かります。すぐに救急車が到着します」

気休めではなく心底そう願った。ここで滝田に死なれたら、失う物があまりに大きすぎた。

「道理であんたの顔がよく見えないよ。おれもいよいよ悪運が尽きた。どうやらこれでお陀仏らしい——」

そう言って滝田はかすかに笑い、眠りに落ちるように目を閉じた。慌てて呼吸と脈拍を確認した。生のランプはまだ点っていた。

まもなく到着した救急車で、滝田は近隣の病院へ運ばれた。頭部に残っていた銃弾の破片は摘出されたが、意識はついに戻ることはなく、三週間に及ぶ昏睡の果てにこの世を去った。

滝田の命を奪った「計算違い」の理由はすぐに判明した。向井の部屋に突入した際の二発の銃声のうち、あとのほうはパニックに陥った若い刑事が暗闇のなかで闇雲にぶっ放したものだった。突入班のリーダーは確認もせずにどちらも向井によるものと決め付けて、管理官にそのまま報告していた。

向井を生かして逮捕できたのは本人の願いどおりだったが、警察側のミスで死ぬ羽目になったと思えば、温厚な滝田もさすがに浮かばれないだろう。

警視庁は二階級特進の栄誉で滝田に報いたが、それは殉職の場合の通例で、とりたてて手厚い処遇でもない。癇に障ったのは本庁サイドが警察側の「計算違い」を隠蔽したことだった。

それは向井の公判でも最後まで隠し通された。人を三人殺した事実だけで公判は十分に維持できたし、その件自体は裁判の本筋とは別個のことだった。しかし無謀にみえてじつは緻密に計算されたあの日の滝田の行動が、それでは無思慮な勇み足に終わってしまう。

その抑えがたい憤懣を込めて、鷺沼は庁内報にその日の顚末を投稿した。没でもともとのその投稿が思いもよらず誌面に掲載された。ほどなく監察官室から呼び出しを食らい、数時間に及ぶ訊問を受けたが、けっきょくお咎めはなしだった。

「計算違い」の件はどうやら監察官室に対しても隠蔽されていて、彼らも鷺沼の投稿で初めて知ることになったらしい。その怒りの矛先は鷺沼にではなく、隠蔽を指示した本庁刑事部のお偉方に向けられていた。

警視庁内には隠れ滝田ファンが意外に多かったようで、よくぞ書いてくれたと激励の電話を寄越す者もいた。鷺沼にすれば計算もなにもない結果オーライの勇み足だったが、それが亡き滝田へのささやかな手向けになったと思えばいくらか心も安らいだ。


気がつくとビールの缶がすでに三本空いていた。まだ若かったころの熱い記憶が、この日の宮野とのやりとりに奇妙にねじれて結びついた。それが鷺沼には不快だった。滝田は自分の記憶のなかで、安らかに眠らせてやりたい死者だった。宮野から聞いた話のすべてが、虚実のはざまで鷺沼を試すように揺れていた。

宮野があえて鷺沼に語ることにしたのは、滝田の妻が保存していたその庁内報を、だいぶ以前に読んだからだという。

「それだけじゃない。叔父の入院中に何度も見舞ってくれて、そのあともいろいろ気遣ってくれたそうで。叔母はおたくのことを本当にいい人だってしょっちゅう言ってたんですよ」

鷺沼を信用した理由を宮野はそう説明した。八年前にやくざを射殺したことを悪びれもせず告白する宮野があの滝田の甥だった——。

その志の落差が腑に落ちない。森脇康則の殺害に関与し、十二億円を横取りしたのが神奈川県警だとする宮野の説は、それに輪をかけて突拍子もない。その唯一の根拠があの旧一万円札だった。

十二億円分の記番号は、鷺沼も本庁の元資料から抜き書きしておいた。帰りの電車のなかでメモをめくると、あの旧札の記番号はたしかにそのなかに含まれていた。

自らの目を信じるなら、あれは絶対に偽札ではない。だとすれば所持していた宮野こそが十二億円をネコババした張本人だという見方も成り立つ。考えの筋道としては、そのほうがむしろ妥当だろう。

百歩譲って本部の管理官うんぬんの話が真実だとしても、それを腹に仕舞い込んでいる宮野の態度はやはり解せない。裏金の話は憶測にせよ、時効目前の事件の重要な糸口だ。一人の刑事が玩具にしていい話ではない。

宮野は他言しないで欲しいと言った。他言するもなにも話全体に漂う不審な匂いに、なにか仕掛けがあるという疑念が拭えない。喋るなという言葉の裏には、喋ることを期待して仕掛けられた罠の存在さえ窺える。

さらに落ち着かない気分にされたのは、宮野が桜田門の関与を示唆したことだった。彼が疑惑の目を向ける森脇の妹の三上真弓と、最初に交渉をもったのは韮沢率いる二課のチームだ。

関与があれば韮沢が知らないはずはない。その韮沢はいまノンキャリアとしての職階を極め、神奈川県警警務部監察官室長の地位にある。勘ぐれば県警と手を組んだ悪事の隠蔽にまさに最適なポジションだ。

しかし話があまりにうますぎて、むしろ信憑性に疑問符がつく。警視正以上の人事異動は警察庁の所管に属し、韮沢や県警の一部の人間には左右できない。なにより直感として言えるのは、鷺沼が知る韮沢がそんな犯罪に手を染めるはずがないことだった。

死んだ滝田と韮沢――。鷺沼が敬愛する二人の刑事はタイプにおいてまさに好対照だ。「罪を憎んで人を憎まず」が滝田のモットーなら、「清濁併せ呑む」が韮沢のそれといえる。度量の大きさでは共通するが、その有り様において質を異にする。

韮沢はこの世の悪に義憤を燃やすタイプではない。むしろ悪も人間の自然な性向と割り切って、容疑者にある種の共感を示しつつ、その秘められた琴線を探り当てていく。

そんな手法が刑事時代の韮沢の本領で、熟した果実が落ちるように、容疑者は自《みず》ら《か》彼の手に落ちる。韮沢にしかできないそんな訊問テクニックを、森脇事件の捜査本部で二課の刑事たちは賞賛していた。

それが誇張ではないことを、鷺沼自身も感じていた。気の置けない会話のなかで自然に心の鎧がとけて、普通なら語らない秘事を自分から口にしていることがよくあった。

それを知っても韮沢は決して自分を非難しないという奇妙な安心感が言外のニュアンスで伝わってきて、こちらの心は知らぬ間に丸裸にされていた。

知能犯相手の二課時代、それは韮沢の大きな武器のはずだった。テクニックとして身に付けたものではなく、おそらく天性の資質に根ざすもので、いわば韮沢の人柄そのものだった。

そこまで考えて、ふと不安にとらわれた。そんな韮沢だからこそできる芸当かもしれないと——。

慌ててその考えを否定する。長いものに巻かれるのも重要な職業的資質とみなされる警察社会で、清廉潔白な点でも韮沢は一目置かれていた。

二課の守備範囲には汚職や選挙違反も含まれる。やくざを得意先とする組対部四課と並んで、ミイラ取りがミイラになりやすい部署ともいえる。臭い噂にはこと欠かないが、こと韮沢に関してはそんな話を聞いたことがない。

染み一つないキャリアがあってこそ、県警本部の監察官室長という大任への抜擢もあったはずだ。心証においてそれは一〇〇パーセントあり得ない——。それが鷺沼の結論だった。

さて、これからどう動くべきか。ここ一週間ほどは直行直帰を決め込んで、桜田門には顔を出していない。そろそろ消息を伝えておかないと、知らない間にデスクを撤去されかねない。

あすは外歩きは止めにして、丸一日資料室に閉じこもり、事件全体を再吟味することにした。宮野の要請に応じるのも癪だが、あの旧一万円札の件はまだ表沙汰にすべきではないという抑制が本能のレベルで働いた。

宮野についてはあす韮沢に電話を入れて、さりげなくその評判を訊いてみることにした。宮野本人についてもさることながら、それへの反応で韮沢への疑念についても感触が得られるはずだ。むろん潔白であって欲しいというのが鷺沼の偽らざる願いだった。

3

翌日、午前十時に出庁すると、デスクの上にメモがあった。

「大崎さんより電話あり。折り返し連絡を乞うとのこと――」

韮沢からだった。大崎というのは鷺沼と連絡をとるときによく使う偽名で、かつて韮沢が大崎の官舎に住んでいたことに由来する。メモの末尾に記された時刻は午前八時三十分。まだ鷺沼がいないのを承知の伝言だ。なんの用件かと訝った。

鷺沼の班は捜査員のあらかたが出払っていた。それぞれが眼力を競うように解けそうもない迷宮入りの事件を見繕い、きょうもせいぜい油を売っているはずだった。急場の出動要請があった場合に速やかに臨場できるように、手の離せない事件は抱え込むなというのが特捜班の暗黙の鉄則なのだ。

居残っているのは電話番の井上《いのうえ》という新米刑事と、窓を背にして新聞を読んでいる係長の三好《みよし》だけ。とりあえずかたちばかりの経過報告をしようと、ボスのデスクに歩み寄る。

「どうしたんだ、その顔は?」

衝立《ついたて》のように広げた新聞の向こうから三好が問いかける。透視能力があるとは知らなかった。

「転びまして。大した怪我じゃありません」

「ふん。子供じゃあるまいし。で、なにか匂いは嗅げたのか」

「県警がさっぱり協力してくれないもんで、せいぜい靴底を減らしているだけです」

三好はようやく衝立を取り払う。

「なあ、あんまり入れ込むんじゃねえよ。どうせ解きようもない因縁つきの事件だからな」

「まあ、ほどほどにやっときます」

通り一遍の挨拶を返すと、三好はまた衝立の向こうに顔を隠した。

ふと違和感を覚えた。三好の言葉そのものはあの事件に関する特捜班内部でのほぼ確定した評価にすぎない。気になったのは言わずもがなのことにわざわざ念を押してきたことだった。

鷺沼の顔の青痣が捜査の絡みでできたものと勘を働かせて、改めて忠告に及んだということなのか。その程度の話ならいいのだが、消えた十二億円を巡って跋扈《ばっこ》する魑魅魍魎の片割れが、こちらにも出張してきたような不安を覚えて、胸のあたりがざわめいた。

おそらく考えすぎだろう。三好は、口は悪いが心根の優しい人物だ。かつては一課の切れ者で鳴らしたが、血気にはやった幹部批判で次第に上から疎んじられ、所轄で十数年冷や飯を食わされた。

ようやく返り咲いたのが特捜班一係長の椅子で、青二才の管理官とそりの合わない鷺沼をあえて殺人班から引き取ってくれたのもそんな経緯ゆえの思いやりだろう。

三好から声がかからなければ、どこかの所轄に飛ばされていたのは間違いない。そもそも森脇の事件に三好は関わっていない。定年まであと数年を残すだけの身で、晩節を汚す行為に走るはずもない。

「詳しい報告は書類にしてあとで上げます」

そう言って傍らを離れると、眠そうな三好の声が追ってきた。

「いらねえよ、そんなもん。いずれまた生きのいい事件に駆り出されて、おちおち寝る暇もなくなるぞ。英気を養えるのもせいぜいいまのうちだ」

その語調に不穏な響きは感じられない。杞憂だったらしいと納得していったん自分のデスクに戻り、頃合を見計らってまた席を立つ。

廊下に出てしばらく歩き、空いている会議室を見つけて、携帯で韮沢の直通番号にダイヤルした。三度目の呼び出し音で本人が出た。

「きのうはご馳走になりました。電話をいただいたそうで」

「ああ、それなんだが。今夜は体は空いてるかね」

挨拶を省いて訊いてくる。それが韮沢のいつもの流儀だ。

「空いてはいますが、なにか緊急なことでも？」

「久しぶりに世間話でもと思ってね」

話がどこかちぐはぐだ。周囲の耳を憚《はばか》って三味線を弾いているらしい。デリケートな話だと直感した。こちらはストレートに問いかける。

「森脇殺しの絡みですね」

「そんなところだ」

「電話じゃ話しにくいわけですね」

「そうなんだ。銀座にうまい鮨屋があってね。ぜひ一度と思ってたんだ」

韮沢は相変わらずとぼけ続ける。

「わざわざ出てこられなくても、こちらから出向きますよ」

「いや、たまには東京の飯が食いたい。夕方の七時に、有楽町の交通会館前で待ち合わせということでどうだ」

「わかりました。伺います」

当惑しながらそう答えて通話を切った。宮野のことは訊きそびれたが、今夜会うならそのとき訊けばいい。それより向こうの用件が気になった。

森脇殺しの絡みかという問いを韮沢は否定しなかった。なにか新発見でもあったのか。いずれにせよ昨夜の謎かけのような宮野の話に、いま別の方向から光を当てられるのは、たぶん韮沢だけだった。

一課の捜査資料を管理しているのは強行犯捜査二係、別名現場資料班とも呼ばれる部署だ。一課が扱った事案の関係資料は、現在進行中のものも含め、すべてそこで集中管理されている。

森脇事件の資料もそこに保管されているが、それは一課が関わった部分、すなわち森脇殺害以降の捜査情報が中心で、十二億円詐取事件に関わる元資料は、二課の知能犯資料三係が保管している。

森脇事件の再捜査に取りかかったとき、まず目を通したのは一課の資料だった。森脇殺害事件以降、捜査本部は一課と二課の相乗りになり、詐取事件に関する情報も一課に蓄積されてはいたが、それがすべてではないはずだ。より詳細な資料が二課には保管されているかもしれないと鷺沼は考えた。

マル暴相手の組対部四課と並んで捜査対象との癒着の危険性が高い部署ということで、二課は人事異動の頻度が高く、十四年前に森脇事件を担当した捜査員はほとんど残っていない。個人的な伝手なしで二課が資料を出してくれるか、半ば危惧しながら問い合わせると、案に相違して閲覧はご自由にという返事だった。

午後は知能犯資料三係の閲覧室に閉じこもり、初めてお目にかかる二課側の資料の消化に取りかかった。几帳面に整理されてはいたが、量があまりに膨大だった。全体で電話帳ほどの厚みのものが三冊で、すべて読み込むには数日を要しそうだった。

しかし斜め読みをした限り、一課の資料に集約されていた内容と大きな齟齬はなさそうで、森脇殺害当時、二課から一課への捜査情報の申し送りが予想以上に正確になされたことが確認できた。精読はあと回しにして、一課側の資料で漏れている箇所がないかだけをチェックする。要約する関係で生じたらしい瑣末な齟齬は散見されたが、捜査に影響を及ぼすたぐいのものではない。

閑散とした閲覧室で単調な作業を三時間も続けると、さすがに眠気を催してきた。いったん席を立ち、廊下の自動販売機で缶コーヒーを買って戻ると、戸口脇の書棚に並んだ新聞の縮刷版に目が留まった。

ふと思いついて、八年前の分を数冊取り出した。テーブルに運んで社会面の記事だけを拾い読みしていくと、その年の三月の号に探していた記事が見つかった。

見出しは「神奈川県警の警察官、暴力団組員を射殺」というもので、県警捜査四課が覚醒剤取締法違反容疑で暴力団組員のマンションを家宅捜索した際、日本刀を持ち出して抵抗した組員に刑事の一人が発砲。銃弾は胸部を貫通し、組員はその場で死亡したという内容だ。宮野が語った話とおおむね同様だが、異なっているのは発砲した巡査部長の名前だった。

木村幸三《きむらこうぞう》——。宮野裕之ではない。別の新聞の記事で確認すると、そのとき足を切られて重傷を負ったのが宮野のほうらしい。

新聞の誤報か、それとも宮野が嘘をついたのか。二紙が同じ誤報を打つというのも考えにくい。その後一週間分ほどを追ってみたが、訂正記事は掲載されていない。

宮野という男がまたわからなくなった。どうしてわざわざ自分の印象を悪くする嘘をついたのか。そのせいで冷や飯を食わされているという話も嘘ということになる。あるいはそちらは事実だとしても、理由は別にあるということだ。

調べればわかる嘘を平気でついた感覚も理解できない。なにかの罠を仕掛けるつもりにしても、これではいかにもお粗末すぎる。昨夜の話もすべて出まかせか。

しかし自分が手にとって確認した、あの記番号の一致した旧札の存在だけは否定しようがない。それが鷺沼の頭を混乱させた。そして死んだ滝田を思いながら、宮野が人を殺していなかったというその事実に、安堵の思いを抱く自分に気がついた。

4

桜田門から地下鉄に乗り、有楽町の交通会館前に着いたのは午後七時五分前だった。韮沢はまだロビーにいない。周囲の人の動きをざっとチェックする。監視されている気配はとくにない。

午後いっぱいかけた資料読みで、肩に疲労の鉛が張りついていた。目を通した範囲では、二課の資料に目ぼしい新ネタはなかった。

秘密主義の蔓延した警察内部で、他課に情報を供与する場合、ある程度のフィルターがかかるのは日常茶飯事だ。しかし当時の二課は一課と相乗りの捜査本部に捜査情報を包み隠さず提供していた。

それが本来あるべき姿とはいえ、現実には稀有なことだった。それは捜査班を率いていた韮沢の潔癖さに由来するものだろう。

けっきょくどちらの資料からも、あの十二億円に絡む不審な気配は窺えなかった。事件当時、韮沢が桜田門に寝泊りし、二十四時間態勢で指揮をとっていた姿も捜査日誌から読み取れる。森脇と接触し、殺害し、奪った十二億円を隠匿するという手間暇かかる副業にいそしむ時間はなかったはずだ。宮野がほのめかす桜田門への疑惑には根も葉もない。それがこの日の結論だった。

韮沢は午後七時を少し回ったころにやってきた。普段は滅多にバッグを持たず、手ぶらで歩くことを好む韮沢が、きょうは珍しく大きめのアタッシェケースを提げている。

「待ったか？」

「いま来たばかりです。重そうですね。持ちましょうか」

「じゃあ、お言葉に甘えるとするか。手が痺れ出したところだった」

お義理でかけたつもりの言葉に、韮沢は遠慮なく応じてきた。片手でそれを受け取ると、意外な重みに思わずよろめいた。ケースの重さを含めて七、八キロはありそうだ。

「書類ですか」

「いや――」

韮沢はとぼけた顔つきで首を振る。

「しかし印刷物であることに違いはない。少し歩くぞ」

いつものように勝手に背中を向けて韮沢はさっさと歩き出す。わざわざ自分で運んできて、遠慮なしに鷺沼に持たせたこの重量級のアタッシェケースが、今夜の用件に無関係だとは思えない。覚えず期待が湧いてくる。

有楽町マリオンのコンコースを抜け、晴海通りを突っ切って、数寄屋通りの小路に入り、しばらく進んだところに韮沢のお勧めの鮨屋はあった。

一人分でも万札が何枚か飛びそうな店構えだ。韮沢の身分ならその支払いも例の裏金からだろうと、皮肉な思いで店内に入る。予約を入れていたらしく、韮沢が名前を告げると、仲居がさっそくエレベーターで三階の畳敷きの個室へ案内した。

とりあえずのビールで乾杯を済ませると、さっそく韮沢が訊いてきた。

「森脇の一件、どう進めるつもりなんだ」

「さっぱり見通しが立たないんです。まあ、係長も手いっぱいにならないようにぼちぼちやれと言ってくれてますんで、功を焦らず気長にと――」

時効まで一年足らずの事件に気長にもないものだと自分でも思いながら、昨夜の宮野の話はとりあえず伏せて、韮沢の出方をみることにした。

きのうの昼に会ったばかりで、事件を巡る県警内部の動向について情報を求めたのはこちらのほうだった。相手もとぼけて探りを入れている気配が濃厚だ。つまり三味線の弾き合いでは相打ちだ。

「じつは未解決事件を担当している特捜の連中にそれとなく訊いてみた。おれが桜田門であの事件に関わったことは向こうも知ってるから、とくに違和感はなかったはずだ」

韮沢は突き出しの煮物を突つきながら切り出した。さっそく動いてくれたらしい。

「どんな按配でした？」

「君の言ったとおりだ。このまま時効待ちというのが連中の本音のようだ」

「だからといって、私を襲撃する必要はないでしょう」

「連中はたぶんその件にタッチしていない。十五年前の幼児殺害事件の容疑者が時効寸前で浮かび上がって、そいつの逮捕にここ一ヵ月総動員態勢だ。時効が成立したら面目丸つぶれだと現場は殺気立っている」

「森脇の件なんか目じゃないと」

「そういうことだ。君にちょっかいを出しているのは別の筋だな」

「心当たりは？」

「なくもない」

「どういう連中です？」

「なあ、この件から手を引く気はないか」

韮沢は強引に話の方向を捻じ曲げた。予想もしない成り行きに頭のギアが空転する。

「どういう意味です」

「よく考えてみろ。いまさら真実をさらけ出して誰が得をする」

恫喝するような口ぶりだ。こんな高飛車な物言いを韮沢の口から聞くのは初めてだ。口にしたビールがとたんに不味くなる。

「濡れ手で粟の大儲けをしたやつがいるなら、落とし前をつけさせなきゃ気が済みませんん」

答えながら、すでに意気阻喪している自分に気がついた。当面いちばん信頼できる味方と考えていた韮沢が、唐突に厄介な障害物として立ちはだかった。きのうからきょうまでのあいだに、韮沢の心のうちでなにか変化が起きたのか。

「そんなに十二億の行方が心配なら、ここにその片割れがいる。顔を拝んでみる気はないか」

韮沢は薄い笑みを浮かべて、アタッシェケースを引き寄せた。鷺沼はその意味を呑み込みかねた。

「どういうことなんです？」

韮沢は口では答えずに、テーブルのビールや小皿を脇へ除け、アタッシェケースをその上に置いた。ダイヤルロックの数字を合わせ、施錠を解いて、カチリと小気味よい音を立てて蓋を開くと、くるりと回転させて鷺沼に中身を見せた。

思わず生唾を飲み込んだ。ケースの中身は帯封つきの札束だ。どれも新品の新一万円札。高さ一〇センチほどの山が五つある。一山一千万円と数えて、合計五千万円――。

「旧札じゃありませんね」

ようやく口から言葉が出た。

「札の絵柄はどうでもいい。出どころはどうせ一緒だ。これを受け取ってもらいたい」

「どういう意味ですか、それは？」

頭のどこかがショートした。落ち着いて喋っているつもりでも、声に奇妙な抑揚がついている。慌ててビールを一呷りする。韮沢は落ち着き払った声で言う。

「ありていに言えば口止め料だ」

「口止め料――。しかし私はまだその件ではなにも把握はしてませんよ。大枚の口止め料を払う理由はないでしょう」

「警察組織なんて、しょせんは小さな池だ。泳いでいればそのうち岸にたどりつく」

すべてを見通していると言いたげな口ぶりだ。昨夜の宮野との密会がすでに把握されているのか。そんなはずはない。店にいたのは鷺沼と宮野と、無愛想なマスターだけ。まさかあのマスターが県警のＳ（スパイ）？

いや宮野もそこまで間抜けではないはずだ。暖房が効きすぎるほどの個室のなかで、寒々とした悪寒が背筋を走る。韮沢は威圧めいた口調でさらに続ける。

「要するに、その池を泳ぐ人間がいること自体が問題なんだ。それが警察組織全体のドミノ的崩壊へと繋がりかねない。私のはるか上にいる人間はそれを惧れている」

警察組織全体のドミノ的崩壊――。韮沢のはるか上にいる人間――。話の雲行きがいよいよきな臭い。仲居がコースの焼き物を運んできた。韮沢はアタッシェケースを閉じて、いったんテーブルの上から片付けた。ビールのお代わりを注文し、仲居が立ち去るのを確認して、韮沢はまた語り出す。

「死んだ森脇はたちの悪い詐欺師にすぎない。消えた十二億は政財界の裏街道で暗躍する闇紳士たちのあぶく銭だ。このまま迷宮入りになったところで、社会に実害が及ぶわけじゃない」

酒席での雑談なら正論と頷く話かもしれない。しかし五千万の札束を突きつけてぶち上げられるとなれば、常軌を逸しているとしか言いようがない。

「そういう話じゃないでしょう。その問題を突つかれることで、逆に実害を蒙るお偉いさんがいるわけだ。森脇も自殺した古河正三も、そのスポンサーの闇紳士たちも私は決して好きじゃないが、そいつらの上前を撥ねて、てんから恥じない悪党はさらに好きにはなれません」

言葉の上では突っぱねたものの、胸の奥に湧き立つ虚しさと怒りを制御するのが困難だった。同時に目の当たりにした札束に心が動きかけている自分が惨めでもあった。韮沢はアタッシェケースをテーブルに戻し、心の機微を突くようにさらに追い討ちをかけてくる。

「受け取ってくれるんだろう？　金というのは、あって不自由するもんじゃない」

あって不自由しないどころか、喉から手が出そうなのが本音だった。別れた女房は鷺沼の浮気ともいえぬ些細な火遊びに法外な値をつけて、腕のいい弁護士を味方に離婚訴訟を圧勝した。いまも分割で払い続ける数百万円の慰謝料が、鷺沼の財布と心の重圧だった。むろん韮沢はそのことを知っている。

「そんなふざけた金、受け取れるわけがないでしょう」

とっさに口をついて出たその言葉を、鷺沼自身が信じかねた。それを言わせたのは義憤やモラルのたぐいではなく、きょうまで自分を騙し続けた韮沢に対する、友としての抑えがたい憤りだった。あるいは屈辱感と言い換えてもいい。森脇の殺害と十二億円の横取りに韮沢が関与していたことを否定する根拠は、これで限りなく希薄になった。

「人生は長い。守るべき価値をはき違えると、一生後悔することになるぞ」

芝居がかった口調で韮沢が言う。不快感を隠さず問い返した。

「守るべき価値ってなんですか？　盗人にも三分の理ってやつですか？」

「内なる欲望に耳を傾けることだ。どんな立派な御託を並べようと、人間はしょせん欲望の奴隷にすぎない。その本性をないがしろにすれば、いずれしっぺ返しを食らうことになる。欲望に善も悪もない。要は上手くやるか拙《まず》くやるかの違いだけだ」

「森脇や古河は拙くやったというわけですか？」

そしてあなたは上手くやったのかと続けたかったが、その答えを聞くのが怖かった。いま自分が巻き込まれつつある世界は、鷺沼にとって魂の地獄以外のなにものでもない。それもすこぶる甘美な地獄――。

「くそ面白くもない。帰ります。それから森脇の一件については一切手加減しませんよ。たとえ一生後悔することになっても」

胸の奥を忘れかけていた熱い血が流れた。自分にまだそんな青臭い義俠心が残っていたことに当惑した。そしてわずかに誇らしかった。韮沢の顔がふと穏やかになった。

「済まなかった。君をテストさせてもらった」

韮沢はテーブルの上のアタッシェケースをまた開けて、札束を一つ摑んで手渡した。

「確認してくれ」

意味がわからず、その札束を指でめくった。本物は一番上の一枚だけで、あとはすべて白紙。誘拐事件の際に使われるダミーの札束で、どこの警察本部にもある常備品だ。

先ほどとは別の怒りで体が熱くなる。

「なんでこんな手の込んだ芝居を？」

視線を戻すと、韮沢が目の前で深々と頭を下げている。

「不快な思いをさせて申し訳ない。私のために君に働いて欲しいんだ。あの十二億円を森脇から横取りした連中を摘発したい。それははるか上からの私への意向でね。やったのはおそらく警察内部にいる人間だ。そこで信頼できる片腕がぜひ欲しい。相手は警察組織そのもので、ミイラ取りがミイラになる危険性がすこぶる高い。しかし君は私の信頼を裏切らなかった」

第三章

1

真新しい畳からイグサの香りが匂い立つ銀座数寄屋通りの高級鮨店の小奇麗な個室で、鷺沼は底のない泥沼に足を踏み入れたような気分に陥った。

韮沢は警察組織の頂点で起きた奇怪な事件について語った。それは昨夜、宮野から聞いたあの旧一万円札の話を予想もしない角度から裏づけた。

警察組織内部に蔓延する裏金システムが、擬似ねずみ講的なピラミッド構造をなしていて、表の組織と同様にその頂点にあるのが警察庁だという話は、鷺沼クラスの下々にとっては半ば定説と化した伝説だった。

ところが国家公務員I種試験合格組やら、出世のための昇進試験や上司への胡麻すりに血道をあげて地方本部の幹部まで這い上がった連中にすれば、地球が丸いのと同じくらいそれは明々白々たる事実らしい。悲しいかな韮沢も、いまではそんな連中のご同輩というわけだった。

警察庁の奥の院からの報告を受け、裏づけのために私的な時間を使って、自ら関係者の事情聴取も行なったというその奇怪な事件の概要について韮沢は語った。

疑惑が発覚したのは、某大手都市銀行から警察庁への内々の通報によってだという。都内にあるその銀行の支店が、取引先のレストランから預かった不審な紙幣を鑑定したところ、それがあの森脇事件で手配された記番号が含まれる旧札だったというのだ。

所轄も警視庁も飛び越えて、警察庁へじかに連絡が行ったことには訳がある。その札を使ったのが、警察組織の頂点に君臨する大物官僚の一人、羽田直彦《はねだなおひこ》警視監だったからだ。

警視監といえばその上にいるのは警察庁長官と警視総監のみで、警察庁内部なら局長、審議官クラス、地方警察なら大規模な道府県警本部や方面本部の本部長、警視庁なら副総監というのが階級に見合う役職だ。定員はわずかに三十数名。警察官僚の出世レースではまさにトップ集団といえるだろう。

羽田直彦はそのなかでもゆくゆくは長官もしくは警視総監との下馬評が高く、その指定席と目される警備局長の職にある。羽田はそのレストランの常連で、オーナーシェフとも趣味のゴルフを通じて昵懇の間柄だった。以下は韮沢自身が客としてその店に出向き、シェフとその妻から直接聞いた話らしい。

羽田がその旧札を使った日は、レジを受け持つ妻が急用で出かけていた。店は立て込んでいてウェイターも手が空かず、やむなく羽田の支払いのときはシェフ自らがレジに立った。そのとき受け取った現金に混じっていたのが折り目一つない旧一万円札で、シェフはそれを覚えていたが、彼自身はそのときとくに気にしたわけではないらしい。

次の日、経理を担当している妻が前日の売り上げを計算しているとき、ふとその札が目に留まった。いまでは扱う紙幣の大半が新札に切り替わっている。その手の切れるような旧札を見て妻は不審な思いに駆られた。

カラーコピーを使った稚拙なものを除けば、現在出回っている精巧な偽札のほとんどが旧札を模倣したもので、それらは主に海外で作られ、新札が普及しきる前の駆け込みで全国に大量にばら撒かれていると聞いたことがある。夫に確認すると、それは羽田が支払ったものだという。それを知って妻はとりあえず安心した。そもそもその偽札の話を妻にしたのが羽田本人だった。

羽田は店での支払いに滅多にカードを使わず、領収書を要求することもない。カードの場合は決済が遅いし手数料もとられる。現金払い自体は店にとってありがたいことだが、社会的地位も信用もあるはずの羽田が、うしろ暗い支出ででもあるかのようにいつも現金払いをする理由が不可解だった。

雑誌にもよく紹介されるその店は、料理の評判に比例して料金も決して安くはない。ある日レジでの支払いの際に、羽田が手にした財布の中身が偶然目に入ったことがあった。厚みからみて四、五十万円分の紙幣が見てとれた。いまどきそんな現金を持ち歩くのは、金はあっても銀行からは信用されない特殊な稼業の人間くらいだ。警察官僚というのはどうも変わった人種らしいというのが、そのとき妻が抱いた率直な感想のようだった。

その日の午前中、満期になった定期預金の解約手続きに馴染みの銀行員が訪れた。その一万円札の話をすると、行員はひどく興味を持って、ためつすがめつその札を眺めた。

透かしもきちんと入っているし、紙の質も本物と差はなさそうだが、いまどき新券同様の旧札が出回っているというのは不自然だ。記番号の刷り色も直近に出回っていたものとは明らかに違う。もし本物だとしても、たぶん十数年前のものではないかとそのベテランの行員は首を傾げた。

香港あたりで作られた偽札は、紙幣を見慣れた銀行員にも見破れないことがあるらしい。とくに最近お目にかからなくなった旧札となると、その銀行員も本物の記憶が褪せて即断はできないという。

警視監ともあろう人間が悪意で偽札を使うはずはないが、知らずに使ってしまうことはあるだろう。もしそうならそれはすこぶる精巧なものなので、ぜひ持ち帰って鑑定してみたいと言い出した。

そう言われると、またその札が怪しく見えてきて、妻は行員にそれを預けた。午後遅く、その行員がまた店を訪れた。

今度は支店長を伴って、手土産の菓子折りまで持参してきた。預けた札は本物だった。ただし少しいわくのある札なので、受け取ったときの経緯を支店長自ら聞きたいという。そのいわくについて支店長は口を濁したが、なにか犯罪に関わるもののようなことをほのめかした。

妻は午前中に行員に話したのと同じことを繰り返した。支店長は一とおり話を聞き終えて、警察には銀行から連絡をとるから、くれぐれも内密にして欲しいと頭を下げた。デリケートな事件に絡むもので、警察からも慎重な対応を要求されているというのがその説明だった。羽田警視監の出処進退にも影響がある可能性さえ匂わせた。

支店長がやってきた真意は、事情を聞くことよりも口止めすることにあったと妻は気づいた。夫の友人で、金離れのいい顧客の羽田を窮地に陥らせるのは不本意なので、妻はその要請に応じることにしたという。

韮沢が調べたところによると、ことの推移にはもう一つ偶然が重なっていた。警察組織には警察信用組合や警察共済組合など、互助を目的とした独自の金融・共済システムがある。羽田はそれらを統括する外郭団体の理事も兼任し、実質的に傘下の信組や共組を牛耳っている。それらの多くがその銀行の大口取引先で、本店レベルで羽田と密接な関係を維持していることを支店長は知っていた。この問題で羽田が更迭でもされれば、銀行にとっては大きな痛手だった。

支店長はすぐさまそれを本店に報告した。本店側もことの重大さを理解した。行動は迅速だった。副頭取を羽田のもとに赴かせ、ことの経緯を報告し、事実関係を確認したという。そのとき羽田自身も、それがいわくつきの紙幣だとは知らなかったようだった。

レストランのオーナーと銀行がたまたま羽田と関係があった——。その二つの偶然が重ならなかったら、銀行は通常の手順に従って所轄署に通報し、所轄署はさらにそれを警視庁に通報し、警察として通常の捜査に乗り出さざるを得なかった。そうなればことはマスコミの知るところとなり、収拾のつかない事態に発展しただろう。

羽田が森脇殺害事件と無関係で、それと気づかずその札を使ったことを証明するには、その出所を明らかにしなければならない。しかしそうなれば逆に、日本の警察組織の根幹を揺るがす不祥事として大々的に報道されることになる。

なぜならその札は、地方組織から吸い上げた裏金から羽田に支給された闇交際費の封筒から出たものだったからだ。それは明細もなければ税金も天引きされない、使うに際して領収書も必要ない紐のついていない金だった。

実働部隊を持たない警察庁には裏金の原資となる捜査関係の予算が付かない。そこでその大半が全国の警察本部からの上納金で賄われることになる。そうした裏金は当然金融機関を介さずに、現ナマそのもののかたちで授受される。その組織的な裏金づくりの実態が暴露されるうえに、その裏金に未解決の殺人事件と絡むいわくつきの紙幣が含まれていたとなれば致命的だ。

内部調査の結果、数ヵ月前に神奈川県警から上納された百万単位の現金に、真新しい旧札が何十枚か含まれていたのを裏帳簿を管理する長官官房の理事官が記憶していた。

警察庁としては表沙汰には絶対にできない。羽田一人が失脚して済む話ではない。総本山の警察庁まで関わった醜聞が明るみに出れば、日本の警察組織全体が修復不能なダメージを受ける。そうなれば警察庁長官の更迭程度では済まされない。その任命権者の内閣総理大臣にまで火の粉は飛んでいく。

それは国家の危機にさえ繋がりかねない、決して起きてはならない事態だった。すべてはトップシークレットとして扱われたが、警察庁上層部が蜂の巣を突ついたような騒ぎになったのは言うまでもない。

韮沢に対して、極秘に、かつ県警側の人間を可能な限り関与させずに真相を究明せよという、長官官房からの無理難題の指令が飛んだのは二週間ほど前のことだという。それも驚くことに官房長直々に、韮沢が在宅している夜間を見計らって自宅に電話をしてきたらしい。それはとりもなおさず長官本人の強い意向であることを意味していた。

「話はいまのところ長官官房と羽田警視監のごく近い周辺で留まっているらしい。おれごときに内々で指令を飛ばしてくるところをみると、へたに動いて発覚するのが怖くて、雲の上の連中はいまも及び腰なんだろう。しかし県警の人間を関与させるなと言われても、おれ一人がこそこそ動いたところでできることなどたかが知れている。やったことといえば、せいぜい県警本部の裏帳簿の管理者から、裏金づくりのテクニックやら全体の金額、その配分システムといった話を雑談を装って訊いてみたくらいだ――」

韮沢は喉を湿らせる程度にビールを口にして、渋い表情でさらに続けた。

「長官の意に添うように捜査を進めるには時間がかかる。監察官室のスタッフにはまだおれの子飼いといえるやつはいない。というより連中はまだおれを外様扱いしている。自分たちが仕立てた神輿に乗せて、任期が明けるのを待っている姿勢がみえみえだ。時間をかけて、組織の内部に毛細血管を伸ばすように自前のネットワークをつくるしかなさそうだな」

「そのネットワークづくりはいくらかは進んでいるんで？」

「卑怯な手段だが、素行に問題があって監察の対象になっている連中の報告書をいくつか握り潰した。そのあとそいつらとじかに面談して、見返りにおれの手駒として働くようにと言い含めた。ただし本筋の話はしていない。まず当たり障りのない仕事をさせて様子をみて、信用できるかどうか判断するつもりだ」

「核心に至るまでには長い道のりですね」

鷺沼は冷ややかに言った。

「ああ。慌てて動けば、おれ自身が本牧の海に死体となって浮かびかねんからな」

韮沢はどこかいびつな笑みを浮かべて、また一口ビールを啜った。鷺沼も手つかずのまま気の抜けたビールを飲み乾した。

「まだ感づかれちゃいないんでしょう」

「いまのところその件は、こちらもおくびにも出さないからな」

「しかし、それじゃ捜査は進まない」

「ああ、周りを見渡せば全員が怪しく見えるが、極秘裡にという条件つきで尻尾を摑むのは容易じゃない。警察というのは因果な商売だ。警察を取り締まる警察というのは存在しない。桜田門の警務にせよ道府県警の監察にせよ長官官房の人事課にせよ、しょせんは同じ穴の狢《むじな》だ。つまるところ自浄作用に期待するしかないんだが、組織の最上階にいるのは、自分たちには治外法権があるとでも錯覚しているような連中ばかりだ。まさに伏魔殿だよ」

韮沢の口ぶりに自嘲の色が滲んだ。いまでは韮沢自身がその伏魔殿の住人の片割れに成り果てているというわけだった。

「尻尾を摑んだらどうするんです」

「上の人間が判断するだろう。表沙汰にはまずならない。従って、森脇殺害事件も必然的に迷宮入りだ」

「そうはさせませんよ」

「日本の警察組織を壊滅させるわけにはいかないだろう」

「それで壊滅する程度のものなら、警察法を改正して、民間の警備会社に業務委託でもすればいいんです。上は腐っていても、下のほうには立派な警察官がいくらでもいる。地の塩というのを馬鹿にしちゃいけません」

言いながら、鷺沼は十二年前、目の前で凶弾に倒れた滝田恭一を思い起こした。あんな刑事らしい刑事が本当にいまもいるのかどうか、鷺沼にしても実際のところ心もとない。自分自身がそうではないくらいのことは重々わきまえている。

「そう信じたいがな」

韮沢は暗い情念を秘めた目で鷺沼を見つめた。組織の階段を昇り詰めるとき、失うものも決して小さくはないのだろう。その思いつめた表情に、かつて現場で輝いていた韮沢の面影はない。

「私に声をかけたわけは？　私が動けば警視庁捜査一課の正式な取り扱い事案になりますよ。つまりことは表沙汰になる」

「それについては、君にもまもなく天の声が下るはずだ」

「天の声？」

「一課長よりさらに上からだ。そのパイプは警察庁の長官官房に繋がっている」

どうせろくでもない話だと直感し、尻のあたりがむずむずしてきた。

「いったいどういうことなんです？」

「君はこの事案の専任で動くことになる。あらたな事件が起きてもそれに付き合う必要はない。その理由はたぶん君の同僚にも明かされないだろう」

「つまり捜査の一線から外されるわけで？」

「表向きはそうだ。しかし悪いようにはしない。この一件が成功裡に収拾すれば、君に対しては処遇の面で大きな見返りがある」

韮沢は鷺沼の空いたグラスにビールを注いだ。話の行方がますますきな臭くなってきた。皮肉を込めて問いかけた。

「そいつは韮さんの差し金ですね。私を伏魔殿の会員に勧誘しようというわけですか」

「そう言うなよ。住めば都という諺《ことわざ》もある。キャリアの連中だって姑息な悪事ばかり働いているわけじゃない。全体としてみればけっこう真面目に仕事をしてるんだ。君だっていつまでも迷宮担当の特捜班で冷や飯を食っているわけにはいかんだろう。出世というのも一度はしてみる価値がある。世間の見え方が違ってくる。君の胸の奥で燻《くすぶ》っている正義を愛する心に、ここでもう一度火をつけてみないか」

胸の奥で燻っている正義を愛する心――。韮沢が口にした思いがけない言葉に鷺沼は当惑した。いつからだろう。「正義」と「愛」は鷺沼が口にするのが気恥ずかしい言葉の双璧となっていた。

どんなたちの悪い人殺しでも、生かして捕まえて改心させるのが刑事の仕事だと、死んだ滝田は口癖のように言っていた。そのころは鷺沼もそんな考えに自然に共鳴できたものだった。ところがその正義の番人であるはずの警察組織が、臆面もないエゴと権力欲の巣窟だということにやがて気がついた。

滝田のような正義感に燃える真面目一途な刑事は、けっきょくその頭の上で胡坐をかく上昇志向の連中の出世の踏み台になり、本人はうだつが上がらないまま警察人生を終わるのだ。取調室で接した犯罪者たちと、人としてのレベルで五十歩百歩の連中が警察内部にはうじゃうじゃいる。いやそんな連中よりも人間的にはるかに立派な人間を取り調べたことだって何度もある。

韮沢が嘆くように警察を取り締まる警察は存在しない。血税をピンはねしようと、自己保身のために内輪の犯罪を見逃そうと、司直のメスが入らないならやりたい放題で、やがてそれが犯罪だという感覚すら消えてしまう。警察組織が治外法権だという無意識な思いが、鷺沼の心にもないとはいえない。

そんな環境のなかでは、自分の仕事は正義を追求するためではなく、給料の対価としての職務にすぎない。それは普通のサラリーマンとなんら変わらない。そう割り切ることでしか心のバランスは保てない――。韮沢との気の置けない酒の席で、そんな愚痴をこぼしたことがよくあった。

韮沢はそんな鷺沼の心をわかってあえて言っている。その韮沢は、長官が発した事実上の隠蔽工作指令に唯々諾々と従って、あげく自分にもその片棒を担がせようとしている。そんな話の脈絡に「正義」という言葉はいかにも不似合いだ。

韮沢は日ごろから正確な言葉遣いを心がける人間だった。森脇事件で同じ捜査本部に属した時期も、会議の席での仮借ない論法に舌を巻いたことが何度もある。

胸の奥で燻っている正義を愛する心――。それは韮沢自らが心に期しているなにかを示唆しているのではと鷺沼は訝った。自分一人ではできない巨悪との闘いに、鷺沼にも力を貸せと迫る言葉のようにもそれは聞こえた。鷺沼はその真意を探るように挑発的に応じてみせた。

「韮さんが尻拭いしてやろうとしている偉い人たちにもそんな心が残っているなら、私も少しは考えてもいいんですが」

「ないはずはない。そう思いたいよ。だからこそおれはこの仕事を引き受けた」

返ってきたのは、韮沢には珍しく意味のとりにくい言葉だった。しかしその表情からはかすかだが、刑事時代の韮沢が横溢《おういつ》させていた意欲の片鱗のようなものが読みとれた。

韮沢本人がまだ逡巡している――。鷺沼の直感はそう理解した。いま彼が進めようとしている機密捜査の表向きの意図は、警察組織の崩壊に繋がりかねない病巣を安全に摘出することなのだろうが、いずれにせよそれは巨悪の根源に深々とメスを入れる行為でもある。最後の一振りでその根源そのものを断ち切ることもできるのだ。

「ここで聞いた話は一切他言しません。二、三日考えさせてください。ここまでの進捗状況からすれば、そう急ぐ話でもないでしょう」

「ああ、構わんよ。いい返事を期待している。手を貸してくれれば、君はおれにとってこの上なく貴重な援軍になる」

韮沢はようやく曇りのない笑顔を覗かせた。

2

韮沢と別れたときは午後十時を過ぎていた。

方向が一緒だから自宅までタクシーで送ると韮沢は言ったが、そのタクシー代も裏金の使い道の一つだろうと思うと気分がむかついた。しかし断った理由はそれとは別にあった。韮沢と早く別れて、自分ひとりで考えたかったのだ。

値の張りそうな飲食店が軒を連ねる数寄屋通りの狭い小路を新橋方向にぶらぶら歩

く。忘年会の流れらしいサラリーマン風の酔客が傍らで喧《やかま》しい声を上げる。話題が話題だったせいで酒が進まず、鷺沼の頭は妙に冴えていた。

宮野のことは韮沢には話さないでおいた。韮沢が信用できないわけではないのだが、その背後で蠢く自己保身に長けた連中が問題だった。消えた十二億円をくすねた犯人の尻尾を摑んだとたんに、その犯人ともども除去されたのではたまらない。韮沢の話を総合すれば、そんな懸念もあながち大げさとは思えない。

宮野がどれだけの情報を握っているのかは知らないが、少なくともそんな場合の保険にはなるはずだ。そもそも国家レベルの危機を招来しかねないと心配するわりには、真相究明を韮沢一人に託していること自体なんとも怪しい。

警察庁自体は実働部隊を持たなくても、そこにいるのはひ弱で頭でっかちなキャリアばかりではない。韮沢の場合がそうだったように、地方本部から抜擢された連中のなかには、現場で叩き上げたばりばりの刑事経験者もいるわけで、布陣はいくらでも分厚くできたはずなのだ。

しかしこの事案に関わる人間を増やせば増やすほど、あとの始末が難しくなる。真相解明後の「手術」を本体にダメージを与えずに実行するには、それを知る人間が少ないほどいい。韮沢一人なら、県警内部の容疑者ともども安全確実に除去できる――。そんな雲の上の連中の魂胆が透けて見える。

鷺沼自身、韮沢に協力することになれば同様の危険からは免れない。だから宮野のことは隠し球としてとっておく。韮沢が信用できると確信できれば教えることもあるだろうが、いまのところはそれが安全策のように思われた。

宮野自身も昨夜はあの紙幣の件を口外しないように要請した。鷺沼はそれを受け容れた。その約束もこれで守れることになる。宮野がどこまで鼻を利かせているのかは知らないが、上にも報告せず、独行捜査をしている裏には彼なりの思惑があるはずだ。その点も用心してかかる必要があるだろう。あわよくばあの金をせしめようという魂胆さえ感じられるのだ。それに協力すれば、鷺沼も県警本部や警察庁の悪党どもと同列ということになる。

消えた十二億円の一部はすでに使われているが、おそらくそれはなにかの手違いで、その大半はまだ県警の隠し金庫に眠っているはずだ。盗んだ連中は、たぶん新札の登場で、それをおおっぴらに使えなくなって困っている。十四年前の記番号を持つ旧札の新券を怪しむ人間は、レストランのオーナーの妻やベテラン銀行員だけではないだろう。

詐欺事件そのものはすでに時効になっているのに、慎重を期してさらに森脇殺害事件の時効も待ったと解釈すれば、それがけっきょく裏目に出たわけだ。そう考えれば、その一万円札の山を秘匿している県警内部に、森脇殺害の容疑者がいる可能性は大いに高まる。

鷺沼の頭には二つのオプションが浮かんでいた。いま浮き足立っている警察庁の隙を突いてその大枚の金を横取りする。それが県警内部にあること自体が公にできない話だから、盗まれても向こうは手も足も出ないはずだ。

あるいは突き止めた真相を世間に暴露して、長官官房が懸念するシナリオを現実のものにしてやるという手もある。前者がおそらく宮野の意図で、後者をたくらんでいるのが韮沢ではないか。

滝田の殉職の真の理由を保身のために隠し通した刑事部の上層部。本来は犯人検挙のために使われるはずの血税でゴルフのボールや女の尻を追い掛け回して恥じない幹部連中。「正義」などという甘い幻想にたぶらかされる愚は犯したくないが、そんな連中と自分は違うという最後の意地にだけは忠実でいたい。韮沢はそのことを言ったのか。胸の奥で燻っている正義を愛する心——。

韮沢も「正義」という言葉を辞書の定義どおりには解釈しない男だ。自分が信じるのは法や通念としての道徳規範を超えた「大義」なのだとかつて語ったことがある。そのときは鷺沼もまだ若造で、言わんとするところが理解できずに終わった。しかしいまならわかる気がする。

この世の中には法の網では捕らえられない悪が存在する。出来合いの法や倫理の枠組みを超えて、そうした悪に対峙することこそが韮沢が言った大義なのではないか。毒をもって毒を制する――。そんな処方箋しか使えない巨悪もこの世には存在する。韮沢がいま立ち向かおうとしているのはそんな敵なのではないか。

出世しか眼中にないキャリア官僚と、そのおこぼれに与《あずか》ろうとする胡麻すり屋と、そんな上流階級とははなから無縁と諦めて、悪徳業者ややくざにたかって、せしめた金で贅沢三昧する悪徳刑事――。そんな連中の巣窟と化した警察組織を、その屋台骨から叩き壊してみるのもまた一興だ。それが韮沢の本意ではないか――。

その解釈が鷺沼の心を整理してくれた。韮沢の戦略がもしそうなら、それに手を貸すのはやぶさかではない。宮野の野望は潰《つい》えることになるが、まだ盗人に成り下がらないくらいの矜持《きょうじ》はある。

3

そんな思いにふけりながら気がつくと、もう数寄屋通りを抜けて新橋駅の近くに着いていた。

駅の界隈の居酒屋で飲み足りなかった分を補給しようか、それともこのまま帰ろうかと思いあぐねていると、背広の内ポケットで携帯が鳴り出した。桜田門からの呼び出しかと慌てて取り出してディスプレイを見ると、見慣れない番号が表示されている。不審な思いで耳に当てると、ややざらついて甲高い聞き覚えのある声が流れてきた。

「宮野です。鷺沼さん、いまどこにいるの？」

あとで連絡をとり合う必要があるかもしれないと、きのう互いの電話番号を教え合っていたが、さっそくの連絡に鷺沼は戸惑った。

「新橋のあたりだが」

「匿ってくれないかな。いま追われてんのよ」

「追われてる？」

問い返しながら、本牧で襲ってきた暴漢のことを思い出した。あの旧札の件であちこち動き回っているのを感づかれて、宮野も邪魔な人間の一人にリストアップされたのか。

「例の県警の連中か」

「違うのよ。ちょっと込み入った事情があってね」

「どう込み入ってるんだ」

「おれを追ってるのは静岡のヤー公なのよ」

「静岡のやくざ？ どうして刑事がやくざに追い回されなきゃいけないんだ」

「だから込み入った事情があるんだってば。おれ、いま蒲田にいるの。ちょうどやつらを撒いたところだから、これからそっちへ飛んでくよ。待ち合わせ場所はどこにする？

なるたけ人目につかないところがいいな」

宮野は勝手に話を決めてしまう。しようがないので、知っている店のなかでもいちばん不景気な、柳通りの外れにある飲み屋を指定する。三十分後に落ち合うことにして、鷺沼はその店に足を向けた。

暮れの稼ぎどきだというのに、狭い店内にはサラリーマン風の客が一組いるだけで、ほかのテーブルはすべて空いている。鷺沼は定位置のカウンター席に腰を下ろした。

「らっしゃい。久しぶりだね、鷺沼さん。会社のほうは景気はどう?」

店主が愛想よく声をかけてくる。洗い場でおかみさんがにこにこ笑ってお辞儀する。店主夫婦は人柄がいいし、店のつくりも平凡だが悪趣味ではない。江戸前割烹と銘打つ料理は、舌がとろけるほどではないが、不味いというようなものでもない。それでいて店が流行らないのは、よほど立地が悪いのか、あるいはなにかに祟られてでもいるのか。いずれにせよ、そのおかげでこの店は鷺沼にとって居心地のいい隠れ家になっている。

「相変わらずぱっとしないね。景気のほうもいまひとつだから」

同病相憐れむ調子で言葉を返す。名前は本名を使っているが、商売はアパレル関係の営業マンということにしてある。突き出しを突つきながら冷酒を飲《や》り出したところへ、宮野がのっそり姿を現した。

先ほど電話で言っていた「込み入った話」をじっくり聞いてやるために、奥まったテーブル席へ移動する。酒と突き出しを運んでくれたおかみさんに、肴を何品かと宮野の酒を注文する。おかみさんが立ち去ったところで鷺沼のほうから切り出した。

「八年前にやくざを射殺したってのは嘘だったたな。なんでそんなみえみえの三味線を弾いた？」

「もうわかっちゃったの。さすがは警視庁捜査一課」

宮野はすっとぼける。テーブルの下で脛を蹴ってやろうと思ったら、今度は足を引っ込めていて空振りだった。なかなか用意周到だ。

「褒めてくれとは言っていない。どうして嘘をついたんだ」

「例の万札の話を信用して欲しかったから」

「その話とどう関係がある？」

「おれがヤー公とつるんであぶく銭を稼いでいる悪徳刑事だって聞いたら、あの話を信じてくれた？」

宮野はおもねるような目つきでこちらの顔を覗き込む。鷺沼は黙って首を振った。

「やっぱりそうだ。おれが県警内部でつま弾きされている理由をそっちの話と結びつけて、あの話もガセネタだと決め付けた。どうせそんなところでしょ」

「しかしなあ。それならつま弾きされたって文句は言えないだろう。そもそも警察官の身分でいられるのが不思議なくらいだ」

「濡れ衣だから辞めさせられなかったってこと。要するに証拠がなかったわけですよ」

「だったらどうしてヤー公に追い回されている？」

「じつはでかい借金をこさえてね」

「やくざから？」

「そう」

「いくらくらい？」

「大したことはないんだけどね。ほんの二億くらい」

「二億？」

　思わず頭のてっぺんから声が出る。店主がこちらを振り向いた。宮野は澄ました顔で唇に指を当てる。鷺沼は声を落とした。

「どうして二億もの借金を？」

「濡れ衣を着せられてつま弾きにされて、このまま一生うだつが上がらないんじゃ馬鹿みたいじゃないですか。だからそのあとは本気で付き合ってやることにしたんですよ、ヤー公と。濡れ衣を着せられたのは県警本部の四課にいたときです。やくざとつるんでるやつはいっぱいいましたよ。だってそうしないとネタは集まらない。ハジキだってクスリだって押収できない。上は実績を出せとやいのやいの言ってくる。しょうがないからでかい悪事は見逃すかわりに、つまらない罪で首を差し出させて点数を稼ぐ。ついでに小遣い銭もせびり取る。ヤー公がお得意さんの四課や生活安全部の刑事にとっちゃ日常茶飯の話ですよ」

宮野は鷺沼の冷酒の徳利から自分のグラスに勝手に注いで、水を飲むように一息に飲み乾した。鷺沼は突っ込んだ。

「そういう話は聞いている。桜田門だって似たようなもんだ。だからあんたの話も眉唾だということにはならないか」

「四課にいたころは正義感に燃えた、真面目一途の刑事だったんです。なにしろ滝田の叔父貴に憧れて警察官になったんですから」

熱のこもった口調で宮野は言うが、真剣になればなるほど胡散臭くなるのがこの男の持ち味らしい。あの滝田の甥という話さえ怪しくなってきた。宮野は勝手に先を続ける。

「相方の糞ったれ刑事にチクられたんですよ。おれがあんまり堅物なもんだから、ヤー公とそれまでのねんごろな関係を維持するのが難しくなった。そこでおれを追い飛ばそうと、自分の悪事を丸々おれの仕業にしやがった。上司にチクってもそいつがろくでなしなのは課内じゃ周知の事実だから、直接監察官室へ話を持ち込んだ。現場の実情に疎い監察官室のキャリアの馬鹿がそれを丸ごと信じ込み、こっちはもう完全に犯罪者扱いで、一ヵ月近く訊問部屋に缶詰にされましたよ」

「それでけっきょく無罪放免か」

「もちろんですよ。もともと根も葉もない話なんだから、立証するに足る証拠も出てこない。しかし監察官室でそれだけ締め上げられたというだけで、こっちはもう不良警官の烙印を押されたようなもんですよ。証拠がなかったというのは、つまりシロと決まったわけじゃなくグレーだということでしょ、はたから見れば」

「それでまた殺しのほうに配置転換を？」

「やくざと癒着したなんて疑惑をもたれたら、もう四課にはいられませんからね。やっと一課へ戻してもらえると喜んでいたら、なんと行き先は交通部の交通規制課。案山子《かかし》みたいな格好で交通整理させられるのは嫌だから、なんとか捜査部門に回してくれと頼んだら、本部じゃなくて所轄の刑事課なら空きがあるという。もう呑むしかないじゃないですか。それからですよ。おれのどさ回り人生が始まったのは」

宮野はおかみさんが運んできた自分の分の冷酒をグラスになみなみ注いで、また水のように飲み乾した。ただのうわばみならいいが、虎では困ると不安になる。

「いまの所轄にずっといたんじゃないのか」

「あそこは五ヵ所目です。それ以前に回ったところは――」

宮野は鷺沼が聞いてもわからない神奈川の辺境の所轄名を数え上げた。つい同情心に駆られて問いかけた。

「しかし真面目に仕事してりゃ、そのうち周囲の目だって変わるだろう」

「おれだってそう思いましたよ。けちな事案だけど、おれの手で解決したヤマはいくつもある。本部長賞だって五回はもらった。それでも処遇は変わらなかった」

宮野は唐突に泣きべそをかく。危うく情にほだされかけたが、その演技過剰が気持ちを醒めさせた。たしかに警察の人事システムには硬直的なところがある。人を撃った警察官が一生うだつが上がらないのと同じ理屈で、一度押された不良警官の烙印は一生消えることはないのだろう。鷺沼は話をもとに戻した。

「しかし、二億の借金なんてなかなかできるもんじゃないだろう」

「なに、簡単なもんですよ。田舎の同級生に誘われて、博打に手を染めたの。神奈川県内じゃやりにくいけど、故郷の静岡なら地元の警察に面は割れていない。休日や夜勤明けに新幹線で行き来して、首までどっぷり浸かったころにはもう胴元からの借金が五千万。利息がべらぼうだったから、それが雪だるま式に膨らんで、それを博打で挽回しようとしてまた負けが込んで、わずか三年で二億余り。たまに利息だけ入れて誤魔化していたのが、もう最近はそれも通じなくなって」

宮野は空いた徳利をつまんで勝手に追加をオーダーする。鷺沼も別れた女房への慰謝料支払いにいまも汲々としているが、それはせいぜい数百万円。二億となると一生かかっても払いきる自信はない。それでも宮野はあっけらかんとしている。頭のなかでふと合点がいった。

「あんた、消えた十二億でその穴を埋める気でいるんじゃないのか」

「ご明察。どうせ出どころは悪党どもの懐でしょ。それを横取りした森脇も悪党なら、さらにそれをかっさらった連中も引けをとらない悪党だ。その金で前途有為な警察官が不幸にも落ち込んだ人生の落とし穴から救われるなら、自殺した古河も、殺された森脇も浮かばれるってもんじゃない」

宮野はてんから恥じるところがない。

「あんた能天気なこと言ってるけど、相手にしようとしている敵は、やくざよりずっと怖いかもしれないぞ」

「しかし向こうには弱みがあるでしょう。ちょっと突つけば本部長を筆頭に全員の首がすっ飛ぶからね。動かぬ証拠を摑んで一脅ししてやるんですよ。マスコミにばらしていいのかって。おれは十二億全額なんて欲張っちゃいませんよ。借金の分の二億と、どうせそうなりゃ警察には居にくくなるから、新しい人生の門出のためにもう二億ほど。おたくだってそのくらい手に入れれば御の字じゃないの」

宮野はその一件がすでに警察庁に飛び火していることを知らないようだ。鷺沼はまだとぼけておくことにした。

「勝手に仲間に入れるなよ。よそ者のおれに県警内部の悪事を暴けったって、それはできない相談だ」

「やってもらいたいことはいろいろあるんです。おれみたいな内輪の人間だとかえって動きにくいのよ。元ネタは提供するから、鷺沼さんに外から揺さぶって欲しいわけ。手柄は桜田門のものにしてくれて結構。ただし首の皮一枚だけは残しておく。いちばん肝心なネタを梃子《てこ》にして、裏金庫に仕舞ってある金を脅し取る」

「おれは本牧の海に浮かびたくはない」

「その心配はないですよ。森脇を殺《や》ったのは、神奈川県警の人間じゃない」

宮野の唐突な言葉に鷺沼は当惑した。

「じゃあ、誰が殺った」

「これは静岡のヤー公から聞きかじった話なんですがね」

「あんたを追っている連中か？」

「そう。半年くらい前まではそう悪い仲じゃなかったのよ。二億の借金こさえるってことは、それだけカモになってやったわけだから、つまり上得意ってことでしょう。それに向こうはおれの兄貴の資産を当て込んでいた。故郷の静岡で親から受け継いだ町工場をやっていて、土地やら工場やら機械設備やらがざっと五億と計算できたんです。いざとなったら筋者の回収屋を使って、そっちからむしり取ればいいとたかを括ってたわけですよ。ところがその工場が今年に入って経営が怪しくなって、春先に二度目の不渡りを出してついに倒産しちまった。五億の資産はきれいさっぱり消え失せて、それからですよ、おれに対する取り立てが厳しくなったのは」

「要するに、兄貴の資産を担保にして借金の山をつくり上げたわけか。やはりろくでもない野郎だな」

「おれから言ったわけじゃないんです。連中が調べ上げて、おれの信用を勝手に水増しさせちゃったの。おれに責任はないですよ」

宮野の小鼻がぷくりと膨らむ。鷺沼は先を促がした。

「で、静岡のヤー公から聞いた話ってのは？」

「そいつが恐喝で懲役食らって浜松の刑務所でお務めしてたとき、横浜の北部を仕切っている極濤会の福富《ふくとみ》っていう若いのと所内でねんごろになったらしいのよ。ある日、運動場で立ち話をしていたら、たまたまあの十二億のことが話題になった。そのときそいつが言ったというの。森脇を殺したのは自分だと――」

話が予想もしない方向へ転がり出した。

「だったらあの十二億はそいつが手に入れたのか」

「違うのよ。森脇は極濤会のフロント企業の街金から億単位の借金をして、それが焦げついて逃げ回ってた。その森脇が十二億を詐取して行方をくらましていると聞いて、取り立てのチャンスだと福富が動き出した。蛇の道はへびって言うじゃないですか。桜田門が探しあぐねていたはずの森脇の隠れ家を、そいつはいとも簡単に突き止めて、手下のチンピラを従えて出かけていった」

「あんたとよく似たケースだな」

「それだけありきたりな事件だってことですよ。そこまではね」

宮野はにやついて含みを残す。鷺沼は苛ついた。

「そこから先を早く話せ」

「話の腰を折ったのはそっちじゃない――」

もったいをつけるように冷酒をぐびりと呷り、宮野はおもむろに話を続けた。

場所は東池袋にある賃貸マンションで、当時、森脇が付き合っていた女が借りていた。福富たちが部屋を訪れたのは夜十時ごろ。チャイムを押しても応答がない。室内に明かりはついていない。なかで息を潜めている可能性もあるが、隣近所の耳があるから荒っぽいこともやりにくい。出かけているならそのうち帰るだろうと暗がりに隠れて待っていると、案の定、コンビニの袋を提げて森脇が外階段を昇ってきた。そこを取り押さえて、人気《ひとけ》のない駐車場に連れ出した。

押し問答するうちに森脇が懐からナイフを取り出した。福富たちに追われているのは知っていたから、護身用に隠し持っていたのだろう。揉み合ううちに逆にナイフが森脇の心臓に突き刺さり、森脇はそこで絶命した。

そのとき背後で声がした。

「福富、そこを動くな！」

聞き覚えのある声だった。池袋界隈の地場で自分の名前を知っている人間はそうはいない。田浦昇《たうらのぼる》という神奈川県警生活安全部の刑事だと福富は直感した。そのころ覚醒剤密売容疑で田浦は福富を付け回していた。向こうはそっちの用件で、東池袋まで福富を尾行してきたらしい。

闇の向こうで複数の人間の靴音が響いた。福富は手下のチンピラとともに駆け出した。暗い路地裏を選んで全力疾走するうちに、追っ手の靴音が聞こえなくなった。

福富はそのまま自宅に帰り、いつ警察の手が回るかと戦々恐々としていた。ところが翌日になっても警察が動く気配がない。森脇殺害の報道もない。不審に思っているとさらにその二日後、本牧の突堤で森脇の死体が発見されたというニュースが流れた。そして例の十二億円は相変わらず行方不明――。

福富は唖然とした。やがてしてやられたと地団太を踏んだ。森脇の十二億円詐取事件は、当時マスコミが大々的に報道していた。死んでいるのがその当人だと気づいて、田浦は森脇が身につけていた鍵でマンションに侵入し、あの十二億円を横取りした。福富はそう確信した――。

「その話を聞いたとき、静岡のヤー公は半信半疑だったというんだけどね。よくいるらしいね、塀のなかには。有名な事件の真犯人はおれだと吹聴する手合いが」

宮野ははぐらかすように言うが、その目の光り具合に確信している気配が読み取れる。鷺沼は好奇心を気取られないように曖昧な表情で頷いた。

「妙に辻褄が合う話ではあるな。福富ってやつはいまどうしてるんだ」

「もうとっくに刑期を終えて、組の若頭にのし上がってますよ。次に代紋を背負うのはそいつだともっぱらの評判でね」

「田浦という刑事は」

「ろくに実績を上げたわけでもないのにとんとん拍子で出世して、いまじゃ所轄の副署長様」

「その話、どうしてきのう聞かせなかった」

「だって、おれにしてみりゃ切り札のネタで、おたくが信用できるかどうか少しは様子をみたいじゃない。ところがこっちも静岡のヤー公の件で切羽詰まって、そうのんびりも構えていられなくなった。おたくがおれを匿ってくれるというんで、ここは一発賭けてみようかと」

「匿ってやるといつ言った?」

「じゃあ、おれが殺されても見て見ぬふりをするつもりなの？　おたくはそんなに冷たい人だったわけ？」

「あんたを殺したって、向こうは得することはなにもないだろう」

「それがあるから逃げ回ってるんですよ。じつは兄貴の工場が倒産した直後、ヤー公に無理やり生命保険に入らされたんですよ。万一の際の用心にとね」

「保険金額は？」

「借金と同額のちょうど二億。保険料は向こう持ちだから心配するなって言いやがる。もちろん魂胆は読めますよ。事故でも装ってうまいこと殺せば、ヤー公には二億の金が転がり込む。おれを追い回しはじめたってことは、つまりいよいよ回収に取りかかったというわけですよ」

「だったら自業自得だ。勝手に殺されろ」

「そんなこと言わないでよ。悪いようにはしないから」

「悪いようにはしないってのはどういう意味だ。おれを盗人の仲間に入れてやるということか」

「盗人なんて人聞きの悪い。結果的に盗人を懲らしめるんだから、こっちは正義の味方じゃない。その報酬として多少の金を頂戴しても罰は当たらないと思うけどね」

宮野の論理はぶっ飛んでいる。そのぶっ飛んだ論理に妙に説得力を感じるのは、韮沢の話を聞いたせいなのか。いずれにしても宮野の話には興味が湧いた。

事件の核心に至るうえで、宮野は十分使える駒だろう。シナリオの結末をどうするかはいまも考えあぐねているが、「盗人を懲らしめる」という空とぼけた宮野の言い種がなぜか気に入った。少なくともシナリオの途中までは付き合うべきだという気がしてきた。警察組織を糞壺にしている選民ぶった悪党どもに一泡吹かせたい思いにおいては、宮野は鷺沼と同じ船に乗っている。そしておそらく韮沢も――。

「しかし、これから先どうやって追っ手のやくざをかわすんだ。いつまでも逃げ回っているわけにはいかんだろう」

「なに、二、三日のうちにけりをつけますから」

「どうやって？」

「とにかく目算があるってことなの」

宮野は小鼻をぴくぴく動かす。

「だったら匿うのもせいぜい二、三日だぞ。そのあいだに決着をつけろ。さもなきゃ静岡のヤー公におれが身柄を引き渡す」

「つれない話だなあ。まあいいや。そっちのほうはなんとかしますよ」

「しかし、あんたの行動も辻褄が合わんな――」

鷺沼はわだかまっていた疑念を口にした。

「犯人が福富とかいうハマのヤー公で、金をかっさらったのが田浦とかいう県警の刑事なら、どうしていまさら三上真弓の身辺を嗅ぎ回る？」

「あ、それももう知ってたの。さすが警視庁捜査一課」

今度は足を目いっぱい伸ばして脛を蹴る。宮野は大げさに顔をしかめる。

「いえね。福富の話なんかどうせ駄法螺《だぼら》だろうと思っていたから、こっちもずっと忘れてたわけよ。ところがひょんなところから例の一万円札が飛び出して、その話が現実味を帯びてきた。それで現場とされている東池袋のマンションを探してみたんです」

「見つかったのか」

「苦労したけどね。幸い本業のほうはほぼ開店休業状態だから、森脇の写真を持って東池袋一帯のマンションを軒並み当たったわけですよ。なにしろ十四年前の話だから、無駄足は覚悟のうえでね。ところが三十ヵ所ほど回ったところで大ヒット」

「覚えている人間がいたわけか」

「そう。東池袋三丁目の築三十年くらいのマンションの住人が、森脇の顔に見覚えがあると言うわけよ。部屋はその住人と同じ階で、住んでいたのは中山順子《なかやまじゅんこ》という女だった。そこに同居していた男が森脇とよく似ているという話で、時期も十四年前でぴったり一致」

「その女の現在の所在は？」

「わからない。ただね、当事の捜査資料をひっくり返したら、なんと、その女の名前が出てきたんですよ。鑑捜査の資料のなかから――」

事件当時、神奈川県警は森脇の妹の三上真弓を捜査対象のリストに加えていたらしい。その鑑捜査で真弓が卒業した高校の関係者から聞き出した証言のなかに、真弓のクラスメートで仲のよかった友人として中山順子の名前が挙がっていたという。しかし捜査本部はその証言を重視せず、事情聴取もせずに放置されていた。

「真弓を介して知り合ったのかどうかはわからないけど、森脇と中山が付き合っていたことを親友の真弓は知っていたとみるのが自然でしょ。当然、森脇が女のヤサに隠れていることも知っていた可能性が高いでしょ」

「真弓がそれを警察に黙っていた？」

「あるいは喋ったけど、それを聞いた人間が握り潰した」

「まさか、それはないだろう」

鷺沼は一蹴した。真弓と当時もっとも密に接触していたのが韮沢だ。それでは韮沢が十二億円の横取りに加担したことになる。

「まあ、ここから先は想像の域を出ないわけで、真弓の会社へはそのあたりを確認しに出向いたわけですよ。もちろん真弓はそんなことは知らなかったと否定しましたよ。当時は中山とは疎遠になっていて、兄と付き合っていること自体聞いていなかったと」

不審な思いが募ってきた。きのう真弓は宮野が会社を訪れたとは言ったが、訊かれたのは当時の会社の経営状態についてで、中山との交友関係を訊かれたなどとはおくびにも出さなかった。

「福富からは話の裏はとったのか」

「まだなのよ。こっちもその手の連中との絡みで悪い評判を背負っているから、うかつに接触すると、また濡れ衣を着せられかねないでしょ」

「田浦からは？」

「そっちはもっと藪蛇じゃない。せっかく手にした切り札をうっかりここで晒《さら》したら、向こうは全力で潰しにかかる。そうなりゃ命がいくつあっても足りませんよ」

「つまり、あんたも八方塞がりなわけだ」

「それで鷺沼さんの存在が貴重になってくるわけよ。フリーな立場でそいつらと接触できるじゃない」

「下請けをやる気はないよ」

「でも十四年前の事件の捜査がおたくの当面の仕事じゃないの。ここまでの話は、そのための極めつきの有力情報でしょう。聞き流してほったらかすなら、職務怠慢ということになる」

宮野は痛いところを突いてくる。ぞくぞくする悪寒が足元から這い上る。当時、鷺沼は真弓の鑑捜査を担当したが、学校関係は当たっていない。すでに詐欺事件の捜査でそちらは済んでいると韮沢から聞いていたからだ。二課から上がった捜査資料にも、中山順子の名前は出てきていない。その点については早急に韮沢に確認する必要があるだろう。

4

柿の木坂のマンションへ、鷺沼はタクシーを奮発して宮野を連れて帰った。

宮野はタクシーのなかですでにうとうとしはじめて、居間のソファーに倒れ込むとそのまま高鼾をかき出した。心配したほど酒癖は悪くなかったが、そもそも人間そのものに癖がありすぎた。

翌朝目覚めると、淹《い》れたてのコーヒーの香りが鼻腔をくすぐった。時間はまだ朝の七時だ。昨夜の酒で朦朧とした頭を振りながらキッチンへ向かうと、頼みもしないのに宮野が甲斐甲斐しく朝食をテーブルに並べている。

「あ、もう起きたの。朝飯用意したんだけど、早すぎた?」

「早すぎるということはない。そもそも朝飯を食う習慣がない」

「それは体に毒だよ、鷺沼さん。帳場で寝泊りしているときだって、おれは三食欠かしたことがない。おかげで心身ともに健康そのものよ」

「心」のほうはともかく「身」に関しては言うとおりだろう。宮野は昨夜確実に一升空けているが、肌の艶にも声の調子にも二日酔いの気配は微塵もない。

テーブルの上にはポットにいっぱいのコーヒーと、トースト、オムレツ、オレンジジュースのグラスが並んでいる。ちょっとしたホテルの朝食並みだ。

「材料はどうしたんだ」

鷺沼は訊いた。冷蔵庫には缶ビールが数本あるだけで、コーヒー豆は切らしていたし、卵は腐らせて数日前に捨てた。パンもオレンジジュースもここ最近買った覚えはない。

「ついさっき、コンビニで仕入れてきたのよ。マンションの斜向かいにあるじゃない」

「外を出歩いたのか。追っ手のやくざが張っていたりはしなかったか」

「きのうの晩は完全に撒いたから、ここまでくる心配はないんじゃない。自宅や署の近辺にはいまも張りついていると思うけど」

宮野は他人事のように言う。マグカップにコーヒーを注ぎながら問いかけた。

「で、きょうはどうするんだ？」

「静岡へ行く」

「静岡へ？　それじゃ飛んで火にいる夏の虫だろう」

「だから狙い目なのよ。敵もそうくるとは思っていないはずだから」

「静岡へ行ってなにをする」

「向こうの親分に会って直談判する」

「安全に接触できるコネがあるのか」

「高校の同級生がいま市会議員になってんの。そいつがその筋の人間と妙に仲良しでね。暴対法が施行されて本業のしのぎがやりにくくなって、廃棄物処理業やら警備会社やら、ヤーさんたちも近ごろは表のビジネスに力を入れてるわけじゃない。そこでいろいろ便宜を図ってやって、その見返りを得ている関係なんですよ。だからそいつが口を利いてくれれば、命の保証を得たうえで親分と差しで話せると」

「親分と差しでなにを話す」

「二億の返済の話に決まってるじゃない」

けろりと言って宮野はトーストにバターを塗りたくる。鷺沼はひらめいたことを口にした。

「十二億の件を餌にか？」

「背に腹は替えられないでしょ。静岡のヤー公が神奈川の県警と繋がっている心配はないし、連中にしたって悪い話じゃない。おれみたいなチンピラ刑事でも、警察官を殺すというのはリスクが大きすぎる。発覚すれば警察にも面子《メンツ》があるから、しゃかりきになって追い込みをかけますよ。へたすりゃ組が潰される。だから無期限というわけにはいかないにしても、たぶん多少の猶予はくれますよ。そのあいだになんとかすりゃいいんです」

バターをたっぷり塗り終えたトーストに宮野は勢いよく齧りつく。鷺沼もさすがに不安を覚えた。

「すべてがあんたの思惑どおりに運ぶほど世の中は甘くはないぞ。静岡のやくざから聞いた話にしても、ガセじゃない保証はないだろう」

「そんときゃしょうがないから、地の果てまでも逃げまくりますよ」

命のかかった綱渡りのような状況を語りながら、宮野はいかにも涼しげだ。よほど肝っ玉が据わっているのか、神経が針金でできているのか。そそくさと朝食を済ませ、食器もきれいに片づけて、新横浜から新幹線に乗るといって、宮野は一人で出かけていった。なんとも手のかからない居候だ。

鷺沼は桜田門に電話を入れて、きょうは直行直帰だと伝えておいた。とくに文句も言われなかった。宮野が多めに淹れてくれたコーヒーを飲みながら、この日の行動について思案する。当面の課題は、昨晩宮野から聞いた話の裏をどう取るかだ。

三上真弓の件については韮沢に問い合わせるのが手っ取り早いが、その疑惑の延長線上にいるのが韮沢本人で、捜査の手順としてはすこぶる拙劣だ。鷺沼としてはむろん韮沢を信じたいが、今後、彼の要請に応えて行動するとしたら、なんとしてでもその潔白を明らかにしておきたい。

そのために必要なのは本人以外からの証言だ。三上真弓の名がまず浮かんだが、こちらはまさにその件の当事者で、証言の信憑性は担保されない。真相のいちばん近くにいそうなのが、いまはどこかの所轄の副署長だという田浦だが、もし十二億円横取りの本ボシだとしたら、本当のことを喋るわけがない。こちらの動きをわざわざ知らせて警戒させることにしかならないだろう。

そうなると意味のある情報を得られそうなのは福富しかいない。宮野にも多少は気心の知れた仲間がいるらしく、所轄の生活安全課の刑事から聞いたという福富の携帯番号を教えてくれた。静岡のやくざが聞いたという福富の話が丸々ガセではないことは、宮野が足で探した東池袋のマンションの住民の証言が裏づけている。

素直に話を聞かせてくれるか、そもそも会ってくれるのか。ほかに突破口がない以上、逡巡しても始まらない。意を決して携帯のキーを押しかけたところで、居間の固定電話が鳴り出した。

宮野にはまだ携帯の番号しか教えていないから、用があるならそちらにかかってくるはずだ。韮沢かと思ってナンバーディスプレイの表示を見ると、〇四四の局番に続いて覚えのない番号が表示されている。受話器を取ると聞いたことのない男の声が流れてきた。

「鷺沼さん？　突然の電話で恐縮です。桜田門にかけてみたら、きょうは直行直帰だとのことで、なんとか連絡がとれないかと言うとこちらの番号を教えてくれたんです。私は神奈川県警宮前警察署副署長の田浦という者です。ぜひ一度お目にかかれませんか。折り入ってお話ししたいことがありましてね」

意中の相手からの思いもかけない接触に、鷺沼の頭は一瞬真っ白になった。

第四章

1

「田浦さん――。失礼ですが、存じ上げません。どういうご用件で？」

鷺沼は電話機のボイスメモのボタンを押しながら、受話器の向こうの声にとぼけて応対した。

昨晩、宮野から聞いた噂話の主要登場人物――死んだ森脇康則から十二億円を横取りしたといわれる張本人が、わざわざ向こうから挨拶してきた。おそらく本牧突堤でたっぷりいたぶってくれた県警のチンピラどもの頭目だ。そこになんらかの罠がないはずがない。

「電話じゃ話しにくい用向きでしてね。こちらからご都合のいい場所に出向きます。なんとか時間をつくっていただけませんか」

神奈川県警宮前警察署副署長といえば階級は警視以上だ。鷺沼ごとき下々への口の利き方にしては馬鹿がつくほど丁寧で、胡散臭さはそれだけで五割増しといったところだ。

「そう言われても、こっちも立て込んでまして。お急ぎですか」

すぐにでも食らいつきたい気持ちを必死で抑え、「おあずけ」を命じられた犬の気分で気のない素振りを演じてみせる。

「急いでるんですよ。そちらにとっても急がれたほうが賢明な気がするんですがね」

田浦はこちらの演技を見透かしたように誘いをかける。ここは三味線の弾き合いだ。

「それじゃ先物取引のセールスのように聞こえますよ」

「うまいことを言う。それと似たような話です。つまりおたくの今後にとって損のない話です」

田浦は電話の向こうで声を立てて笑う。その笑い声がどこか安っぽい。実力以外のなにかの理由で成り上がった者特有の品性のなさが感じとれる。

「興味をそそられますね。だったらそちらの署へ伺いましょうか」

鷺沼は鎌をかけた。田浦は予想どおりに反応した。

「いや、これはごくプライベートな用件で。署内で話すには馴染まないんですよ」

「それじゃなかったことにしてください。警察官同士が署内で話せない話題というなら、避けて通ったほうが身の安全でしょう」

素っ気なく応じると、田浦は芝居がかって声を低めた。

「韮沢監察官室長とおたくの関係は特別なものだ。最近接触していることも把握しています」

ぐさりと急所を突かれた気分だが、冷や汗を掻きながら平静を保つ。田浦の属するグループに森脇事件の捜査に関わった連中がいるのなら、当時つばぜり合いを演じていた警視庁の内情も察知していたはずだ。

韮沢は捜査本部で突出した存在だった。その側近の鷺沼のことも覚えているだろう。一昨日は韮沢に会いに県警本部まで足を運んだ。そのうえ森脇事件の再捜査に着手して以来、彼らから執拗なマークを受けている。そのあたりの事情を勘案すれば、韮沢とセットで危険視されているとしても不思議ではない。

「韮沢さんとは古い友人の間柄です。ご期待に添えるようないかがわしい関係じゃありません」

木で鼻を括ったようにあしらうと、田浦は慌てて取り繕った。

「まあ、そう言わずに。そのことを取り沙汰するつもりはない。韮沢室長は人格見識ともに高邁《こうまい》なお方で、親しくお近づきになられているおたくがうらやましいくらいで」

本音のみえないほのめかしの連発に苛立ちが隠せない。

「こちらも忙しいんです。もう少し具体的に用件を言っていただかないと」

「ですからそれは会ってみての話ということで。あえてヒントを言えば、おたくがいま関わっている事案と大いに関係がある」

田浦は本音を覗かせた。鷺沼もようやく虎の穴に足を踏み入れる覚悟ができた。

「いいでしょう。きょうの午後なら時間がつくれます」

「場所は？」

打てば響くように田浦は訊いてくる。本牧での襲撃のこともあるから、敵の縄張りは避けたほうがいい。といって桜田門の身内の目にも触れたくない。ふと悪戯心が働いた。宮野が言っていた、森脇殺害と十二億円横取りの現場のあるあのあたり——。

「東池袋近辺はどうですか。そっちのほうにたまたま別件の用事がありまして。ついでということになって申し訳ないんですが」

「いやいや、無理を言っているのはこっちのほうで。だったらサンシャインシティのプリンスホテルはどうでしょう。ロビーラウンジで午後二時ということでは」

東池袋という引っ掛けに田浦は動じる気配もない。敵の手の内で遊ばされているような気がしてきた。

「結構です。といっても私はあなたの顔を存じませんが」

「大丈夫。こちらはおたくを知っています。私のほうから声をかけます。それではよろしく」

田浦は下卑た笑いとともに電話を切った。とたんに薄ら寒いものが背筋を駆ける。あるいは昨夜も尾行されていたのか。韮沢と銀座で会い、宮野と新橋で会った。それが眠っている獣を起こしたとすれば、敵のマークは想像以上にきついことになる。受話器を取り直して移動中の宮野の携帯を呼び出した。

「いまどこだ?」

「新横浜へ着いたとこ。ただいま新幹線ホームへ移動中」

「田浦からお呼びがかかった」

「そうなの。さすがだね。生活安全部の刑事だったころはダボハゼの異名をとっててね。どんなガセネタにも真っ先に食らいついて、捜査を混乱させるので有名だった」

宮野は格別驚きもしない。

「おれはダボハゼの餌なのか」

「いまのところはね。まだ事件の真相に迫っているわけじゃないからね。おれも含めてそうなわけだけど」

「会いたいというんだが、用事はなんだと思う」

「口封じに殺す気かも」

深刻ぶって言っておいて、すぐに宮野はけらけら笑う。

「冗談を言ってる場合じゃない」

「冗談なんか言ってませんよ。向こうだって、どこまで知られてるかわからないから疑心暗鬼なわけですよ。でもいい機会だから、ぜひ探れるところは探って欲しいね。ここは体を張ってでも」

「体を張る?」

「この前はこてんぱんにされただけで済んだけど、今度もそうとは限らないでしょ」

「こんなことで殺されるのはいい迷惑だ」

「警察に奉職した以上、殉職はつねに覚悟しとかなきゃ」

「人の命だと思って気楽に言うな。問題は向こうはおれの顔を知っていて、こっちは知らないということだ。つまり相手はおれに気づかれずに接近できる」

宮野はしばし間を置いた。

「心配なら似顔絵を送ろうか」

「似顔絵?」

「ああ、いったん電話を切って待っててよ。五分後にそちらの携帯に送るから」

捜査畑の刑事には似顔絵の達者なのがけっこういるが、宮野にその才能があるとは聞いていなかった。

受話器を置いてほぼ五分待つと、携帯の着信音が鳴る。宮野からの画像つきメールだ。その場で描いて携帯のカメラで撮影して、メールに添付して送ってきたらしい。

画像を表示してみると、沖縄の魔除けのシーサーに縁なし眼鏡をかけたような怪異な面相が現れた。捜査現場で使われる写実的な似顔絵とはだいぶ異なる。イラストとしては達者なのだが、フェルトペンで描いた単純な線画で、ほとんど漫画のタッチだ。

一目で頭に焼きつくほど特徴的に描かれているが、こちらが宮野の腕前を知らない以上、本当に似ているかどうかはわからない。追いかけて宮野から電話が入った。

「届いた？」

「ああ、届いたけど、こんな漫画の悪党のような顔の人間が本当にいるのか」

「それがいるのよ。本人を見たらすぐわかるよ。その顔のせいで刑事時代はよく尾行に失敗していたらしいね。得意先のヤー公たちが一目で顔を覚えちゃうから。で、田浦とはいつ会うの？」

「きょうの午後三時。サンシャインシティのプリンスホテルだ」

「また面白い場所を選んだもんだね。森脇が殺された現場はそのすぐ近くじゃない」

「おれが指定したんだよ。田浦の反応を見ようと思って」

「慌ててた？」

「落ち着いてたな」

「さすがに狸だね。早めに出かけて現場でも眺めてきたら？」

「そうしようと思ってる。マンションの正確な所在地を教えてくれないか」

「ちょっと待ってね――」

受話器の向こうで手帳をめくる音がして、まもなく宮野の声が返ってきた。

「豊島区東池袋三丁目二十五番地四号スカイコーポ四〇八号室――」

それを机上のメモパッドに走り書きして、鷺沼は言った。

「そっちこそ簀巻《すま》きにされて大井川の川底に沈められないように気をつけろよ」

「大丈夫だって。こっちには例の切り札があるんだから」

陽気に答えて宮野は通話を切った。二億円の借金のかたに命を狙われている男の態度とは思えない。

昨晩の韮沢からの依頼にはまだ応諾していないが、この件はやはり報告しておく必要がありそうだ。そう考えて受話器を取りかけ、またすぐに思い直した。田浦の話をするためには前段として宮野のことも話さざるを得ない。韮沢の腹のうちはまだ完全に読めてはいない。宮野からの話は鷺沼にとってなけなしの切り札で、事態がどう転ぶにせよ、いまは貴重な護身用の匕首《あいくち》だ。韮沢には、もし必要なら時を改めて報告することにした。

2

マンションを出たのは昼過ぎだった。慎重に近所を一回りして、尾行者がいないのを確認する。

ポケットには小型のデジタルレコーダーを忍ばせた。音声で記録しておけば田浦の話は自供同様の価値をもつ。どこまで話を引き出せるかわからないが、そうたびたび会ってくれる相手ではないはずだ。チャンスは最大限生かすべきだろう。

東横線と山手線を乗り継いで池袋には一時少し前に着いた。東口から地上に出て、東口五差路からサンシャイン60通りを進み、行き着いた三差路から南東に広がる一帯が東池袋三丁目だ。森脇が潜伏していたとされるスカイコーポは、春日通りに近い冴えないビルが立ち並ぶ一角にあった。

宮野の言ったとおり築三十年は経つと思われる煤けた賃貸マンションで、エントランスの管理人室には清掃中の札が掛かっている。

エレベーターで四階に上がる。中山順子が森脇を匿っていたという四〇八号室は四階の北側にある角部屋で、表札がないところをみるといまは空室になっているらしい。とくに見るべきものはなさそうだった。その場を立ち去ろうとすると、背後から声をかけられた。

「ちょっと、あんた。そこでなにしてるの?」

振り向くと、茶渋が浮いたような肌をした作業着姿の男が、箒《ほうき》と塵《ちり》取りを手にして立っている。上着の胸に「東輝メンテナンス」の縫い取りがある。このマンションの管理人らしい。

条件反射で警察手帳を取り出しかけて、ふと思いとどまった。田浦を含む事件の関係者が、いつなんどき思い出の場所を訪れないとも限らない。聞くべきことはすでに宮野が聞き出している。ここはしらばくれて立ち去るのが得策だと、出まかせの答えを口にした。

「生命保険会社の者ですが。こちらにお住まいの皆さんに新商品のご紹介に伺ったところで」

「そりゃ嘘だな。名刺を見せな」

男はさも胡散臭げに目を細める。やむなく警察手帳を提示する。

「やっぱりね。どう取り繕っても、刑事ってのは堅気の人間には見えないんだよ」

男は勝手に一人で頷いた。刑事が堅気じゃないと言われたのは初めてだが、宮野のようなのもいるわけで、的外れとも言いがたい。それならついでにと訊いてみた。

「以前、この部屋にお住まいだった中山順子さんという方をご存知でしょうか」

「またその質問かい。十四年前までここに住んでた人だろう」

「ご存知ですか」

「知るわけないよ。おれがここに来たのは五年前だもの」

「だったらどうして十四年前にその人が住んでいたことを」

「ついこないだも同じ質問をされたからだよ」

億劫そうな口ぶりの裏に、喋りたがっている気配が読み取れた。間髪を容れず問いかけた。

「いったい誰に?」

「ありゃ、どう見てもやくざだな。ぱりっとしたダブルのスーツを着て、高そうなベンツで乗りつけて、名も名乗らずに訊きたいことだけ訊いていきやがった」

「名も名乗らずに?」

「そりゃあんた、こっちだって命あっての物種だよ。あんたなんか目じゃないくらい凄みがあった。あとでトラブルがあっちゃいけないから、車のナンバーはメモしておいたよ」

「その男にはどう答えたんです?」

「知らないものは知らないって言うしかなかったよ。見かけによらず礼儀正しい男でね。殴る蹴るの目には遭わずに済んだけど」

「そのナンバーを教えてもらえますか」

「いいけど、とばっちりを食うのはいやだから、おれから聞いたなんて絶対に言わないでよ」

「わかってます。情報提供者の安全を守ることも警察官の重大な責務ですから」

力強く請け合うと、男は上着のポケットから表紙のくたびれた手帳を取り出した。男が読み上げる車のナンバーを自分の手帳に書き移す。

「貴重な情報をありがとうございました」

「役に立ちそうかい」

「もちろんです。これで捜査が進展しそうです」

「なんの捜査か知らないが、そりゃよかった。いやね、テレビの刑事ドラマは好きでたいがい観てんだよ。本物の刑事に協力できて嬉しいよ」

渋かった男の表情がやっと緩んだ。

マンションを出て、通りすがりのコーヒーショップに飛び込んで、特捜一係のデスクに電話を入れる。待機番を仰せつかっている新米刑事の井上が出た。

「鷺沼だ。一二三に繋いで車番から車の所有者を照会してくれ。名前がわかったら、その人物の犯歴情報も併せて――」

続けて横浜ナンバーのその車番を読み上げた。しばらくお待ちをと井上は答え、電話口からパソコンのキーを打つ音が漏れてくる。

中野にある警察庁照会指令センターは、そのコードナンバーから一二三と呼び慣わされ、車両所有者の照会から犯歴の照会まで、警察電話、無線、パソコンなどからスーパーコンピュータに蓄積された膨大なデータベースにアクセスできるようになっている。

井上はいま卓上のパソコンからそこへ繋いでいる。まもなく井上が電話口に戻った。

「わかりました。所有者は福富利晴《としはる》。横浜市港北区大曽根台在住。八一年に傷害罪で二年の実刑、八五年に覚醒剤不法所持で四年の実刑、九二年に恐喝罪で六年の実刑。現在は指定暴力団極濤会の幹部組員――」

頭にがつんと来た。宮野の話はやはりガセネタではないようだ。誤って森脇を殺害し、田浦に十二億という美味しい油揚げをさらわれた――。刑務所でそう吹聴した運に恵まれない極道が、いままた舞台に戻ってきた。消えた札束を狙うハゲタカの鳴き交わす声がいまにも頭上から聞こえてきそうだった。

福富が追っているのは中山順子――森脇の愛人で、妹の高校以来の親友だった。しかしその存在は当時の捜査記録から抜け落ちていた。行方は鷺沼も把握していない。出口の見えない森の深みへ、また一歩引きずり込まれたような気がした。

時計を見るとまだ午後一時半。先に軽い食事でもとっておこうと、コーヒーショップを出てサンシャイン60通りに戻る。十二月も半ばを過ぎた通りはクリスマス商戦たけなわで、寒風が吹き抜けるビルの谷間を夥《おびただ》しい人の群れが切れ目なく往来する。そのなかからふと覗いた男の顔に目が釘付けになる。

田浦――。宮野が描いた漫画風のイラストはたしかに誇張されていたが、極端なデフォルメを常識の範囲まで補正すれば、それは目の前の人物そのものだった。その特徴を一筆で捉えた宮野の腕は並みではなかった。

よく見ると田浦は一人ではない。いかにも私服警官といった風体の、目つきの悪い男二人を従えている。それぞれの背広の腋の下が膨らんでいる。きょうの逢瀬の目的は、やはりろくでもない用件のようだった。三人は通りに面した焼肉店からちょうど出てきたところらしい。

その用心棒の顔を鷺沼は心のカメラに記録した。わざわざ川崎から池袋まで、昼飯を食わせに手下を連れてくるわけがない。一対三の勝負では、まず勝ち目はない。本牧の二の舞は踏みたくない。かといって尻尾を巻いて逃げるのも癪な話だ。

気づかれないように人込みに紛れ、東急ハンズ方向へ行き過ぎてから、慎重に田浦たちの背後に回る。三人は一塊になって歩いている。コートの襟を立て、一〇メートルほどの距離をおいて尾行する。向かう先は田浦と約束したプリンスホテルのロビーのはずだ。

案の定、三人はアムラックス東京の横手を通ってサンシャイン60通りへ抜けていく。通りに出たところで、田浦はそのままサンシャインシティに向かい、残りの二人は左右に別れて、雑踏に紛れてゆく。罠かもしれないと感じながら、吸い寄せられるように田浦のあとを追う。

田浦はぶらぶらとアルパの専門店街へ入っていく。慎重に距離を詰めながら入り口のガラス戸に映る背後の人群れをチェックする。五メートルほどうしろにあの二人がいた。あれからすぐ背後に回られたのだ。別行動でこちらを監視する作戦らしい。先手は向こうにとられたが、この混雑のなかで攻撃を仕掛けてくるとは思えない。

田浦はホテルのロビーラウンジに入ると、壁を背にした席に陣取った。時刻は午後一時四十五分。約束の時間までまだ十五分ある。向こうはこちらの顔を知っているから、しらばくれてロビーで様子をみるわけにもいかない。

先ほどの二人は姿を消している。先手を打って慌てさせるのも一興だ。ズボンのポケットに忍ばせた録音機のスイッチをオンにして、田浦のいる席へ向かって一直線にロビーを横切る。

「失礼ですが、宮前署の田浦さんですね」

声をかけると田浦は慌てて周囲に視線を走らせた。二人の用心棒の姿を探しているらしい。やはり連中とここで落ち合って、離れた席から監視させる作戦のようだ。

「そうですが。私がわかりましたか?」

田浦は戸惑いを隠せない。もともと大きすぎる目が縁なし眼鏡からはみ出しそうだ。電話ではこちらは顔を知らないと言っておいた。シーサーそっくりなのでわかりましたとは言いにくい。

「同じ警察官同士、物腰や目配りで察しがつきます。掛けていいですか」

「ああ、どうぞ。時間よりだいぶ早いね」

「そちらこそ。お互いに巌流島の武蔵の作戦は取らなかったようで」

「きょうはそういう剣呑な用向きじゃありませんよ。どちらにとっても有益な話だ」

田浦はどうにか余裕を取り戻した。ウェイターが注文を取りにくる。メニューは見ずにどちらもホットコーヒーを頼んで早々に退散してもらう。

「ご用件というのは森脇事件に関することでしょう」

ストレートに口火を切ると、田浦は泰然とそれを受けた。

「おわかりなら話が早い。あの事件はまもなく時効です。いまさら再捜査に乗り出したところでネズミ一匹出てきやしない」

「そいつはどうですか。ネズミはともかく、屍肉漁りのハゲタカがうようよ群がってきてますよ」

鷺沼の皮肉に、田浦はおかしな具合に顔を歪めた。どうも笑ったところらしい。

「面白いことを言う。たしかにあの十二億は消えたままだ。しかもそちらはとうに時効です。いまさらほじくり返そうにも司法機関としては手も足も出ない」

「そういう立場で動いているわけじゃないでしょう。欲に目が眩んだそのハゲタカどもは——」

おまえも含めてと目顔で付け加えると、それを察したように田浦は切り返す。

「おたくだってその一員かもしれないと私は疑っているんだがね」

「そうかもしれない。しかしあなたのおっしゃるように、その件がすでに時効で司法機関が介入すべき問題じゃないのなら、誰がどう首を突っ込もうと文句を言う筋合いの話でもないことになる」

ウェイターがコーヒーを運んできた。田浦はミルクと砂糖を盛大に抛《ほう》り込み、賑やかな音を立ててスプーンでかき混ぜた。

「ここからは本音の話し合いです。いいですか。あの金は消えてなくなった。その行方は誰も知らない。それですべてが丸く収まる。だからこちらの庭に忍び込んで、こそこそ穴をほじくらないでいただきたい」

「あのヤマは我々のものです」

鷺沼はきっぱりと言い切った。田浦はやおら身を乗り出す。

「あなたの一存で蓋をすることもできるでしょう」

「その見返りは？」

鷺沼は問いかけて、コーヒーをブラックのまま口に含んだ。田浦はシーサーの牙のような八重歯を覗かせた。それも笑ったところらしい。

「話のわかる方のようだ。キャッシュで五百万、足のつかない金を用意します。別れた奥さんへの慰謝料の支払いに回してもお釣りがくるはずだ」

鷺沼の懐事情はお見通しらしい。侮りがたい捜査能力だ。こちらも厭味のカウンターを打ち返す。

「そのキャッシュはすべて旧札で？」

田浦はシーサーのような鼻の穴を横に広げた。今度は笑ったわけではなさそうだった。

「からかうのがお上手だ。もちろん新札ですよ」

「しかし気前がよすぎませんか。私がどこまで真相を摑んでいるかご存知なんですか」

田浦は見下すような口調で言った。

「そんなことはどうでもいいんです。どうせまだ大したネタは摑んじゃいないと思うがね」

「だったら、なぜ五百万もの大金を？」

「保険のようなものですよ。犬も歩けば棒に当たるというでしょう」

「私は犬ですか」

不快感を目いっぱい滲ませても田浦は動じない。

「韮沢監察官室長の飼い犬だと私は見ています」

「だったら飼い主を丸め込むほうが話が早いでしょう」

「韮沢さんは上の役所と直結している。我々としては触りたくない。むしろ飼い犬に手を噛ませるほうが利口なやり口です」

上の役所——つまり警察庁。田浦は「我々」という複数の人称代名詞を使った。かすかな興奮を覚えて鷺沼は畳みかけた。

「一つ教えてください。あの十二億を掠め取ったのはあなただという噂を聞いている。事実ですか」

田浦は苦々しげに顔を歪める。

「いいですか。そういう質問も含めて、その件に首を突っ込まないで欲しいと言っている。桜田門でのおたくの所属は特別捜査一係だと聞いてます。要するに迷宮入りのファイルの埃をはたく程度の仕事じゃないですか。森脇事件もその程度のものだ。奪われた金の出所はやくざや悪徳政治家の闇資金で、まっとうな市民社会に害が及んだわけじゃない。その金がペテン師の手から別の人間の手に渡ったとしてもやはり同じことだ」

「あなたがそれをしても倫理的に許されると?」

「そうじゃない。あくまで仮定の話です」

「だったらどうして、私の口を封じようと?」

「組織を守るためですよ」

田浦はくそ真面目な顔で言う。この手の連中のいつに変わらぬ常套句。鷺沼は鼻で笑った。

「あなたのような人間が私物化した組織をね」

「また青臭いことを言う。方便というやつですよ。その組織があるから全国二十数万人の警察官が生きていける。それによって市民社会の平安が保たれる。違うかね」

「べつにきれい事を言っているわけじゃない。この世の中にはその方便に便乗して甘い汁を吸っている人間がいる。組織の階段を昇れば昇るほどその汁は潤沢になる。それを当然のこととして疑わない連中の感性に吐き気を催すだけですよ」

「吐き気ですか。その言葉は私に対しても当てはまるわけですか」

田浦は虚勢を張るように背筋を反らせる。鷺沼はひるまず打って出た。

「あなたのためにあるような言葉ですよ。十四年前、東池袋のマンションであなたを見かけたというやくざ者がいるという噂を聞きましたが」

「ほお、そりゃ初耳だ」

田浦のコーヒーを持つ手が震えている。

「森脇を殺したのはそのやくざ者だという噂です」

「だったらどうしてそいつを逮捕しない？」

「単なる噂ですから。証拠はない」

「いったい誰なんです、そのやくざ者というのは？」

「さあ、あなたがご存知じゃないかと」

「知りませんな」

「そのとき、森脇が持っていた十二億をネコババしたのがあなただと聞いている」

「とんでもない濡れ衣ですな。出まかせもほどほどに願いたい」

田浦は毛虫のような眉を痙攣《けいれん》させた。怒ってみせたところらしい。

「じゃあ、私はあの事件についてなにも知らないことになる。その私の口を封じるために大枚五百万も払うとはずいぶん気前がいいじゃないですか」

「さっきも申し上げた。あくまで保険です。要らないなら無理にとは言わないが、それは得るべきはずの五百万以上の損失を意味することになる」

「それは私の命のことですか？」

田浦はまた下卑た声で笑った。

「いちばんの心配の種はそこですよ。意地を張るのは賢明じゃない」

視界の隅に例の用心棒二人が現れた。それぞれ別れてこちらとはつかず離れずの席につく。あらぬ方向に視線を向けているが、神経はこちらに集中しているのが感じとれる。これ見よがしに二人を指さし、鷺沼は言った。

「あなたのお仲間が二人いる。消えてもらうわけにはいきませんか」

「私は一人で来たんです。連れはいません」

田浦は空とぼける。鷺沼は携帯を取り出した。

「短銃を懐に仕込んだ二人組がこのラウンジにいると、池袋署に通報してもいいですか。五分で警官が飛んできますよ」

田浦の私的用心棒として動いているなら、きょうはおそらく非番のはずで、銃を携行していれば拳銃取扱規範に抵触し、職務質問で突つかれれば面倒なことになる。

その山勘は当たったようで、田浦は慌てて自分の携帯を取り出してダイヤルキーをプッシュする。用心棒の一人が携帯を耳に当てる。田浦が小声でなにやら指示すると、男は相方に身振りで合図して、二人はそそくさと席を立った。

「抜け目のないところは見せてもらったが、甘く見ているとろくな目に遭わないぞ、鷺沼」

馬鹿丁寧だった田浦の言葉遣いが唐突に変わった。鷺沼も敵意を鮮明にした。

「五百万ぽっちのはした金で魂を買おうなんて、人を見くびったもんだよ、田浦さん。世の中の人間がみんなあんたの同類じゃないことが、これでわかってもらえたようだな」

「不愉快だ。私は帰る。痛い目に遭って泣きを見ないように、せいぜい覚悟をしておくことだ」

田浦は捨て台詞を吐いて立ち上がり、財布から小銭を取り出して、自分の分のコーヒー代だけをテーブルに並べると、二人の用心棒のあとを追うように立ち去った。

3

田浦が立ち去ったあと、五分ほど間を置いてラウンジを出た。用心棒の姿も田浦の姿も見当たらない。エントランスでタクシーを摑まえて、そのまま渋谷まで走らせた。

車内でイヤホンを耳に差し込み、録音した会話を再生する。田浦は際どい台詞は連発したが、言質を与えるような表現は避けていた。状況証拠には使えるかもしれないが、決定的なものとは言いがたい。それでも宮野が漏れ聞いた福富の話の裏はとれたも同然だった。

こうなったら一気に固めてしまいたくなる。福富の携帯電話の番号は宮野から聞いていた。渋谷駅前でタクシーを乗り捨て、道玄坂をしばらく登り、腹も減っていたので、客の少ないイタメシ屋を見つけて飛び込んだ。

適当に料理と飲み物を注文し、さっそく福富に電話を入れる。五回ほどの呼び出しで、太いテノールが応答した。

「誰だ、おまえは？」

「福富さんだね。警視庁捜査一課の鷺沼といいます」

「おれは悪さはしちゃいねえ。警察とは昔から相性が悪い。じゃあな。警視総監によろしく言っといてくれ」

ぷつんと通話が切れる音がした。懲りずにダイヤルキーを押し直す。今度は十回ほどの呼び出しで繋がった。

「しつこい野郎だな。警察に用事はねえって言ってるだろう」

「こっちは用事があるんだよ、福富さん。十四年前に森脇康則が殺された一件だ」

福富は一瞬間を置いた。

「もうじき時効なんだろう」

「あと一年の辛抱だな、福富さん」

「なにが言いてえんだ、この野郎」

「森脇を殺ったのはあんただろう。自分でそう吹いて回ったと聞いているが」

電話の向こうでため息が漏れた。

「若気の至りってやつだよ。この商売じゃ強面は一種の箔なんだ。ムショででかい顔をするためにでっち上げたんだ。そんなたぐいの法螺話は、塀のなかにはごろごろ転がっている」

「さて、どうだかな。ただの法螺でもなさそうだとこっちは踏んでるんだが」

「いったい誰から聞いたんだよ」

「塀のなかから出てきた人間だと言っておこうか。あんたが最後に入所したのは、たしか浜松刑務所だったな」

「鷺沼さんとかいったね。ガセネタを突つき回しても時間の浪費だ。そいつは血税の無駄遣いというもんだ」

福富は諭すように言う。鷺沼は大胆に誘い水を向けた。

「殺しの一件はどうでもいいんだよ、福富さん。なんなら目をつぶってやってもいい」

「なんだよ。桜田門の捜査一課も地に落ちたもんだな。根も葉もない噂をネタにおれを強請《ゆす》ろうって魂胆か」

「そういう意味じゃない。いまおれが関わっている捜査の眼目は、森脇が殺されたときに持っていた札束なんだ」

「言いがかりをつけるんじゃねえよ。そんなことおれが知るもんか」

福富はあくまでしらばくれる。鷺沼は二の矢を放った。

「中山順子の行方を探しているという話だが」

「どうしてそれを知っている」

「あちこちから情報を集めるのがこっちの商売でね。殺された森脇の愛人で、当時、自分のマンションに森脇を匿っていたらしい」

「繰り返すがなあ。警察に喋ることはなにもねえし、お巡りと一緒にいると蕁麻疹《じんましん》が出る体質なんだよ」

福富は辟易《へきえき》した様子だ。もう一歩と踏んで食い下がる。

「こっちも繰り返すが、詐欺師一人が殺された事件などはっきり言ってどうでもいい。いやだというなら逮捕状を請求する。森脇事件についてはいくらでも出るはずだ」

あんたが面白い話を聞かせてくれるなら、おれのレベルで握り潰してやってもいい。いやだというなら逮捕状を請求する。森脇事件については言い逃れできても、余罪がほかにいくつもあるだろう。叩けば埃はいくらでも出るはずだ」

「けっきょく脅迫じゃねえか、この野郎。やくざ者だってそこまで汚ねえやり口はしねえぞ」

「お互い損得を考えて付き合おうや、福富さん。あんたもすでに極濤会の大幹部だ。いまさらけちな殺しで臭い飯を食うわけにもいかないだろう」

穏やかな調子でさらに一押しすると、福富はようやく折れた。

「会ってやってもいいが、条件はあんたと差しだ。ほかの刑事は同行するな」

「心配は無用だ。迷宮入りの事案に人手は割けない。この一件で動いているのはおれ一人なんだ」

「わかったよ。きょうは立て込んでるんだ。あすなら時間がつくれる」

「場所は？」

「関内におれの舎弟がやっている店がある。そこで夕方の六時ってことでどうだ。ゆっくり飯でも食いながら話そうや」

福富の口調は妙に親しげなものに変わっていた。関内の店の名を聞いて通話を終えた。

4

可もなく不可もなしのイタメシを平らげて店を出て、周囲の人波に視線を走らせながら渋谷駅方向へ戻る。怪しげな尾行者は見当たらない。

渋谷109に差しかかったところで携帯が鳴る。宮野からだった。どうやらまだ生きていたらしい。のっけから訊いてくる。

「どうだった、田浦とのデートは？」

顚末を一とおり語って聞かせると、宮野は弾んだ声で言う。

「そりゃもう白状したようなもんだよ。しかしさすがに玄人だね。証拠になるようなことは喋っていない」

「ああ。補強材料にはなるが、それは本ネタを押さえたあとだ」

「その五百万、しらばくれてもらっとけばよかったのに」

「そんなことをしたら、受託収賄罪になるだろう」

「体を張ってんだから、そのくらいの余禄はあってもいいんじゃない」

宮野のモラル感覚は融通無碍《ゆうづうむげ》だ。呆れながら問い返す。

「そっちのほうはどうなんだ。元気で生きているらしいことは察しがつくが」

「話し合いは済んだよ。猶予は半年。そのあいだに例の十二億をなんとかしないとね。頼りにしてますよ、鷺沼さん」

「勘違いするな。あんたの借金を返済するためにおれは動いているわけじゃない。ところであすの夕方、福富と会うことになっている——」

電話でのやりとりをかいつまんで伝えると、宮野はまた大げさに声を上げた。

「さすが警視庁捜査一課。動きがいいじゃない」

脛を蹴飛ばしてやりたかったが、電話ではそうもいかない。

「福富ってのは、どういうやつなんだ？」

「組じゃ頭脳派で頭角を現したって聞いてるね。武闘派のいまの若頭を飛び越して、組長の座を窺う存在だというのが、その筋のあいだでの下馬評らしい。そんなこともあって、若いころは荒っぽいこともしたけど、最近は人間が丸くなったっていう噂だよ。生活安全部の連中からの受け売りだけどね」

「いわゆる経済やくざか」

「そんなところだね。表の商売も手広くやっていて、最近は横浜税務署管内でも高額納税者の部類に入っているらしいよ。一人で会うの？」

「差しでというのが条件だ」

「しかし田浦といい福富といい、予想外に反応がいいよね。おれが聞いた静岡のヤー公の話も、あながちガセじゃなかったわけだ」

ほくそえむ宮野の顔が目に浮かび、その下請けをしているような気がして癪に障る。

「きょうはどうするんだ。こっちへ戻るのか」

「うん。夕方には帰るけど、どうせ出先なんでしょ。どこで落ち合う？」

「落ち合うったって、もう静岡のやくざのマークは外れたんだろう。あんたは自分の家へ帰ればいい」

「いや、鷺沼さんのマンション、こざっぱりしていて居心地がいいからさ。しばらく居候しようかと思って」

「馬鹿を言うな。おれにもきついマークがついている。つるんで動いてることを田浦たちに知られたら、これからいろいろやりにくくなる」

「いまのところ大丈夫みたいだよ。マークしてるのは県警の管内だけで、桜田門の縄張りまでは手が回らないんでしょ。けさ出掛けにマンションの周りをチェックしたけど、怪しい連中はいなかったから」

「それはおれも確認した」

「だったら心配ないじゃない。沼津で美味い干物を買ってくからさ。一杯やりながらこれからの作戦を立てようよ」

宮野はあっけらかんとしたものだ。沼津の干物に惹《ひ》かれたわけではないが、けっきょくもう一晩宿を貸すことにした。

「九時過ぎには帰るようにするから、勝手にマンションまで来てくれよ。送り狼にはくれぐれも注意してな」

「わかった。ビールと酒も仕込んでおくよ」

静岡の親分から半年間の余命を得たせいか、宮野はすこぶる機嫌が良かった。


渋谷駅前に着いて時計を見ると、午後四時を過ぎたところだった。また携帯が鳴る。着信音が違うのでメールだとわかる。韮沢からだった。

内容は昨夜依頼された件についての督促だ。上のほうからプレッシャーがかかっており、早急にいい返事が聞きたいという。上からの圧力というより、それにかこつけて鷺沼の決断を迫っているようにも読み取れた。

こちらも大きすぎるネタを抱え込んでしまった。そろそろ状況を報《しら》せないとこれまでの信頼関係を裏切ることになる。韮沢に確認したいことも出てきた。当時の二課の捜査情報から中山順子の存在が漏れていた理由——。田浦の話からも、福富の反応からも、当時、あの東池袋のマンションに住んでいた中山順子が重要な鍵を握っているのは明らかだった。そのことをまず問い質す。そのときの韮沢の回答を、彼からの依頼を受けるかどうかの判断材料にしようと思い定めた。

携帯に電話を入れると、韮沢はすぐに出た。

「メールをいただきまして」

「ああ、読んでくれたか。最近PHS機能付きのモバイルパソコンを買い込んでね。携帯電話でメールを打ち込むのはおれには無理だが、これならどこでもメールが送れる。きょうも持ち歩いているんだよ」

話向きから察するに出先らしい。

「進んでますね。こちらは安月給で、そこまではなかなか手が回りませんよ」

言ってしまって皮肉に聞こえなかったかと悔やんだが、韮沢のほうは気にする様子もない。

「いまどこに?」

「渋谷です」

「だったら都合がいい。いま所用で本庁に来てるんだ。夕方、会えないか」

昨晩会ったばかりだというのに、韮沢はえらくせっかちだ。彼が言う本庁とは警察庁のことだ。目下の一件で長官官房に呼びつけられ、発破をかけられたということだろう。責任転嫁の連鎖で成り立つ官僚社会の末端で、苦汁を飲まされている韮沢の立場に同情の念が湧く。

「構いませんよ。いつ、どこにします？」

「これから一つ会議があるんだが、五時半には終わるはずだ。おれが渋谷へ出向いてもいい」

「いや、時間がありますから、こっちが移動します。新橋あたりでいかがですか。人目につきにくい店を知ってますんで――」

昨晩宮野と行った柳通りの外れにある飲み屋の場所を説明すると、韮沢は六時に着くようにそこに向かうという。押しかけ居候の宮野には九時過ぎに帰ると言っておいたが、遅れるようなら外で待ってもらうしかない。この日の一連の出来事については韮沢にはまだ喋らないでおいた。

渋谷から乗り込んだ山手線はラッシュアワー前で空いていた。座席に腰を掛け、錯綜してきた情報を整理する。

宮野がもたらした情報から三人の怪しい人物が浮かび上がった。最たるものが田浦だった。その登場の仕方のあまりの臆面のなさが、かえって疑惑の密度を薄めているような気さえする。十二億円をネコババした張本人だとすれば大きな獲物だが、それについて田浦は明瞭な言質を与えなかった。しかし森脇からそれを奪ったグループのキーマンであることは間違いない。

福富もまた森脇殺害の噂に関してはしらを切ったが、面談の要請に応諾したこと自体、事件との絡みを認めたことを意味する。あすどれだけの話を引き出せるか。場合によっては森脇殺しの疑惑を握り潰してでも、十二億円の行方の核心に迫る必要がある。もともとそちらのほうはすでに時効で、刑事訴追の対象にはならない。森脇殺しにしても、福富が刑務所仲間に喋ったとおり揉み合いのなかでの過失だとしたら、あえて握り潰してもことさら道義的責任は感じない。フィクサーの古河正三から十二億円を騙し取った森脇本人も、田浦たちに負けず劣らず立派な悪党の部類なのだ。

事件の鍵を握るもう一人の人物——中山順子がデリケートな存在だった。福富がその行方を追っている。当時の神奈川県警の捜査本部は鑑捜査で名前が挙がっていながら事情聴取すら行なっていない。韮沢が率いていた警視庁捜査二課に至っては捜査資料にその名前さえ挙げていない。単なる見落としなのか、意識的に行なわれたことなのか。もし後者だとしたら——。韮沢からの答えがある意味で恐ろしかった。

5

新橋には四時半に着いた。韮沢との約束の六時にはまだ間があった。店が開くのは五時からで、どこかで時間を潰すしかなさそうだった。

駅の近くのコーヒーショップに入り、注文したコーヒーを受け取って、なるべく奥まった席を探す。最近の身辺の不穏な動きに反応したように、体と心が自然に警戒モードに切り替わっている。

会社の終業時間にはまだ早いせいか、店は四分くらいの入りで、希望する壁際の席はすぐに見つかった。ここなら店に入ってくる客はすべてチェックできるし、向こうからこちらは暗くて見えにくい。

心地よい巣穴を見つけた小動物のような気分でその席に腰を落ち着け、デジタルレコーダーを取り出して、もう一度田浦と交わした会話を再生していると、たまたま店に入ってきた女性客二人が目に留まった。

女物の衣服の見立てに自信はないが、どちらも高そうなコートを身に纏い、高そうなマフラーを首に巻いて、高そうなバッグを腕に提げている。くすんだ感じだった店内の雰囲気が大輪の花が咲いたように華やいだ。あでやかなのは服装だけではなかった。熟した女の色香を惜しげもなく振りまいているその二人の片方の横顔を見て、鷺沼の心臓は跳ね上がった。

三上真弓――。彼女がこの世界のどこに出没しようと勝手だが、あまりにも唐突な遭遇には運命の力のようなものさえ感じる。もう一人の女には面識がない。

二人はカウンターで飲み物を受け取ると、入り口近くの席に座った。それぞれ裕福な女友達が、連れだって観劇かコンサートにでも行く趣だ。

声をかけたい衝動を抑えて身を小さくし、視界の片隅で二人の様子を窺った。偶然会っただけでやましいことはないのだが、尾行していたと勘ぐられなくもない。真弓とはいずれ接触する必要がある。そのときのことを計算に入れれば、ここは静観するのが無難に思えた。

二人の雰囲気は和やかで、会話は弾んでいるようだが内容は聞き取れない。真弓が鷺沼に気づいた様子はない。

そのときかすかに携帯の着信音が聞こえてきた。真弓の相方が立ち上がり、言いわけをするような仕種をしてから、鷺沼のいる奥のスペースへ向かってきた。

さほど離れていない場所で女はバッグから取り出した携帯を耳に当てる。人前でよそ事の会話をするのがマナー違反だという常識ゆえか、あるいは真弓には聞かれたくない相手からの着信なのか。

「はい。中山です」

女のその第一声に鷺沼は軽いショックを受けた。もしや中山順子――。まさかと思いながらその女に視線を注ぐ。年格好は真弓と同じくらい。目鼻立ちのはっきりした気丈そうな顔立ちで、女優だと言われても疑わないほどの美形だ。

「はい。申し訳ございません。もちろん交換に応じさせていただきますが、ただいま在庫を切らしておりまして。なにぶんベルギーからの直輸入商品でございまして。はい。では入荷の目処がつき次第こちらからご連絡いたします。ご迷惑をおかけしました。今後も精一杯努力いたしますので、なにとぞよろしくお願い申し上げます」

顧客からのクレームの電話のようだった。ヨーロッパからの輸入商品を扱っているらしい。困惑の表情一つ浮かべず、明瞭で誠意に溢れた口調で押し切った苦情処理の力量は、真弓に劣らぬ優秀な女性実業家を想起させた。

女は携帯をバッグに仕舞いながらテーブルに戻り、なにごともなかったように真弓との談笑を再開した。

十中八九、中山順子だと鷺沼は確信した。こちらから挨拶すべきかどうかまた迷う。いま現場を押さえれば、事件当時、順子とは疎遠だったという宮野への真弓の証言を覆せるかもしれない。しかしそれではあまりに単刀直入だ。真弓も順子も警戒して、核心の部分はひた隠すだろう。

三十分ほどして二人は店を出た。鷺沼もあとを追った。会社帰りのサラリーマンが群れ出した柳通りを抜け、外堀通りで二人はタクシーを拾った。向こうが走り去るのを待って、鷺沼は次に来たタクシーに飛び乗った。

「あのタクシーを追ってください」

前を行く真弓たちの車を指さすと、運転手は怪訝な表情で問い返す。

「あなた警察の方？」

「いや、私立探偵です。素行調査の依頼を受けてね」

必要がない限り身分を明かさない習性は職業的なものだ。刑事だと言ったとたんに人はある種の色眼鏡で見る。刑事が堅気の商売じゃないと喝破したあのマンションの管理人の感覚は的を射ている。

「そうなの。探偵ってのはけっこう儲かるらしいじゃない。できれば転職したいもんだね。私らの業界の不景気は並みじゃないからね――」

言葉のわりには悠長な運転手の愚痴を聞き流しながら、前方のタクシーを注視する。外堀通りは夕刻の渋滞がはじまっていて、のろのろ進むそのタクシーを見逃す心配はない。

真弓たちは西新橋から虎ノ門を経て、溜池交差点で左折した。停まったのは六本木アークヒルズ前。鷺沼もそこでタクシーを乗り捨てた。

二人はエスカレーターで二階に上がり、カラヤン広場を突っ切ってサントリーホールに向かっていった。入り口にヨーロッパから来た歌劇団の公演の看板がある。この日は二人揃ってオペラ鑑賞ということらしい。

それだけ確認して鷺沼は踵を返した。溜池山王から地下鉄銀座線に乗り、新橋へ戻ったところで時刻は午後五時四十分。なんとか韮沢を待たせずに済みそうだ。約束した飲み屋のある柳通りへ鷺沼は足を向けた。

6

店はこの日も閑散としていた。店主と雑談しながら五分も待つと、ほぼ定刻に韮沢がやって来た。

テーブル席に座を移し、酒と肴を注文すると、韮沢はリラックスした表情でネクタイを緩めた。

「静かでいい店じゃないか」

「静かすぎて店主は困ってますがね」

聞こえたのか聞こえないのか、カウンターの向こうで店主は澄まして魚をさばいている。軽く笑って韮沢は訊いてきた。

「どうなんだ。なにか摑んだような顔をしてるぞ」

「袋小路のようなネタを山ほど抱えて、頭を痛めているところです」

どう話を進めようかと思案しているところへ、おかみさんがビールと突き出しを運んできた。とりあえずの乾杯をして喉を湿らせたところで、腹を括って切り出した。

「中山順子という女性のことをご存知ですか」

「おれの記憶にはないな。その女性がなにか？」

韮沢は当惑したように首を傾げる。その表情はごく自然にみえる。

「三上真弓の高校以来の親友で――」

そこまで言いかけると、韮沢の眉がぴくりと動いた。

「事件当時は森脇の愛人だったようです」

「本当なのか？」

韮沢は硬い表情で身を乗り出す。鷺沼は冷静な口調で先を続けた。

「いまのところ伝聞の域を出ていません。ただ、私が得たいくつかの情報を繋いでいくと、妙に辻褄が合うんです」

「要するに、どういうことなんだ。詳しく聞かせてくれ」

韮沢は苛立つ思いを宥《なだ》めるようにビールを一呷りした。鷺沼はもう一度確認した。

「本当にご存知なかったんですね」

「知らなかった。それが事実だとしたら、おれは取り返しのつかない失態を演じたことになる。その女は事件に関与していたのか」

「森脇はその女に匿《かくま》われていました」

「だとしたら、真弓もそのことを知っていた可能性があるな」

「そういうことになります」

「おれたちは真弓にいっぱい食わされていたわけか」

「そう考えざるを得ないでしょう」

鷺沼は頷いた。苦渋に満ちた韮沢の顔は、突然五歳ほど老け込んだようにみえた。

「生涯の不覚だな。そこさえ押さえておけば、森脇を死なせずに済んだかもしれん」

深々と嘆息する韮沢を前に、鷺沼はしばし言葉を失った。中山順子の存在を見落とした捜査上の不手際は認めざるを得ないが、それが意図的なものではないかという、ここまで抱いてきた疑惑は鷺沼の胸のなかで氷解した。目の前の韮沢はそれほどまでに打ちのめされていた。

「悔やんでもしかたありません。それよりこういう情報があるんです――」

宮野の名前は伏せて、福富が塀のなかで喋ったという東池袋のマンションでの顚末を語って聞かせた。さらにこの日の田浦との対峙の話、電話での福富との会話。そしてついいましがた見かけた真弓と中山を名乗る女のランデブー――。

「そこまで押さえれば本丸を攻め落とせるな」

韮沢の顔に生気が戻った。藁にもすがりたいその思いが伝わってくる。しかしことはそう単純ではない。

「はっきりしているのは、そのマンションの住人が証言した事実。すなわち十四年前に、中山順子がそこに在住していたことと、十二億円詐取事件の当時、森脇とよく似た男が中山と同居していたことくらいで、あとの話はすべて真偽の定かでない伝聞です。田浦は巧妙に尻尾を隠しました」

「だとすると福富がキーポイントだな」

「そうですが、攻めるのが難しい。もし森脇を殺したのが福富なら、田浦の件については口を閉ざすでしょう。証言すれば自身が殺人罪に問われるわけですから」

「この事件の構図から言えば、森脇殺害犯など小さな獲物だ。向こう一年、我々が目をつぶればあとは時効だ。なにかあったらおれがバックアップする。それを取引材料に使って構わない」

韮沢は力強い口調で言い切った。それが巨悪の牙城に攻め入る突破口だとでも言うように――。

「しかし十二億のネコババに関しては、すでに時効が成立しています。司法の力では攻めきれません」

「これは法の埒外での闘いなんだ。決着の場は法廷じゃない」

韮沢は正面から鷺沼の目を見据える。その気迫を戦《おのの》く心で受け止めながら鷺沼は訊いた。

「本音のところを聞かせてください。韮さんは上の役所の意向に従って、県警の薄汚い出来物を世に知られず切除しようとしているんですか。それとも——」

　韮沢は吐き捨てるような口調で応じた。

「県警に巣食っている小悪党どもは、しょせんはトカゲの尻尾にすぎん。切ってもまたすぐに生えてくる。その本体は上の役所にいる。おれもいまではその一員だ。日本の警察機構をまっとうなものにするには自爆覚悟でやるしかない」

「これまでの人生を棒に振ることになりますよ」

「棒に振って惜しいほどの人生じゃない」

　韮沢は毒杯を呷るような顔つきでビールを飲み乾した。

7

　韮沢とは三時間ほどで別れて柿の木坂のマンションに戻ると、エントランスの花壇の縁に腰を下ろしてうなだれている金髪頭が見えた。

「すまん。野暮用ができてな。待ったか？」

　声をかけても宮野は顔を上げない。片手に缶ビールを持ち、膝の上に沼津の干物屋の名入りの紙袋を抱えている。その傍らには酒や缶ビールが入ったコンビニのレジ袋。ほの暗い常夜灯の光のなかで丸めた肩が震えている。その体が切ないほど小さく見える。

屈み込んで肩に手を置くと、宮野はようやく顔を上げた。その目に光るものが滲んでいる。

「どうした。なにかあったのか？」

「やっぱり怖いよ、鷺沼さん。おれきっと静岡のヤー公に殺されるよ」

「話がついたって言ってたじゃないか」

「半年命が延びただけだよ。そのかわり生命保険が上積みされて、四億になっちゃった。おれから二億の返済を受けるより、おれを殺したほうがあいつら儲かるんだよ。もうおれは終わりだよ」

昼に聞いた話は強がりのようだった。その五体に四億の見えない正札をつけられた宮野は、干物の袋を片手で抱えて、もう一方の手の缶ビールをずるずると啜った。

「なかへ入ろう。なんとかあんたが死なずに済む方法を一緒に考えよう」

鷺沼としてはそう言うしかなかった。格別いい知恵が浮かぶとは思えなかったが、無い知恵を絞りながらでも一緒に飲んでやれば、とりあえず宮野の気を紛らわすくらいはできるだろう。

韮沢との話のなかで、けっきょく宮野の名前は出さなかった。県警内部にいる匿名の情報提供者――。それで韮沢は納得した。名前が表沙汰になれば生命の危険があるというのを口実にしておいた。司法の場での闘いではない以上、情報の出所は問わない。それが有用でありさえすればいい。それが韮沢の示したスタンスだった。

県警の監察官室長である韮沢に宮野の名前を教えれば、韮沢としてはその身辺を洗いたくもなるだろう。そうなれば宮野が抱え込んでいる人生の難題が発覚しかねない。自業自得とはいえ、それは宮野にとって望ましいことではないはずだ。

そんな心配りをついしてしまう自分が訝しかったが、そうさせる奇妙な引力のようなものを宮野は持っていた。

針金のような強靱な神経の持ち主だと思っていたその宮野が、小さな子供のように泣いている。沼津の干物の袋が涙に濡れて光っている。

肩を抱えて立ち上がらせると、宮野は身を振りほどいてエレベーターホールの方向へ歩き出す。鷺沼は酒類の入ったレジ袋を持ってそのあとを追った。

「死ぬわけにいかないよな。こんなくだらないことで――」

背中を向けたまま宮野がぼそぼそ言う。

「叔父貴があの世で泣くよな。こんなカスの甥っ子がいて恥ずかしいって」

「ああ、本当にカスだな――」

鷺沼は穏やかに続けた。

「どうしようもないカスだ。しかしな、あんたよりもっとカスな連中が大手を振って世間を渡っている。少なくともそいつらを地べたに這いつくばらせるくらいのことはしてやろうじゃないか。そうすりゃ自ずと道は開ける——」

「本当にそう思う？」

宮野が真剣な顔で振り向いた。鷺沼は答えた。

「かもしれない」

宮野は向き直って腹に軽くパンチを入れてきた。鷺沼は大げさに呻いてやった。宮野は笑っていた。泣きながら笑っていた。

第五章

1

　鷺沼は午後五時半にＪＲ関内駅北口を出た。福富と落ち合う予定のレストランは尾上町通りに面したビルの二階にある。

　福富は差しでと言ったが、極道の言うことを真に受けて痛い目に遭った刑事は珍しくない。そもそも横浜という土地は鷺沼にとって圧倒的に分が悪い。田浦の一派はしょっちゅう身辺に出没するし、福富が本当に森脇殺しの犯人なら、そこを突つかれて気持ちのいいはずがない。なにか仕掛けがある可能性が五分と踏んで、この日は宮野に警護役を依頼した。

　師走の関内はさすがに人通りが多い。その人込みに紛れて、ダウンジャケットで着膨れた宮野は五メートルほどうしろに張りついている。挙動のおかしい連中を見かけたら携帯で連絡をくれることになっている。

　しかし福富と落ち合うレストランまでは同行できない。金髪頭をした地元所轄の不良刑事のことを極道稼業の連中が知らないと考えるのは無理がある。そこで伊達男には隣のビルの喫茶店で待機してもらうことにした。その先は単独行で、最悪の場合は自力で身を守るしかない。福富が紳士であることを願うばかりだ。

店は『パラッツオ』というイタリアンレストラン。容れ物のビルは決して奇麗とは言えないが、店内はなかなか垢抜けている。粗いタッチの化粧漆喰《しっくい》の壁に凝った形状のアルコーブを配した地中海の田舎家風の造作で、家具調度も落ち着いたアンティーク調だが、明るめの照明が店全体に軽快な印象を与えている。

客層も若いカップルが中心で、店内には気恥ずかしいほど華やいだ雰囲気がある。やくざの舎弟の店というういかがわしいイメージは微塵もない。

蝶ネクタイのウェイターに福富は来ているかと訊ねると、「はい、おいでになっています」と慇懃《いんぎん》に答え、テーブルのあいだを縫って店の奥へと誘導する。

次々と通り過ぎるテーブルに暴力団関係者らしい風体の人物はいない。店のいちばん奥はカウンターバーになっていて、そこにも福富らしい男の姿は見えない。

カウンターにはまだ客は少なく、タツノオトシゴのように痩せた馬面男と全身がボンレスハムでできたような筋肉質のスキンヘッドが目についた。いずれ劣らぬチープな悪役面が店の雰囲気にそぐわない。頭のなかで警戒信号が点ったが、いまさらここで撤退というわけにもいかない。

カウンターの横手に「プライベートルーム」と小さく書かれたドアがある。ウェイターはその前に立って軽くノックする。

「お連れの方がお見えになりました」

「おう、入ってもらえ」

響いてきた豊かなテノールはきのう電話で聞いたあの声だった。ウェイターがドアを開くと、なかは八人掛けのテーブルが一つだけの個室になっていて、四十代半ばくらいの大柄な男が一人、ど真ん中の席に陣取っている。

紺のダブルのスーツは一目で仕立ての良さがわかる代物だ。髪はオールバックで、薄い口髭を蓄えている。眼光は鋭いが、つるりとした色白の肌には向こう傷一つない。全体の印象は金回りのいい会社経営者というところだが、宮野の話によればそもそもこの男の表の顔がそれなのだ。

手元にはビンテージ物のシェリーのボトルがあり、男は琥珀《こはく》色の液体の入ったグラスを傾けている。テーブルセッティングは二人分。かたちの上では差しでという約束は守られている。

「福富さん?」

「ああ、わざわざこんな片田舎までご足労をかけたね」

福富はわざわざ立ち上がるわけではないが、それを無礼とは感じさせない慇懃さで鷹沼を迎え入れた。ウェイターが引いた椅子に腰を落とすと、福富は目の動きだけでウェイターを追い払う。

「あれやこれやメニューから選ぶのは億劫なんで、勝手にコースを決めさせてもらったよ。きょうの眼目は飲み食いじゃなく話し合いなんでね。好き嫌いは？」

気さくに問いかける福富にとくに警戒する様子はない。

「ほとんどない。人間に対してという意味じゃなければね」

「面白いことを言うじゃねえか。おれはあんたが気に入りそうだ。あんたもおれを気に入ってくれるといいんだが。ただしその前にちょっとだけ検査をさせてくれねえか」

「検査？」

不快な恐怖が背筋を走った。福富の目に奇妙な薄笑いが浮かんでいる。背後でドアが開く音がした。しまったと思ったときはすでに遅かった。振り向く間もなくまたドアが閉まる音がして、同時に椅子の背後から腕を取られた。もがこうとした瞬間、喉元に冷たく硬いものが触れた。

「動くと血を見ますよ、刑事さん」

耳元で舌なめずりするような声がした。カウンターバーにいたタツノオトシゴが横から顔を覗き込む。目線をぐっと下に落とすと、喉にあてがわれた刃渡り一〇センチほどのハンティングナイフが視野に入った。腕を取っているほうの姿は見えないが、たぶんあのマッチョなスキンヘッドだろう。

腕を締め上げられたまま椅子ごと四分の一回転させられる。人間のものとは思えない馬鹿力に肩と肘の関節が悲鳴をあげる。

「差しでという話は嘘だったのか」

「きょうの話に関しちゃ、こっちもリスクを負っているんでね。用心しすぎて損はない」

福富は落ち着き払ってシェリーのグラスを傾ける。表の商売では高額納税者に成り上がっても、その本性はしょせんやくざだ。警戒を怠った自分の間抜けさに歯嚙みする。

「約束を破ったのはそっちだろう。こっちは一人で来た。もちろん丸腰だ」

「刑事がハジキを持ち歩かないくらいのことは知ってるよ。気にしてるのは別のものなんだ」

福富はナイフの男に目配せする。男は刃先を喉にあてがったまま鷺沼の懐に手を差し込んだ。左右の内ポケットから外ポケット、さらにズボンのポケットから股間や脛まで撫で回す。気色の悪さと関節の痛みで吐き気を催しそうになる。

タツノオトシゴの収穫は警察手帳に財布に携帯電話にメモ用の手帳と筆記具、ｅｔｃ――。それらをテーブルの上に並べると、ナイフをたたんでズボンのポケットに捻じ込んだ。

福富がもういいというように顎で合図する。背後から締め上げられていた腕は解放されたが、まだじんじんと痺れていて、ペンギンのような格好をすぐには元に戻せない。

福富はタツノオトシゴとボンレスハムに目顔で部屋を出ると促がした。二人が立ち去るのを確認してから、鷺沼はにやつく福富に問いかけた。

「探し物はあったのか？」

「やはりおれはあんたが好きになったよ。近ごろはデジタルレコーダーとかいって、えらく小さいのが出回ってるからな。おれの話を録音して証拠に使おうなんて魂胆だったら、生きて縄張りから出す気はなかったよ」

福富はしらっと言ってのけ、鷺沼のグラスにシェリーを注いだ。使うつもりだったデジタルレコーダーを宮野は持っていくなと警告した。最近のやくざが人と会うとき、忌み嫌うのは拳銃でも刃物でもなく小型の録音機器だという。やくざの友人が多い宮野ならではの機転だった。

その警告がなかったらと思ったとたん、背筋に冷たい汗が滲み出した。まだ高鳴ったままの鼓動を押し隠し、苦い憤りを込めて鷺沼は言った。

「おれのほうは約束を守ったが、あんたはあっさり裏切ってくれた。この落とし前は高くつくぞ」

「いや済まなかった。悪気はなかったんだ。できる範囲で協力するよ」

福富は悪びれる様子もなくテーブルの上のボタンを押した。間を置かず飛んできたウェイターにそろそろ料理を出すようにと指図する。ウェイターが立ち去るのを待って、単刀直入に問いかけた。

「まず肝心な質問に答えてくれ。森脇康則を殺したのはあんたなのか」

「とりあえずノーコメントとしておこう。おれがやったかどうかは別として、その一件は不問に付すという話じゃなかったか」

福富はしたたかに笑ってはぐらかす。鷺沼もとぼけてやり返す。

「やったかやらないかわからないことを、こっちだって不問に付しようがないだろう」

「桜田門の刑事というのはおかしな理屈をこねるもんだな。おれがここでそれを認めたら、掌を返したように逮捕に踏み切るつもりじゃないのか」

「それはしないと約束する。上のほうから承認をとってある」

「上って、つまりどの辺だよ」

福富は舐めた口調で問い返す。承認を得たといってもまだ韮沢個人のレベルにすぎないが、ここは少々誇張しておく。

「警察庁だ」

「警察庁――。どうしてそんな上の役所が絡んでくるんだ」

「おれの力を見くびらないほうがいいぞ。あんたが首尾よく時効のゴールまで逃げきれるかどうかは、おれの腹ひとつで決まることなんだ」

福富はふふんと鼻を鳴らした。

「大きく出るじゃねえか。おれがやったという証拠はあるのか」

「あったらこんな話は持ちかけない」

「証拠がないのに、罪を認める馬鹿はいねえだろうよ」

からかい半分の口調は崩さないが、福富の目の色がわずかに変化した。

「その気になればどうにでもなるんだよ。あんたは叩けば埃の出る体だ。別件でしょっぴいてとことん締め上げる手もあるんだぞ。やくざというのはもともと検事や裁判官の心証が悪い。証拠に多少難があっても、ろくに調べもせずに採用してくれる」

「だったらそうすりゃいいだろう」

見かけは泰然としているが、福富のこめかみに小さな汗の粒が浮いてきた。抑制した口調で鷺沼はさらに一押しした。

「お互い人生の無駄を省きたいとは思わないか。森脇が殺されたことなんかこっちは屁とも思っちゃいない。あんただって娑婆《しゃば》で生きられる貴重な時間をこれ以上減らしたくはないだろう。おれの狙いは森脇じゃない。あいつが持っていた荷物のほうだ」

「消えた十二億か」

福富は軽くため息を吐いてグラスを置いた。鷺沼は目の前のグラスを手にとった。熟成したシェリーの甘い芳香が鼻をくすぐり、昂ぶった気持ちがいくぶん和らいだ。

「あんたも興味がなくはないんだろう」

「そりゃあるさ。しかしそっちはもう時効なんだろう。なんで桜田門が動くんだ」

「桜田門が動いているとは言っていない」

「だったらどういう立場でおれにちょっかいを出してくる」

福富は空いた左手でテーブルを小突いた。明らかに焦《じ》れている。鷺沼はなけなしの撒き餌を投じてやった。

「その十二億が神奈川県警内部に隠匿されているというたしかな情報があるんだよ」

「どこで聞きかじったガセネタだ」

福富の頬がかすかに引き攣《つ》った。鷺沼はそこに強い当たりを感じた。

「あんたが思っているよりずっと確実な線からだ。おれが関わっているのは通常の犯罪捜査じゃないんだよ」

「通常の犯罪捜査じゃない？」

「時効だろうがなんだろうが構わない。この際法律は関係ない。警察組織に巣食う寄生虫を一匹残らず叩き潰すのがおれの仕事だ。決して悪いようにはしない。知っている事実をすべて聞かせて欲しい。森脇の殺しの件は時効まで一年足らずだ。なにを聞いてもそのあいだはおれ一人の腹に仕舞っておく。ただし喋ってくれなきゃ班を総動員してでもあんたを追い詰める。どっちが得か考えるまでもないだろう」

鷺沼は努めて穏やかに説得した。ウェイターがワインとオードブルを運んできた。福富は高そうなシチリア産のワインを億劫そうにテイスティングし、ウェイターに鷹揚に頷いた。料理をセットして、二人のグラスにあらためてワインを注ぎ、ウェイターが退出すると、福富は芝居がかった仕種でグラスを掲げた。

「わかったよ。あんたは約束どおり一人で来てくれた。おかしな仕掛けもしてこなかった。誠意も度胸もある男だとおれは信じる。極道にだって信義がある。知ってることは洗いざらい話してやるよ。ただし話の出どころはくれぐれも内密にな」

「ああ。さっきも言ったとおり、これは法に則った捜査じゃない。調書を取る必要はないし、法廷で証言してもらう必要もない。あんたの名前が表に出ることはあり得ない」

鷺沼もグラスを手にして福富のグラスにカチリと合わせた。やっと対等の仕切り線まで押し戻した。ここから先はたぶん信用できる。先ほど締め上げられた腕の関節がまだじんじん痺れていた。

2

「儲けたじゃない。殺されずに済んだうえに、フルコースのディナーをご馳走になったんだから」

鷺沼はその抗議を笑って無視した。

「いいから抜いてよ、マスター。きょうはめでたい日なんでね」

とりあえず命を失わずに済んだのだからめでたいと言うほかはない。刑事の懐にとっては高価すぎる液体を堪能しながら、鷺沼は福富とのやりとりを披露した。命の次に大事なもののようにドンペリのボトルを抱え込み、宮野は身を乗り出して話に耳を傾けた。

3

発端は森脇が死ぬ半年前のことだった。

福富は森脇が金を借りていた横浜市内の街金から貸し金の取り立てを依頼された。元金は五千万円ほどだったが、高利の利息で雪だるま式に膨らんで、そのときは元利合わせて三億円に達していたという。

出資法の網をかいくぐり、トイチやトサンの高金利で債務者の生き血を吸い取る連中も悪辣だが、森脇のしたたかさはその上をいっていた。

再三の督促にも応ずる素振りさえ見せず、法の制限を超えた金利は支払う必要がない、元金もいまは返済できない、しつこく追い回せば自己破産の手続きをとる、そうなれば元金の回収もできなくなるぞと、逆に街金に脅しをかけた。

街金にとってその手の連中ほど厄介なものはない。最初から腹を括ってきているから、並みの債務者なら震え上がるような強引な督促にも動じない。

自分たちも違法営業をしている以上、法的手段には訴えにくいし、力任せに取り立てれば脅迫罪で告訴してくる。そんなこんなで手を拱《こまぬ》くうちに、森脇は突然行方をくらました。

その街金は福富が所属する極濤会のフロント企業で、債権回収ではそれまでも何度か付き合いがあった。当時、福富は焦げつき債権の回収屋として名を馳せていた。福富の取り分は回収額の五割と法外だったが、街金にとっては丸々貸し倒れになるよりましだった。

森脇の件に関しては困難な仕事だというのが福富の率直な印象だった。しかし金額が大きいから成功すれば実入りも大きい。福富はほかの依頼をあと回しにしてその仕事に精魂を注いだという。

まず揺さぶりをかけたのが妹の三上真弓だった。連帯保証をしていたわけではないが、そんなケースでも脅せば代位弁済に応じる人の好い親族も世間にはいる。

しかし真弓は毅然としてそれを拒絶した。それ以上つきまとうなら警察に通報すると逆に脅されて、福富もけっきょく退かざるを得なかった。

真弓の夫の三上恭司はファミリーレストランチェーンの経営者で、会社は伸び盛りで羽振りがいいと聞いていた。その事業の評判を嗅ぎ回ってうしろ暗いネタを探り出し、それを梃子に脅しをかけて代位弁済を迫るという手もある――。

福富はそう考え直し、汚れ仕事を厭《いと》わない興信所を使って裏から表まで調べ上げたが、会社の周辺にも三上個人の身辺にもけっきょく染み一つ見つからず、その線からの取り立ても諦めた。

森脇が居住していた渋谷区の住民台帳を定期的に閲覧して移動の有無も監視したが、森脇はいつまで経っても転出や転居の手続きをとろうとしない。森脇の関係者もしらみつぶしに当たってみたが、知人や縁者との連絡は完全に断っているようで、その方面からの糸口もさっぱり出てこない。

そんなこんなで四ヵ月が経ったころ、あの十二億円の詐欺事件が報道された。福富は森脇が並みの悪党ではなかったことを知らされた。

悪党同士ならではのライバル意識が湧いてきた。三億円の回収の件は頭からすっ飛んだ。警察より先に森脇を捕まえて、奪った十二億円を丸ごと横取りしなければ極道としての沽券《こけん》に関わる。

しかし事件が発覚して以降、森脇の関係者には桜田門の捜査員がぴったり張りついて、福富は極端に動きにくくなった。警察を出し抜くには別の方面から手を回す必要があった――。

「そこで野郎の首に賞金を懸けてやったんだよ。もちろんおれにとっちゃでかすぎる賭けだった」

渋い表情で福富は続けた。関東一円の主だった暴力団に回状を回した。森脇の居どころを通報した者には一億円。ただし条件は通報するだけで手出しはしないこと。

懸賞金額も大博打だったが、森脇の居どころを突き止めた連中が抜け駆けし、十二億円を横取りされることのほうがより大きなリスクだった。そこをあえて踏み切ったのは、自らが属する極道社会への福富なりの信頼からだという。

「回状には森脇はおれの財産だときっちり書いておいた。なにしろ十二億円の話が飛び出す前から追い回していた獲物だからな。それを掠め取るのは仁義にもとる。おれはそういう極道社会の常識に賭けたんだ――」

森脇の居場所を通報すれば濡れ手で粟の一億円。悪い話ではないはずだ。しかし抜け駆けしたらただではおかない。売られた喧嘩は買ってやるという意志も回状にははっきり示しておいた。

関東一円の組織が一斉に動き出した。やくざには警察にはない伝手がある。やくざの鼻が利く場所はなべて警察の盲点と言っていい。

福富は薄氷を踏む思いで朗報を待った。リスクは横取りされることだけではない。森脇はしたたかなワルだった。その身柄を拘束しても十二億円がすんなり手に入るかどうかはわからない。

失敗すれば懸賞金の一億円はどぶに捨てることになる。自分が勝手にやったことだから組に迷惑はかけられない。そのときは身ぐるみ一切失ってでも支払わなければ命はないと腹を括った。

待ちかねていた朗報は二ヵ月ほどしてやってきた。連絡を寄越したのは東池袋を根城にする小さな組の若頭で、そのシマにある場末の居酒屋にときおり飲みにくるしょぼくれた男が森脇によく似ているという。

マスコミが報じた森脇の顔写真は渋谷で輸入雑貨店を経営していた当時のもので、そのころの森脇は切れのいい二枚目のイメージがあった。

長びく逃亡生活によるものか、あるいは見かけを変えようと意識してそうしたのか、無精髭を生やし髪もぼさぼさのその男の印象は、写真より十歳は老けてみえたという。

その情報を入手した若頭は、さっそく店に組の若い者を張り込ませた。数日後、親爺の証言どおり件の男が飲みにきた。

いかにも金回りが悪そうで、わずかな肴で焼酎のお湯割りを数杯空けて、二千円に満たない飲み代を払って立ち去った。森脇は札の記番号から足がつくのを惧れ、詐取した現金には手をつけられなかったものと思われた。

張り込んでいた組の若い者は、男が東池袋三丁目の賃貸マンションの一室に入るのを確認した。それがあのスカイコーポ四〇八号室だった。

若頭からの通報を受け、福富は懇意な私立探偵に男の顔写真を撮影させた。それを依頼主の街金に持ち込むと、森脇と面識のある社員が本人に間違いないと断言した。

福富は組長に頭を下げて一億円の現金を融通してもらい、東池袋の組の事務所に赴いた。

「正直言って、気持ちは揺れたよ――」

若頭は福富に言ったという。

「だがね、しらばくれて横取りすればおたくの組とドンパチやることになりかねない。そうなりゃ規模の小さいうちの組なんか一捻りに潰されるに決まってる。仁義を守って通報して、一億もらうのが得策だとおれは判断したんだよ」

そんな本音を聞かされて、福富は腹を立てるどころか幸運を噛み締めた。森脇を発見したのが極濤会と張り合えるような大きな組だったら、たぶん素直に通報はしなかった。それはまさに命運を賭けた綱渡りだった。

福富はその足でスカイコーポに向かい、子分とともに森脇が姿を現すのを待った。その後の経緯はほぼ宮野から聞いたとおりだった。駐車場で揉み合ううちに森脇が突然倒れた。福富の手には森脇から奪い取ったナイフがあった。

そのとき暗がりから当時県警生活安全部の刑事だった田浦に呼びとめられた。福富は子分とともにその場から逃げ出した。

いずれ殺人容疑で手が回るだろうと戦々恐々としていたら、まもなく本牧の海に森脇の死体が浮かんだ。福富に対して警察は一切動きをみせなかった——。

そこまでの話を語り終えると、いまもわからないことが一つあると福富は首を傾げた。

「つまり森脇を殺ったのは本当におれなのかということだ」

「揉み合っているあいだに、弾みで刺したと聞いているが」

「ニュースによると、遺体の刺し傷は心臓に達していたそうじゃねえか。ところがおれは返り血を一滴も浴びていない。野郎はたしかに揉み合ううちに突然倒れた。おれは相手の刃物を奪い取ってはいたが、人を刺した手応えは感じなかった」

「返り血を浴びなかった？」

鷺沼は慌てて問い返した。心臓は血流のポンプの役割を果たしている。そこを刃物が貫けば瞬間的に噴水のように血液が迸《ほとばし》ると、警察学校の法医学の講座で聞いている。福富も商売柄その辺の事情は詳しいようだった。

「おれはやったことはねえんだが、鉄砲玉が刃物で敵の命《タマ》を取りにいくとき、まず心臓は狙わねえ。普通は腹を狙うんだ。腹なら太い動脈に命中しない限りいっぺんに血は噴き出さねえ。心臓だとたっぷり返り血を浴びるからな」

「そのときの森脇の状態はどうだった？」

「ぴくぴく体を痙攣させて呻き声を上げていた。生きていたのは間違いない」

「あんたは刑務所で心臓を刺したと吹聴していたそうじゃないか」

「話を派手にしようと思ってな。おれもそのころはまだ青かったんだ」

「あんた自身はどう思ってる？」

「黒幕は別にいる。おれはただのピエロだったわけだよ」

自嘲するように福富は笑った。懸賞金の一億円の元は取れず、家屋敷も車も売り払って組長からの借金を返済した。その後は取り立て稼業に精を出しすぎ、恐喝罪で六年の実刑まで食らった。

「その怨念はいまも消えたわけじゃねえ。あの十二億が県警内部にあるというのは本当の話か」

福富は未練を隠せない表情で訊いてきた。鷺沼は頷いた。

「大半がいまも県警の裏金専用の金庫に眠っているはずだが、その一部がなにかの手違いで表に出たらしい。銀行が記番号を記録していたから確認できた。森脇が詐取した十二億の札束の一部なのは間違いない」

「かっさらったのはやはり田浦か」

「そこまでは解明できていない。しかし事件に絡んでいるのは間違いない」

「あの事件のあと、野郎はとんとん拍子に出世した。それも自分でネコババせずに、裏金として寄進した見返りというわけか」

「そういう考えも成り立つな。ところであんた、中山順子という女のことを知らないか」

鷺沼はとぼけて問いかけた。

「当時の森脇のこれじゃねえのか」

福富は小指を立ててみせた。鷺沼は頷いて、さらに畳みかけた。

「いまどこにいるか知らないか」

「知らねえな。おれが知ってるのは、当時、森脇が隠れていたマンションの表札がその女の名前になっていたことくらいでね」

鷺沼はさらに踏み込んだ。

「森脇の女なら、あんたやおれが知らないこともいろいろ知ってるんじゃないのか」

「そりゃそうだろうが、あのマンションにはもう住んでねえよ。あんたもそれは知ってんだろう」

「ああ、あんたがその女の行方を追っていることも」

「くそ。チクったのはあのマンションの管理人だろう」

「少し前にあんたが訪れて、中山順子のことを訊いていったらしいな。管理人に悪気はない。意趣返しはしないで欲しい」

「そんなことはしねえよ。隠し立てするほどのことでもねえからな。おれもいろいろ探してはみたが、けっきょくなにもわからなかった。桜田門もその女のことは見逃していたわけだろう」

「そういうことになる」

「だったらそっちも臭いとは思わねえか。真犯人は桜田門にいるのかもしれねえぞ」

真犯人が桜田門に――。これまで何度も浮かんでは消えた疑惑。消えたというより鷺沼がそのたびに頭から追い払ってきたというほうが事実に近い。福富は続けた。

「あの時点では、県警はまだ森脇の事件にタッチしていなかった。追っていたのは桜田門の捜査二課だった。違うか」

福富は当時の捜査状況をよく知っていた。鷺沼は頷いて問い返した。

「そのときマンションの駐車場にいたのは、田浦たちだけだったのか」

「わからねえ。しかしおれを追ってきた足音や声からすると、五、六人はいたような気がするんだよ。田浦が覚醒剤の件でおれを尾行していて、偶然あそこへたどりついたということなら、ちょっと人数が多すぎやしねえかと思うんだ。ただの尾行に半ダースもの人間を張りつけたら、いくらなんでも目立ちすぎだろう」

「田浦たちは別の理由でそこにいたと言いたいわけか」

「ああ。連中は連中で、なにかの手蔓で森脇の居どころを知っていたとも考えられる」

「最初から十二億を掠め取る目的であのマンションにやってきた――」

「そう考えたほうが辻褄が合うんだよ。殺したのがもしおれだとしても、連中は自分たちで森脇の死体を始末して、おれには一切ちょっかいを出さなかった。向こうにはそうせざるを得ない事情があったとしか考えようがねえだろう」

「その後、田浦からあんたに接触は」

「まったくないよ。覚醒剤密売の容疑もうやむやなまま立ち消えになった。田浦はまもなく警部に昇進して、どこかの所轄の課長に栄転していった。その後も出世の階段を昇り続けて、いまじゃ宮前署の副署長様だよ。そんな羽根の生えたような昇進ぶりには県警内部にも首を傾げる向きが多いと聞いている。早い話、いちばんの間抜けがこのおれだったというわけだ」

福富は投げやりな口調でそう言って、メインディッシュのイベリコ豚のソテーを口に抛り込む。柔らかく芳醇なヒレ肉を嚙み締めるその口元から、悔恨の歯軋《はぎし》りが聞こえてくるようだった。

4

「なかなか面白くなってきたじゃない」

そこまでの話を聞き終えて宮野は言った。高価なドンペリはもう三分の一まで減っていた。

「面白くはなってきたが、ややこしくもなってきた。田浦が怪しいのは確実だが、それで単純にけりがつく話とも思えない」

「桜田門も絡んでいるとみているの」

「田浦が森脇の隠れ家に気づいた理由がみえてこない」

「もし桜田門の誰かが介在していたら――」

鷺沼は曖昧に頷いた。

「考えられないことじゃない。森脇が殺されるまで事件は桜田門だけのものだった。県警はまだ絡んでいなかった」

「尾行にしては人数が多すぎたと福富は感じたわけでしょう」

「やつの話が本当なら、おれもそう思う。しかし、森脇を拉致するか殺害するかして、さらに十二億を奪取して現場の証拠を隠滅する――。あらかじめそこまでの段取りができていたとすれば、五、六名という人員も多すぎはしない」

「声をかけたのは田浦だと福富は確信しているようだけど、そこにも疑問の余地はあるわけだしね」

宮野は自分のグラスにだけドンペリを注ぎ足した。鷺沼は黙って空いたグラスを突き出した。宮野はしぶしぶ申し訳程度の量を注いだ。

「当時、森脇の事件で現場を指揮していたのは、うちの本部の韮沢監察官室長だよね」

宮野は不意を突いてきた。二人のやりとりのなかで韮沢の名前が出たのは初めてだ。鷺沼はこれまであえて口にはしなかった。相手がそれに触れない以上、こちらから話題にする必要もないと考えていた。

森脇殺害事件に県警サイドで関わっていた宮野が韮沢のことを覚えていても不思議はない。唐突に心が揺れ出した。それをポーカーフェイスの奥に封じ込め、さりげない表情をつくって頷いた。

「ああ。森脇が殺害されて以降は、愛宕署の本部でおれも一緒に仕事をしたよ」

「いまも知らない仲じゃないんでしょ。当時の事情を聞いてみるわけにはいかないの」

宮野は微妙なところを突いてくる。ここ最近の韮沢との交渉のことは、まだ宮野には話そうとは思わない。韮沢に対しても宮野の名前は出していない。

情報戦の優劣を決めるのは情報量の差だ。いずれは感づかれるにせよ、宮野に対しても韮沢に対してもその差をつねに最大限に保つことが、いまの鷺沼にとっては重要だった。

「そのころとは身分が違いすぎるからな。証拠もなしにそんな話は持ち出しにくい。ただ、おれもその点は引っかかっていて、当時の捜査記録を当たってみたんだが、彼の班は当時は二十四時間態勢で森脇の行方を追っていた。記録上は彼を含めほとんどの捜査員が桜田門に寝泊りしながら、交代で森脇の立ち寄りそうな場所を張っていたことになっている」

「つまり当時の捜査員にはアリバイがあると――」

「捜査記録から読み取った大まかな印象としてだよ。それにあくまで物理的な側面に限っての話だ」

「間接的な関与、つまり情報を流したり指図をしたりということは、当時の捜査員の誰でも可能だったわけだ」

「そして森脇の居どころを真っ先に突き止められる立場にあったのも彼らだということになる」

　韮沢を擁護するつもりの話が勝手に逆方向に向かい出す。いま鷺沼が韮沢を信じ得る根拠は長年の交友による心情面からの信頼のみだ。韮沢もしくは班の誰かが十二億円の横取りに関与した嫌疑は論理的には十分成立する。

「おれがその線を追ってみようか」

宮野が唐突に提案する。鷺沼は意表を突かれた。

「あんたが？　どういう名目で？」

「名目なんていらないよ。どうせ署にいても厄介者扱いで、急ぎでもない書類書きやら電話番やらを仰せつかるだけなんだから。それよりこっちから電話を一本入れて、直行直帰と言ってやるほうが班の連中は喜ぶわけよ」

「しかし追うったって、どうやって？」

「東池袋のマンションのことはけっきょく闇に葬られたわけだから、周辺での聞き込みも全然やってないということじゃない」

「それをいまからやろうというわけか。十四年も前の話だ。人の記憶は風化しているぞ」

「そうかな。現にあのマンションの住人が森脇のことを覚えていたわけだし、むしろ宝の山のような気もするんだけどね」

鷺沼もそのアイデアには心惹《ひ》かれた。

「だったら一緒に歩いてみるか」

宮野はあっさり首を振る。

「いや、おれ一人のほうがいいよ」

「どうして？」

「鷺沼さんには、おれの縄張りを担当して欲しいのよ。逆におれが鷺沼さんの縄張りで動くようにする。お互い身内の古傷を引っ掻き回す立場にあるわけだから、まともにやって感づかれたらひどい目に遭うに決まってるじゃない。縄張りをチェンジしておけば身内には警戒されずに済むし、結果として捜査の妨害も受けにくい」

宮野の考えは理にかなっている。鷺沼は頷いた。

「なるほどな。そのほうが効率も良さそうだ。じつはおれもあんたの縄張りで、さっそく動いてみたいことがあるんだよ」

「田浦を突ついてみるの」

「それもあるが、当面の獲物は行方不明の中山順子だ」

「とっかかりが見つかったわけ？」

「ああ、見つかった。三上真弓が知っているはずだ」

「それ、どういうことよ」

宮野はドンペリを一呷りして身を乗り出した。昨日の夕刻遭遇した三上真弓とあの中山と名乗る女のことを語って聞かせた。宮野は鼻の穴を膨らませていきり立った。

「どうしていままで黙ってたの？　信義にもとるじゃない」

「おれが見つけた鉱脈だ。抜け駆けされたらたまらない」

「まだおれを信用してないの？」

宮野は怨念のこもった目を向ける。鷺沼はきっぱりと応じてやった。

「あんたの狙いは十二億の札束で、おれの狙いはそれを掠め取ってしゃあしゃあとしている警察組織の不正の根源を暴き出すことだ。つまりあんたとは根っ子のところで考えが違う」

「あーあ。そういうベタな正義感て、おれは好きじゃないな」

厭味な口調で宮野は嘆く。鷺沼も切り返す。

「殉職した叔父さんを草葉の陰で泣かす気か」

「金のためだけじゃないんだよ。おれがやろうとしているのは、叔父貴の弔い合戦でもあるんだよ。警察組織なんてくそ食らえだ。やつらは自分たちの保身のために、叔父貴を間抜けな殉職警官で終わらせたんだ。そいつらに一泡吹かせてやれるんだから、狙いはおたくと一緒じゃない」

宮野はこめかみに青筋を浮かべて言い立てる。その顔がなぜか殊勝にみえてきた。

5

翌日、鷺沼は朝一番で三上真弓に電話を入れた。

会って話を聞きたいと申し出ると、真弓は目的を詮索もせずに、あすの午後二時に磯子台の自宅で会うと約束した。警戒する様子はまったくなかった。

一昨日の遭遇を向こうは感づいていない。中山順子との繋がりについても、しらばくれて済ませられるとたかを括っているはずだった。かつて韮沢を騙しおおせた女なら、今度のことでも簡単に口を開くとは思えない。

そのころより有利な条件といえば、森脇の詐欺事件がすでに時効で、犯人蔵匿罪はもっと以前に時効が成立している点だろう。いまなら洗いざらい喋っても中山順子にはなんのお咎めもない。

しかし逆の観点からみれば警察権の行使もできないわけで、喋るか喋らないかは当人たちの自由意思に委ねざるを得ない。

宮野は昨夜も居候を決め込んで、けさは早くから東池袋へ出かけて行った。あのドンペリの代金には当面の下宿代も含まれると主張して、出て行きそうな気配はまるでみせない。

そのときの飲み代を宮野は給料日払いのツケにした。しかし二億の借金を抱えて逃げ回っている男から五万円のドンペリをせしめるのも後味が悪いので、宮野がトイレに行っているあいだにその分だけは鷺沼が支払った。店主はキャッシュでの支払いを喜んで四万五千円にまけてくれた。そのことを宮野にはまだ言っていない。

昨夜の福富とのデートで明らかになったのは、十四年の歳月という闇の奥に延びる疑惑の地下茎だった。そこに田浦たちが絡んでいるのは間違いないが、それだけでは終わりそうにないのが厄介だった。

当時、森脇の巨額詐欺事件を追っていた桜田門の捜査二課、失踪した中山順子とその旧友の三上真弓、そして県警の裏金疑惑に直結する田浦の一派――。それらを結ぶリングが見えてこない。

中山順子の存在を見逃したことについて、韮沢は生涯の不覚だと自分を責めた。慚愧《ざんき》に満ちたそのときの表情が、演技だったとは思えない。いや思いたくないというのが正直なところだ。

韮沢は宮野の叔父の滝田警部とともに、鷺沼の刑事人生の数少ない師匠だった。二人から学んだものがいま自分のなかでどれほど生きているかは覚束《おぼつか》ないが、彼らを憧れの対象にすることで、刑事としてのなにがしかの矜持は保たれてきた。

韮沢への信頼の揺らぎは鷺沼の心のある部分の崩壊に繋がるものだった。その謎にこれ以上捜査のメスを入れることは、鷺沼にとって自らの肉を切る行為に等しかった。

愛宕署の捜査本部で鷺沼は韮沢のチームに配属された。本部の表看板はあくまで森脇殺害事件だったが、そこまでの捜査の経緯から、それは二課のヤマだと衆目は一致していた。韮沢の班が本部の主軸となったのは当然で、当時はまだ一課の若造だった鷺沼がその一員に加われたのは、そんな状況からすれば名誉なことだった。

水も漏らさぬ緻密さというのが、韮沢の捜査指揮についての偽らざる感想だった。その韮沢が中山順子の存在を見落としていた——。

人間の行動に過ちはつきものだ。投入できる人員にも限界がある。神ならぬ身の韮沢にそこまでの無謬《むびゅう》を求めるのは酷だろう。それでもなぜという疑問は、やはり頭の片隅に居ついて離れない。

その韮沢の意を汲んで、あの森脇事件の迷宮のただなかへ、自分はいま再び踏み込もうとしている。それは運命の皮肉なのか、あるいはなにかの理由によって仕組まれたことなのか。

もし韮沢が背後で事件に関与していたのなら、なぜそれを暴く仕事を自分に託したのか。それは韮沢の潔白を示唆する状況証拠とも受け取れるが、逆に勘ぐれば、自らへの嫌疑を回避するための捨て身の奇策とも考えられる。あるいは闇に葬りたい事実を鷺沼が探り当てたとしても、旧友の誼《よしみ》で見逃すと韮沢は踏んでいるのか。

〈日本の警察機構をまっとうなものにするには自爆覚悟でやるしかない——〉

一昨日、新橋の居酒屋で韮沢はそう言った。〈自爆〉という言葉に込められた意味がなにかの危険信号のように頭の奥で明滅し続ける。破滅的な結末へと自らを追い立てる韮沢の魂の軋みが聞こえるような気がして、鷺沼はただならぬ悪寒に襲われた。

その自爆攻撃の道連れに韮沢は鷺沼を選んだのか。あるいは自ら抱え込んだ爆弾のスイッチを押す非情な役割を鷺沼に託したのか――。

一人になって考えはじめると、想像はひたすら悪い方向へと増殖し、気分は鬱々とした泥沼に沈んでいく。すべてが杞憂であって欲しかった。最後は笑って終わる話であって欲しかった。

6

自宅にいても気分は晴れそうにないので、この日は久しぶりに桜田門へ出向くことにした。三上真弓とのあすの逢瀬まで動けることはとくになかったし、調べたいこともいくつかあった。

長期欠席児童が久々に登校するような面映い気分で登庁すると、捜査一課の広いフロアはゴーストタウンのように閑散としていた。つまりあらかたの班が現場に出張っているわけで、とりもなおさずそれは商売繁盛を意味している。

特捜一係の面々も出払っていた。居残っているのは待機番が専業の井上だけだ。気になるのは、普段は置物のように定位置に鎮座している係長の三好の姿が見えないことだ。特捜班は殺人班のいわば遊軍で、普段は継続捜査を口実に外で油を売っているが、殺人班の手が足りないときは即刻現場に駆り出される。

「どこかで帳場が立ったのか」

三好のデスクを顎で示して、井上に問いかける。

「小松川署管内で殺しです」

井上は涼しい顔でパソコンのキーを叩いている。事件が起きて臨場が決まったとき、片っ端から電話を入れて班の面子を召集するのが井上の役割だ。自宅の電話が繋がらなければ携帯へ連絡を入れてくるはずだ。しかしきょうはまだどちらへも電話は入っていない。なにか異変が起きていると直感した。

「おれには連絡がこなかったぞ」

「鷺沼さんには報せなくていいと係長が言うもんですから」

けろりとした顔で井上は応じる。採用されたのは一昨年で、今年の春に異例の抜擢で捜査一課に配属された。参事官クラスのお偉方の縁戚だとの噂だが、一徹者の三好にそんな威光は通じない。現場に出るにはまだ百年早いといまも机に縛りつけたままだ。

だからといって井上は僻《ひが》むでもなく、飄々として先輩刑事の下働きをこなしている。取り柄はコンピュータに明るいことで、おかげで特捜一係は一課のなかでも卓越した情報処理能力を誇れるようになった。それが三好の思惑だとすれば、その人事管理能力はなかなか侮れない。

「おれに連絡しなくていいとはどういうことだ」

「さあ」

井上はなんとも素っ気ない。

「三好の親爺からはなにも聞いていないのか」

「そうなんです。いつものように理由なんか言わないもんですから。もし出庁してきたら、本部へはこなくていいから、いま扱っている事案を継続するように言えって。またなにかやらかしたんですか」

「またってどういう意味だ」

「上の誰かと喧嘩したとか」

鷺沼が殺人班から異動してきた理由は井上も先刻承知だ。

「帳場に出張らせてもらえないんじゃ、喧嘩のしようもないだろう」

「そりゃそうですね。仲間が増えて、ぼく嬉しいですよ」

ようやく顔を上げて井上はにんまりと笑う。こちらは少しも嬉しくはないが、事情はおおむね想像できた。韮沢が早々に手を回したらしい。いよいよ退路を断たれたようだが、すでに腹積もりはしていたのでとくにショックは感じない。

「いま扱っている事案というと、森脇康則の殺しの件でしょう」

暇人のお仲間と認識したのか、井上が親しげに訊いてくる。

「そうだよ。おとといは世話になったな」

「役に立ちましたか、あの情報？」

「大いにな。でかい魚を釣り上げたよ」

「あの福富という男が犯人ですか」

井上は弾んだ声で訊いてくるが、ここはとぼけておくしかない。

「いや貴重な参考人といったところだ」

「じゃあ、事件解決にはまだほど遠いんだ」

とたんに興味を失ったように井上はパソコンに向き直る。ディスプレイにはワープロソフトの画面が表示されている。パソコンの使えない古参刑事に頼まれて報告書を代筆しているらしい。きょう出てきた目的の一つはこの男の手を借りることだった。

「頼まれてくれないか。そっちの仕事は急ぎじゃないんだろう」

「なんですか？　森脇事件に関係したことですか？」

井上は弾かれたように顔を上げた。その目に好奇の色が滲んでいる。この若者も事件の匂いが好きなのだ。警察官になりたてのころの自分を思い出す。

退屈な交番勤務に飽き足りず、非番のときには刑事物の小説を読み漁り、頭のなかだけはいっぱしの刑事気取りだった。

ある日、空き巣被害の通報を受けて現場に赴いた。本署の刑事がくる前に被害者から事情聴取をし、さらに近隣の聞き込みまでして回り、勝手なことをするなと本職の刑事から大目玉を食らった。

しかしそのとき聞き出した目撃証言を糸口に、三課が長年追っていた空き巣常習犯が逮捕された。鷺沼に雷を落とした刑事が上に申請してくれて刑事部長賞を授与された。警察官になって初めて授与されたその賞は、その後もらった警視総監賞を含むどの賞よりも記憶に残るものだった。

「ああ、重要な糸口になりそうなネタなんだ。行方がわからないある女を探したいんだが」

「失踪者ということですか」

「そうじゃないんだ。十四年前の住所はわかってるんだが、その後どこに移り住んだかがわからない。住民台帳の除票は五年間しか保存されないから、転出先の記録も残っていない。どこかで普通に暮らしているはずなんだが、居場所を突き止める方法がない」

「犯歴は？」

「あるかもしれないし、ないかもしれない。とりあえずその辺から当たってみてくれないか」

「わかりました」

井上はパソコンに向き直り、警察庁照会指令センター――通称一二三のデータベースに接続する。初期画面でパスワードを入力すると、数秒で犯歴照会画面に切り替わる。井上が訊いてくる。

「名前は？」

「中山順子――」

言いながらデスクにあったメモパッドに走り書きして手渡した。

「ほかに特定可能な情報は？」

「そうだな。生まれ年ならわかると思う。ちょっと待ってくれ」

手帳を取り出して、まず三上真弓の生年月日を確認する。一九六二年の五月二日だ。中山順子は真弓と同学年。早生まれの可能性もあるから、六二年もしくは六三年生まれと考えていい。

「六二年と六三年で絞り込んでくれ」

「西暦ですか。年号ですか」

「西暦だ」

井上は頷きもせず、素早い指使いで氏名欄と生年欄に入力し、マウスで検索ボタンをクリックする。「検索中」の表示が現れて緑色のゲージが左から右へと伸びてゆく。十秒ほどで検索結果が表示された。

「該当者は二人。一人は窃盗です。もう一人は業務上過失致死、交通事故のようですね。いずれも実刑を受けています」

「服役していたのは」

「窃盗のほうは一九八九年から九二年、業務上過失致死のほうは九三年から九四年です」

前者は事件当時服役していたから該当しない。しかし後者は条件が合う。

「業務上過失致死のほうの中山順子がとりあえず当たりだな」

井上の背中越しに鷺沼も画面を覗き込む。その女の生誕地は東京都江戸川区小松川――。真弓は横浜生まれだ。クラスメートなら同じ横浜生まれと考えたいところだが、途中で転校してきた可能性もある。

「顔写真は見られるか」

井上は「詳細情報」のボタンをクリックする。正面と真横からの二枚の顔写真と指紋、身長や体重、身体特徴に関する情報が表示される。

思わず落胆のため息を吐く。その顔は一昨日遭遇した中山と名乗る女とは似ても似つかない。写真は事件当時のもので、加齢による変化を考慮に入れても、明らかに別人であることが一目でわかる。

「外れですか」

上目遣いに鷺沼の顔を覗き込みながら、井上が問いかける。

「そのようだな」

力なくそう答えた。しかしあのときわかったのは姓だけだ。中山と名乗ったあの女が偶然同姓だったのなら、こちらが本物の可能性もゼロではない。しかし感触としては九分九厘外れという気がした。

「せっかくだから、印刷しておいてくれるか」

軽く肩を叩くと井上は素早く印刷メニューを操作してプリンタにデータを送り込む。傍らのカラープリンタが唸り出し、画面に表示されていたデータのハードコピーが吐き出された。それを受け取り、眺め直す気もなくたたんでポケットに突っ込んだ。

「ほかに情報はないですか。たとえばその女性の職業とか」

井上が訊いてくる。あのとき偶然耳に入った携帯電話のやりとりからは、ヨーロッパからの輸入商品を取り扱う仕事のように聞きとれた。しかし本人が会社を経営しているのか、従業員なのかはわからない。そのあたりの曖昧なニュアンスを伝えると、井上も困惑した様子だった。

「もう少し具体的な情報があれば、インターネットの検索で引っかけられるかもしれないんですがね。中山順子だけじゃ名前もありふれているし。ヨーロッパからの輸入品といっても食品から衣料品から家具からなんでもありですから」

鷺沼もため息を漏らすしかない。井上のデスクに置かれた警察無線のスピーカーからは警視庁通信司令本部と管内各部署や警邏《けいら》中のパトカーとの交信が途切れなく流れている。ＢＧＭにしてはうるさすぎるので、普段は待機番の井上だけが聞こえる程度に音を絞ってある。

たまたま井上の背後にいた鷺沼の耳に、ふと気になる固有名詞が飛び込んだ。慌てて井上に声をかける。

「おい、無線機の音量を上げてくれ」

井上は手を延ばし、ボリュームダイヤルを半捻りする。明瞭な音声がスピーカーから流れてくる。本庁通信司令本部からの同報無線だ。

〈――繰り返します。通信司令本部より各部署、各移動へ。本日一一三〇時、日比谷交差点付近の路上で銃撃事件発生。撃たれたのは韮沢克文神奈川県警本部監察官室長。現在救急車にて病院へ搬送中。存命の模様だが負傷の度合いは不明。目撃証言によれば犯人は車で逃走中。車種は濃紺のトヨタ・クラウン。ナンバーは特定できず――〉

韮沢が狙撃された――。頭から血の気が引いた。移動中の各機捜からの応答が殺到する。間を置かず緊急配備の指令が飛ぶ。現場からの断片的な報告が合間を縫って飛び込んでくる。デジタル化された警察無線の音声は雑音もなくクリアだ。警視庁のまさに庭先で起きた大物警察官僚の狙撃事件に、管内全域の警察機構の神経組織が昂ぶり張り詰めていく様子が手にとるようにわかる。

刑事課のフロアのあちこちでどよめきの波紋が広がる。本庁舎から出動するパトカーのサイレンが窓の下から湧き上がる。予想もしなかった事態の進展に思考のスピードが追いつかない。いったい誰が韮沢を、いったいなんの目的で――。

〈存命の模様〉の一言だけが当面の救いだった。たったいままで懐《いだ》き続けていた韮沢への疑惑は消し飛んだ。生きて欲しいと心底願った。

〈日本の警察機構をまっとうなものにするには自爆覚悟でやるしかない――〉

一昨日の晩の韮沢の言葉がまた頭のなかで谺《こだま》する。あれはこの事態を予言するものだったのかと自問する。

韮沢が闘おうとした本当の敵の姿はまだ見えてこない。底冷えする真冬の朝の冷気のように、堪えがたい恐怖がじんじんと足元から這い上がる。

第六章

1

韮沢狙撃事件に即応して、警視庁は急遽丸の内警察署に特別捜査本部を設置した。動員された人員は二百名を超えた。捜査一課はもとより、二課、三課、さらに暴力団関係者の犯行の可能性を考えて組織犯罪対策部と生活安全部からも人員が召集された。極左あるいは極右の政治テロの可能性もあるとみて公安も独自に動いているらしい。

閑散とした捜査一課の大部屋で、鷺沼はただ苛立つばかりだった。一課からは帳場を抱えていないほとんどの刑事たちが特捜本部へ駆り出され、空家と化した島のいくつかに待機番の刑事が居残るだけだ。

鷺沼も待機番専従の井上とともに、ロビンソン・クルーソーと従僕のフライデーよろしく小松川署の帳場に出払っている特捜一係の島に取り残されていた。

韮沢が狙撃された現場は警視庁から直線距離で七〇〇メートル足らず、丸の内警察署からはわずか一〇〇メートルほどの、まさに首都警察の中枢で、目と鼻の先には日比谷公園前交番がある。そんな場所で行なわれた白昼堂々の犯行に、桜田門の面目は丸つぶれといったところだった。

捜査に携わる多くの警察官があのオウム事件の最中に起きた警察庁長官狙撃事件のことを想起しているはずだった。

長官と比べればはるか格下とはいえ、被害者が神奈川県警の監察官室長という重職の警察官となれば、それを自らへの挑戦と受け止めるのは、組織防衛本能の権化である警察にとって当然の反応だ。

灯台もと暗しというのが鷺沼の置かれた状況にふさわしい言葉だった。井上の机上のスピーカーから流れるのは、緊急配備網と通信司令本部のあいだを行き交う焦燥の色の濃い基幹系無線の交信ばかりだ。

広い東京で、ナンバーのわからないありふれたボディーカラーの逃走車を捕捉することは絶望的に困難だ。その当然の事実を確認し合うだけのやりとりを聞き流しながら、鷺沼はこの事件の捜査に、警察上層部からなんらかの圧力がかかっているという思いを払拭できなかった。

こうした事件の場合、被害者の韮沢がまだ死亡していない以上、病院に警備の人員を振り向けるのが常識だ。しかしそうした指令はもとより、韮沢の入院先についての情報も漏れてこない。

本人の容態についても、負傷の度合いは不明という以外に具体的な情報は入らない。現場と本部のデリケートな情報交換は、警察関係者なら誰でも聞ける無線ではなく、警察電話などによるトップシークレット扱いで行なわれている可能性がある。

ときおり混じる組対部四課や公安の覆面パトカーの無線交信から、都内にある暴力団事務所や過激派政治集団のアジトが重点捜査対象になっていることがわかった。

事件後まもなく行なわれた記者会見には特捜本部長に就任した警視庁刑事部長が自ら出席し、やはり暴力団もしくは過激派によるテロの可能性を強く示唆した。

以後、マスコミの報道はすべてその方向に誘導され、テレビのニュースやワイドショーでは、急遽召集された有識者たちが、わが国にも本格的なテロの時代が到来したと大げさに騒ぎ立てていた。

鷺沼にすれば、犯人が暴力団関係者でも政治的テロリストでもないことは明白だった。ここ最近の状況で韮沢の命を狙う勢力はただ一つしかない。あの十二億円の一件に関わる連中だ。

だとしたら実行犯は警察内部にいる可能性が高い。韮沢に隠密捜査の指令を出した警察庁長官官房もその可能性を疑わないはずがない。

にもかかわらず桜田門は暴力団や政治的テロ集団を夢中になって追い回している。それは明らかなミスディレクションで、黙認している警察庁の腹のうちは見え透いている。

彼らは犯人を検挙したくない。もし内部の人間の関与が明らかになれば、世論は警察を激しく糾弾するだろう。さらにその動機が、あの十二億円絡みで警察組織に蔓延する裏金システムに繋がることが明らかになれば、頂点の警察庁から末端の所轄まで組織全体が震撼する。

しかし鷺沼の苛立ちは別のところにあった。いつまで経っても自分にお呼びがかからない。

鷺沼の所属する特捜一係は小松川署の帳場を抱えているから、そちらを抛り出して本件には合流できない。しかし鷺沼だけは韮沢の手回しで現場から外れている。そのことは担当管理官も知っているはずだ。この手の足りない状況では、本部への呼び出しがあっても不思議はない。というよりないほうが不自然だ。

「丸の内署へ出張っているのは?」

さほど深刻でもない顔で警察無線に耳を傾けている井上に問いかけた。

「三と六と七。あとお隣の特捜二係と特殊班一チーム。つまり事件発生時に帳場を抱えていなかったところすべてです」

フロアをざっと見渡し、井上は即座に答えを返してくる。一課の空席状況と頭のなかのデータベースを照合すれば、大部屋の主のようなこの男には、瞬時に全体の動きがわかるらしい。じれったい思いに駆られて井上に催促する。

「小松川署に電話を入れて三好の親爺と連絡をとってくれないか。おれにもお呼びがか

かっているかもしれん」

「無駄じゃないですかね。それならもうとっくに連絡がきているはずですから」

井上はがら空きのデスクが並ぶ周囲の島を目で示す。

「耄碌して伝え忘れている可能性もある」

もうろく

「そんなことはないですよ。あの親爺さん、ボーっとしているようで記憶力は抜群で

す。このあいだも一ヵ月前に立て替えてもらった弁当代を端数まで覚えてて、給料日に

催促されましたから」

井上はのんびりしたものだ。奉職してまだ三年目の新米デカにとっては、今回の事件

も被害者が警察官というだけで、捜査一課が所管する数ある事件の一つにすぎないよう

だ。韮沢と鷲沼の古い付き合いのことはむろん知らない。

「おれの名前を覚えていてくれれば幸いだがな。とにかく親爺さんを呼び出してくれ

よ。出たらおれが替わるから」

宥めすかすように言うと、井上は警察電話の受話器を取って、卓上のメモを見ながら

ダイヤルボタンをプッシュする。小松川の帳場では捜査にはかばかしい進展はないよう

で、三好はすぐに電話口に出たらしい。

「ご多用のところ済みません。鷺沼さんが用事があるとのことでして――。はい。いま替わります」

如才なく応答し、井上は黙って受話器を手渡した。それを受け取り、鷺沼ですと挨拶すると、三好は腹の具合でも悪そうな声で応じてきた。

「いや、あんたを現場から外したことに関しちゃ悪気はないんだよ。というよりおれも事情がよくわからん。一課担当の参事官から直々の依頼で、いまとっかかってる仕事を自由にやらせろってことだった。どうなんだ。おれよりそっちのほうが、その辺の事情についちゃ明るいんじゃねえかと思うんだが」

勘ぐるような口調だが、本人が言うようにそこに悪意は感じられない。数寄屋通りの鮨屋で言ったとおり、韮沢が警察庁のパイプを通じて手を回したのは間違いない。ここはとぼけて問い返す。

「なにも聞いていないんですか」

「ああ、聞いてない。そっちはなにか心当たりがあるんじゃねえのか」

三好は鋭く突いてくる。しかし韮沢から依頼された件について、ここで語ることはまだ憚《はばか》られた。

「ないことはないんですが――」

口ごもると、三好は察しよく反応する。

「言っちゃまずい事情があるわけだな」

「そうご理解いただければ」

「ああ、そう理解しておくことにするよ。韮さんのことじゃ、あんたも辛い思いをしてるんだろう」

「そうなんです。一課の大部屋で手の空いている人間にはほとんど動員がかかったのに、ここでも私は外されている。猫の手も借りたい状況のはずなんですが」

「その点はこっちも同じだよ。くだらねえ痴情殺人の帳場なんか早くたたんで、いますぐ韮さんの弔《とむら》い合戦に馳せ参じたいよ」

三好が口にした言葉が心臓を鷲摑みにした。鸚鵡《おうむ》返しに問い返す。

「弔い合戦？」

「なにも知らないのか？」

三好の当惑した声が返る。

「こちらへは一切情報が入りませんから」

「だろうな。おれも非公式のルートから偶然耳に入っただけなんだ。まあ、噂といったレベルだな。どういうわけだか、今回の韮さんの事件は秘密が多すぎる」

「韮さんは死んだんですか」

辛い質問を口にすると、三好は重苦しいため息を漏らした。

「おれが聞いたところだと、植物状態に近いらしい。撃たれたのは頭だ」

生きている――。しかしその答えは喜びにはほど遠く、死んだと聞くよりはいくらかましという程度のものだった。

「それで弔い合戦と？」

「適切な表現じゃなかったな。まだ生きているんだし、回復の見込みがゼロというわけじゃないんだから」

「しかしほとんどゼロに近い――」

「身も蓋もない言い方をすればな。あんたはあの人とは長い付き合いだったよな」

「いま手がけている森脇の事件以来です」

「十四年とちょっとか。おれも知らない仲じゃない。出世の点じゃ引き離されたが、汚い手を使って這い上がった連中とあの人は違う。ノンキャリアの鑑《かがみ》ともいうべき男だよ」

「私もいろいろなことを教えてもらいました。まだその半分も消化していませんが」

「おまえさんをラインから外すように画策したのは、ひょっとして韮さんじゃねえのか」

三好は記憶力だけではなく、直感力も大したものだ。危うく落ちるところを踏みとどまる。

「まさか。いまは隣の県警の人間ですよ」

「しかし本籍は警察庁だ。桜田門の上のほうともパイプはあるわけだろう。いや、済まんな、詮索して。そっちのほうはおれの営業外だった」

なにかに感づき、それを迂回するのが賢明な処世術であると熟知してでもいるように、三好の態度はやけにものわかりがいい。冷たい恐怖が唐突に背筋を走る。地雷原のど真ん中に踏み込んだ間抜けな兵士の気分だった。

「係長。庁内の雰囲気でなにか気づいたことがあるんなら教えてください」

「いや、とくにない。というよりも、こっちも小松川に詰めっきりで、そのあたりの事情については情報過疎そのものなんだ。韮さんの話はここの署長が小耳に挟んだ話の又聞きだよ」

「入院先は？」

「飯田橋の警察病院らしいな。出かけてもたぶん追い返されるぞ。というより入院していることも否定するだろう」

「どうしてそこまで機密扱いを？」

「母屋（警察庁）の都合としか思えんが、理由は知らん。なあ、鷺沼。これはあくまでおまえさんが決めることだが、もし厄介な話に絡んでいるんなら、ここは適当にお茶を濁して撤退するのが賢明かもしれないぞ」

さりげない口調の三好の忠告が鷺沼の急所を突いた。とっさに鷺沼は話の方向を変えた。

「私のことなら心配いりません。それより韮さんの容態が——」

「ああ、及ばずながら、おれも奇跡を願っているよ」

答えはすでに出ているとでもいうように、三好の声には力がなかった。

2

憤りと悲しみ、恐怖と猜疑——。鷺沼の頭のなかではネガティブな感情の混合物が沸騰していた。

いたたまれずに本庁舎を出て丸の内署に向かった。古巣の六係の連中も特捜本部に出張っている。顔馴染みを捉まえて捜査状況を聞き出すつもりだった。

桜田門から丸の内署まではタクシーで五分もかからない。気持ちは急いたが、慌てたところでなにもできない。むしろ頭を冷やす必要がありそうだと考えて内堀通りを歩き出す。途中には韮沢が狙撃された現場がある。そこに自ら立つことで、なすすべもない立場にいる自分への呵責《かしやく》を宥めることができるかとの思いもあった。

桜田門の交差点を渡り、内堀通りを日比谷方面に向かう。頭上は墨汁を滲ませたような灰色の雲に覆われ、いまにも小雪がちらつきそうだ。凍りつくような寒風が頰の感覚を失わせる。

コートの襟を立て、背中を丸めてとぼとぼ歩きながら、自分の立場の危うさを考える。韮沢とその上に連なる殿上人たちの思惑で桜田門の一線からは切り離され、その韮沢がいまや瀕死の床にある。鷺沼はまさに糸の切れた凧だった。

三好の又聞き情報が誤報であることを心底願った。韮沢を失いたくない。それは衷《ちゆう》心《しん》からの思いだった。

その言動に半ば疑念を懐きながらここまで付き合ってきた。しかし韮沢が渡ろうとしていたのは本当に危険な橋だった。そのことを、そしてその背後に渦巻く悪意の存在を、身を挺して韮沢は示したわけだった。

無念の思いに胸が掻きむしられる。その闘いを引き継ぐべきか、三好の穏当な忠告に従ってお茶を濁して退散すべきか——。

いまの自分は徒手空拳で、味方といえそうなのは不良刑事の宮野だけ。それも二億の借金を抱えてやくざに命を狙われる身の上では、こちらが巻き添えになりかねない。

韮沢との長い交友を思う。森脇殺害事件での厳しい指揮ぶりとは裏腹に、その後の韮沢は、いつも涼しい木陰をつくって待っている大樹のような存在だった。

求めれば適切な助言を与えてくれるが、向こうからなにかを求めることは——それもあれほどまでも執拗に——ほとんどなかった。そんなことは今回が最初で、たぶん最後となるのかもしれなかった。

祝田橋の交差点を渡り、日比谷公園の植込みに沿ってしばらく歩くと、日比谷交差点の手前五〇メートルほどのところでコート姿の二人の男が立ち話をしている。一目で自分と同類の人間だとわかる。そのさらに先の歩道にはあちこちチョークの跡がある。どうやらそこが事件の現場らしい。

さらに近づくと、一人は六係の伏見《ふしみ》だった。入庁年度では二年後輩のデカ長で、世間の出来事を並べて皮肉る癖があるが、仕事ぶりは堅実で、上からも下からも信頼が厚い。これでわざわざ丸の内署へ出向く必要がなくなった。

「よう、ご苦労さん。地取りのほうは進んでるのか」

声をかけると、なんだというような顔で伏見は振り向いた。

「ああ、鷺沼さん。しばらく顔を見せなかったけど、休暇でも取ってたんですか」

「時効間近の事件を追ってたんだよ。現場が横浜なんで、ほとんど直行直帰でね」

「いい暇ネタを見繕ったというわけですね。しかしお宮入り間近の継続捜査なら、とりあえずほったらかしてでもこっちの帳場に駆り出されそうなものなのに。丸の内署の講堂には庁内の無駄飯食らいがいま一堂に会してますよ」

辛辣な皮肉が返ってくるが、それもこの男の芸のうちだ。

「まあな。上の考えることはおれにもわからん。特捜本部としての見通しはどうなんだ」

「お偉方がこだわっているのはマル暴と左巻きもしくは右巻きの線。組対部四課と公安が入れ込んでますが、ネズミ一匹出てこないでしょう」

「それであんたは、どっちの方向に鼻を利かせてるんだ」

「韮沢さんの敷鑑《しきかん》なら調べなくても見当がつきます。そっち方面から恨まれる可能性はごく低い。かといって犯行の形態を考えると、どう考えても犯人は素人じゃない。つまり個人的な怨恨という線も弱い」

「だとするとどんな可能性が考えられる」

訊くと伏見は所轄の刑事らしい若い相方に目顔で合図して、鷺沼のコートの袖を引いた。導かれるままに陳列場脇の入り口から園内に歩み入る。ベンチに並んで腰を下ろすと、伏見は耳元に顔を寄せてきた。

「神奈川県警本部警務部監察官室長という役職がたぶんその答えです」

「県警内部の人間の犯行ということか」

「韮沢さんが恨みを買う線はほかにないでしょう」

伏見の読みはおおむね正しい。それは決して突飛な推理ではなく、理詰めで考えれば出てくる答えだ。しかし口にするには勇気が要る。警察内部の人間の犯行を疑うことには、警察官にすれば我が身を断罪するような抵抗感が伴うものだ。それがたとえ不仲な神奈川県警に対するものでも――。

「捜査会議でそう言ったのか」

「いや、とてもとても。そう思ってる平刑事はいくらでもいるでしょうけど、雛壇に並んでいるお偉いさんは頭からあるべき犯人像を決めてかかってます。そんなこと言い出したら即刻本部から叩き出されますよ」

「あるべき犯人像ってのが、つまり」

「マル暴ないしは左か右のいかれた連中ってことですよ。そのうちどこかの馬鹿が自首してくるかもしれませんよ」

「例のオウムの騒ぎのときにも似たようなことがあったな」

あの警察庁長官狙撃事件では、信者だった現役の公安警察官が自分がやったと自供した。桜田門はそれをひた隠しにしたが、そのうちマスコミに嗅ぎつけられて公安部長は更迭、警視総監も引責辞任に追い込まれた。自供した警察官は証拠不十分で起訴もされず、真相はいまもけっきょく闇のなかだ。犯人を挙げることに臆するような、なにかの事情が警視庁上層部にあったと勘ぐりたくもなる。

伏見は軽く頷いて吐き捨てた。

「いまは桜田門も鳴り物入りで騒いでますが、マスコミがはやし立てるのもせいぜい三日でしょう。ほとぼりが冷めればすぐに幕を引きにかかるはずですよ」

「韮沢さんの容態は？」

「まだ亡くなったとは聞いていません。それ以上の情報は入らない。とにかくこの事件、なにかと秘密が多すぎる。雲の上にいる連中に、よほどうしろ暗いことでもあるんでしょうよ」

伏見は鼻を鳴らす。

「凶器は？」

「トカレフですよ。当たったのは頭ですが、きれいに貫通してました。命をとりとめたのはそのせいです」

伏見の言葉の意味はよくわかる。トカレフは旧ソ連軍の制式銃だが、中国製のコピーが日本の暴力団に大量に出回った。七・六二ミリと小口径で、銃弾はフルメタルジャケットの高速弾。貫通力が高いため、逆に殺傷力は低いといわれる。九ミリや三八口径のただの鉛弾だったら、きれいに貫通はせず体内で変形して、たぶん致命傷になっただろう。

「撃ったのは一発か」

「目撃者の話だと、一〇メートルくらいの距離からの一撃だったようで」

「だったらかなりの腕前だ。やはり素人じゃないな」

「その点と銃がトカレフってことでマル暴説が有力なんですがね。しかしご存知でしょう。生活安全部や組対部四課じゃ、刑事の机の抽斗《ひきだし》にトカレフもマカロフもごろごろしてますよ」

伏見は大げさな身振りで天を仰ぐ。見たことはないが鷺沼もそんな話は聞いている。上から闇雲に押しつけられる短銃押収のノルマを達成するために、馴染みのやくざから調達して日ごろからストックしてある代物だ。

上からやいのやいのと言われた場合、所持者不詳の押収物件として提出する。首なし拳銃と俗にいう。日本全国どの警察でも恥じることなく行なわれている悪弊だ。

「で、あそこでなにをしてたんだ」

「油を売ってたんですよ――」

伏見は所在なさそうに煙草のパッケージを弄ぶ。千代田区の禁煙条例はヘビースモーカーの伏見にとっては地獄の責め苦といえそうだ。

「地取りったって、このあたりには人は住んでませんからね。公園内のレストランや売店で適当に話を聞き終えて、さっきから所轄の若いのに現場の復習をさせていたわけですよ」

「目撃者は」

「この辺はお堀と公園しかない場所で、人通りはごく少ないですからね。都心のど真ん中の死角みたいな場所ですよ。狙い目としては絶好のポイントです。目撃者は銃声を聞き、韮沢さんが倒れるのを見て、公園のなかへ慌てて逃げ込んだそうなんです。そのとき逃走する車両を横目でちらりと見ただけで、ナンバーまでは覚えちゃいない。現場を走っていたドライバーが見ていたかもしれないんですが、いまのところそれらしい通報はありません。いまどき好きこのんで警察に協力する人間は、言わば変人のたぐいですからね。どうです。どうせ通り道なんでしょ。現場を拝んでいきませんか」

物憂げに言って伏見は立ち上がる。なにげなく言ったはずの「拝む」という言葉が胸に突き刺さる。韮沢はたしかにいま仏になりかけている。

先ほどの場所に戻ると、若い刑事が寒そうに背中を丸めて立っていた。連れ立ってさらにしばらく歩いていくと、公園の植込みに近い路上に掌ほどの赤黒い染みがある。

それを囲むようにチョークの線で人の形が描かれている。染みがあるのはその頭部のあたり。出血量はさほどではなかったようだ。

「これは目撃証言を参考に捜査員が描いたものです。韮沢さんはすぐに救急車で運ばれましたからね。貫通した銃弾は植込みの向こうの花壇のなかで発見されました。それで得物が特定できたんですよ。犯人が銃撃したのはたぶんあのあたりで、直後に加速して祝田橋方向へ走り去ったそうで――」

伏見が脇に立って状況を説明する。その声に重なるように耳の奥であのときの銃声が谺する。路上の血痕に目が釘付けになる。あの暑い夜の情景が蘇る。

いまも敬愛する滝田恭一警部が凶弾に斃れた十二年前の夏。鷺沼の腕のなかで浮かべたあの穏やかな笑みが瞼に浮かぶ。そしていま、もう一人の人生の先達が、凶弾を受けて瀕死の床にいる——。

3

伏見と別れて有楽町駅まで歩いた。

捜査の現場で起きていることはおおむねわかったし、それ以上の細々した事実には、いまは興味がない。わざわざ丸の内署に立ち寄る理由はもはやなかった。

日比谷交差点を渡ったところで、ふと思いついて韮沢の自宅に電話を入れる。家族の誰かがいるかもしれない。韮沢の容態についてなにか聞けるかもしれない。

呼び出し音が空しく続く。妻も娘も病院に駆けつけているのだろう。そうせざるを得ない容態なのだ。三好が耳にした話は嘘ではない。はかない希望もこれで断たれた。

ふつふつと湧き起こる怒りに体が火照り、吹きつける寒風に拮抗するように丸まっていた背筋が伸びていた。せっかく与えられたフリーハンドを使わない手はない。弔い合戦という言葉が不適切なら、報復戦と言えばいい。敵が本気ならこちらも本気だ。

田浦のグループの尻尾を摑んで、森脇から奪った十二億円が神奈川県警の裏金に化けた事情を解明する。それが当面の目標で、そこから先の選択肢は二つある。

上の役所のお偉方が、自分たちに火の粉が飛ぶのを惧れて韮沢狙撃事件を闇に葬るつもりなら、田浦たちの悪事を梃子に敵の本丸を揺さぶり倒す。あるいは田浦たちがいまもあらかたを握っているはずのあの十二億円を奪い取る。

どちらも危険だが魅力的なオプションだ。韮沢が望んだのはおそらく前者だが、たとえ巨悪の全容が暴けたとしても、すでに時効の十二億円はそのまま国庫に収納される。けっきょく悪党の親玉の懐に入るなら、こちらが頂戴しても良心の呵責など感じない。

その金で宮野の命も救われる。韮沢がもし生きながらえたとしても、おそらく社会復帰は望むべくもない。残された家族にとっても金は必要だ。自分にしても金は決して困らない。というより目の前にぶら下がった億単位の金に目が眩まないなら、むしろ病気というべきだろう。

〈お前は頭がいかれている。韮沢の件で熱に浮かされている。いっときの感情で道を踏み外すな。頭を冷やせ。人生の選択を誤るな――〉

心のなかの声がそう諭す。抑えがたい怒りがそれを捻じ伏せる。重く垂れ込めた空がこの世界への希望を押し潰す。

〈君の胸の奥で燻っている正義を愛する心に、ここでもう一度火をつけてみないか〉

数寄屋通りの鮨屋で韮沢がそう言ったのはほんの数日前のことだった。韮沢が信じる正義とはなにか——。以来心のなかで繰り返してきた問いだった。

刑事時代は知能犯相手の二課一筋で、政治家から官僚、大物経営者といった押しも押されもせぬエリートたちの薄汚い本性を暴き続けた。その韮沢がいまさら書生じみた正義に惑わされるはずがない。

それはおそらく韮沢一流の逆説だ。この世間に正義など存在しないからこそ、唯一信じるべきは内なる正義の声なのだと、魂が叫ぶ声なのだと——。

その魂の声に韮沢が殉じたとするなら、自分もまた魂の声に従ってその仇を討つべきだ。正義の代理人面をした悪党が大手を振って歩くこの世間が、青臭い正義で変わるはずもない。ならばその悪党どもの逆手をとってひと稼ぎするのは罪なのか。

手前勝手な理屈だとは承知のうえで、否応もなくその考えに惹きつけられる。警察官としての矜持など、けっきょくはうだつの上がらない下っ端警官に似合う玩具の勲章だ。その勲章をかなぐり捨ててこそ、韮沢が闘おうとした巨悪と対等なのだ。一度しかない人生なら、意地汚い連中のケツの臭いを嗅いで生きるより、自爆覚悟でそのケツにダイナマイトの一本も突っ込んでやるほうが男冥利に尽きるというものだ。

鬱屈していた心に小さな雲間ができた。きょうまで背負い込んできた人生の荷物が軽くなった気がした。一線を越えるとはたぶんこういうことなのだ。

吹きつける寒風が目に沁みる。銀座方向のビル群がぼやけて滲む。慌てて取り出したハンカチで目を拭う。心が裸になったような、妙に清々しい気分で師走の数寄屋橋の雑踏に紛れ込む。

コートの奥で携帯が鳴った。東池袋に聞き込みに出かけた宮野からだった。ボタンを押して耳に当てると、忙しない声が飛び込んできた。

「いまどこなの」

「銀座だ」

「会社で仕事じゃなかったの？」

「桜田門の刑事のなかで、たぶんおれ一人だけが開店休業だ」

「干されているわけ。あんな事件があったというのに。さっきラーメン屋で遅い昼飯食ってたら、テレビのニュースでやってたよ。あれじゃ桜田門の面子は丸つぶれだね」

宮野はあっけらかんと言う。神奈川県警では鬼っ子の宮野でさえも、警視庁への対抗意識は身に染みついた習性らしい。宮野は続けて訊いてくる。

「でも、ショックは大きいんじゃない。知らない仲じゃないんだし」

鷺沼に対してはいくらか気を使っているようだ。

「ああ。おれにとってはかけがえのない先輩なんだ」

「ずっと付き合いがあったわけ」

「たまに飯を食ったり酒を飲む」

「でも、命はとりとめたようじゃない」

「やられたのは頭なんだ」

「そうなの。だったらちょっと難しいね。現場が桜田門のシマだから県警のほうは冷めたもんだよ。要するにテレビで本部長が深刻ぶってコメントしてたけど、口先だけだってありありだった。茎沢さんはうちの本部じゃ外様だったわけだから」

こちらの気持ちを考慮してか、今度は身内を非難するような言い種だ。田浦のあのシーサー面を思い浮かべて、覚えず物騒な言葉が口をつく。

「ああ、やった野郎がわかれば殺してやりたいよ」

「そのときは声をかけてよ。手伝うから」

まんざら冗談でもない口ぶりだ。宮野との心の距離がまたわずかに縮まった。

「じつは折り入って話がある。そっちの仕事は進んでいるのか」

「いまのところは打率ゼロ。人の出入りの多い土地柄みたいで、十四年前に住んでいた人間を探すだけで一苦労よ。で、なんなの、折り入っての話って」

「夕方、どこかで落ち合おう。会ってじっくり話したい」

「ふーん。なんか意味深な気配だね。あの十二億の件？　それとも茎沢さんの件？」

「その両方だ」

「ちょっと待ってよ。それって繋がりがあるってことなわけ？」

宮野の声が裏返る。

「じつは込み入った事情があるんだよ。詳しいことは会って話す。例の新橋の居酒屋でいいだろう」

「了解。時間は？」

「六時でどうだ」

「わかった。それまでもう少し靴の底を減らしてみるよ」

「ああ、目ぼしい拾い物があるといいんだがな」

励ますようにそう言って通話を切った。十四年の歳月の埃の下から森脇殺害事件の痕跡を探り出そうという徒労とも思える宮野の執念に、いまは素直に期待する気分になっていた。

4

時刻はまだ四時前で、宮野と会うまでには間があった。

喫茶店にでも入って時間を潰そうと適当な店を探して晴海通りを歩いていると、また携帯が鳴り出した。今度は井上からだった。

「鷺沼だ。いよいよおれにお呼びがかかったか」

「そうじゃないんです。わかったんですよ」

井上はじれったそうに言う。

「わかったって、なにが？」

「例の中山順子の所在です」

「本当か？」

「たぶん間違いありません。警察庁照会指令センターのデータベースにあったんです」

「だってさっき、犯歴を照会してもヒットしなかっただろう」

「犯歴のデータじゃないんです。あれからふと思いついたんですよ。その人、ヨーロッパからの輸入品を扱っていると言ったでしょ。ひょっとすると家具とか工芸品じゃないかと思ったんです。いまそんなのが流行っているそうですから。だとするとアンティークも取り扱う可能性が高い。当然国内での売買もするでしょう。それなら古物商の許可も取得しているんじゃないかと」

強引な推論だが、そう外れていそうにも思えない。古物商の営業には都道府県公安委員会の許可が要る。許可を受けた業者のリストはナシ割り捜査（盗品からの犯人追跡）の際の貴重な情報源で、当然照会指令センターのデータベースにも入っている。

「そこに中山順子の名前があったわけだな」

「そうです。生年月日は一九六二年の七月五日。条件は合ってますね」

「合っている。住所は？」

「中野区若宮三丁目五十九番地二十八号メゾン・クレージュ七〇八」

「それは本人の住所だな」

「そうです。登録は法人名義ですが、その役員の一人として記載されているんです。会社は京橋一丁目二十一番地三号にある株式会社ラ・フィエスタ。定款によると営業種目は、家具、陶磁器、ガラス製品、骨董品等の輸入、販売、買い取りとなっています」

それならあの新橋のコーヒーショップで遭遇した中山という女の電話でのやりとりと符合する。井上が気を利かせる。

「本籍地は現住所と同一です、戸籍謄本をとっておきますか」

たしかに戸籍謄本をとれば出生地が確認できる。それが横浜なら大当たりだが、それには捜査関係事項照会書という面倒な書式が必要だ。

個人情報保護がどうのこうので、近ごろその取り扱いが厳格になり、係長の承認と、さらにその上の所属長の決裁が必要になる。中山順子はいまや鷺沼の切り札だ。そんな書面を作成すれば、庁内の人間に手の内をさらけ出すことになる。

「いや、いい。おれがこの目で本人だと確認すれば済むことだ」

「そんなもんなんですか」

井上が拍子抜けした声を返す。

「そんなもんなんだ。容疑者というわけじゃないからな。会って話を聞きたいだけだ。そこまでやるほどのことじゃない」

井上の追及を適当にかわし、タクシーを摑まえて日本橋まで一走りする。

ラ・フィエスタはブリヂストン美術館の裏手の狭い通りに面した雑居ビルの一階にあった。小ぢんまりとした店だが、ショーウィンドウに飾られた洋食器やガラス工芸品はかなりの値打ち物と見受けられた。

総ガラス張りのドアから覗くと、店のロゴ入りのエプロンを着けた若い女性店員がカウンターで暇そうにしている。客はいない。

店員がこちらに気づき、微笑みながら会釈する。これ以上覗き見しているとかえって怪しまれそうなので、意を決して半自動ドアのノブプレートに手を触れる。

ドアが開くと「いらっしゃいませ」と愛想のよいデュエットに迎えられた。奥のほうにもう一人、同じ年格好の女性店員がいた。さりげないふうを装って足を踏み入れる。

店内は意外に奥行きがあった。フロアにはロココ調の猫足の椅子やテーブル、キャビネット、チェスト類が並び、別の一角には食器や装身具やアンティークの置物が陳列されたショーケースがある。壁にはゴブラン織のタペストリーや絵皿のたぐいが飾ってある。正札をざっと眺めて、自分ごときが出入りする店ではないとすぐにわかった。

「クリスマスプレゼントですか」

カウンターにいた店員がさっそく歩み寄る。

「いや、甥が近々結婚するものですから、なにかいい贈り物がないかと思って」

まだ二十歳そこそこと思われるその店員の愛くるしい笑顔に騙されて、身分不相応の品物を買わされてはたまらないと心の手綱を引き締める。

「だったらこれなんかどうでしょう」

そんな思いを見透かしたように、店員はショーケースから白磁のティーカップとソーサーを取り出した。

「マイセンの逸品で、日本ではなかなか手に入らないものなんですよ。ペアで十万円とお値段もお手ごろで」

二客の茶碗が十万円でどこがお手ごろなのかと毒づきたくなるが、それでも透き通るような白の地肌と鮮やかな手描きの絵模様に目が惹《ひ》きつけられる。

別れた女房の趣味が陶磁器やガラス製品の収集で、このクラスのものもいくつかあったはずだった。バカラのペアグラス一客だけを離婚の記念にと鷺沼に残し、残りはすべて持ち去った。

まだ悪くはない関係だったころ、デパートでのショッピングに付き合わされたときの記憶が蘇る。その元女房との仲人をしてくれた韮沢が瀕死の床にあり、その意思を引き継ごうとしていま自分がこの店にいる。人生とはつくづく皮肉なものだと思う。

「ああ、いいね、ただ――」

「あ、ご予算がおありなんですね。でしたらこちらなんかは」

店員は今度は隣に並んだペアで五万円台のマイセンを取り出した。こちらの予算に合わせてはくれるが、値引きしようという気はないらしい。

「いや、ティーカップじゃなく、その――」

悪あがきするように言い淀むと、店員はすぐに次の手を用意する。

「それでしたらグラス関係では。バカラでお手ごろな品《しな》があるんですよ」

店員は隣のショーケースへ移動する。バカラにお手ごろな品などないことくらいは、こちらだって知っている。

そのときふとバカラの逸品が並ぶ傍らに立ててあるフォトフレームの写真に目が留まった。写っているのはヨーロッパ風の庭園に立つ、大柄な外国人男性と小柄な日本人女性。いや小柄に見えるのは隣の人物が大男すぎるのだとすぐに気づいた。

新橋のコーヒーショップで遭遇した中山女史は、日本人としては背の低いほうではない。そしてその写真の女の顔は、まさしくあのとき見た彼女そのものだった。

「この方は?」

つい不用意に問いかけた。店員は訝る様子もなく説明する。

「中山専務です。お隣はバカラ社の筆頭副社長。専務は当社のトップバイヤーで、ヨーロッパ関係に強い人脈がありまして。うちの品揃えはほとんど専務のセンスで決まっております」

店員はどこか誇らしげだ。不用意ついでにもう一つ質問した。

「それで、彼女はいまも外国に？」

「いいえ、つい二週間ほど前にヨーロッパから帰りました。いまはお得意先への新商品セールスにかかりきりです。一週間くらい関西方面を回る予定で、きょうは大阪だと思いますが」

一週間と聞いて落胆した。いますぐにでも摑まえて、十四年前の森脇との経緯を聞き出せれば、問題の核心へ一気に突き進めたはずだった。かといってここで大阪での滞在先を訊くわけにもいかない。店員は訊ねもしない方向に話を進める。

「うちは店は小さいんですけど、コレクターのあいだでは知名度が高いんです。販売のほうも彼女がリードしてるんです。私、憧れてるんですよ。きれいな方だし、優しいし

──」

新橋のコーヒーショップで見かけたときの鷺沼の印象どおり、中山順子はいまどきの若い娘が憧れるほどの優れたビジネス・ウーマンのようだった。

「店にはたまに出てくるの」

「ええ、こちらにいるときは週に何日か。お客さんと話すことでマーケティング感覚が摑めるっていうんです。うちの会社はデパートなどへの卸が中心で、このお店はそのためのアンテナショップなんです」

「アンテナショップ？」

「販売よりも店にいらっしゃるお客様の反応をみることを目的にするお店のことを、そう呼ぶらしいんです」

「だったらこの店は、客に無理に商品を売りつけようという姿勢じゃないわけだ」

鷺沼は軽く牽制した。

「でも、お買い求めいただくことがお客様からのいちばんのメッセージですから」

中山専務の薫陶よろしきを得てか、店員のセールストークはなかなか抜け目ない。財布の中身を減らさずに退散するのは難しそうだと観念した。

5

けっきょく二客で一万五千円のボヘミアングラスのタンブラーを買って、店を出たのが午後四時半だった。京橋駅で地下鉄に乗り、とりあえず新橋に出た。

銀座口から地上に出ると、終日頭上を覆っていた暗雲はいつのまにか切れていた。西空は茜色の残照に染まり、汐留シティセンターの窓の明かりが空の一角を星団のように飾り出していた。

ＪＲの通路を抜けて日比谷口に出る。街全体がうわついている。クリスマス・イブまであと三日。大半は死ねば坊主の世話になるはずの日本人が、一斉に宗旨替えするこの時期の街の雰囲気が鷺沼にはいつも堪えがたい。中年サラリーマンのメッカである新橋界隈も例外ではない。搬送先の病院の集中治療室でいまも生死の境をさまよう韮沢のことを思えばなおさらだ。

それでもきょうの井上のクリーンヒットでほぼ塁上は埋まったことになる。なにを慌てたのか、自分からちょっかいを出してきた宮前警察署副署長の田浦。我が身に凶弾を浴びることで、警察組織全体を蝕む悪徳の輪郭を浮かび上がらせた韮沢。そしてついに尻尾を摑まえた森脇のかつての愛人、中山順子。

あす会う予定の三上真弓をどう追い込むか。当面の勝負どころがそこだった。中山順子に会えなかったのはむしろ僥倖だったかもしれない。直接の当事者である中山を警戒させれば、真実を語ってくれる可能性は遠のくだろう。犯人蔵匿罪はとうに時効で、強制的な警察権の行使はいまはできない。それよりまず親友の真弓を落とし、その口添えで穏便に話を聞くほうが上手くいく。ここで拙速は禁物だ。

人込みを縫いＳＬ広場を横切っていくと、ポケットでまた携帯が鳴り出した。ディスプレイを覗いて驚いた。留守のはずの韮沢の自宅からだった。

「はい、鷺沼です」

慌てて応答すると、馴染みのある声が流れてきた。

「ああ、鷺沼さん。ずっと連絡をとろうと思ってたの。でも慌てて病院へ向かったから、電話番号を書いた手帳を忘れちゃって。いま夫の身の回りの物を取りにいったん家に戻ったの。そしたらあなたからの着信記録があったものだから——」

韮沢の妻の千佳子《ちかこ》だった。今年の正月に自宅へ遊びに行って以来、ほぼ一年ぶりに聞く声だ。元女房との関係が破局に向かっていた時期は、仲人として親身にアドバイスしてくれたものだった。

「韮さんの容態は？」

懐かしさと情報への飢えが重なって、ついのめるような口調になる。

「弾はきれいに抜けていて、それで命のほうはとりとめたようなの」

返ってきたのは気丈な声だ。しかしその意味するところは微妙だった。

「意識は？」

「まだ戻らないのよ。先生の話では向こう一週間が勝負だろうって。可能性は五分五分だっていうんだけど、ずいぶん楽観的に言ってくれてるような気もするの。脳波はとても弱いし、外部刺激への反応もほとんどないし——」

三好が又聞きした植物状態に近いという話はどうやら本当のようだった。やはり頭部に銃弾を受けて殉職した滝田の場合、三週間の昏睡ののちに死亡した。そのとき使われた銃はニューナンブ。銃弾は三八口径の通常弾で、脳内には破片がいくつか残っていたと聞く。

韮沢の場合はフルメタルジャケットの小口径高速弾による貫通銃創だ。滝田と比べれば条件は有利だが、一命をとりとめたとしても意識が戻らないとすれば、家族の思いは複雑だろう。ここは現代の先端医療が起こす奇跡を期待するしかない。

「希望は捨てないでください。私も元気な韮さんの笑顔をもう一度見たいんです」

励ましたつもりの言葉がかすかに震えた。

「主人はいま、とても安らかな顔で眠ってるの。もうこの世での仕事は終えたとでもいうように」

昂ぶる感情に抗うように、抑えた口調で千佳子は応じた。すでに答えは出たのだと自分に言い聞かせるようなその言葉が、鷺沼の心を揺さぶった。返す言葉を思いつかないまま鷺沼は話題を変えた。

「入院先は?」

「飯田橋の東京警察病院。あなた、知らなかったの?」

千佳子が怪訝そうに問い返す。三好の推測は当たっていたが、盟友と信じていた韮沢の状況に関して、同じ警察官の自分がほとんど蚊帳《かや》の外に置かれている。そんなことへの忸怩《じくじ》たる思いが覚えず声に出る。

「正式には聞いていませんでした。そういう情報がこちらには一切流れてこないものですから」

「それがおかしいのよ。電話で入院先を知らせてくれたのは、警察庁の警備企画課長の片山《かたやま》という人だったの。普通なら現場を管轄する丸の内署からじゃないの」

不審な思いを滲ませた千佳子の問いかけに、みぞおちを小突かれたようなショックを受けた。警備企画課長の直属の上司は警備局長で、現職は羽田直彦警視監――。あの十二億円の札束に含まれていた一枚をレストランでの支払いに使った張本人で、長官官房から韮沢に下った密命のいわば引き金になった人物だ。この事件には、まだ自分が想像すらしていない裏があるような気がしてきた。そんな思いを鷺沼はいまは押し隠した。

「たしかに異例です。韮さんの現在の所属は警察庁ですが、事件を所管するのはあくまで警視庁です。そのうえ警備企画課長といえば――」

「公安部門のエリートよね。そんな偉い人がどうしてじかに」

職場の話を家庭ではしない警察官が多いものだが、韮沢はそうではないようで、千佳子は警察組織に関することなら鷺沼のような下っ端警官よりも事情通なところがある。

「わかりません。韮さんの容態や入院先については、桜田門の内部でも一部の人間しか知らされていないようなんです」

「私も口止めされたのよ、その片山という人から。テロだとしたら、存命だとわかればまた狙われる可能性があるという説明だったけど、そんなことって考えられる？」

「刑事畑の人間の感覚から言えば考えにくい。人を狙撃するというのは実行犯にとってリスクを伴う行為です。都内全域に非常線が張られ、当然病院にも警備の人員が配置されている。そんななかで二度目の犯行を行なうのは、自殺行為以外のなにものでもありません」

「そうよね。必要以上に神経質ね。なにか裏でもあるみたいに」

電話の向こうで、千佳子は苛立ちを抑えるようにため息を吐いた。

「韮さんは最近なにか言ってませんでしたか。たとえば、自分の身辺に危険な気配があるような」

「とくにそんな話はしなかったわ。県警のモラルの低下を嘆くような愚痴は毎日のように聞かされてたけど」

当惑ぎみの千佳子の言葉に嘘はなさそうだ。長官官房から密命を受けた十二億円の隠密捜査のことを、韮沢は妻には語っていないらしい。そのことが逆に韮沢の覚悟のほどを想像させた。

韮沢は果たして鷺沼に対してもすべてを語っていたのかどうか、訝しい思いにとらわれた。自らが命を狙われる可能性も含めて——。

「病院の警備も気味悪いくらい厳重なのよ。背広の下に拳銃を着けた人たちがＩＣＵの前にぴったり張りついているの。制服警官のほうがまだ落ち着きがいいわよ。私や娘の一挙手一投足まで見張られている感じで、とても不愉快な思いをしているの」

千佳子の声には警察への不信感が滲んでいた。鷺沼は努めて穏やかに応じた。

「心中お察し申し上げます。ご承知のように、私ふぜいの警察官は巨大な組織の歯車にすぎません。知らされるのは歯車としての自分の役割だけで、全体がどんな目的でどういうふうに動いているのかを知るのは困難です。しかし私が小耳に挟んだところでは、今回のことについては、桜田門の上層部にいささか恣意的な動きがあるようで——」

韮沢から協力を依頼されていた件は伏せたまま、先ほど伏見から聞いた話を大まかに語って聞かせると、千佳子はまたため息を一つ吐く。

「そんな見通しを、私も片山さんの口からじかに聞いたわ。でも夫は暴力団から恨みを買うような経歴を歩んではこなかったし、過激な政治集団の標的になるような立場の人でもないはずよ」

「プライベートな遺恨の線も考えにくいでしょう」

探りを入れるように問いかけると、千佳子は我が意を得たりというように反応した。

「私もいまの話に出てきた刑事さんと同じ考えなの。主人は県警本部内部では恨みを買いやすい役職にいたわけでしょう」

「そう思います。不良警察官にとっては目の上の瘤で、自分たちの素行のせいで左遷されたり首を切られた連中がまず逆恨みするのは韮さんです」

「県警に移ってから、無言電話とか脅迫まがいの匿名の電話がよくかかってきたわ。立場上避けられないことだから無視しておけと主人は暢気《のんき》なものだったけど、わたしはやはり不安を感じていたのよ。鷺沼さんはどう思うの。犯人はやはり警察関係の人間？」

「可能性は排除できないでしょう。警察庁上層部が過敏に反応しているのは、そんな疑惑がマスコミに報じられて、自分たちに火の粉が飛ぶのを惧れてのことだと思います」

「つまり本気で捜査をする気はないということ？」

「考えたくはないですが」

「でも十分あり得るということね」

「そう思います。私のほうでも極力情報を集めてみます。ただし私以外の警察関係者にそうした話をするのは控えてください。いずれにしても、韮さんが一刻も早く回復してくれるのが先決です」

「ええ。でも祈るしかないことね」

千佳子の声はどこか弱々しい。

「私も祈ります。きっと祈りが通じると思います」

神も仏も信じない自分の口から、抵抗もなくそんな言葉が出たのが意外だった。嘘偽りではなく、いまその希望を叶えてくれるなら、疎遠極まりなかったこれまでの神仏との関係を修復してもいいような気がしてきた。

6

悶々とした気分で喫茶店で時間を潰し、開店時間ちょうどに柳通りのいつもの居酒屋に赴くと、宮野は先に到着して一人でビールを飲《や》っていた。

「賭けてもいいね。やったのは県警の誰かさんだよ」

熱燗と肴を適当に注文し、手酌で冷えた体を温め出すと、宮野は韮沢の事件を一面で報じた夕刊を差し出した。案の定、新聞も警察側の陽動作戦に惑わされ、警察権力を敵に回した政治テロという論調で紙面を盛り上げていた。

「賭けるまでもない。おれもそう思う。たぶん田浦の一派だろう」

「え？　どうして？　なんで田浦が？」

宮野はビールを噴き出しかけて、慌ててお絞りを口に当てた。

「じつはまだあんたには話していなかったんだが——」

韮沢とのここ最近の接触と、依頼された仕事の内容を語って聞かせるうちに、宮野の顔が紅潮してきた。アルコールのせいではないことがすぐにわかった。

「要するにおれを騙して、なけなしの情報を吸い上げてたわけだ。そっちのネタは後生大事に仕舞い込んで」

「悪気はなかったんだ。韮さんからは固く口止めされていた。それ以上におれ自身が韮さんの腹を信用しかねていた。警察庁の奥の院に巣食う腹黒い官僚の策略に乗って、みすみす罠に落ちるのはおれ一人でたくさんだと思っていた」

「その一方で、おれのことも信用していなかったわけじゃない。そういうおたくの猜疑心のおかげで、すべてが後手に回り、今度の事件が防げなかったのかもしれないでしょう」

宮野は突拍子もない角度から突きを入れてくる。韮沢のことを宮野に話していたとしても、それが韮沢を守る楯になったとは思えない。しかしここまでの局面で、自分の躊躇が逆に田浦たちの動きへの警戒を怠らせ、危険に対する直感を鈍らせたのだと言えないこともない。

「しかしなあ、結果としてマイナスばかりじゃないだろう。おれを協力者として使うことに関しては、韮さんは間違いなく上のパイプを利用している。つまりおれの存在は連中に知られている。しかしあんたのことはまだ一切話していない。おれはすでにマークされているかもしれないが、あんたのほうはまだフリーだ」

「警察庁や桜田門の内部に、田浦たちとつるんでいる連中がいると言いたいわけ？」

「ああ。今回の捜査指揮には、そうとしか考えられない不合理な部分がある。というより、やったのは本当に田浦のグループかどうかも怪しいところだ」

宮野は慌てふためいた。

「ちょっと待ってよ。ずいぶん話が飛躍するじゃない。まさか今回の事件を仕掛けたのは上の役所の誰かだと？」

「そう考えたほうが理屈に合う。ひょっとして韮さんは、すべてをおれに語っていたわけじゃないかもしれない。おれの知らないところで、なにかやばい事実を摑んでいたのかもしれない」

「だとしたら田浦は関与していないと――」

「そうは言っていない。韮さんに隠密捜査の指令を出した長官官房とは別に、田浦たちと結びついた別のグループがいたとは考えられないか」

「その根拠は」

「おれが森脇事件の再捜査であんたたちのシマを歩き回っていることを田浦たちは知っていた。しかし掠め取った十二億のことで韮さんが動いていたことは知らないはずだった。彼は、田浦にはまだその件で一度も接触していないと言っていた。にもかかわらずあいつは韮さんの動きについて再三言及した。おれのことを韮さんの飼い犬だとまでほざいてくれた」

「昔から仲がいいことは知ってたんでしょ。おれだって覚えてたくらいだから」

宮野はまだ呑み込めていない。

「そういうニュアンスじゃなかったな。いま思えば、おれを通じて間接的に韮さんに脅しをかけていたようにも受け取れる」

宮野はようやく興味を覚えたように、ビールを片手に頰杖を突いた。

「話がでかくなってきたね。でも、当たってなくもないような気がするよ。それで、鷺沼さんはこれからどうするわけ。ボスは倒れちゃったんだから、ここらで手仕舞いしたいという話なの」

「それが賢明な選択かもしれんな。自分の命が大事なら」

宮野は手にしたビールを一気に喉に流し込んだ。

「それならおれの見込み違いだった。ここで臆病風に吹かれて退散するくらいなら、最初からおれとつるまなきゃよかったじゃない」

「好きこのんであんたとつるんだわけじゃない。勝手におれの家に上がりこんで、わけのわからない腐れ縁をつくったのはそっちじゃないか」

「いいよ。そんな縁はいまここで断ってやるから」

宮野は顔を近づけてアルコール臭い息を吹きかける。ぬるくなった燗酒を一呷りして鷺沼も身を乗り出した。

「宝の山を目の前にして、退散すると誰が言った？」

「それどういう意味よ」

宮野の小粒な目が光る。鷺沼はつい先ほど尻尾を摑んだ中山順子のことを語って聞かせた。

「すごい情報じゃない。その線から手繰っていけば、すぐに田浦の薄汚いキンタマを摑めるかもしれないじゃない」

宮野は椅子から軽く飛び上がった。鷺沼は穏やかに釘を刺した。

「抜け駆けしようとすればできた話だ。それをあんたに教えてやった。これで貸し借りなしということだな」

「まあ、そういうことでいいでしょう」

宮野は不満を残した顔で頷いた。鷺沼は手酌で酒を注ぎ足した。

「よくはない。条件の詰めも必要だ」

「条件？　なんのこと？」

「折半でどうだ」

「折半て？」

宮野は当惑したように首を傾げる。鷺沼は続けた。

「例の十二億の話だよ。もし手に入れることができたら、二人で山分けでどうだという提案だ」

「マジ？」

宮野は真剣な表情で問い返す。

「マジだ」

鷺沼は大きく頷いた。宮野はビールのグラスを高く掲げた。鷺沼は燗酒の猪口《ちょこ》をかちりと合わせた。宮野は高揚した声で宣言した。

「交渉成立。おたくとなら最高のチームが組めそうだよ」

第七章

1

昨夜成立した宮野との同盟――。

それが一夜明けても自分のなかに悔いのかけらすら残していないことに、鷺沼は内心驚いていた。

午前十時過ぎに起きると、押しかけ居候の宮野はすでに出かけていた。キッチンのテーブルに置いてあるメモによれば、きょうも東池袋界隈の聞き込みで靴底を減らすつもりらしい。

「人間、夢をもたなきゃね」

盟友の契りをかわしたあとで、宮野はあっけらかんとそう言った。宮野のケースに夢という言葉がふさわしいかどうかは疑問だが、鷺沼にすれば、それは人生におけるコペルニクス的転回といえた。

世界の見え方が唐突に変わった。まるで運命の不意打ちを食らったように。韮沢がもし生きながらえたとしても、おそらくもとの韮沢ではあり得ないだろう。

滝田恭一、そして韮沢——。鷺沼が敬慕した二人の先達の人生にピリオドを打ったのは、彼らが所属した警察組織に内在する許しがたい欺瞞《ぎまん》と悪意だった。

自分もそこに属する人間だということを、いまほど恥じたことはない。短くはないこれからの人生をその汚辱にまみれて生きるより、目の前の毒杯を飲み乾すほうが男のけじめとしては気が利いている。

そう考えたとき、それまでしがみついてきた社会正義の執行者としてのけち臭いプライドが、きょうまでの半生の汚点そのものにみえてきた。魂の奥で静かに持続する爆発が起きていた。その熱で残りの人生を焼き尽くしたい衝動を抑えられない。

けさの朝刊では、韮沢の狙撃事件が大きく一面に取り上げられていたが、内容は被害者の容態についてやや踏み込んだ情報が加わっただけで、きのうのテレビのニュースや夕刊の記事と大同小異だ。その後も警察サイドからは新たな情報が出ていないことがよくわかる。

テレビをつけてチャンネルを次々と切り替えてみたが、どの局のワイドショーでも韮沢のニュースは取り立てて大きく扱っていない。警視庁のマスコミ誘導の手際は冴え渡っているようで、進展のない捜査状況と与えられる情報の乏しさに、マスコミの熱は早くも冷めはじめているらしい。警察上層部へ火の粉が飛ばないかたちでの迷宮入りという警察庁主導のゴールに向かって、桜田門の事務方が獅子奮迅の働きをしている様子が手にとるようにわかる。

宮野がつくり置きしてくれた朝食を昼食に名義替えして腹に収め、焦眉のターゲット――三上真弓と会うためにマンションを出て磯子へ向かった。

磯子台の三上邸に着いたのは約束した午後二時ちょうど。家にいるのはこの日も真弓一人だった。前回訪れたときと同様、鷺沼と会うためにオフィスからわざわざ帰宅したようで、出で立ちは仕事着らしいシックな紺のスーツに華美というほどではない化粧とアクセサリー。それでも真弓は匂い立つような魅力を放っていた。

「それで、韮沢さんの容態は」

さっそくリビングのソファーに誘って、挨拶もそこそこに真弓は形のいい眉を寄せて訊いてきた。

「生命の危機は脱したようですが、いまも昏睡状態が続いているようです」

「意識が回復する見込みは」

「なんとも言えません」

鷺沼としてはそう答えるしかない。マンションを出る直前に、韮沢千佳子から夫の容態についての報告があった。脈拍も呼吸も正常だという。血圧は低いが、それは脳圧亢進を軽減するための降圧剤によるもので、脳組織の損傷は狭い範囲にとどまっているらしい。しかし脳波はいまも微弱で、外部刺激への反応もはかばかしくないという。

「見通しは厳しいようね」

そんな頭の中身を表情から読み取ったように、真弓は小さく頷きながら、テーブルに用意してあった花模様のカップに同柄のポットから紅茶を注いだ。その絵柄には見覚えがあった。昨日、京橋の高級輸入品店ラ・フィエスタで店員に勧められたマイセンのティーカップと同シリーズだ。

傍らの壁面を飾る大型のカップボードに目をやると、そこにはヨーロッパの名品とおぼしいグラスやカップがずらりと並んでいる。真弓も中山順子のリストに名を連ねる気前のいい顧客の一人のようだった。

「テレビのニュースで観たときは私もびっくりしたのよ。兄の事件のあともずっとお付き合いはあったんでしょ。きょうは私と会うどころじゃなくて、キャンセルの電話を入れてくると思ってたんだけど」

皮肉のようでも、訪れた用向きについての探りのようでもある。とりあえず当たり障りのない答えを返しておく。

「個人的な繋がりと捜査の布陣はまったく別のことでして。むしろ捜査に私情が絡むことを嫌って、私のような立場の人間は外されることが多いんです」

「そんなものなの？」

真弓は拍子抜けしたように言って首を傾げた。鷺沼は重々しく頷いてみせた。

「警察も組織である以上、仕事に関してはあくまで公が私に優先しますから」

「それで、きょうは公のほうの用事でいらっしゃったわけね。でも兄の事件のことなら、私はぜんぶ吐き出しちゃったわよ」

「しかし物忘れということもありますよ。誰にでも」

「どういう意味？」

真弓の顔から笑みが消えた。鷺沼にとってもここが正念場だ。心のなかでファイティングポーズをとった。

「きょうは中山順子さんのことでお話を伺いたくてお邪魔したんです」

「どうしてこんなところで彼女の話が――」

真弓は自然な戸惑いを装うように問い返したが、注ぎ終えたポットをテーブルに戻す手つきがぎごちなかった。鷺沼はとぼけた口調で問いかけた。

「どういうご関係で」

「高校時代のクラスメートよ」

「現在もお付き合いを？」

「年に何度か食事をしたりね。いまも親友といえる間柄よ」

素直に認められて逆に戸惑った。その顔に動揺の気配は感じられない。真弓は想像以上にしたたかな女のようだった。

宮野が彼女のオフィスを訪れて問い質したときのように、交友関係があることは認めたうえで、森脇と中山の関係については知らなかったととぼけることもできる。そうなればこちらは付け入る隙がない。いや本当に知らなかったということもあり得るわけで、いずれにしてもここで真弓を敵に回せば、中山順子への最良のアプローチが閉ざされる。鷺沼は慎重に言葉を継いだ。

「あの事件の当時も中山さんとは親しく？」

「あのころはほとんど付き合いがなかったの。こちらは事業のことで手いっぱいで、個人的な交際に使える時間的なゆとりがなかったし、彼女にもたぶんいろいろと事情があったんでしょう。親しい関係に戻ったのはここ二年くらいのことよ。でもどうしてそんなことをいま答えなきゃならないの」

案の定の反応だ。さっそく手持ちのカードを一枚取り出した。

「先日こちらへお邪魔したとき、県警の宮野という刑事がおたくの会社を訪ねたとおっしゃいましたね」

質問の意図を察知したように、真弓は小さく身じろぎした。その反応を確認して鷺沼は続けた。

「彼は中山さんのことを質問したはずです。しかしあなたは事件当時の会社の経営状況を訊ねられたと私に言った」

真弓は軽く鼻を鳴らした。

「あのやくざな刑事とあなたがお友達だとは知らなかったわ。それならあなたも私を騙していたわけで、おあいこということになるんじゃない」

「私が宮野と付き合うようになったのは、そのお話を聞いたあとです。信じていただけなくても構いませんが」

「私も信じていただかなくて構わないけど、宮野という男が訊いてきたのは、ほとんどが当時の経営状況についてのことで、彼女に関する質問はそのついでという感じだった。そんな些細なことをわざわざあなたに言う必要はないと思ったのよ」

真弓は泰然としているが、その喋り方がわずかに早口になっている。鷺沼はさらに踏み込んだ。

「事件当時、彼女はお兄さんと交際していたそうですね。その事実は、おっしゃるほど些細なことじゃないと思いますが」

「その話は宮野という刑事から初めて聞いたのよ。でも私は信じなかったわ」

「彼女に確認されましたか」

「そのあと彼女とは会っていないし、電話で問い合わせてもいない。あまりに馬鹿げた話だったから」

新橋のコーヒーショップで、二人でいるところを目撃されたことに真弓はやはり気づいていない。その事実を突きつければここで一気に追い込むことはできるが、いま完全に退路を断つのが上策とは思えない。真弓に嘘をつく理由があるという心証だけを心に留めて、素知らぬ顔で話を進める。

「なんとかご協力願えませんか。本人の口からその事実を確認したいんです。現状では彼女の証言が、お兄さんを殺した犯人を突き止めるうえでの唯一の手がかりのはずなんです。それはおそらくあなたにとっても――」

「なにか勘違いしていらっしゃらない――」

真弓は切りつけるような口調で鷺沼の言葉を遮った。

「世間の人に聞かせられる話じゃないけど、私は兄を殺した犯人に会う機会があったらお礼を言いたいくらいなのよ。兄は私と夫の事業を危機に陥れた。兄が起こした詐欺事件で私たちの事業も少なからぬ実害を蒙ったの。夫と二人で築き上げた信用という財産を丸ごと失いかねない状況だったのよ。だから韮沢さんたちの捜査に、私たちも積極的に協力したわけよ」

気圧《けお》されるような真弓の口調に、鷺沼は慌てて頷いた。

「それについてはいまも感謝しています」

「だから、わかっていただきたいの。兄を殺した犯人がどこでなにをしていようと、私はまったく興味がない。兄にまつわる一切のことを私は思い出したくないの。犯人を罰したいという気持ちなんか少しもないの。いまさらそんなことで世間の目が私たちに集まることはなにがあっても避けたいの」

半ば予想はしていたものの、真弓のここまで冷淡な反応には驚いた。

「お気持ちはわかります。しかし詐欺事件は時効でも、お兄さんの殺害事件のほうはまだ生きています。必要なら中山さんから重要参考人として事情聴取するという強硬手段もとれるんです。しかしそうなれば彼女のビジネス上の信用にも瑕がつく――」

鷺沼は目の前のティーカップを手にとった。

「すばらしいマイセンです。これは彼女の会社から購入されたものでしょう」

「そこまで調べ上げていたの」

真弓は深々とため息を吐いた。

「京橋にあるラ・フィエスタ。彼女はそこの取締役を務めている。バイヤーとしても営業面でも彼女がキーパーソンのようですね」

「兄を殺したのは彼女だと言いたいの」

「そんな考えは毛頭ありません。ただ犯人に繋がる重要な事実を知っている可能性がある。それについて、あなたがなにかお聞きになっているんじゃないかと」

「わたしの口から言うべきことはなにもないわ。もしなにか知っていたとしても」

「つまり、当時のことについて、なにかお聞きになっていると理解していいわけですね」

真弓は不承不承という表情で頷いた。

「話すべきかどうかは彼女が決めるべきことよ。私には強制できないわ」

「もちろんです。わたしもそう考えています。どこか人目につかない場所でお会いして、差し支えない範囲でお話が聞ければ結構です。当時、詐欺事件の容疑者として追われていたお兄さんを匿ったことに関してはすでに時効です。そのことで罪に問われることはありません」

「繰り返すようだけど、兄を殺した犯人には、このままなにごともなく時効を迎えて欲しいのよ。私たちがそう願うことは犯罪なの？」

「私たち」という言い回しの示唆するところに注意を留めながら、鷺沼は穏やかに促した。

「難しく考えるのはやめませんか。これは私にとっては単なる仕事です。どういう事情であれ、人間が一人殺された事件を看過することは、警察組織に属する者にとって許されることではありません。私としては犯人検挙のために最後まで手を尽くしたい。だからといってこの件で、いま平穏な生活を送っている人たちにご迷惑をかけるのは忍びない。つまり個人的な事情が公になることは極力避ける用意があります」

真弓は探るような視線で鷺沼の顔を覗き込む。

「ひょっとしてあなたは、兄を殺した犯人よりも、行方がわからなくなった十二億円のほうに関心があるんじゃないの」

ずばりと的を射抜かれて一瞬ひやりとはしたものの、その問題は鷺沼の心のなかですでに折り合いがついている。とくに動揺はしなかった。演技過剰に映らない程度に気色ばんでみせる。

「どういう意味でしょうか。そんなふうに勘ぐられる理由がわからない」

「そうじゃないならごめんなさい。ただあの宮野という刑事の態度から、そんな臭いがぷんぷんしたのよ。いつのまにかあなたは彼といいお友達になっていたようだから」

真弓の勘が鋭いのか、宮野の人品骨柄《じんぴんこつがら》のせいなのか、単に鎌をかけているだけなのか。いずれにせよ真弓は予想していた以上に侮りがたい。

「そちらのほうはすでに時効が成立しています。それより中山さんの件ですが――」

慎重に話題を逸らそうとするが、真弓はなおも食い下がる。

「でも、お札の番号はわかってるんでしょう。事件当時、韮沢さんがそうおっしゃってたわ。それが使われれば、犯人の手がかりが摑めるわけじゃない。そのお札はまだ見つかっていないんじゃないの」

「そのとおりです。有名な三億円事件のときも、同じように記番号は控えてありましたが、該当する紙幣はけっきょく一枚も出てきませんでした」

「ということは、いまも誰かが隠し持っているということよ。詐欺事件のほうは時効でも、そのお札自体は兄を殺した犯人に結びつく重要な証拠だから、使うに使えないでいるわけでしょう」

「そういう考えは成り立ちます。しかし警察が追っているのはあくまで殺人事件の犯人で、十二億のほうは二義的な問題です」

硬い口調で釈明すると、こちらの気負いをいなすように真弓は軽く微笑んだ。

「冗談で言ったのよ。でも好奇心は刺激されるわね。殺人事件の時効が成立すれば、あとは大手を振って使えるお金でしょ」

「そういうことになるでしょう。警察は一切の捜査を終了するわけですから」

「すると、兄を殺した犯人だけが得をするというわけか」

冗談だと言ったわりには、真弓はいかにも真剣だ。

「いまも犯人の手元にあるかどうかはわかりませんがね」

「いずれにしても、なんの罪にも問われずに、ちゃっかり十二億円を手に入れた誰かさんがいるとしたら癪だわね」

真弓のその執着は意外だった。穏やかではない気分を押し隠し、やや強引に話の舵を切る。

「たしかに腹は立ちますが、わが国の法制度ではどうしようもない。それはそれとして、なんとかご協力をお願いできませんか。あなたに仲介していただくほうが、私がじかに中山さんに接触するより穏便にことを済ませやすいと思うんです」

「穏便にね。わかったわ――」

真弓は気乗りのしない表情で頷いた。

「だったら私と彼女の名前を絶対にマスコミに出さないと約束してくれる?」

「約束します」

鷺沼は自信を持って応じた。約束するどころか、それが表に出て困るのはこちらのほうだ。十二億円のトレジャー・ハンティング――その目論見は最後まで秘匿されなければならない。へたに漏れれば金に目のない有象無象が雲霞《うんか》のごとく押し寄せかねない。極濤会の福富はすでに動き出している。神奈川県警のみならず、警視庁や警察庁内部でも危険な勢力は蠢いているはずだ。

「気が重いのよ。彼女にとっても私にとっても」

真弓はけだるい仕種で紅茶を口に運んだ。鷺沼には確認しておきたいことがもう一つあった。

「ついでに伺っていいですか」

「なに?」

「詐欺事件で警視庁がお兄さんを追っていたとき、韮沢から中山順子さんとの関係について訊かれたことは」

真弓はことさら構えるでもなく語り出す。

「彼女のことというより、私の高校時代の交友関係について訊かれた記憶はあるわ。兄と私は高校が一緒だったから、共通する知人を洗い出そうという意図だなとそのときは思ったけど」

「その際、中山さんのことは」

「卒業アルバムをお見せしたのよ。そのなかで兄の交友関係と重なりそうな人はと訊かれて、私が知っている範囲で何人か名前を挙げたの。そのなかに順子も入っていたわ。彼女は兄と同じ美術クラブに入っていたから。でも、当時は二人のあいだにそれ以上の結びつきはなかったはずなのよ」

韮沢が中山順子に関する情報を得ていた——。新橋の居酒屋でこちらからその話を持ち出したとき、韮沢はその存在すら知らなかったと言っていた。もし真弓の話が真実なら、韮沢は嘘をついたことになる。みぞおちのあたりが不快にざわついた。

「そのときの韮沢の反応は」

質問の意図を訝るように真弓は首を傾げたが、そのまま問い返しもせずに語りだした。

「アルバムはお貸しすると申し出たんだけど、韮沢さんは必要ないと。つまりそのときの私の話にはとくに興味を持った様子がなかったの。たしかメモもとらなかったと記憶しているわ」

韮沢が聞き込みの際、メモをとらないのはよく知られた話だ。目の前でメモをとられると相手は意識するものだ。気楽な立ち話の雰囲気のなかでこそ、こぼれ出る真実があると韮沢はよく言っていた。

むろん並はずれた記憶力があってこその芸当で、愛宕署の捜査本部にいた時期に、彼が聞き込み後に記した正確で遺漏《いろう》のない捜査報告に舌を巻いたことを思い出す。いくらそのとき関心がなかったとはいえ、そんな韮沢が中山順子のことを失念したとは思えない。

韮沢率いる二課の捜査班が、当時森脇に関する情報を一手に握っていたのは間違いない。つまり森脇と中山に肉薄していた可能性も決して否定できない。そのことを韮沢が意図的に隠蔽したとするなら——。狙撃事件の背景をなす闇の色合いが微妙に変わってきた。

「どうしたの。顔色が悪いわよ」

真弓に心配そうに声をかけられて我に返った。習い性となっているはずのポーカーフェイスが機能不全に陥っていたらしい。体の芯から湧いてくる悪寒のようなものに堪えながら、なんとか笑みを繕った。

「彼にしては珍しい見落としです。上手の手から水が漏れるといったところでしょうか。人間なにごとも完璧というわけにはいきませんからね。そのとき韮沢と同席した刑事は」

「たまたまお一人だったのよ。いつもは若い刑事さんがついてきてたんだけど」

真弓はあっさり答えるが、森脇のケースのような大きな事件で、刑事が一人で聞き込みに出向くというのはすこぶる異例だ。そこも大いに引っかかる。

「それで、韮沢さんを撃った犯人は捕まりそうなの」

今度は真弓が訊いてくる。まずないだろう、少なくとも警察の手によっては――。しかしそんな内心をここで吐露するわけにはいかなかった。

「警視庁は最大規模の捜査態勢で臨んでいますから、取り逃がすことはないと思います」

「それならいいけど。韮沢さんにはいろいろお世話になったのよ。私や夫のことがマスコミに露出するのを極力抑えてくれたし、私たちの立場にも理解を示してくれたし」

真弓は思いのこもった口調で言った。韮沢はたしかにそんな気配りができる男だし、森脇殺害事件で一緒に動いたときも、三上夫妻と韮沢のあいだに深い信頼関係があるのが鷺沼にも感じとれた。

「不思議なものね。実の兄より赤の他人の韮沢さんのほうに同情するなんて。でも人間て、きっとそんなものなのよ。肉親だからって愛し合えるとは限らない。自分の気持ちに率直になれる人なら、たぶんわかってくれると思うの」

「わかります。殺人事件の捜査に携わってきて、肉親同士の諍《いさか》いに起因する事案には何度も出遭っています。もし他人同士だったら、あるいは当事者同士がそんなふうに割り切れたら、決して起きなかったはずの悲惨な事例がいくらでもあります。親殺しとか子殺しの多くが、世間の義務としての愛に忠実すぎた結果といえます」

「あなたって珍しい人ね。そんなこと言われたのって初めて。刑事にしておくのはもったいないわ」

「私もときどき思います。果たして刑事が天職だったのかと」

「率直に言って――」

真弓は値踏みするような視線を向けてきた。

「あなたは信用していい人だと思うわ」

「どういう理由で」

「刑事臭くないから」

「刑事臭いというのは、たとえばどういう臭いです」

「権力の威光を笠に着ているだけなのに、自分をひとかどの人物と勘違いしているような。韮沢さんにもそういう臭いはぜんぜんなかった」

「融通が利きすぎるのもときによりけりで」

「だからあなたは警察官に向いていないのよ。あなたは必要なら自分の組織を裏切ることのできる人間だわ」

「裏切れと言われているようにも聞こえますが」

「そこまでは期待していないわ。でも融通は利かせて欲しいのよ」

「私が刑事としての責務を多少ないがしろにすれば、それに対する見返りがあると理解していいわけですか」

「そう理解しておいてもらえると、わたしも順子を説得しやすいわ」

真弓は両腕を翼のように開いてソファーの背の上に置き、暗黙の取引の成立を確認するようにたおやかに微笑んだ。

2

三上邸を辞して磯子駅まで戻り、根岸線で横浜方面へ向かった。

ラ・フィエスタの従業員が言ったように、中山順子はやはり関西方面にいるらしく、今夜電話をして説得を試みると真弓は約束した。結果がわかったら鷺沼の携帯に連絡を入れるという。

時刻は午後四時少し前で、車内はさほど混み合ってはいない。空いた席に腰を下ろして思いを巡らせる。

心の奥のざわめきはまだ収まらなかった。真弓が証言したとおり、事件当時、韮沢が中山順子の存在を知っていたのなら、その所在を突き止めることはおそらく容易で、殺害される前に森脇を逮捕することも可能なはずだった。

むろん後知恵だとはわかっている。妹の親友で、同じ高校の美術クラブに所属していたこと以外、森脇と中山の接点はなかったわけで、女の出入りが激しかった森脇の身辺に、当時は中山よりはるかに強い繋がりがある関係者はあまたいたはずだった。

人員に制約のある捜査態勢のなかで、より可能性の高いターゲットに人的資源を集中するのは捜査の常道だ。そのことで韮沢を責める気は毛頭ないが、やはり気に入らないのは、最後に新橋の居酒屋で会ったとき、韮沢が自分を騙したことだった。それだけではない。森脇の事件に関わる重要な事実を捜査本部に対しても秘匿していたわけだった。

できれば信じたくない話だが、しかし真弓が嘘をついたとは思えない。いまとなっては韮沢から真相を聞き出すこともかないそうにない。

電車が石川町駅にさしかかろうとするあたりで、ふといやな気配を感じた。誰かが自分をじっと見ている。鋭く刺さるような視線の方向に目を向けると、向かいの座席のいちばん端に、金属パイプの肘かけに頬杖を突いて、無遠慮にこちらを見ている大柄な男がいた。

その人物には見覚えがあった。東池袋で田浦と会ったとき、一緒にいた用心棒の一人だった。短く刈り上げた髪に妙に白い肌。爬虫類のように体温を感じさせないその無表情な顔は、以来脳裏に貼りついて離れない。

一人ではないはずだとさらに視線を這わせると、やはりいた。爬虫類のいる位置とは反対側のドアの前。相棒よりいくらか若いが、持って生まれた狡猾さがそのまま顔かたちになったような、ハイエナによく似た貧相な男で、こちらの面相も脳裏にしっかり焼きついている。

磯子から乗り込んだときは見かけなかった。そのあと根岸か山手で乗り込んできたか、別の車両から移ってきたか。いずれにしても尾行されていたとはうかつだった。三上真弓と会ってきたことも察知されている可能性がある。

電車はまもなく石川町に着いた。むろん二人に降りる気配はない。降りた客より乗った客のほうがいくらか多く、車内は多少込み合ってきたが、二匹の送り狼の視線を妨げるほどではない。

顔を知られていることを承知のうえで、ここまであからさまにつきまとう腹のうちがわからない。韮沢が狙撃された直後で、こちらもすでに田浦からは恫喝を受けている。心のなかで危険信号が鳴り響く。まだ明るい時間帯で、乗客の多い電車のなかだ。まさか危険な目に遭うとは考えにくいが、こんな連中にそばにいられること自体が精神衛生上好ましくない。

鷺沼が座っている位置はドアとドアのほぼ中間で、右と左の出口を二人が押さえている格好だ。ラッシュアワーなら人波に紛れてホームに逃げられそうだが、いまの時刻ではそれも難しい。

電車が石川町のホームを出たところで席を立ち、隣の車両へ移動する。警護のＳＰのように二人もすかさずついてくる。さらに隣の車両に移動しても、やはりぴたりと張りついたままだ。諦めてドアの脇に立つ。爬虫類は向かいのドアに寄りかかり、ハイエナは数メートル離れた吊革に摑まって、いよいよ無遠慮な視線を向けてくる。

ただでは済まなそうだと直感するが、相手の出方はまだ読めない。爬虫類が胸を反らせてコートの前をはだけてみせる。背広の腋の下に明瞭な膨らみがある。きょうも懲りずに飛び道具を携行しているらしいが、凶悪犯相手の捕り物でもない限り刑事は丸腰が常識だ。というよりこの連中にすれば自分は凶悪犯のたぐいということか。公衆の面前で白昼堂々発砲するほど頭のねじが飛んでいるようには見えないが、実銃による威嚇となればさすがに心臓に応えるものだ。

電車が関内駅のホームへ滑り込む。背中のうしろでドアが開く。ハイエナは吊革から手を離し、半歩こちらへ足を踏み出す。爬虫類は寄りかかっていたドアから背を離し、通路の中ほどまで歩み出す。傍らを降車する客がどやどやと通り過ぎ、続いてかなりの人数の客が乗車してきて、鷺沼と二人のあいだに適度な厚みの人垣ができた。

ホームで発車のベルが鳴る。素知らぬ顔で鳴り終えるのを待つ。ベルが鳴っているあいだは決してドアは閉まらない。ベルのボタンはホームにあり、それを押しているのは車掌だからだ。

電車に戻り、ドアを閉めるのも車掌の仕事だ。ベルが鳴り止んだ。車両の後方で車掌の吹く笛の音が小さく聞こえた。それがこれからドアが閉まりますよという本当の合図だ。

気を抜いた二人の表情を横目で見ながら、閉まりかけたドアの隙間に体をこじ入れる。両側から挟み込まれる寸前で、辛うじてホームに飛び出した。

背後でドアが閉まる音がした。必死でドアをこじ開けようとするハイエナと爬虫類の姿が窓ガラス越しに見える。一度閉まったドアはそう簡単には開かない。苦々しい視線を投げかける二人を乗せて、電車はゆっくりとホームを滑り出した。

3

次の電車にうっかり乗って桜木町のホームでまた敵に乗り込まれても困るので、地下鉄に乗り換えて横浜駅に向かう。こちらの車内には不審な連中の姿はない。鋭い緊張が搾り出した汗で腋の下がまだ濡れていた。

森脇事件の再捜査を開始した直後にも、地回りのような連中にしつこくつきまとわれた。本牧埠頭で袋叩きに遭ったときも、殺されるような恐怖は感じなかった。しかしきょうの連中の行動は単なる威嚇とは思えなかった。韮沢に続く標的は自分なのかもしれない。そう考えれば、この日の行動はいかにも脇が甘すぎた。

三上真弓の安否が気になった。真弓はあのあとまた本社へ戻ると言っていた。横浜駅で地下鉄を降りて、真弓の携帯番号をプッシュした。三度目の呼び出し音で本人が応じた。

「鷺沼です。先ほどはどうも」

「あら、いま会社に戻ったところなんだけど、なにか忘れ物でも?」

屈託のない声に胸をなでおろしながら、とっさの嘘で取り繕う。

「いえ、私の携帯電話の番号をお教えしたかと思いまして」

「別れ際にあなたが名刺の裏に書いて渡してくれたじゃない。どうしたの。もう忘れちゃったの」

「それならいいんです。いろいろ考え事をしていたもんですから、つい記憶があやふやになって」

「しっかりしてよ。私より若いのに。若年性アルツハイマーというのもあるらしいから」

真弓は陽気に笑った。兄の死に関わる深刻な話をした直後だというのに。その切り替えの早さも実業家としての重要な資質なのかもしれない。

「そうですね、すみません。では中山さんの件をよろしく」

そう言って通話を終えた。いま自分が怪しい連中に追い回されているとはとても言えない。そちらも気をつけるようにとはなおさら言えない。ここで余計な不安を与えれば、中山順子を説得するという約束も反故《ほご》にされかねない。とりあえずターゲットは自分だけだと結論づけて、今度は宮野の携帯を呼び出した。

「真弓の反応はどうだった?」

宮野は興味深げに訊いてくる。

「今夜、中山順子を説得してくれるそうだ。たぶんいい答えが聞けると思う——」

真弓とのやりとりをかいつまんで伝えてから、爬虫類とハイエナの話をしてやると、宮野は低い呻き声を上げた。

「東池袋で見かけた田浦の用心棒ってそいつらだったの。たまげたね。爬虫類のほうは磯貝《いそがい》、ハイエナ野郎はたぶん石橋《いしばし》。もとは県警の生活安全部にいたんだけど、警察官というよりほとんどごろつきでね。売人から押収した覚醒剤を別のヤー公に横流ししたり、悪事を見逃す見返りに短銃を上納させて押収実績を水増ししたり。連中の世界じゃ珍しくもない話だけど、いくらなんでも度が過ぎたんだね。危うく馘《くび》になるところを、当時の監察官室長とパイプのあった田浦が口を利いて、自分のところに引き取ったわけよ。もともと屑のうえに田浦には恩義があるから、あいつのお墨付きがあれば殺しだってやりかねないよ」

「韮さんに続いて、今度はおれの命を狙いにきたと言いたいのか」

「お互い死体になって本牧の海に浮かばないように気をつけないとね」

心配そうに言いながらも、宮野の声には仲間ができたことを歓迎するような喜色が滲む。

「せいぜい気をつけることにするよ。しかし向こうが焦って動いてくれれば、薄汚い尻尾も掴みやすくなる」

「そうだね。ものごとは前向きに考えたほうがいいよ。鷺沼さんも人間が大きくなったじゃない」

借金王の宮野に褒められても別に嬉しくはないが、自分でも意外なほど肝が据わっていた。今度は鷺沼のほうから訊いた。

「ところでそっちはなにか成果はあったか?」

「うん。なくもないんだよ――」

宮野は気を持たせるように声を落とした。

「例のマンションの近くに当時も住んでいたという婆さんがいてね。あの事件があったころ、警視庁の刑事がきて、いろいろ訊ねていったそうなんだよ」

「訊ねたってなにを」

「森脇のこと。それからその愛人らしい女のこと。森脇のほうは有名人だったから覚えてたけど、女の名前は忘れたと言っていた。中山順子じゃなかったかと誘導確認してみたんだけど、そんな気もするけどはっきりしないという話だった」

「警視庁の刑事が東池袋で聞き込みしていたっていうのか」

「そうなのよ。ところがいろいろ聞いているうちに、話が妙なところに飛んじゃってね」

「妙なところ?」

「そう。そのとき訪ねてきた刑事の顔を最近見たって、その婆さんが言うわけよ」

「いったいどこで?」

「テレビで」

「つまりどういうことなんだ」

「おれも信じたくはないんだけどさ。例の狙撃事件でマスコミが盛んに露出させたでしょ。あの人の顔を」

「あの人？」

「韮沢さん――」

「まさか」

「そのまさかなんだよね。名前は忘れたけど、顔はしっかり覚えていたって言うんだよ。間違いなく銃で撃たれたあの警察の偉い人だって」

「つまり韮さんが当時、あのマンションの周辺で聞き込みをしていたということか」

「婆さんの記憶に間違いがなきゃ、そういうことになるね。でも韮沢さんは中山順子のことは知らなかったって言ったんでしょ」

「本人はそう言った。ところがきょう――」

先ほどの真弓の話を聞かせてやると、ため息混じりに宮野は言った。

「なんか薄気味悪い話になってきたね」

「ああ、たしかにな」

鷺沼も同感だった。韮沢はまだ生きているとはいうものの、時の帳《とばり》の向こうから予期せぬ亡霊が飛び出してきたような印象が拭えない。

「婆さん一人の記憶だけじゃ当てにならないから、こっちはもう少し回ってみるよ。別の人間から裏がとれるかもしれないから」

宮野はまだ半信半疑な様子だが、鷺沼の答えはすでに出ていた。それが韮沢だったのは間違いない。問題なのはその理由だ。なぜ中山順子の周辺で聞き込みまで行ないながら、以後それを秘匿し続けたのか。そして当時は中山の存在を知らなかったと自分に嘘をついたのか。

「じゃあ、なにかわかったら連絡してくれ。夜はそう遅くない時間にマンションに戻っている。あんたのほうは今夜はどうする？」

何気なく問いかけると、宮野は勢い込んだ。

「もちろんおたくのマンションへ帰るよ。状況がだいぶややこしくなってきたから、じっくり作戦を立てる必要があるでしょう。ビールは出がけに冷蔵庫に多めに入れておいたし、チーズとか枝豆も仕入れてあるから。晩飯はそれぞれ勝手に済ませてくるということでどう？」

どちらが家の主かわからなくなってきた。宮野の言い分ももっともだが、望んだわけでもない同居生活に鷺沼のほうはうんざりしている。軽く牽制球を投げてみる。

「そんなに無断外泊を続けていて、署内で問題にならないのか」

「電話は携帯に転送するようにセットしてあるのよ。でもここんとこ署からは一度もかかってきてないの。課の連中にすれば、疫病神が消えてせいせいしているところじゃないの。おれがどこかで野垂れ死にしても、白骨死体になって発見されるまで、たぶん連中は気にもしないよ」

声にかすかな怒りが滲んだ。そんな宮野の心境がいまはいくらかわかる気がした。

「こうなると、あんたもおれも似たような境遇というわけだ」

「そういうこと。いくら職務に忠誠を尽くしたところで、美味しいところをさらっていくのは腹黒い連中と決まってるわけよ。だったらせいぜい月給泥棒しながら、人生の目的を追求するほうがずっとましじゃない」

「あんたの人生の目的ってなんだ」

「うーんと、なんだっけ。要するに人生は楽しく生きるべしということよ。そのためには金が必要で、いまはその金を手に入れるために全力を尽くすべきときなわけ。そう難しく考えなくてもいいじゃない」

電話の向こうで宮野は能天気に笑った。

4

その後の庁内の雰囲気が気になって、いったん桜田門へ出向くことにした。

東海道線のホームへ向かって歩いていると、行き交う人々から注がれる視線のようなものを感じて覚えず足どりが早くなる。さりげなく周囲に目を走らせても、尾行者らしい不審な人影はない。

神経が過敏になっている。魑魅魍魎の跋扈《ばっこ》する領域へ自らの意思で踏み込んだ以上、多少の危険は覚悟のうえだが、それでも精神の平衡が狂い出しているのが自分でもわかる。巨大な敵の掌を這い回る蟻にでもなったような恐怖が纏わりついて離れない。

たとえなにかの理由で韮沢が自分を欺いたにせよ、彼は命を狙われていま瀕死の床にある。そんな勢力の片割れがついいましがた自分の前に現れた。彼らが韮沢と自分を共通の敵と認識しているのは間違いない。

いまも韮沢を信じたかった。自分を欺いたその裏に、理にかなう理由があって欲しかった。しかしその答えを、おそらく本人の口からはもう聞けない。

コンコースの雑踏を縫うようにすり抜けて、東海道線上りのホームに駆け上がり、やって来た列車に飛び乗った。空いているボックスシートに体を沈め、レールと鉄輪が奏でる単調な走行音に身を委ねる。黄昏の色を帯びた光が窓の外を過ぎるビル群を染めはじめた。

唐突に韮沢の顔が見たくなった。いまも面会謝絶のはずだが、妻の千佳子の許しを得れば、多少の無理は利くかもしれない。

千佳子の携帯にかけてみる。呼び出し音は鳴らずに、すぐに留守電のメッセージが応答した。病院内、それもICUの近辺にいる関係で携帯の電源を切っているのだろう。連絡が欲しいとのメッセージを吹き込んでおいたが、それでも焦燥は募るばかりだ。崩れ落ちそうな心を支えるなにかが欲しかった。あの韮沢がいまも自分の信じるとおりの韮沢であることを、言葉を交わすことは叶わないまでも、この目と心で確認したかった。不合理な願望なのは承知のうえで、いまはすがれるものがほかになかった。

東京駅で中央線快速に乗り換え、さらに御茶ノ水で各駅停車に乗り換えて、飯田橋に着いたときはすでに日は暮れていた。西口の改札を駆け抜けて、早稲田通りを一走りし、警察病院の玄関ロビーに飛び込んだ。

フロアの案内板でICUの場所を探す。D棟の四階――。呼吸を整えコートの乱れを直しながら、エレベーターホールへとフロアを横切った。

エレベーターの前にはスーツにネクタイのごつい体格の男が二人いた。いま通り過ぎた玄関フロアでもそれらしいのを二人見かけた。いずれも警備部所属の警護のスペシャリストだろう。想像したほど警備は厳重ではないようだ。というより入院先を公表していない以上、一般の外来患者の多いこの病院に、物々しい警備陣は配置できないというのが実情だろう。

エレベーター前の二人に見覚えはない。それでも油断は禁物だ。同じ警視庁でも警備と刑事はほとんど交流がないが、一つの建物で勤務している以上、向こうがこちらを見知っている可能性はある。

素知らぬふりをしてエレベーターの前に立つ。案の定、男の一人が寄ってくる。

「どちらへ？」

「三階の一般病棟へ」

「面会時間はもう終わってるんですがね」

浅黒い馬面のその男は自分の腕時計を指さした。午後五時を少し回ったところだ。

「家族が入院してるんです。いつもはこの時間でも断られたことはないんですが」

「それはおかしいねえ。規則は規則だから厳守してもらわないと」

高飛車な言い方が癇に障った。こちらも突っかかるような口調で訊いてやる。

「おたく、いったい誰なんです。病院の関係者には見えないが」

「警察の者です」

男は警察手帳を取り出して、鷺沼の目の前にふりかざした。

「ここはたしかに警察病院だけど、一般の患者も利用するし、その見舞い客も出入りする。つまり公共の場じゃないですか。どういう法的根拠があって警察が人の出入りを規制するんです」

男は動揺した様子だ。

「い、いや、べつに規制しているわけじゃありませんよ。行き先は本当に三階の一般病棟ですね」

男は確認してくるが、はいと素直に応じたくないほど気分はすでに拗《ねじ》れていた。

「病院が立ち入り禁止にしていない場所なら、どこへ行こうと勝手でしょう」

こちらの動きに気づいたらしく、玄関ロビーにいた二人組が怪訝な表情で寄ってくる。外来の待合室のほうからも同種の巨漢が二人やってくる。警備は手薄どころではなさそうだ。院内のあちこちに背広を着て短銃を帯びた大型類人猿がたむろしているらしい。

エレベーターのドアが開いた。二人の大男のあいだをすり抜けて、素早くなかに飛び込んだ。馬面男も慌てて駆け込んだ。三階のボタンを押すと、男は鋭い視線でそれを確認した。

「わざわざ案内してもらわなくても結構。院内の勝手はわかってますから」

そっけなく言って男から目を逸らす。それでも神経を張り詰めた相手の気配が感じとれる。二階はそのまま通過して、エレベーターは三階で停止した。男には目をくれず、鷺沼はフロアに歩み出た。

背後でドアが閉まる音がした。振り向くと男の姿はもう見えない。階数表示の四の数字が点灯した。馬面は四階にいる同僚に注意を促がしに向かったようだ。

夕食の時間らしく、配膳用のワゴンを押す看護師たちや患者の家族、パジャマ姿の入院患者で一般病棟の廊下は忙しげだ。そのあいだを縫って進むと、突き当たりに階段があった。

素知らぬ顔で上っていくと、ＩＣＵ病棟の廊下に出た。階下の一般病棟とは異なって、どこか緊張を帯びた静寂に包まれている。廊下の向こうにエレベーターホールとナースステーションがあり、その前のロビーには見舞い客や家族用のベンチが設えてある。

そこに居並ぶ人々のなかに韮沢千佳子の顔がある。鬱屈した表情で俯いている。隣には先ほどの連中と同類の背広姿の類人猿がいる。ピグミーチンパンジーによく似ている。馬面男がそのうしろで、体を屈めてなにやら耳打ちしている。

ここまでくれば遠慮はいらない。千佳子のいるベンチへまっしぐらに進む。馬面が目ざとく気がついて、ベンチを回り込み仁王立ちする。右手が背広の懐に差し込まれている。

「止まれ！　そこを動くな！」

低いが鋭いその口調に、ナースステーションの看護師が驚いて顔を上げる。ベンチにいるほかの人々も当惑ぎみに顔を見交わす。

韮沢千佳子は騒ぎの源が鷺沼だと気づいたようで、笑みを浮かべて立ち上がりかけた。ピグミーチンパンジーがその肩を押さえ込む。

両手を左右にだらりと下げて、武器を持っていないことを示しながら、鷺沼はそれでも歩みを緩めなかった。

撃てるはずがない。騒ぎを起こしたくないのは向こうのほうだ。公共の場で丸腰の相手に発砲すれば、警視庁にとっては致命的な不祥事だ。撃った男の警察官人生もそこで終わる。せっかく秘匿してきた韮沢の所在についてもマスコミに公表せざるを得なくなる。

馬面男の鼻先で足を止め、鷺沼は背後の千佳子に声をかけた。

「ご容態はいかがですか。すぐに駆けつけたかったんですが、面会謝絶と伺っていたんで遠慮してたんです。しかしどうにも気持ちが収まらなくて。せめてお顔だけでも見せていただけないかと」

「ありがとう。怖い人たちが周りにいるおかげで夫には誰も近寄れないようなのよ。私たちも不自由な思いをさせられてるし。こんな状態が続くようなら転院しようかとも考えていたのよ。日本の警察官は瀕死の床でも組織に拘束されなくちゃいけないようね」

胸につかえていた怒りを吐き出すように、千佳子は抑えた声で語りかける。それを遮るように馬面が肩を怒らせる。

「おい、どういうつもりだよ。行き先は三階じゃなかったのか。あんた、そもそも普通の人間じゃないな。いったい誰なんだ？」

「誰だっていい。韮沢さんはおれにとってかけがえのない人だ。その人と会うのに、なんでおまえたちの許可を得なくちゃいけない」

ピグミーチンパンジーの手を振りほどき、千佳子が立ち上がって、馬面と鷺沼のあいだに割って入った。

「そのとおりよ。夫は被害者なのに、どうして犯罪者みたいに隔離されなきゃいけないの。そのうえ私たち家族の一挙手一投足にまで目を光らせて――」

低く抑制したその声音が千佳子の怒りを際立たせる。馬面は気圧されたように身をすくめる。

「しかし奥さん。我々は職務でご主人の警護に当たっているわけで――」

「それがはた迷惑だと言うのよ。それほど危険な状況なら、制服警官がいてくれたほうが示威効果があるでしょう。あなたたちの仕事は警護じゃなくて監視じゃないの。私たちが勝手に人と接触しないように見張っているんでしょ。主人はいまも昏睡状態で、誰にもなにも喋れないのに、どうしてそうまで主人と世間の接触を断たなきゃいけないの」

千佳子の不満がここまで嵩じているとは思わなかった。馬面たちに視線を据えて、鷺沼は千佳子に問いかけた。

「そんなにあつかましく介入しているんですか、この連中は？」

「入院してから韮沢に対面したのは私と娘だけなのよ。近親者を含めて、家族以外の見舞い客はあなたが初めてよ。それがこのお二人のはるか上にいるお偉い方のご意向らしいの」

「片山警備企画課長？」

「ええ、そうよ。本人からもじかにそう言われたもの。そのときも変だとは思ったのよ。まるで主人が昏睡状態から回復して、なにか都合の悪いことを喋り出したら困ると心配でもしてるようね」

千佳子はあてこするような視線を馬面に向けた。馬面は気まずそうに足元に目を落とす。

「そうはおっしゃるけど、奥さん。我々は命令に従うしかないわけで、結果としてそう受け取られるようなところがあるにせよ、悪意でやってるわけじゃないんです」

馬面の気の抜けたような弁解にじりじりと怒りが込み上げた。

「悪意があろうがなかろうが、やっていることはそういうことだ。あんた、おかしいとは思わないのか。なにか薄汚いことに加担しているとは感じないのか」

「薄汚いこと？」

馬面は目を剝いた。

「あんたの良心に訊いてるんだよ。上の連中の言いなりになって、被害者の家族を苦しめるのが警察官の仕事なのか。同じ釜の飯を食ってきた仲間を犯罪者のように監視することが良心に照らして正しいことなのか。自分の頭で考えればわかることだろう」

「ふん、利いたふうな御託を並べやがって。それよりおまえは誰なんだ。話向きからして警察関係者らしいが、どうして身分を明かさない」

「おれは個人の立場でここに来た。韮沢さんはかけがえのない人生の先輩だ。肉親同様の人なんだ。おれにはなんの力もないが、それでも耳元で生きてくださいと語りかけたい。こんなことで韮沢さんを犬死になんかさせたくないんだよ。おれは捜査一課の鷺沼というもんだ」

悲しみの堰が切れかけて、そう語る語尾がかすかに震えた。馬面の顔が複雑に歪んだ。傍らで千佳子がかすかに嗚咽を漏らす。懐に突っ込んでいた手を脇に下ろして、妙に和らいだ声で馬面は言った。

「わかったよ。警察手帳を見せろなんて野暮は言わない。そろそろ晩飯の時間だから、おれたちはしばらくここを離れる。ただしおかしな真似はしないでくれよ。それからこのことはくれぐれも内密にな。あんたのせいで馘になったんじゃ、こっちだって目も当てられない」

馬面は軽く敬礼の仕種をし、ピグミーチンパンジーを顎で促がして、エレベーターに向かって歩き去った。

千佳子はさっそく看護師長と話をつけた。師長も警察側の対応には不快感を懐いていたようで、十分以内の約束でICUへの入室を認めてくれた。

無数のチューブとコードを繋がれて、韮沢はかすかな寝息を立てていた。そのほんのり上気した肌の色が不安を掻き立てた。脳死患者がそんなふうだと聞いたことがある。しかし傍らの脳波計には寄せ波のような波形が流れている。それは外界から遮断された韮沢の脳の内部で、微弱ではあれなんらかの精神活動が営まれている兆候だ。その穏やかな波形が韮沢が語りかける言葉のように思えてきた。

思わず韮沢の手を握り締めた。その手は意外なほど柔らかく、しっとり湿って温かかった。

「韮さん。鷺沼です。生きてください。ぜひ回復してください。韮さんと話したいことがいっぱいあるんです。私を置き去りにしないでください。韮さんをこんな目に遭わせたやつらと一緒に闘ってください」

菲沢の口の端がぴくりと動いた。握った手をかすかに握り返す力が感じとれた。傍らの千佳子の顔を見た。千佳子は表情を変えずに首を振った。

「周りで声がするとそういう反応をよく示すの。だから希望を持つようにと先生はおっしゃるんだけど――」

千佳子が言うように菲沢の反応は束の間だった。その穏やかな寝顔の奥で、菲沢はどんな悪夢と闘っているのだろうかと思いを巡らせた。あるいは闘いに倦《う》み疲れた兵士のように、ただ安らかな眠りを求めて魂の荒野をさまよっているのかとも――。

5

千佳子に誘われて病院の食堂で夕食をともにして、暇《いとま》を告げて病院を出たときは午後七時を過ぎていた。

これまでの菲沢との交渉のことを、千佳子に明かすべきかと逡巡したが、けっきょく胸にしまっておいた。菲沢自身にも及びかねない疑惑の詳細を、瀕死の夫を抱えた千佳子の耳に入れることに、いまは積極的な意味を見出せなかった。

病院の玄関で先ほどの二人とすれ違った。馬面は旧知の間柄のように片手を上げて挨鷺沼も片手を振って挨拶を返した。連中も今後は杓子定規な監視に多少の手心は加えるだろうという感触があった。

韮沢の予後についてはまだ楽観を許さない状況のようだった。それでも千佳子は気丈に堪えていた。こちらから励ますまでもなく、希望は失っていないと何度も向こうから口にした。韮沢のことは自分に任せればいい。それにかまけることなく、鷺沼には現在の仕事を全うして欲しいと逆に発破をかけられた。

その現在の仕事の最大のポイントがまさに韮沢への疑惑というわけで、鷺沼にとってそれは天を呪いたいほどの皮肉だった。

けっきょく桜田門には出向く気になれず、そのまま柿の木坂のマンションに帰ってきた。エントランスから見上げると、窓の明かりは消えていた。宮野の帰りはまだのようだ。騒々しい相棒がいないしばらくの時間、自分一人の世界にこもれることがとりあえずありがたかった。

集合ポストに立ち寄って郵便物を点検する。ダイヤル錠を合わせて扉を開き、無造作に中身を取り出した。大半はチラシのたぐいで、あとはダイレクトメールが何通か。どれもそのまま屑籠に直行する代物だ。

束にして脇に抱えようとすると、そのあいだから奇妙なものがぽとりと落ちた。白い粉末が入った五センチ四方ほどのビニール袋。腰を屈めてそれを拾った。チラシに化粧品やシャンプーのサンプルがついてくることがよくあるが、その手のものではなさそうだ。

透明ビニールのチューブに粉を詰め、両端を熱で圧着しただけの粗雑な包装で、似たようなものを捜査現場で見たことがある。いやな感触を覚えた。いったい誰がこんなものを――。当惑し、そして忍び寄る危険を感じた。

背後で人の気配がした。心臓が跳ね上がるのを覚えながら振り向いた。根岸線の車内にいたあの爬虫類とハイエナの顔がそこにあった。

「鷺沼友哉。覚醒剤取締法違反の罪で現行犯逮捕する」

爬虫類がにんにくの臭いのする息を吐きかける。ハイエナが素早く腕を摑む。抱えていたチラシと郵便物の束が人造大理石のフロアに散らばった。右手首で、次いで左手首で、冷たい鋼鉄の輪が閉じられるのを鷺沼は感じた。

第八章

1

　手錠で拘束された両腕を爬虫類とハイエナに左右から固められ、鷺沼は抵抗するすべもなくエントランスの外に連れ出された。

　マンションの前を通りかかった若いカップルが慌てて立ち止まり、好奇心剝き出しの目を向けてくる。その視線から思わず顔を背ける。条件反射のような自分のそんな動きが、憤りと屈辱を倍加させる。

　生垣の陰にシルバーグレーのセダンが停まっていた。力任せに引き立てられて、その後部シートに押し込まれた。爬虫類が隣に座り、ハイエナが運転席に滑り込む。

「仕組んだな。汚い手を使ってくれるじゃないか」

　強気の口調でそうは言ったが、氷水を浴びせられたような恐怖に鳥肌が立つ。思いも及ばない罠だった。無事に抜け出すのはたぶん困難だ。恥も外聞もないやり口だが、この連中なら証拠はいくらでも捏造《ねつぞう》できる。覚醒剤だろうがコカインだろうが、手持ち在庫にはこと欠かない。

「汚い手？　犯罪者を取り締まるのがおれたちの商売だ。覚醒剤を不法所持しているやつは、この国じゃ立派な犯罪者だ」

爬虫類がせせら笑う。ハイエナは無言で車を発進させた。目黒通りに出て左折して、柿の木坂陸橋で環七に入る。師走の道路は混んでいた。先行車のテールランプが数珠繋ぎになって揺れ動く。ハイエナは苛立つ様子もなく、流れに乗って車を走らせる。

ふとダッシュボードを眺めて不審を抱いた。警察無線やサイレンアンプが搭載されていない。どう見ても一般車両だ。公務なのになぜ覆面パトカーを使わない――。状況はすでに最悪だが、そこにまた割り切れない不安が加わった。そんな内心を押し隠し、まずは挑発を試みる。

「開けてもみないで、あの袋の中身が覚醒剤だとどうしてわかるんだ。神奈川県警に背広を着た警察犬がいるとは知らなかったな。口に咥《くわ》えて運んできたのもおまえたちなんだろう。県警の警察犬はお使いの訓練も受けているのか」

「御託を並べんじゃねえよ、この悪徳刑事。ほじくれば余罪はまだまだあるはずだ。極濤会の福富とねんごろだってことはとっくに調べがついている。時効目前のネタを口実におれたちのシマを歩き回ってた本当の目的は、野郎からシャブを買うためだ。そう狙いをつけて追っていたら、あのブツが出てきたというわけだ。じっくり勾留して洗いざ

「そんなことをして、得することがなにかあるのか」

爬虫類は小馬鹿にしたようにぽかんと口を開ける。鷺沼は鼻で笑ってやった。

「おまえたちのような悪党に当然の報いを受けさせるのが嬉しくて、おれはきょうまで刑事をやってきたんだ」

「三味線を弾きやがって。どうせろくでもないネタしか摑んでねえくせに」

爬虫類の頰がわずかに紅潮した。鷺沼は余裕をみせた。

「そりゃ、蓋を開けてみてのお楽しみだ。窮鼠猫を嚙むという諺もあるだろう。ここまできれいに嵌《は》められた以上、おれにも刺し違える覚悟はできている。本気でおれを潰すつもりなら、おまえや田浦やその上のお偉いさんが乗った泥船も一緒に沈むことになる。

「なあ。せいぜい覚悟しておくんだな」

「なあ。本当はどこまで知ってるんだ」

爬虫類が顔を寄せてくる。

「ご想像に任せるよ」

にんにくフレーバーの口臭に身悶えしながらそう答えると、爬虫類は天を仰いで一呻きした。

「あくまで楯突こうって腹のようだな。いいか、これから地獄の底へ突き落とされても、決して文句は言うんじゃねえぞ」

「その前に、弁護士に連絡をとって欲しい」

「あとでな」

爬虫類はそっけない。

「法で認められた権利だ」

「百も承知だ」

「だったら弁護士会にすぐ電話を入れろ」

「もうやってねえよ」

「当番弁護士は二十四時間態勢だ」

「あいにくおれたちは、きょうは非番でね」

爬虫類の顔にぞくりとするような悪意が浮かんだ。思わず問い返す。

「なんだと？」

「法律上、現行犯逮捕は誰でもできる。警察官じゃなくてもな。つまりおれたちは司法警察職員ではなく、一私人としてあんたを逮捕したわけだ。だからあんたの身柄は早急にしかるべき司法機関に引き渡さにゃならん。しかしだ——」

爬虫類は思わせぶりに言葉を切って、ポケットから煙草を取り出した。

「その前にあんたの言い分もじっくり聞いてやるべきだと思ってな。つまり引き渡しの前に私的な取り調べを済ませておきたいわけなんだ」

「私的な取り調べ?」

「そのとおり。私的だから法の規定は適用されない。弁護士の接見はない。勾留期間にも制限がない。訊問の手段にも制約がない」

「最初からそのつもりだったわけか」

「あんたは警察官だから、逮捕すると言えば抵抗しないと思ってね。警察官てのは遵《じゅん》法《ぽう》精神が骨身に染み込んだ生き物だからな」

「遵法精神と無縁なのも掃いて捨てるほどいるだろう。おまえやおまえのボスのように」

「減らず口が叩けるのはいまのうちだ。あすの朝、お天道さまが拝めるかどうかはあんたの心がけ次第だ。森脇みたいにはなりたくねえだろう」

「森脇を殺ったのは、やっぱりおまえたちなのか」

「早とちりするんじゃねえよ。そこがわからねえから、おれたちも困ってるんじゃねえか」

その反応は意外なものだった。慌てて問いかけた。

「だったら森脇が持っていた十二億は?」

「知らねえな。知ってたって答えるわけにゃいかねえけどな」

爬虫類は空とぼけた顔ではぐらかす。鷺沼は開き直った。

「だったらおれを締め上げたってなにも出ないぞ。おまえたちが知っている以上のネタをおれが摑んでいると勝手に勘違いしているようだが」

「訊きたいのはそっちの件じゃねえ――」

爬虫類は呻いた。当惑しながら問い返す。

「そっちじゃなくて、どっちの件だ」

「あんたの背後にいる連中のことだ」

「おれの背後にいる連中？」

「森脇の事件は、このまま時効に持ち込もうということで、上の役所のお歴々とは話がついていた。桜田門のお偉方にだって、その辺の意向は伝わっていたはずだ。なのに韮沢室長やあんたが妙な動きをしはじめた。どうせなにかの手違いで、そのうち幕引きに入るだろうと踏んでいたら、事態が思わぬ方向に転び出した」

「思わぬ方向に？」

「韮沢室長を狙撃したのはいったい誰だ？」

意想外の問いに当惑した。それはこちらが訊きたいことだった。

「おまえらに繫がる連中だろう。たとえば犯人がおまえだとしても、おれは不思議には思わない」

「やるわけがねえだろう。いいか。おれたちは森脇事件の時効を待っている。それまでひたすら息を潜めていりゃいい。それが田浦の親爺の作戦だった」

「森脇の十二億をせしめたのは、やはり田浦だったのか」

「十二億？　冗談じゃねえ。あんた、なんにも知らねえのか」

爬虫類は戸惑いをみせた。鷺沼も慌てて問い返した。

「そっくりそのまま、おまえたちの手元にあるんじゃないのか？」

「そういう質問に答えてやるほど、おれたちゃ人が好かねえんだよ」

爬虫類は凄みを利かせて吐き捨てた。怯え、焦っている気配がその態度から読み取れる。今回の強行作戦の裏にはなにかある。それが敵の弱みであるのは間違いない。

「なあ、交渉の余地はないのか。おれは痛い目に遭うのは好きじゃない。殺されるとなるとなおさらだ。おまえたちが興味があることで、おれが知ってることならなんでも答えてやる」

「その場しのぎの嘘で誤魔化すつもりだろうが、騙されねえよ。嘘をつく気になれないくらい痛い目に遭ってもらわねえと、証言の信憑性が担保できねえ」

爬虫類は威嚇する蛇のように舌なめずりした。

2

車は渋滞気味の環七通りを進み、馬込で第二京浜の下り線に入った。

川崎・横浜方面を目指しているのは間違いないが、爬虫類とハイエナの根城である宮前署とは方角が違う。爬虫類の口ぶりからして、今夜の投宿先が、留置場が天国に思えるような場所なのはこれで保証されたようなものだった。

余計なことを口走らないようにと警戒してか、爬虫類もハイエナもほとんど喋らなくなった。馬込付近では流れの悪かった第二京浜も、多摩川大橋を渡るころには空いてきた。それでもハイエナは急ぐでもなく、流れに乗ってのんびり車を走らせる。目的地はそう遠くはなさそうだ。

手錠をかけられて連行される容疑者の気分がわかる気がした。罪を犯したわけではないのに、魂を打ちのめすような敗北感がどす黒い雲のようにわだかまる。

情けない思いで窓外に目をやると、追い越し車線を併走するタクシーがいた。後部席シートにいる男が小さくこちらに手を振った。目を凝らしても車内は暗く、人相までは判別できない。

気のせいだろうと思い直し、視線を外そうとしたその瞬間、対向車線からのヘッドライトがタクシーの車内を照射した。ピアスを着けた金髪の男がまたこちらを向いて手を振った。

宮野――。

隣の爬虫類はお疲れのようで、さっきから舟を漕いでいる。運転席のハイエナは生真面目に進行方向に目を向けている。鷺沼が軽く頷くと、タクシーは徐々にスピードを落としていった。走行車線の車列に紛れ込むのをルームミラーで確認する。

希望の糸が繋がった。宮野が追跡に成功すれば、人数はこれで二対二だ。爬虫類は拳銃を持っている。ハイエナもたぶん持っている。形勢はまだまだこちらが不利だが、勝機が皆無ではなくなった。

爬虫類が目を覚まし、ハイエナに問いかけた。

「おい、いまどの辺だ」

「鶴見川を渡ったところです」

ハイエナが答える。

「そろそろだな」

爬虫類は頷いて、ポケットからハンカチのようなものを取り出した。

「こいつを着けてもらおうか」

爬虫類はそれを鷺沼の目のあたりに押しつけた。ゴム紐のようなものがパチリと後頭部に当たる。アイマスクだ。目隠しをするということは、少なくとも生きて帰す気があるということか。しかし行き先がろくでもない場所だということの証左でもある。宮野が撒かれないことを祈るばかりだ。

Ｇの変化で左折したのを感じとる。下末吉の交差点で県道鶴見溝口線に入ったようだ。つまり海の方向に向かっているわけだ。鶴見駅周辺の街並みを抜ければ、その先は工場や倉庫が立ち並ぶ京浜運河沿いの産業地区。夜間に人はほとんどいない。大声を出そうが泣きわめこうが、誰にも気づかれない場所に不自由はしない。

電車の走行音が聞こえてくる。ＪＲか京急の鶴見駅の近くを走っているらしい。何度か信号待ちしながら車はさらに十分ほど走った。

また停車した。前方を大型車両が通過する音がする。産業道路に出たようだ。車両の通過音が途絶えたところで、車はまた動き出す。そこから先は物音一つしない。産業道路を横切って産業地区の一角に進入したらしい。

右折と左折を何度か繰り返し、さらに五分ほど走ったところで車は停まった。エンジンが切られ、耳元で爬虫類の押し殺した声がした。

「降りろ」

周囲の状況がわからない。躊躇したが、爬虫類に腕を摑まれ、有無を言わさず引きずり出された。

「逃げようなんて思うなよ。ここであんたに一発ぶち込んでも銃声は街なかまでは聞こえない。周りは閉鎖された倉庫ばかりで人っ子一人いやしない。つまり命を縮めたくなければ大人しく言うことを聞くしかないってことだ」

自動拳銃のスライドを引く金属音がして、硬く生暖かい金属の先端がこめかみに触れた。恐怖に全身がびくりと震えた。失禁しなかったのがありがたいほどだった。

「歩け」

今度は背中を小突かれた。前方を進むハイエナの靴音が谺になって返ってくる。周囲を倉庫か工場のような建物に囲まれている場所らしい。

手錠をかけられたうえに足元が見えない。小さな段差に足をとられて、身を捩《よじ》りながらバランスを立て直す。二人が左右から腕をとる。こちらはただ機械的に足を動かすだけだ。

靴底の感触で足元がアスファルトからコンクリートに変わったのがわかる。さらに二十歩ほど歩いたところで、爬虫類が声をかけてくる。

「階段だ。気をつけて登れ」

「目隠しをとってくれ。これじゃ登れない」

「だめだ。もう少しの辛抱だ」

つれない答えが返ってくる。やむなく靴先で足元をたしかめながら、金属梯子の踏み板をたどっていく。十五段登ったところで踊り場のような場所に出た。鍵束を取り出して錠を開ける音がする。蝶番《ちょうつがい》が軋んで、続いて木の床を踏む足音がした。

「入れ」

爬虫類にまた銃口で背中を小突かれた。爪先で足元の段差を探りながら慎重に足を踏み入れる。背後でドアが閉まる音がした。

アイマスクが外されると、そこは広さが八畳ほどの、工場や倉庫の一角によくあるプレハブ造りの一室だった。天井に薄暗い蛍光灯がぶら下がっているだけで、暗闇に馴染んだ目にもとくに眩しさは感じられない。

ベニヤ張りの床は油や泥でこげ茶色に変色し、埃やゴミのトッピングがたっぷりちりばめられている。赤錆の浮いた事務机と回転椅子が三つあり、奥には古い段ボール箱がいくつも積んである。黴《かび》の臭いが鼻腔にまつわりつく。長いあいだ使われていない場所なのは一目瞭然だ。

エアコンはおろか石油ストーブ一つない。風が遮られるだけ屋外よりましな程度で、じっとしていると歯の根が音を立てはじめる。

爬虫類は手近な椅子を引いてきて、座れと顎で指図する。自分も別の椅子の埃を片手ではたいて、どっかとそこに腰を下ろす。右手には黒光りする自動拳銃。日本の暴力団のあいだで近ごろ人気のマカロフだ。非番の日には官給品は使わないくらいの節度はあるらしい。ハイエナの手にはなにもない。

「お疲れさん。今夜はここでくつろいでいってくれ」

余裕綽々の笑みを浮かべて、爬虫類は拳銃を傍らの机の上に置いた。

「生きて帰してくれるという意味なのか」

「そりゃ、あんたの心がけ次第だよ」

「協力したいのは山々だが、おれが知っていることはたかが知れている」

「そうでもないだろう。韮沢監察官室長とはえらく昵懇だと聞いている」

関心のあるのが韮沢のほうだとは思いもよらなかった。県警内部でまだ彼は目立った動きはしていなかったはずだった。長官官房からの密命の件が警察庁のどこかから漏れたのか、あるいは鎌をかけているだけなのか。いずれにせよ、ここはしらばくれる手しかない。

「プライベートな付き合いだ。どう締め上げられても、あんたたちが喜ぶネタは出てこない」

「韮沢室長は誰の差し金で動いてたんだ」

爬虫類は威圧するように弛んだ顎を突き出した。

「だったらこっちが訊きたいな。彼を狙撃したのは誰なんだ」

「それがわからないから頭を悩ませているんだよ」

爬虫類は困惑を隠さない。鷺沼も戸惑った。

「つまりどういうことなんだ」

「じつは田浦の親爺が命を狙われた」

爬虫類が声を落とす。思わず耳を疑った。

「いつ？」

「昨夜だ。帰宅したところを狙撃された」

「無事だったのか」

「わずかに弾が逸れたんだ。銃声が聞こえて目の前でコンクリートの門柱にひびが入った。そこに突き刺さっていた銃弾を見て、狙われたことに気づいたらしい」

「銃弾はまさか――」

「慌てて家からドライバーを持ち出して、ほじり出したら、七・六二ミリのフルメタルジャケットだったそうだ」

「つまり使った銃はトカレフ？」

「そんな変わった弾を使う銃はほかに思い当たらない」

「韮沢室長を狙撃したのと同一人物の仕業とみているのか」

「そんなところだ」

「新聞もテレビもその件は報道していないぞ」

「被害届は出していない。親爺が腹に仕舞い込んだんだ」

「警察やマスコミに騒がれては困るような、やましい事情があるわけか」

「やましいと言って言えなくもねえが、その件は決着済みの話だった」

「現役の警察官がペテン師から十二億の上がりを掠め取った話の決着を、いったいどことつけたんだ」

爬虫類は大げさにのけぞってみせた。

「十二億？　ふざけたことを言うんじゃねえよ。本当になにも知らねえのか」

「森脇殺しのヤマを追っていたら、おまえたちのボスがやつからその十二億を掠め取って、県警の裏金庫に仕舞い込んだという噂を耳にした」

「じゃあ、そういうことにしておこうか。どっちみちあんたのようなチンピラ刑事に真相が摑めるはずもねえ」

爬虫類は舐めたような薄笑いを浮かべる。鷺沼は念を押した。

「韮沢室長を狙撃したのは、本当におまえたちじゃないんだな」

「あの人は上の役所の意を受けて、その件に蓋をしにきたとおれたちは読んでいた。ところが世の中には融通の利かない石頭もいる」

「韮沢室長がそうだと言いたいのか」

「流れからすればそうとしか思えねえ。いいか。正義ってのは権力の所有物だ。正義の名の下に断罪される哀れな子羊はつねに市民であって権力じゃねえ。警察官僚の大半はそう考えているということだ」

「警察権力は法の埒外にあると言いたいわけか」

「そりゃそうだ。どこの官僚にも利権があるが、警察官僚の最大の利権がそれだ。おれたちのような下っ端警官が悪さをすれば、トカゲの尻尾よろしくちょん切られるが、上の人間が犯す巨悪には司法のメスは決して入らねえ」

「その最たるものが裏金システムだな」

「そのとおり。マスコミや市民団体がいくら騒いでも、一部の不心得者の不始末ということで、罪を被るのはせいぜい所轄の幹部クラスだ。全国の警察本部もその頭の上の警察庁も屋台骨はびくともしねえ。自分の警棒で自分の頭をぶっ叩くお巡りはいねえってことよ」

「ところが韮沢室長はそれをやろうとした」

「そんなところかもしれねえな。しかし命まで狙う必要はねえだろう。そういう跳ね上がりの首根っこを押さえる手立てなら、この国の官僚組織にはいくらだってあるはずだ。そこが解せねえところだよ」

「おまえたちも警察組織内部の仕業とみているわけだな」

「実行犯はともかく、仕掛けたのはな」

「おれもそう思っていたし、そこには当然おまえたちが絡んでいるとみていたんだが」

「おれたちゃそこまで馬鹿じゃねえよ。せっかくゴール目前だってのに、山の狸だって狢だって、こういうときは上手に尻尾を隠して機を待つもんだ。それをやらかした間抜けが誰なのか——。おれたちが知りたいのはそこんところだ」

「それならおれだって知りたいよ」

「感づいていることはあるんだろう」

「長官官房からの直命であの人が動いていたのは事実だが、それ以上の背後関係はおれは知らない」

「そいつは嘘だな。今度の一件にはおれたちとは別のラインが絡んでる。室長の狙撃がそっちの意向なのは間違いない。田浦の親爺を狙った凶器がそのときのと同じトカレフで、しかもその当日の犯行だ。つまり誰かが手荒な手段で割り込んできている。このまじゃおれたちだって餌食になりかねねえ。知ってるなら痛い思いをする前に喋ったほうが身のためだぞ」

爬虫類はハイエナに視線を投げる。ハイエナはコートを脱いで、背広のポケットから取り出したブラスナックルを両手に嵌めて歩み寄る。

「ちょっと待てよ。腹を割って話せばわかるだろう。韮沢室長が狙われて、そっちのボスも狙われた。次はおれかもしれないし、おまえら二人かもしれない。やばい立場にあるのはお互い様だ。おれを痛めつけてなんの得がある」

「それがおれたちのやり方なんだよ。商売柄、けちなやくざを手なずけるコツは知っている。仲間内には身銭を切って飲み食いさせたり、微罪を見逃して恩を着せたりという馬鹿な刑事がいるもんだが、おれたちは違う。あくまで力で押し潰す。殴り倒して血反吐を吐かせて、面子もプライドも粉々に打ち砕く。そうすりゃ逆らおうという気も起きなくなる。あんたともこれからいろいろお付き合いすることになるかもしれねえ。まずは洗礼を受けといてもらわねえとな」

喋りながら爬虫類は鷺沼の背後に回り、両腕を羽交い絞めにして力任せに立ち上がらせる。手首に掛けられた手錠が左右に引っ張られ、肉に食い込み骨を軋ませる。

ハイエナがアッパー気味に腕を振る。ブラスナックルがみぞおちに食い込んだ。腹のなかで地雷が炸裂した。激痛に息が詰まり、胃液が喉元に込み上げる。それでも腕の振り具合から、まだいくらか手加減しているのがわかる。

「知りてえのは韮沢さんやあんたの背後に、いったい誰がいるかだよ。あの人はおれたちとは別のラインからしゃしゃり出てきた。話はついていたはずなのに」

爬虫類が吼《ほ》え立てる。ハイエナがまた拳を低く構える。ひたすらボディー狙いと決めているらしい。頭や顎なら気絶できるが、ボディー攻撃はそれを許さない。ひたすら苦痛に堪えながら、体力と気力を失うに任せるだけだ。こういういたぶり方は警察学校では教えない。

今度は左の拳が右脇腹に突き刺さる。肝臓を直撃されて、鉛の棒のような痛みが全身を貫いた。視野が黄色い靄《もや》に覆われて、込み上げる胃液に血の味が混じる。

「韮沢室長に指示を出したのは誰なんだ。言わなきゃ苦しみが続くだけだぞ」

爬虫類が耳元でわめく。ハイエナは拳を捏《こ》ねながらにやついている。

「さっきも言っただろう。長官官房からだと聞いている」

「長官官房の誰だ」

「官房長だ」

「官房長？」

「気に入らない答えなのか」

「ああ、気に入らねえな。そのくらいの嘘なら子供でも思いつく」

「そう言われても、おれが聞いたのはそれだけだ。官房長本人から韮沢室長に直接連絡がきたそうだ」

「まだいたぶられ方が足りないようだな」

鷺沼を羽交い絞めにしたまま、爬虫類は広い場所へと移動する。ハイエナが嬉しそうな顔でついて来る。

そのとき床の割れ目に靴底を引っ掛けて爬虫類の体がふらついた。すかさずその体を背負い込む。腰を屈めて背を丸める。爬虫類の体重が背中全体にのしかかる。そのまま前方に投げ出そうとするが、爬虫類はしぶとく抵抗する。羽交い絞めされた腕の関節が悲鳴をあげる。

じりじりと体が引き戻される。その力を利用して、今度は背中を一気に反らす。爬虫類はバランスを崩した。さらに両足で床を蹴る。二つの体が重なり合ったまま、激しく背後に倒れ込む。

なにかがぶつかったような重く鈍い音がして、爬虫類の腕から力が抜けた。その腕から素早く身を振りほどく。

立ち上がりかけたところへハイエナが襲いかかる。ブラスナックルが顔面めがけて飛んでくる。

上体を捻って身をかわす。顔のすぐ横で床のベニヤが砕け散る。

ハイエナは体勢を立て直す。床を転げて鷺沼は逃げた。そのとき激しくドアを蹴る音がした。続く一蹴りでドアが吹き飛んだ。

飛び込んできたのは宮野だった。ハイエナが振り向くまもなく宮野は前方へダイブする。金髪頭がハイエナの後頭部を巡航ミサイルよろしく直撃する。

ハイエナは白目を剝いて硬直し、顔面から床に倒れ込んだ。その顔の下に鼻血の池が広がった。

3

「ちゃんと生きてた、鷺沼さん？」

宮野が平然と顔を上げる。想像を絶する石頭だ。

「危なく死んでるとこだったぞ。もう少し早く来れなかったのか」

まだ全身を駆け巡る痛みに堪えながら毒づいた。幸いあばらは折れていない。

「向こうは銃を持ってたからね。鷺沼さんを楯にとられたら、二人揃って万事休すじゃない。それでタイミングを見計らってたわけよ。とくに殺す気はなさそうだったし」

「死にたくなるくらいの目には遭わせてくれたよ」

「贅沢言わないの。人間、生きてりゃいいことあるからさ。鍵はどっちが持ってるの」

伸びているハイエナを顎で示すと、宮野は上着のポケットをまさぐって手錠のキーを探し出す。宮野に手錠を外してもらい、傍らの爬虫類に歩み寄る。事務机の脚に背をもたせかけ、大股開きで安らかに気絶している。後頭部にでかい瘤がある。あの揉み合いで机の角に頭をぶつけたようだった。

宮野はハイエナの体を引きずってきて、爬虫類の傍らに横たえた。それぞれの片足を一つの手錠で繋ぎ、にんまり笑って立ち上がる。

「お二方には仲良く二人三脚でご帰宅願いましょうかね。さて、積もる話があるんでしょ。車のなかで聞かせてよ」

「車のなか？　さっきのタクシーを待たせてあるのか」

「まさか。こいつらの車を借りればいいわけじゃん」

宮野はまたハイエナのポケットをまさぐって、車のキーをつまみ出す。

「その前にこいつらから聞ける話は聞いときたいな」

「そりゃそうだ」

宮野は足元にいるハイエナのうしろ髪を摑んで持ち上げた。顔は血まみれで目は虚ろ。鼻も潰れているようだ。もの問いたげに開いた口から前歯が二本ぽろりと落ちて、血だまりのできた床に転がった。

「こっちは話すのは無理のようだね」

「そのようだな。こっちの旦那の名前はなんだっけ」

爬虫類の前に屈んで頰を叩きながら、宮野に問いかけた。

「磯貝だよ。ハイエナ野郎は石橋。昼間、電話で教えたじゃない」

「どうせ三下だと思って忘れちまったよ。まさかここまででしゃばってくるとは思わなかったから」

掌で頰を叩き続け、血の気の失せていた肌が赤みを帯びると、磯貝はうっすらと目を開けた。事情を悟るまでに間があった。周囲をのろのろ見渡して、まず気がついたのは血だまりに顔を埋めたハイエナのようだった。問いかけるように首を回して、目の前の鷺沼に気がつくと、磯貝は慌てて身を起こした。

「なにをしやがった？」

「立場が入れ替わったんだよ、磯貝さん。痛い目に遭いたくなかったら、せいぜいいい子にするんだな」

「ふ、ふざけるんじゃねえぞ、この野郎！」

上ずった声で毒づいて、自分の足と繋がれた石橋の足を引きずって、磯貝は傍らの机に近づいた。鷺沼の動きに目を向けながら、その上を手でまさぐっている。

「探してるのはこれじゃないの？」

背後から宮野がいち早く手にしたマカロフを磯貝の頭に突きつけて、空いている腕で喉を締め上げた。磯貝は必死で首を回すが、宮野は巧みに死角に入って自分の顔を覗かせない。

鷺沼は石橋の右手からブラスナックルを取り外し、自分の手にそれを装着し、硬直した磯貝の顎を軽く小突いた。

「こんどはこっちが質問する番だ。素直に答えてくれないと、少しずつ顔のかたちを変えていくことになる」

磯貝は額に脂汗を滲ませた。

「ち、ちょっと待てよ。手荒なことはするんじゃねえよ」

「さっきはずいぶん手荒なことをしてくれたじゃないか。その返礼だ。おれは義理堅い人間なんだ」

脅し文句を並べるうちに、自分を卑劣な罠に嵌めた磯貝への怒りがふつふつ沸き起こる。股間に軽く裏拳を当ててやると、磯貝は高電圧を食らったようにびくりと体を痙攣させた。

「まず一番目の質問だ。森脇を殺したのは田浦なのか。返事はイエスかノーかだ」

「答えろって言われたって、おれはそんなこと知らねえよ」

「さっきは、ずいぶん裏事情に通じているような話だったな」

「森脇殺しの捜査本部におれはいなかった」

「そんなことは訊いていない。知りたいのは帳場が立つ前の話だ。森脇の潜伏先の東池袋のマンションでなにが起きたかだ。おまえも現場にいたんだろう」

磯貝の顔が無様に歪んだ。笑ってみせたつもりらしいが、頰の筋肉が引き攣っただけだった。

「なあ、おれが田浦の親爺と付き合うようになったのは森脇の事件のあとのことで、それについちゃなにも知らねえんだよ」

「田浦から話くらいは聞いているだろう」

「聞いてはいるけど、裏をとったわけじゃねえから」

「裏はおれのほうでとるからいいよ。まずは田浦から聞いた話を聞かせてくれよ」

「言えねえよ。親爺さんには恩義がある。裏切るわけにはいかねえよ」

「こいつみたいな顔になりたいか」

傍らに横たわる石橋の髪を摑んで、鼻の潰れたご尊顔を拝させる。宮野はマカロフの銃口を磯貝のこめかみに捻じ込むように押しつける。

「わ、わかったよ。これは聞いた話なんだから、あとで事実と食い違うところがあっても怒らないでくれよ」

「故意に嘘をついたとしたらただじゃおかない」

「嘘なんかつかねえよ。田浦の親爺から聞いた限りのことを話すから」

「本当だな」

念押しの意味で、ブラスナックルを嵌めた拳を磯貝の顎にあてがった。磯貝は慌てて上体をのけぞらせた。

「ほ、本当だよ。信じてくれよ」

「わかった。信じてやる。話せ。十四年前、森脇が潜伏していた東池袋のマンションでなにが起きたかだ」

磯貝は素直に喋った。その内容は関内のレストランで福富から聞いた話を別の方向から照らし出し、欠けていた部分を補った。福富が抱え込んでいた謎が解き明かされる一方で、それに代わる新たな疑問が湧き出した。

4

「どこまで信じたらいいもんかね、野郎の話？」

午後十一時を回った第二京浜を東京方面に向かうタクシーのなかで、宮野が声を落として訊いてくる。運転手の耳を気にして鷺沼も声を落とした。

「八割方は信じていいような気がするな。福富から聞いた話との食い違いはほとんどなかったからな」

鷺沼が拉致されたことに宮野が気づいたのはまさに僥倖《ぎょうこう》というべきだった。マンションへ帰ろうと目黒通りを歩いていると、信号待ちしているセダンの後部座席に鷺沼が乗っているのに気がついた。その隣にいる男にも見覚えがあった。

宮前警察署生活安全課の磯貝――。

昼間の電話で鷺沼から聞いた二名の尾行者の片割れだ。運転席の男の顔は見えなかったが、そちらが石橋なのはほぼ間違いない。

駆け寄ろうとしたが車はすぐに動き出した。運よくその車の何台かうしろに空車表示のタクシーがいた。慌ててそれを停め、鷺沼が乗っているセダンを追うように頼んだ。道路は適度に混んでいて、離される心配はなかった。磯貝たちが尾行に気づいた様子もない。道路が空いたところでパッシングをかけて、追尾していることを鷺沼に知らせた。

産業道路を過ぎて人気のない一帯に入ってからは、ヘッドライトを消してもらった。予期せず巻き込まれた追跡劇に運転手は警戒心を漂わせ、どういう事情なのかとしつこく訊いてくる。自分の風采から刑事だと言っても信用してもらえそうもないので、私立探偵だと言ってその場は誤魔化した。

磯貝たちが産業地区の一角にある古倉庫の前に停車したのを確認し、少し手前でタクシーを乗り捨てた。そのとき磯貝が拳銃を持っているのに気がついて、そこから先は極力慎重に行動したという。

宮野は鷺沼が連れ込まれた倉庫の事務室に足音を忍ばせて近づいた。安普請のせいか老朽化のせいか、ドア枠とドアのあいだに隙間があった。宮野はそこからなかの様子を窺った。

鷺沼が石橋と揉み合いはじめた瞬間を突いて、宮野はドアを蹴破った——。

「あれは絶好のタイミングだったたね。以心伝心というか、おれと鷺沼さんは深いところで通じ合うものがあるんだね」

宮野は勝手に感慨にふける。たしかにあれより早くても遅くても自分は無事では済まなかった。宮野にしても決死の突入だったのは間違いない。

そんな目に遭わせた磯貝と石橋への恨みは骨髄に徹したが、この時点でいたずらに敵を刺激しても得することはなにもない。二人はそのまま放置することにして、彼らの車はこちらが拝借し、街なかに出たところで乗り捨てて、いま乗っているタクシーを拾ったわけだった。

宮野は慎重に立ち回った。磯貝の訊問中は終始死角に入り、帰るときはマカロフの銃身で蛍光灯を叩き割った。石橋はずっと寝たきりだったから、宮野の顔は見られていない。

「しかし磯貝があそこまで腑抜けだとはね」

宮野は県警の同僚に対して手厳しい。マカロフの銃口を突きつけられ、ブラスナックルを着けた拳で脅されてからは、それまでの強面ぶりはどこへやら、磯貝は夏休みの自由研究を発表する小学生のようにはきはきしていた。

「タマの片方くらいは潰してやってもよかったんだが、あの素直さには拍子抜けしたよ」

鷺沼も嘆息した。それは磯貝の腑抜けぶりに対するものというより、彼の語った内容があまりに意想外だったことによるものだ。

5

東池袋のマンションでの福富と田浦の出逢いは偶然ではなかった。

当時、県警生活安全部薬物対策課の主任だった田浦は、福富が所属する指定暴力団極濤会が資金源としていた覚醒剤密売ルートの摘発に血道をあげていた。

そのために極濤会内部に抱えていた内報者が、ある日、耳寄りな情報をもたらした。当時若手幹部としてのし上がりつつあった福富が、組長から一億円の借金をしたという。

田浦はそれを覚醒剤の仕入れ資金と考えて、すぐさま福富に尾行をつけた。取引の現場を押さえれば、極濤会の覚醒剤ビジネスの息の根を止められる。

そんな思惑で福富に張りつけた捜査員から、東池袋のあるマンションに福富たちがたむろしているという報告が入った。そこがブツの取引現場だと考えた田浦は、勇んでそのマンションへ乗り込んだ。

福富とその手下が夜陰に紛れて外階段の陰に潜んでいた。誰かが現れるのを待っているようだった。田浦たちも植え込みの陰に身を隠し、じっとチャンスを窺った。

小一時間ほどして、コンビニのレジ袋を提げた風采の上がらない男が現れた。一億円相当の覚醒剤の売人にふさわしい身なりではないし、薬物取締りのベテランの田浦も面識がない。しかしどこかで見たような顔でもある。

福富たちが動き出した。男を取り囲んで押し問答が始まり、男を駐車場に連れ出した福富と男が揉み合った。男が胸を押さえて地面に倒れた。福富の手にはナイフがあった。

予想もしない事態の展開に田浦は勢い込んだ。相手の男が誰であれ、福富が殺したのなら大きなチャンスだ。現行犯逮捕で身柄を押さえ、覚醒剤密売の線も追及できる。二つの罪状で立件できれば、死ぬまで刑務所にぶち込める。いま売り出し中の福富の命運が絶たれれば極濤会のダメージは大きいはずだった。

「福富、そこを動くな！」

田浦は生垣の背後から飛び出した。福富は素早く反応し、手下とともに一目散に駆け出した。田浦たちもあとを追ったが、先に乗り込んでいた福富たちは土地勘で田浦たちに勝ったようだった。入り組んだ住宅街の道に迷って、けっきょく田浦は福富たちを取り逃がした。

追跡を諦めて現場に戻ると、男はすでに起き上がり、見張りに残した刑事の訊問を受けていた。刑事は興奮気味に報告した。

「森脇康則です。例の十二億円詐取事件の――」

目の前にいるのが桜田門が追っている大物詐欺師だと知って田浦は驚いた。森脇は抵抗しなかった。田浦たちの目当てが福富ではなく自分だと思い込み、すでに観念していたようだった。長期の逃走に疲れてもいたのだろう。田浦は森脇をその場で緊急逮捕した。

森脇が突然倒れたのは持病の狭心症の発作によるもので、携行していたニトログリセリンの錠剤を服用し、すぐに回復したらしい。

田浦はそこで一計を案じた。世間を騒がせている大事件の主役といっても、しょせんは桜田門のヤマ。逮捕した森脇を気前よく引き渡せば、桜田門に塩を送ることにしかならず、自分が得することはなにもない。偶然とはいえ十二億の大金を抱えた森脇を捕まえて、なんのご利益も得られないのでは、強欲な田浦の腹の虫が治まらない。

そのころ田浦は県警内部に流れるある噂を耳にしていた。当時の警務部長は本庁からの出向組で、県警本部に集まる裏金の管理担当者でもあった。ところがその人物が株式投資に入れ込んで、二億円近くの裏金を使い込んでしまったという。

そもそも表の帳簿には出ない金で、その管理を担当していた本人による使い込みだから在任している限り発覚しない。ところがそのころ本庁サイドからその当人を呼び戻す話が出てきていた。理事官クラスへの昇進を伴う栄転で、拒否する理由などあるわけがない。

問題は穴を開けた裏金の始末で、後任への引き継ぎの前に埋めておかなければならなくなった。そもそも表沙汰にはできない金だから刑事罰の対象にはならないが、警察官僚にとっては聖域である裏金に手を出したとなれば、本庁上層部の不興を買うのは間違いない。約束された昇進どころか、残りの人生までも棒に振りかねない。

田浦がその話を聞いたのは上司の生活安全部長からだった。やはり本庁からの出向組で、警務部長の後輩に当たる人物だった。

そちらにしても、いつまでも県警でくすぶってはいられない。本庁へ返り咲くためには、一足早く出世しようとしている警務部長に恩を売っておく必要があった。それ以上に不祥事の発覚で同じ人脈に属する警務部長が失脚することは、彼にとっても出世の手蔓を失うことを意味していた。

生活安全部長は田浦に危ない話を持ちかけた。薬物対策課のお得意さんは地場の暴力団で、現場ではやり手だった田浦はいい意味でも悪い意味でも連中に顔が利く。多少の悪事を見逃す見返りに、その穴を埋める金をやくざから吸い上げられないかと部長は言い出した。

いくらなんでもそこまではと、そのとき田浦は応じなかったが、受けてくれれば昇進の面でのちのち大きな見返りがあると部長はほのめかした。ノンキャリアの田浦にすれば一生かかっても警部への昇進がせいぜいで、どうせその程度の人生と自らを納得させてはいたものの、その言葉には心が動いた。

そんな矢先の森脇との遭遇だった。田浦の目には森脇は福の神に見えた。さっそく生活安全部長に電話を入れて、ことの次第と自分の考えを説明し、その場で承諾を取りつけた。

田浦は森脇と交渉した。三億円を現金で渡せば見逃してやると。全額やら山分けという大それたことは考えなかった。そこまでやれば、森脇が逮捕されたとき自分の悪事も発覚する。三億円程度なら、借金を返済したやら、逃走中に使ってしまったといった説明で誤魔化せるだろう。

逮捕されたときはそう供述するようにと森脇には言い含めた。もし自分の名前が出るようなことがあったらただではおかない。息のかかったやくざに頼めば、刑務所に入ってからでも相応の報復はできるのだからと——。

森脇は要求に応じた。田浦はその場で三億円を受け取って森脇を解放した。

その現金は記番号が記録された、事実上封印された金だった。しかし森脇はいずれ逮捕され、その時点で捜査は終了する。約束どおり彼がとぼけてくれさえすれば、消えた三億円を桜田門が追う理由もなくなる。つまり三万枚の福沢諭吉が無罪放免になるわけだった。

二億の金は裏金の穴埋めにと警務部長に提供し、現場にいた部下には森脇が起訴された時点で五百万円ずつ渡すと約束して口を封じ、とりあえず一億円を田浦は自分の懐に入れた。小悪党の田浦にとっては、いつもより金額が多いだけで、捜査に手加減を加える見返りにやくざから小遣いをせしめる普段の習慣と似た感覚にすぎなかった。

しかし森脇が殺されて事態は厄介になった。森脇の手元に残した九億円はけっきょく出てこない。それは森脇殺害の容疑者が逮捕されるまで、記番号による追跡が続くことを意味していた。

むろん紙幣は世間を回りまわって銀行に回収される。使って発見されたとしても出どころを特定される可能性は低い。だからといって万一発覚したときのリスクを考えれば、やはり使うに使えない。

警務部長は半年後に栄転していった。そのとき後任の裏帳簿の管理者として、事情に通じた生活安全部長を指名した。その数年後、生活安全部長も本庁に戻ったが、そのときも腹心のキャリアを後任に据え、二億円の現金は当分門外不出とするように言い含めた。

そんな慣行が代々続くうちに、警察庁内にその事実を知る一連の人脈が形成された。件《くだん》の警務部長は警視総監に次ぐ警視監の地位にまで昇りつめ、のちに政界に打って出て参議院議員となり、やがて大臣のポストも経験し、現役の警察庁長官さえ見下すほどの権勢を振るうようになった。その強力な人脈が楯となり、二億円穴埋めの事実が発覚する可能性はほとんどなくなった。

田浦はその論功行賞で異例の出世を遂げ、現在は所轄の副署長。定年までに署長クラスに駆け上がるのは既定の事実と本部内ではみられているらしい。

その目算が韮沢の狙撃事件でにわかに狂いはじめる。韮沢は裏金穴埋め事件に関わった人脈には属さない。県警への赴任に特別な意味はないと田浦たちは当初はみていた。ところが警察庁内の彼らの人脈から、韮沢の動きに気をつけろという指示が届いた。さらに韮沢に近い鷺沼までが県警の庭先をうろつき出した。その動きに神経を尖らせていた矢先の韮沢狙撃事件。そのうえ田浦までもが同じ凶器で狙撃された。

韮沢狙撃事件での警視庁の動きにも不審を覚えた。田浦たちには犯人が右翼でも左翼でも暴力団でもないことはすぐに察しがついた。しかし捜査本部は強引にその方向に捜査態勢を集中させ、マスコミの関心を誘導している。

だとすれば犯行は警視庁もしくは警察庁が表沙汰にしたくない人物で、かつ森脇事件に利害関係がある者によって行なわれたことになる。さらに自分までもがその標的になったとなれば、田浦が慌てふためくのは当然だった。

自分たちのグループに属する者の仕業ではないと田浦は信じたかったが、それも確信が持てなくなった。上の人間はいよいよ真実の隠蔽に動き出したのかもしれない。自分が味方と信じてきた警察庁内部の勢力が、裏金穴埋め事件の生き証人である自分を消そうと画策しているのかもしれない。

田浦はそんな疑心暗鬼にとらわれて、鷺沼からありったけの情報を搾りとろうと、磯貝たちに強引な接触を指示したわけだった。

「磯貝の話が真実だとしたら、ことはなかなか厄介だよ」

宮野は思案顔だ。消えた十二億円は県警の裏金庫にあると踏んでいた。ところがその四分の三の九億円は想定もしなかった真犯人が横取りしたことになる。満額をせしめて鷺沼と山分けし、自分はやくざからの借金を返済し、残った金で新たな人生を踏み出そうという宮野の目論見も破綻しかねない。

「刑事としての勘で言えば、磯貝の自供は信憑性があるな。もっともブラスナックルと拳銃の威圧で吐かせたのは初めてだが」

そう指摘すると、宮野も頷いた。

「見かけによらず肝っ玉の小さい野郎だね。喋った内容が微に入り細にわたってて、たしかに妙なリアリティがあった。しかし裏はとらないとね」

「そうだな。福富と田浦が遭遇した晩以降のことは、中山順子が知っているはずだ。その話と整合すれば、磯貝の話は嘘じゃないことになる。残りの九億の行方もみえてくるかもしれない。真弓がうまく説得してくれるといいんだが」

「連絡はまだないの？　今夜寄越すという話だったじゃない」

「いや、まだだ。どちらかといえばそれで助かった。連絡は携帯にくれるように頼んでおいたんだ。電源は入れっぱなしだったから、磯貝たちに捕まっているあいだに連絡がきたらと冷や冷やしていた。下手すりゃ手の内をさらけ出すことになりかねなかった。不首尾に終わっても連絡はくれると言っていたから、もう少し待ってみよう。それより――」

鷺沼は声を落とした。

「田浦が狙撃されたという話が本当なら、おれたちだって危ないということにはならないか」

「そこだよね。おれはまだマークされていないと思うけど、鷺沼さんはもう有名人になってる可能性があるじゃない。警察はあてにならないから、我が身は自ら護るしかないでしょう。だからこれを拝借してきたわけよ」

宮野はダウンジャケットの裾をちらりとめくって、ベルトに挿した黒光りするものを覗かせた。磯貝のマカロフだ。

「おいおい、銃刀法違反で現逮されたいのか」

声を殺して脅しつけると、宮野は不敵な笑みを浮かべた。

「きょうだって、生きて帰れたのは奇跡かもしれないよ。こいつが役に立つときが絶対くるって」

マンションへ戻ったのは午前零時少し前だった。

ハイエナに殴られた腹部にはひどい青痣ができていたが、吐き気も頭痛も治まっていた。ほどなく三上真弓から連絡がきた。

中山順子は終日多忙だったらしく、やっと連絡がとれたのが一時間ほど前のことらしい。順子は要請に前向きに応じたという。

「いつまでも引きずっているのは重荷だし、過去を清算するいい機会だと受け止めているようなのよ」

真弓はしんみりとそう言った。自分自身もまたその仲介の労を、なんらかの人生の区切りにしたいような気配が感じられた。鷺沼は丁寧に応じた。

「感謝しているとお伝えください。お約束したとおり、そのことでご迷惑をかけるようなことはいたしません」

順子が出張から帰るのがあさってで、その日の午後三時に、彼女の会社に近いホテルのロビーラウンジで会うことにした。自分も都合をつけて同席したいと真弓は言う。願ってもないことだと応じて通話を終えた。

忘れてこそ生きられる過去がある。いや忘れることが困難であればこそ、それは記憶の沼の底にそっと沈めておきたいはずだった。それを暴こうとする自分の行為が、二人にとって酷《むご》いものなのは十分想像できた。それを受けてくれた二人への感謝の念が鷺沼の胸に湧き起こった。

第九章

1

目覚めると窓の外がやけに静かだ。

いつもならかすかに耳に障る環七の車の騒音がほとんど聞こえない。陽光の温もりを欠いた白っぽい光が、レースのカーテンを透かして室内に忍び込んでいる。起き出してカーテンを開けると、案の定、外は一面の雪景色だ。

時刻は午前十時を過ぎているが、雪はまだやむ気配がない。テレビを点けると、どこの局も関東一円の交通ダイヤの乱れや事故のニュースを伝えている。

早起きが取り柄の宮野は、けさも鷺沼の分まで朝食を用意して、メモを残してすでに出かけていた。さすがにこの雪だから、きょうは東池袋での聞き込みは休みにして、久しぶりに本来の職場である山手署へ出向いてみるとメモには書いてある。

昨夜は帰ってから一人でしたたか飲んでいるというのに、宮野の辞書に二日酔いという文字はないらしい。鷺沼はさすがにブラスナックルのボディーブローが利いていて、胃袋がアルコールを受けつけようとはしなかった。

昨夜の立ち回りの際、宮野は顔を見られていないはずだが、それでもなにかの手がかりからそろそろ鷺沼との関係が把握されてはいないかと気になった。だとしたらうかつに県警の縄張りに戻れば飛んで火に入る夏の虫だ。その行動には多少の不安を禁じ得ない。

磯貝の話が本当なら、鷺沼と宮野の宝探しは暗礁に乗り上げたかにみえる。田浦が森脇から掠め取ったのはたったの三億円。そのうち裏金に回ったのが二億円で、残りは田浦が懐に入れた。全額くすねてくれていたらこちらの手間も省けたのに、いかにも小悪党らしい田浦の及び腰のせいで、残りの九億円は新たな闇の向こうに消え去った。

「その九億が警察の埒外にあるんなら、こちらとしてはむしろパクりやすいじゃない。警察ってとこはハジキを仕込んだ危ない連中がうようよいる場所だからね」

宮野にすれば警察署もやくざの事務所も似たものらしい。最近お気に入りの耳慣れないブランドの焼酎を呷りながら、宮野は昨夜そう言った。

しかし厄介なのは新たに出現した森脇殺害事件の真犯人だ。磯貝が嘘をついていないとすれば、田浦もまたその正体を知らないことになる。最初に狙いを付けた福富がシロで、次に本ボシと見込んだ田浦も殺害に関してはシロ。一歩接近したと思ったとたんに、真相は逃げ水のように遠ざかる。

神奈川県警の裏金に森脇が詐取した札束が紛れ込んだ経緯はあらまし読めた。むろん磯貝が喋っただけで、さらに裏をとる必要はあるだろうが、それはいずれ田浦を締め上げれば済むことだ。

しかし田浦を末端とし、警察庁の伏魔殿を経て、さらに政界へと続く悪の人脈については磯貝から十分な情報は得られなかった。その話向きから推察して人脈のトップとして思い当たるのは、警察庁出身で、国家公安委員長、法務大臣を歴任し、いまも警察族として異彩を放つ香川義博《かがわよしひろ》参議院議員だ。

磯貝の話が正しければ、使い込んだ裏金の穴埋めに田浦から二億円を受け取った張本人が香川義博その人で、すでに時効とはいえ、発覚すれば日本の警察組織から政界までをも揺るがす一大スキャンダルになる。しかし動いたのは授受の証拠が残らない裏金で、尻尾を摑むのはすこぶる困難だ。

韮沢を、そして田浦を狙撃したのは誰なのか。閣僚経験まである大物政治家の香川がそれを直接指図するだろうか。

韮沢が目論んだ日本の警察機構の屋台骨をひっくり返すという荒療治を、むろん鷺沼は引き継ぐつもりだ。県警の裏金庫に隠匿されているほぼ二億円の札束と、田浦が懐に収めた一億円も頂戴する予定なのは言うまでもない。

問題は残りの九億円だ。いまやルビコン川を渡ってしまった鷺沼にとって、それを奪取せずに闘いを終えるのは敵前逃亡に等しいことだった。しかし突破すべき壁は想像以上に厚い。

森脇殺害の真犯人に至る、おそらく唯一の糸口があす会う予定の中山順子だ。

田浦と接触したあとの森脇の足取りは、たぶん彼女だけが知っている。可能性としてなら真犯人とさえ考えられるが、その予断はとりあえずいまは留保すべきだろう。そんな嫌疑を向けられるのを承知であえて鷺沼に会うという、その態度自体が嫌疑を否定する重要な心証といえる。

内臓へのダメージはだいぶ回復して、腹の虫は元気に鳴き出しているが、腹筋の痛みは相変わらずだ。昨夜の危難を斟酌《しんしゃく》すればきょうは丸一日休養日にしても天罰は下らないはずだ。へっぴり腰でキッチンのテーブルに向かい、宮野のつくり置きの朝食のお相伴に預かることにする。

この日の朝食は趣向を変えて和食のメニューで、だし巻き卵に塩鮭に、海苔に納豆に香の物。ご飯はちょうど二膳分ほどを炊飯器に残し、味噌汁は軽く温めればいいように手鍋に入れてガスコンロの上に置いてある。居候なりの気遣いなのか、見かけによらずこういうことが趣味なのか、宮野は相変わらず甲斐甲斐しい。

宮野が先に読み終えて、またきちんと畳んであるきょうの朝刊を手にとった。一面は政局がらみのニュースが大半で、社会面に目を通しても韮沢狙撃事件の続報は見当たらない。現代のマスコミの時間感覚からすれば、すでに遠い過去の話になっているようだった。

体を動かすのが億劫なので、食後はソファーでうとうと寝て過ごした。昼過ぎに起きると雪はやんでいて、西の雲間には青空の切れ端が覗いていた。

腹筋の痛みはいくらか治まった。このまま時間を無駄にするよりは、宮野同様こちらもこれから本庁に出向いて、留守番の井上から庁内の噂話でも仕入れようと思い立つ。シャワーを浴びて髭を剃る。天気予報では夕刻からさらに冷え込むとのことなので、スーツにコートの刑事の制服はやめにして、厚手のセーターにダウンパーカー、首にはマフラーをぐるぐる巻きにした耐寒装備で部屋を出た。

昨夜のこともある。用心に越したことはないと、エレベーターは使わずに外廊下の階段から裏の駐輪場に下り、そこから横手の狭い路地に抜ける。路地の出口からエントランスの周辺をチェックする。怪しい人影は見当たらない。

爬虫類もハイエナもさすがに連日勤務とはいかないらしい。しかし連中がこのまま引き下がるとは思えないし、韮沢のみならず田浦までも狙撃されたとなれば、新たな敵の存在も意識せざるを得なくなる。昨夜の反動でどこか緩んでいる自分の神経に活を入れる。

2

朝のうちは乱れていた電車のダイヤもすでに平常に戻っていた。

雪化粧でぼろを隠した東京の街並みは車窓から見るにはきれいだが、電車を降りれば歩行者に踏まれた雪はぬかるんで、霞ケ関駅から警視庁本部庁舎までわずか数分の距離を歩いただけで、靴は漬物状になり、爪先から骨を伝って寒さが這い上る。

夕刻からと聞いていた寒波の吹き出しも早まって、ビルの谷間を駆け抜ける風が氷の鑢《やすり》のように露出した肌を苛《さいな》む。こんな日にのこのこ出庁してしまった間抜けな自分を嗤《わら》いながら、閑散とした捜査一課のフロアにたどりつくと、特捜一係の島にはきょうも井上だけがぽつねんと座っていた。

「留守番ご苦労さん。なにか新しいニュースは？」

マフラーを外しダウンパーカーを脱ぎながら声をかけると、井上は沖を走る船影を見つけた無人島の漂流者のように喜色をあらわにした。

「ああ、鷺沼さん。きょうも暇そうですね。僕も散々退屈してたんですよ」

ただ気が利かないだけかもしれないが、とりようによっては辛辣な挨拶だ。思わず語気が強まった。

「暇なわけじゃない。こっちに出てこれないほど忙しいってことだ。うちの班はまだ小松川の帳場にかかりきりなのか」

「犯人の目星はついてるんですが、物証が乏しくて攻めあぐねているようです。そちらのほうはどうですか。例の中山順子の件――」

井上は目を輝かす。

「おかげで本人とコンタクトがとれたよ。クリーンヒットだったな」

言いながらうしろから骨ばった肩を揉んでやる。くすぐったそうに身を捩りながら、井上は突っ込んでくる。

「その糸口から一気に本ボシに迫れるわけですね。事件が解決したら僕も警視総監賞をもらえるかな」

「そうだな、そのときはおれが上申してやるよ」

とりあえずそう答えておいた。居酒屋の飲み代にも足りない金一封つきの総監賞なら鷺沼の机の抽斗にはいくらでも転がっているが、新人の井上にとってはまだ物珍しい宝物だろう。その対象になるようなまっとうな解決はもはやあり得ない事件だが、そんな気配をいまはおくびにも出せない。

井上が勢い込んで身を乗り出す。

「だったらもう一つ耳寄りな情報があるんです。たぶん韮沢監察官室長の狙撃事件に関連するんと思うんですが――」

「特ダネなのか?」

思わず生唾を飲み込みながら問い返す。

「ええ、聞いちゃったんですよ」

傍らのデスクの椅子を引いて腰を下ろすと、井上は声をひそめて顔を寄せてきた。

「退屈しのぎに基幹系無線の交信を聞いていたら耳に入ったんです。妙なやりとりが――」


つい二時間ほど前、都内を警邏中の機動捜査隊のパトカーから通信指令本部へ無線連絡が入ったという。その内容を要約するとこうだった。

文京区湯島二丁目の公道で違法駐車の取締りをしていた交通課の警官が不審な車両を発見した。車内を覗いて異常に気づいた警官からの通報を受けて、近くにいた機捜隊員が現場に向かった。

警官が発見したのは助手席のシートの上にあったトカレフだった。

不審な車は濃紺のクラウン。機捜隊員がナンバーから所有者の検索を依頼すると、通信指令本部はしばらく待つように応答した。そして一分もしないうちにその機捜隊員を呼び出して、無線ではなく携帯か公衆電話から改めて連絡を入れるよう指示したらしい。以後その件に関するやりとりは無線からは一切聞けなくなったという。

基幹系でも署活系でも警察無線は専用の無線機さえあれば誰でも傍受できる。無線ではなく電話に切り替えろという指令の意味は、まさしく傍受を防ぐことにある。本部にはその車の発見を警察内部にさえ秘匿したい事情があったことになる。

機捜隊員がそのとき本部に問い合わせたのはその車の所有者だった。つまり指令本部としてはその所有者の身元を隠したかったと解釈できる。

車は濃紺のクラウンで、韮沢が狙撃されたときの目撃証言と重なった。しかも車内にあった拳銃は韮沢の狙撃に使われたものと同じトカレフ。井上は異様な交信からそれだけの情報を嗅ぎとったわけだった。新米と侮ってばかりはいられない。

しかしその車は本当に犯人のものなのか。せっかくきょうまで行方をくらましていたのに、わざわざ発見してくれとでもいうように凶器を残した車を放置するようなことがあり得るか。

指令本部の担当者が所有者を把握した時点で即座に無線から電話に切り替えさせたとしたら、それはとりもなおさず車の持ち主が上の判断を仰ぐまでもない問題の人物だったことを匂わせる。それはおそらく警察関係者――。

その先の話は通信指令本部がシャットダウンしてしまった。自分の属する警察組織が、ゼラチンの塊のような得体の知れない障壁に見えてくる。

丸の内署の捜査本部は当然その情報を把握しているはずだ。顔馴染みの伏見に携帯から電話を入れてみる。本部の待機番が出て、伏見は朝から出ずっぱりで、戻るのは夜になるだろうという。

さりげなく捜査状況はどうかと訊くと、部外者には情報は漏らせないとけんもほろろの対応だった。捜査本部が神経を尖らせている気配が窺えた。伏見と連絡がとれたとしても、たぶんさしたる情報は得られない。

「本部に出張っている班からは、なにか動きは伝わってこないのか」

広い一課のフロアを見渡しながら、井上に問いかけた。この日もほとんどの班が出払っていて、井上と同じ境遇の待機番がそれぞれの島に居残っているだけだ。耳ざとい井上なら、彼らからなにか噂を仕入れている可能性もある。

「ほかの班の連中と飯を食いながら喋ってはいるんですが、捜査が進捗していないのか、緘口令でも敷かれているのか、本部内の動きがほとんど外へ漏れてこないようなんです」

「なんかおかしいとは思わないか？」

「普通じゃないですね。たしかにデリケートな事件なんでしょうけど、同じ警察官が狙撃されたんだから、もっと庁内が燃え上がっていいと思うんですが」

井上はさも嘆かわしいと言いたげに活気のないフロアに視線を巡らせ、思い出したように鷺沼に向き直った。

「そういえばつい二時間ほど前に三好の親爺さんから定時の連絡が入って、そのついでに、鷺沼さんが顔を出したら電話を寄越すように伝えてくれって言ってましたけど」

三好がいったいなんの用事で――。いまさら小松川へ馳せ参じろと言われても困る。せっかく与えられたフリーハンドをここで召し上げられては、きょうまでの苦労が水の泡になりかねない。

井上が差し出すメモを見ながら、落ち着かない気分で小松川署の帳場にダイヤルする。

デスク番の刑事に三好を呼び出してもらうと、すぐに本人が電話口に出て、周囲の耳を憚るように声をひそめた。

「おう、鷺沼か。これから場所を変えてかけ直すから、あんたの携帯の番号を教えてくれ」

思いがけない注文に戸惑いながら番号を告げると、三好はさらに言い添えた。

「そっちも近場に人がいるんだろう。なるべく人気のない場所へ移動してくれないか。五分後にかけ直すから」

よほど内密な話のようだ。普段は開けっぴろげな三好にしては珍しい。不安を募らせながら受話器を置いて、怪訝な顔で見つめる井上にはなにも言わずに一課のフロアを出た。

廊下を歩いて空いている会議室を見つけ、そこでしばらく待っていると、携帯に着信があった。通話ボタンを押して耳に当てると、今度は普段の調子の三好の声が流れてきた。向こうも周囲の耳を気にせずに済む場所に移動したらしい。

「そっちの商売はどうなんだ。うまく進んでいるのか」

「ええ、いいところまで。あす事件の鍵を握る重要な証人に会うことになってます」

「それなんだがな。そろそろ見切りをつけたほうがいいんじゃねえかと思うんだよ」

「どういうことでしょう？」

思わず言葉が尖ったが、三好の間延びした話しぶりは変わらない。

「まあ、落ち着いて聞けよ。小松川の事件からあんたを外したのはたしかにおれだが、上からそうするように言われたときは、こっちも背後の事情が読めなかったんだ」

「背後の事情というと？」

「この前おれが勘ぐったように、やはり韮さんが裏で手を回したんだろう」

前回はとぼけて済ませたが、今度は難しそうだった。どこかで確証を摑んだような気配があった。鷺沼はしぶしぶ認めた。

「そのようです。しかしかたちの上では、参事官から係長へそういう指示があったわけでしょう」

「その参事官におれもそれとなく裏事情を訊いたんだよ。ところが向こうも知らないと言うんだな。あくまで上の役所からの指示で、理由の説明は一切ない。まあ、喧嘩して得なことはないから言うとおりにしたと言うんだがね」

三好の言い回しはほのめかしに満ちていた。自分には別の情報ルートがあるとでも言いたげだ。黙っていると、三好は勝手に先を続けた。

「韮さんが狙撃された背景には、あんたがいま抱えている一件が絡んでいる。そんな流れがおれには読めるんだよ」

「そんな噂が庁内に流れているということですか」

「流れちゃいない。少なくともおれの耳には入らない」

「だったらどうしてそんな話を？」

「信頼できる筋から聞いた話だ。おれも神奈川県警にはいくらか知ってる人間がいるんだよ」

神奈川県警と聞いて、ぞくりとするものが背筋を走った。

「いったい誰なんです？」

「名前は出せねえよ。おれもそいつも自分の首が大事だからな」

三好はわずかに声を落とした。鷺沼はさらに問いかけた。

「だったらその信頼できる筋のお方はどういう話を？」

「例の森脇事件で消えた札束が県警の裏金庫にいまも眠っていると言うんだよ」

三好には心を見透かす能力があるのかと怪しんだ。こちらの心を読み取って誘導訊問しているような気さえしてきた。必死で平静を取り繕った。

「現物を見たんですか――」

「ちらりとな」

「ちらりと？」

「先月配られた幹部クラスへの闇手当に一万円の旧札が含まれていたらしい。翌日、支給を受けた連中に総務から内々に回収の指示が出たが、そのときはあとの祭りで、一部は使われてしまったということだ」

「どうしてそれがあの札束の一部だと？」

「たとえば払いすぎで、相当する金額を返せというなら話はわかる。しかし回収の対象がその札というのが奇妙だろう。つまり問題は金額じゃなく札自体にあるということだ。そいつもその札を受け取っていた。好奇心の強い男でね。一枚だけしらばくれて手元に残して、偽札事件やら現金強奪事件やら、記番号が把握されている過去のヤマの資料を当たったそうなんだよ」

あとは聞くまでもなかったが、とぼけて先を促がした。

「それで？」

「森脇事件の札束の記番号も残っていてね。そいつが見事にヒットしたらしい」

「つまりあのとき消えた十二億の一部だった？」

「そう。流出したのはなにかの手違いで、本体はいまも県警の裏金庫に仕舞ってある。要するに森脇殺害事件が時効になるまではうかつに使えない金だから、事件から十四年ものあいだ封印されていたんだろうとそいつは推理した」

他愛もない噂話のように三好は言った。宮野が例の旧札を手に入れた時期とほぼ重なる。鷺沼は空とぼけて問い返した。

「しかしどうして森脇の十二億が県警の裏金庫に？」

「あのとき県警が桜田門との共同捜査を強硬に拒んだ経緯は知っているだろ——」

三好はさりげない調子で切り出した。

「県警側の捜査本部の動きもすこぶる悪かった。最初からお宮入りにする気じゃないかと周囲の目には映っていたらしい。そのあたりからの憶測だよ。しかしまんざら外れているとも思えない」

「その話は県警内部には知れ渡ってるんですか」

「いや、そいつは口をつぐんでいるし、ほかにも勘ぐっている人間はいるかもしれんが、やはり噂にはなっていないようだ。そんな話には触れないのが利口だと考えるのが宮仕えの人間の習性だ。組織の上の人間が関与しているとなればなおさらだ」

「組織の上？」

「裏金の管理に携わるのは警視以上のお偉方だ。その先のパイプは警察庁の奥の院まで繋がっている。そんな連中の逆鱗《げきりん》に触れたら、おれたち下っ端は首がいくつあっても足りないということだよ」

「だったらそんな危ない話をどうして係長に？」

「いやね。うちの帳場も膠着《こうちゃく》していて、ちょっと気晴らしでもと、きのうそいつと軽く飲んだんだよ。そのとき向こうが漏らしたんだ。あとで口止めされたが、あんたにだけは知らせておかないと、のちのち恨みを買うことになるんじゃないかと思ってね」

どこか出来すぎた話にも聞こえた。

「興味深い話ではありますが、私が係長を恨む筋合いのことでもないでしょう」

「あんたまで韮さんみたいな目に遭っちゃ困ると心配してるんだよ。どうなんだ。首を突っ込んでいる先は同じなんだろう」

「どうしてそう考えるんです」

「おれがじゃない。そいつが言うんだよ。韮さんは警察庁内部の派閥抗争に巻き込まれたんじゃないかってね」

話がいよいよきな臭くなってきた。

「警察庁内部の派閥抗争？」

「キャリア官僚の陣取り合戦はすべて派閥の力学で動いている。そのくらいは想像がつくだろう」

「それが官僚の本能ですから」

そっけない口調で応じたが、気を悪くするでもなく三好は先を続けた。

「現職の湯浅《ゆあさ》長官の派閥は庁内での基盤が弱い。一方の派閥のトップは松木《まつき》警視総監だ。庁内の序列からいけば湯浅派に一歩遅れをとっているが、じつは松木派の人脈は政界まで伸びていて、序列の頂点にいるのは参議院議員の香川義博。法務大臣を経験した大物で、警察庁内部にも隠然たる影響力を保っている。庁内での呼称は松木派でも、香川派と称したほうが実態に近いわけだ」

「そのことと森脇事件の札束の話と、どういう関係があるんです？」

「そいつの話だと、県警の裏金管理のポストは、歴代、松木派が握っているそうなんだ」

三好の話は鷺沼を興奮させた。磯貝の話とほぼ一致する。その口から聞き出したいことが次々湧いてくる。しかし油断はまだできない。向こうから情報を漏らす一方で、こちらに探りを入れている気配も窺える。とりあえず差し障りのなさそうな質問から切り出した。

「それで韮さんはどちらの派閥に？」

「あの人はキャリアじゃないから、とくにどちらにも属していないと思うんだ。ただ官房長の柴崎《しばさき》警視監とは繋がりがなくもない。まだ平刑事だったころ、捜査二課長だったのが柴崎氏だ。しかし課長と平刑事じゃ身分の開きがありすぎて、そのころから深い繋がりがあったとは考えにくい」

三好の低く太いため息が携帯の音声をがさつかせる。隠密捜査の密命を直々に伝えてきたのが官房長本人だったという韮沢の話を思い出す。

「官房長の派閥は？」

「長官官房のトップとなりゃ、気心の通じた腹心を据えるに決まっているだろう」

「つまり湯浅派ということですね」

「だからもしもだよ、韮さんが柴崎さんの意を汲んで県警の裏金の中身に鼻を利かせていたのなら、今度の事件の構図も見えてくるということだよ」

「というと？」

「韮さんは湯浅派が放った刺客じゃねえかと、そいつは言うんだよ」

「刺客？」

穏やかではない言い回しに問い返す声が上ずった。三好は調子を変えずに先を続けた。

「県警内部の松木派が森脇の十二億を巻き上げて裏金の金庫に仕舞い込んだ事実を突き止められれば、その急所を突いて敵に痛打を与えられる。もちろん世間にばれたら長官自身も窮地に追い込まれるし、敵味方ともども警察組織全体が崩壊しかねない。だから決して表沙汰にはならないかたちで隠密捜査を進めるしかなかった。そのとき県警の監察官室長というちょうどいいポストにいたのが韮さんだった。声をかけたのは柴崎官房長本人じゃねえのかな」

「それを察知されて、韮さんは松木派に狙撃されたと？」

「そう考えるのが妥当だろうな」

三好はあっさりと肯定する。あまりに的を射た話に鳥肌が立った。それは韮沢から聞いた話と符合するうえに、韮沢が語らなかった背後関係までをも解き明かしていた。真偽のほどはともかく話の筋道は通っている。

官僚同士の派閥抗争にまさか飛び道具が登場するとは——。しかし三好はそこに疑念を挟む気配はみせない。

「だからよ、ここはひとつ考えてみたらどうだっていうことだよ」

「なにを考えろというんです」

「あんたが韮さんからなにを頼まれていたのかおれは知らないよ。しかし本人はあんなことになっちまった。老婆心で言わせてもらえば、もう義理立てする必要はねえんじゃねえかと思うんだよ」

「どういうことでしょう」

「ぶっちゃけた言い方だが、韮さんのような目に遭いたくなかったら、いまの仕事からは手を引いたほうがいいんじゃねえのか。あんたがその気になれば、おれが参事官と掛け合って、あすにでも本務に復帰できるようにしてやるよ」

意図してかどうかは知らないが、三好は痛いところを突いてきた。鷺沼は慌てて言った。

「もう少し時間をください。十二億の件はともかく、森脇殺害事件に関してはいいところまできています。時効前に犯人を捕まえられそうなんです」

「だから言ってるんだよ。犯人が捕まりゃ十二億の札束の行方も明るみに出る。ところがそれじゃ困る連中がおれたちの頭の上にいるわけだ。殺しだろうがなんだろうが、目的のためなら連中は好きなように事件を闇に葬れる。そういう特権を持っている唯一の役所が警察だってことなんだ。韮さんの狙撃事件はたぶん迷宮入りと筋書きが決まってる。へたすりゃあんただって同じ轍《てつ》を踏みかねない」

「私を脅してるんですか」

「心配だから言ってるんだよ。森脇の一件にはそれ以上触るんじゃない。韮さんの再起はもうあり得ない。あんたは韮さんという存在を介して長官官房と繋がっていただけだ。しかし韮さんがあんなことになって、その繋がりはもう切れた。警察組織の内部にあんたの味方はいない」

「韮さんはまだ死んじゃいません」

「希望を持つなとは言わないが、冷静な判断も必要だ」

「だったら上司として命令を出してください」

「そうすれば従うのか？」

「そのときは辞表を書きます」

「馬鹿を言うなよ。あんたと韮さんの付き合いを考えれば意固地になるのもわかるがな。ただしくれぐれも身辺には気をつけろよ。頭のうしろに目があるわけじゃないだろう」

三好は宥めるように穏やかに言った。しかし最後の台詞はいかにもな脅しにしか聞こえない。

3

これ以上桜田門に居座っても時間の無駄のようだった。というより本能に近いレベルで身に迫る危機を感じた。

三好がもたらした情報は、韮沢が巻き込まれた警察庁内部の暗闘の構図を解き明かしてくれた。とはいえまだ推測の域を出ない話だ。ネタ元が神奈川県警の友人だという点にしても、どこまで信じていいかわからない。

しかしこの件では部外者のはずの三好がしゃしゃり出て、老婆心と言いつつ事実上の圧力をかけてきた。組織内部の権謀術数とは無縁だと思っていた三好の行動がただならぬ緊張を掻き立てる。先ほどの話の全体が、鷺沼の見通しを別の方向に誘導する罠のようにも思えてくる。

不可解な圧力に弾き出されるように本部庁舎をあとにして、足は自然に桜田門の駅へ向かった。寒風はさらに吹き募り、駅までのわずかな距離を小走りしただけで肌は痺れて感覚を失った。

池袋方面行きの有楽町線に乗り、向かった先は飯田橋の警察病院だった。韮沢を見舞うついでに、妻の千佳子からぜひとも聞きたいことがあった。

ＩＣＵのフロアでは、きょうも馬面とピグミーチンパンジーが警護兼監視の任に当たっていたが、千佳子からは離れたベンチに座り、威圧感を与えないように配慮している様子が窺えた。

千佳子がこちらに気づいて立ち上がると、馬面たちもその場を動かず軽く手を振ってきた。鷺沼は目顔でそれに応えて千佳子に歩み寄った。

「容態はどうですか」

「安定してるわね。良くも悪くも」

千佳子は屈託のない声で答えたが、その顔に浮かぶ憔悴の色は隠せない。

「悪い方向に向かっていないんなら、希望が持てるということじゃないですか。最近は医療技術の進歩で、重篤な昏睡状態でも生還率が高まっていると聞いています」

「先生もそう言っているけど、難しいわね。でも希望は捨てていないわよ。どんな状態でも、主人が生きるために闘っている現実には変わりないもの。私が希望を捨てたら主人は独りぼっちになってしまうもの」

揺らいでいる自分の心に語りかけるように言って、千佳子は唇を嚙み締めた。鷺沼の心もまた揺らいでいた。深い昏睡の底に沈んでしまった韮沢の記憶こそが、いまやすべてを解き明かす鍵だった。

中山順子のことを知っていながら、自分に隠した真意を聞かせて欲しかった。命を狙われるほどの謀略に巻き込まれていたのなら、どうしてそれを明かしてくれなかったのか。それが自分とのあいだの信義にもとるとは考えなかったのか。

ＩＣＵのベッドで、きょうも韮沢は穏やかな寝息を立てていた。前回訪れたときと状態は変わりない。手を握っても声をかけても、反応といえるようなものはなにひとつない。ついいましがたまでの怒りにも似た焦燥は影を潜め、暗くやり場のない寂寥《せきりょう》が胸に込み上げる。

千佳子に希望を持てと言ったばかりの自分がほとんど希望を失いかけている。韮沢の轍を踏むなという三好の脅迫めいた忠告を思い出し、湧き起こる慄《おのの》きを抑えられない。くずおれそうな心を奮い立たせて、傍らにたたずむ千佳子に問いかけた。

「少しお時間をいただけますか。ぜひお訊きしたいことがありまして」

「いいわよ。私もたまには気分転換しないとね。外の喫茶店へでも行きましょうか」

覚えず深刻さを滲ませた口調から、内密な話だと察したらしい。戸惑う様子もなく千佳子は応じた。

玄関ホールを出てすぐ斜向かいの喫茶店に入り、飲み物を受け取ってテーブルにつくと、鷺沼はさっそく切り出した。

「じつは警察庁内の派閥のことをお訊きしたいんです。たしかそのあたりにはお詳しかったから」

以前、韮沢宅へ遊びに行ったとき、よくそんな話題に花が咲いた。千佳子はその方面への好奇心が旺盛らしく、警察庁内部の人事情報について該博な知識を披露した。むろんネタ元は韮沢だが、千佳子はそれを見事に整理して、韮沢本人も気づかない裏の意味を読み解いてみせた。

そのことを思い出し、三好が話した警察庁の派閥構造について千佳子の意見を聞いてみようと思いついたのだ。千佳子は吹き出しながら顔の前で手を振った。

「そんなの素人の聞きかじりよ。ワイドショーの芸能ゴシップと似たレベルよ」

「ご存知の範囲でいいんです。韮さんの狙撃事件と繋がるかもしれませんので」

「どういうこと？」

千佳子の顔色が変わる。鷺沼は身を乗り出した。

「警察庁には湯浅派と松木派の二つの派閥があると聞いています。それは事実ですね」

「そうよ。湯浅派は長官のポストは握っていても、派閥としては劣勢なの。一方の松木派のトップはナンバー2の警視総監だけど、じつは政界にまで人脈が繋がっていて、勢力としてはむしろ優勢なのよ。何年か前、松木派の前長官が自派に属する幹部の不祥事で引責辞任したとき、その隙を突いて湯浅派が長官のポストを手に入れたの。湯浅派としては次期長官のポストも自派で押さえて勢力基盤を安定させたいわけだけど、松木派の巻き返しも凄まじくて、互いに相手陣営の失策を突つき合っては陣取り合戦を続けているわけなのよ」

謙遜したわりには千佳子の説明は淀みない。三好の話とも符合する。

「韮さんはどちらの派閥に？」

意外な質問だというように、千佳子は軽く眉を寄せた。

「そういうのはキャリアの世界の話よ。主人はノンキャリアだから、そういう権力抗争の外にいたはずよ」

「官房長の柴崎警視監とはお付き合いがあったのでは？」

「そうね。主人が若いころ、柴崎さんが上司だった時期があったの。といっても向こうは捜査二課長で主人は平だから、普通ならそばへも寄れないくらい格が違うわけ。でも部下への目配りが利く方で、主人の仕事ぶりを気に入ってくれていたらしいのよ」

「警察庁に異動してからも深いお付き合いが？」

「深いといえるかどうかはわからないけど、年賀状や暑中見舞いのやりとりはあったわね。警察庁への抜擢にも柴崎さんの力が働いていたと主人は感じていたようなのよ」

「柴崎さんはどちらの派閥に？」

「現長官の側近ですもの、もちろん湯浅派よ」

「では韮さんが狙撃されたことを真っ先に報せてきた片山警備企画課長は？」

「松木派ね」

千佳子は打てば響くように答えを返す。三好の話とも矛盾しない。鷺沼はさらに訊いた。

「その上司の羽田直彦警備局長は？」

「そっちは湯浅派よ。警備局は警察官僚トップへの登竜門ともいえる部署なのよ。だから勢力としては湯浅派と松木派が拮抗してるんだけど、さすがに現長官を擁する湯浅派がやや強くて、局長ポストはしっかり押さえているわけよ。でもそれがどうかしたの」

千佳子は落ち着かない手つきでコーヒーを口に運ぶ。韮沢が官房長への個人的な恩義から湯浅派の先鋒となって動かざるを得なかった事情が推察できる。鷺沼は迷いもせずに切り出した。

「その派閥抗争に巻き込まれて、韮さんはあんなことになったんじゃないかと思うんです」

「まさか？」

千佳子は飲みかけたコーヒーをテーブルに置いた。

「ここから先の話は誰にも喋らないでください。身に危険が降りかかる可能性があります。私にも奥さんにも――」

千佳子は緊張した表情で頷いた。鷺沼は語って聞かせた。森脇事件の再捜査をはじめてからきょうまでの経緯を包み隠さず――。

そうすることが義務だと思った。韮沢の狙撃事件でいちばん辛い立場にいるのが千佳子のはずだった。自分が把握している事実を彼女に隠し通すなら、それは事件の真相を世間に対して、いや組織内部に対してさえ隠そうとしている警察上層部の態度となんら変わりない。

「そういう事情については、主人はなにも話してくれなかったわ。もちろん警察官の仕事には守秘義務があるわけだけど」

千佳子の唇がかすかに震えた。鷺沼が語った内容には中山順子の一件のように韮沢に対する疑惑を示唆する話も含まれた。そこまで語ってしまったことをしばし後悔したが、鷺沼にすればそうした疑惑を千佳子の証言で払拭して欲しかった。

「中山順子という女性について、なにか心当たりは？」

「ないわ。中山さんという方の名前は記憶にあるけど」

やや表情を曇らせながらも、さりげない調子で千佳子は言った。その言葉に鷺沼の直感は鋭く反応した。

「それはどういう方ですか」

「二十年以上前の話なんだけど、主人がある贈収賄事件で自白を引き出して、それで五年の実刑を受けた人なのよ。主人はその手柄で警察功績章をもらって、警部補に昇進したの。ところが取り調べを通じて気持ちが通い合ったのか、刑務所からときおり手紙が来ていたの。主人のほうから面会に出かけたこともあったわ。主人もいろいろ気にかけていたようなんだけど、けっきょくその方は――」

千佳子はわずかに言い淀んだ。

「刑務所で病死したの。入所四年目で仮釈放もまもなくというときに。別に主人が悪いわけじゃないけど、そういうことって心に重いものが残るでしょう。主人もまだ若かったから、しばらく落ち込んでいたのを覚えているわ」

中山順子を巡る韮沢の不審な行動はその人物と繋がるのではないか――。そんな思いが頭を占領した。鼓動が高まるのを覚えながら問いかけた。

「その方の年齢は？」

「当時は四十代の半ばだったかしら。名前はたしか中山功《いさお》さん――」

「家族は？」

「奥さんと娘さんがいると聞いていたけど、まさか？」

千佳子もなにかひらめいたように大きく目を見開いた。鷺沼は昂ぶりを抑え、慎重に言葉を続けた。

「それが韮さんの行動の謎を解く鍵のような気がするんです。娘さんの名前はわかりますか？」

「さあ、そこまでは」

「約二十年前となると、ご家族の消息もわからないでしょうね」

「私は知らないわ。主人もそこまでのお付き合いがあったかどうか。ただ手紙のたぐいは几帳面に整理しておく人だから、当時のものが残っているかもしれない。あす娘と付き添いを交代していったん家に帰るつもりなの。掃除もしなきゃいけないし。ついでに探してみるわ。主人のプライバシーに関わることだけど、この場合は事情が事情だから」

千佳子は切迫した口調でそう言った。彼女にとってもそれは解き明かさなければならない謎なのだろう。千佳子の助力は鷺沼にとって貴重だった。

「そうしていただけるとありがたい。ただしいまのところ私の勘にすぎません。中山順子に関わる話そのものが、まだ伝聞と推測の混合物といった程度のものなんです」

「でもそれが本当なら、夫はあなたにだけじゃなく、私にも重大な秘密を隠していたことになる。まさか夫が森脇を殺害して、そのお金を奪い取ったなんてことが――」

千佳子はゆっくり大きく首を振る。自分が口にしたその問いに全存在を賭けてノーと答えるように。鷺沼も言葉に力を込めた。

「それはあり得ない。私はそう信じています。だからこそ真実を明らかにしたいんです」

「あすお会いになるのね、その中山順子さんという方と？」

千佳子はきっぱりとした口調で訊いてきた。

「ええ。しかしどこまで本当のことを話してくれるかはわかりません。韮さんが保存している手紙から裏づけがとれれば、彼女の話の信憑性も確認できます。あくまで私の勘が当たっていたとしたらの話ですが」

「何時にお会いになるの」

「午後三時です」

「それまでに調べられるだけ調べて、携帯に連絡を入れるわ」

「よろしくお願いします。韮さんが狙撃されるに至った事情も、そこから解明できるかもしれません」

鷺沼は期待を込めてそう応じた。

喫茶店の前で千佳子と別れ、飯田橋の駅まで歩いた。西空はすでに残照の鮮紅色に染まり、道端に積み上げられた雪に淡いピンクを滲ませている。北西からの寒風はますます強まり、駅に向かう人々の足どりが一様に速い。

誰の心にも慙愧や悔恨が巣食っている。中山功と中山順子――。まだ同姓という接点しか見出せないが、そこに鷺沼は痛みにも似た手応えを感じていた。

韮沢が負った心の傷のなかにたぶんその手がかりがある。

しかしそれを暴きたてることを韮沢は喜ぶだろうか。妻の千佳子にも隠し通した心の秘密を白日のもとに曝《さら》すことは、敬愛する友へのひどい仕打ちであるのかもしれなかった。

4

体も心も凍てつかせてマンションに着くと、窓越しの明かりで宮野がすでに帰っているのがわかった。

危険な連中の待ち伏せを警戒しながらエントランスをくぐり、エレベーターに乗り、玄関ドアの前に立つ。壁の換気口から食欲をそそる匂いが漂ってくる。家庭を持っていたころの帰宅時の情景を、切なく苦いその崩壊の記憶とともに思い出す。

妻が去ったあとのこの部屋は、鷺沼にとって冷ややかだが居心地のいい空虚だった。いまその空虚を奇妙な居候が埋めている。最初は迷惑で鬱陶しかったその闖入者《ちんにゅうしゃ》と、いま命を賭けることになるかもしれない闘いに自分は向かっている。予想もしなかった人生の成り行きに改めて当惑しながらドアを開けた。

宮野はキッチンでなにやら料理の最中だった。

「鷺沼さん、出かけてたの。腹を空かして寝込んでいるかと思って、気を利かせて早く帰ってやったのに」

「いい匂いだな。なにをつくってるんだ？」

「ブイヤベースだよ。あんまり寒いんで体が温まるものをと思ってさ。もうじき下ごしらえが終わるから、あとは一気に煮込むだけ。中華街でシュウマイと春巻も買ってきたよ。そっちはレンジで温めるだけだから、ビールでも飲りながら待っててよ」

ブイヤベースとシュウマイと春巻の組み合わせが理解できないが、腹の虫はすでに勝手に鳴き出している。なにより宮野が先に戻って、部屋を暖めてくれていたのがありがたかった。

「久しぶりに出向いた職場のほうはどうだった？」

冷蔵庫から冷えた缶ビールを取り出して、プルタブを引きながら問いかける。玉ねぎのみじん切りを炒めながら、陽気な声で宮野が応じる。

「面白い土産話があるのよ。料理が仕上がったらゆっくり飲みながら話すから。そっちはきょうはどこへ行ってたの」

「あんたと似たようなもんだ。桜田門へ出かけて情報収集だ」

「なにか目ぼしい情報はあった？」

「ありすぎて頭がくらくらしているよ」

「だったらお互い有意義な一日が過ごせたわけだ」

「どうやらそういうことのようだな」

この日の土産話に有意義という言葉が適切かどうかわからないが、とりあえずそう応じ、ビールを飲りながら料理ができるのを待った。

熱々のブイヤベースを皿に取り分け、レンジで温めた老舗のシュウマイと春巻もテーブルに並び、ビールで乾杯をしたところで、さっそく宮野が切り出した。

「田浦が左遷されるそうなのよ」

「本当なのか？」

ブイヤベースに伸ばしたフォークが思わず止まる。宮野はスープを一口啜り、出来栄えに満足した様子で先を続けた。

「署に出向いたとたんに退屈な書類仕事を押しつけられてね。机にかじりついていたら、係長と主任の雑談が聞こえてきたわけよ。総務課長から漏れ伝わった話らしいから、信憑性は高いんじゃない」

「どこへ異動するんだ」

「三崎警察署の副署長で、役職はそのままの横滑り。宮前署と比べりゃ風光明媚で自然環境は抜群だけど、どう考えても都落ちじゃない。ここまで異例の昇進を続けてきた御仁のことだから、けっこう話題になってるらしいのよ」

「人事異動としては妙な時期だな」

「それも噂になっててね。三崎署の副署長が急遽県警本部へ呼び戻されて総務課長に就任するんだって。現職の総務課長がくも膜下出血で突然倒れて、復帰の見通しが立たないようなのよ」

「その穴埋めの玉突き人事というわけか」

「でも向こうは間違いなく出世でしょう。田浦の命運もこれで尽きたと、快く思っていなかった連中は溜飲を下げているんじゃないの」

同情のかけらもなく宮野は言う。その意味を考えながら鷺沼はブイヤベースのスープを口に運んだ。魚介類の出汁《だし》とサフランの香りとトマトの風味が絶妙だ。

「例の裏金絡みの人脈の後ろ楯がなくなったと考えていいわけか」

「ひょっとすると、トカゲの尻尾にされるのかもね」

「森脇からくすねた札束の問題をすべて田浦に背負わせて首を切る。警察の不祥事の始末の仕方はおおむねそういうパターンだからな。昨晩のこともそういう面からの焦りがあってのことかもしれん。しかしそんな動きが出てきたということは、上の役所でもなにか異変があったことを意味するな」

「韮沢さんの狙撃事件と関係あるのは明らかでしょう。でも背後関係は複雑だとおれはみるね。そうそう、もう一つ田浦にまつわる噂があるのよ」

宮野はビールを一呷りしてシュウマイの皿に箸を伸ばした。

「あのおっさん、急に人気者になったようだな」

「ゆうべの磯貝の話は嘘じゃなかったらしいのよ。あの田浦が狙撃されたという話――」

「田浦が被害届でも出したのか」

「そうじゃなくて、伊勢原にある田浦の自宅の前の側溝からトカレフの銃弾が見つかったんだって」

「田浦が門柱からドライバーでほじくり出して、警察には届け出なかったという話じゃないか」

「近所の子供が道端で拾った薬莢《やっきょう》で遊んでいるのを親が見つけて、交番に届け出たんだって。それで付近を調べてみたら、側溝のなかに薬莢とサイズが一致する銃弾が落ちていたわけよ」

「犯人が撃ったのは一発じゃなかったのか」

「田浦が銃弾を回収した門柱の穴も弾痕だとばれたようだね。それで地元の伊勢原署が事情を訊いたらしいんだけど、田浦は知らぬ存ぜぬでとぼけ通しているそうなのよ。付近で聞き込みをしても銃声を聞いたという証言が出てこないんで、警察としても事件として扱うかどうか迷っているところらしい」

「サイレンサーでも使ったんだろう。旋条痕《せんじょうこん》を比較すれば、韮さんの事件と同一犯の仕業かわかるんだがな」

「それは無理じゃない。伊勢原署は二つの事件を結びつけて考えていないし、神奈川県警と警視庁というただでさえ反目しあっている間柄だし。でも間違いないよ。田浦たちが思っているとおり、絶対に同一犯の仕業だよ」

「たぶんそれに関連するんだが、おれもきょうは気になる話を聞いてきた――」

鷺沼は語って聞かせた。井上が偶然耳にした警察無線の話、三好からの恫喝めいた警察組織内部の裏話、そして千佳子から聞いた中山功と韮沢との因縁話――。聞き終えて宮野は眉間にしわを寄せた。

「おれたち、やばいところに差しかかっているとは思わない？　とくに鷺沼さんが——」

宮野に言われるまでもなく、季節外れの幽霊のように立ちはだかった三好の不審な動きはいまも鷺沼に動揺を与えていた。

真意はわからない。何者かの委嘱を受けた恫喝なのか、あるいは本人の言うとおり老婆心からの忠告なのか。いずれにせよ韮沢を、そして田浦を狙撃した犯人の次のターゲットが自分になる可能性は否定できない。

「あんたもこれ以上ここに居候してちゃまずくはないか。敵が気づくのも時間の問題のような気がするが」

「そんときゃ一緒に闘って討ち死にしようよ。こっちはどうせ命を借金のかたにしている身なんだしさ」

宮野はあくまで能天気に受け流すが、その表情はいつもよりどこか硬い。

「縁起の悪いことを言うなよ。あんたはともかく、おれは討ち死になんて真っ平だ」

「ああ！　そういうつれないことを言うわけ？　ゆうべだって殺されかけたところを救ってやったじゃない」

宮野は大げさに慨嘆する。それを言われるとこちらも弱い。

「たしかに感謝しているよ。それに勝負はこれからだ。欲にまみれた糞虫どもをこれ以上のさばらせてはおけないからな」

とりあえず切ってみせた啖呵にも、我ながら迫力がない。

「そのとおり。それにおれたちにはこいつがあるからさ」

宮野は指で拳銃を撃つ真似をした。磯貝から奪い取ったマカロフのことらしい。そんなものをこのマンションに隠しておかれたら、今度は茶番ではなく本当に銃刀法違反で逮捕されかねない。鷺沼は慌てて問いかけた。

「おい、どこに置いてあるんだよ、あの拳銃?」

「ちゃんと通勤用のバッグに入れて持ち歩いているよ」

宮野はリビングの床に転がっているショルダーバッグに目をやった。鷺沼は呆れて問い質した。

「あんた、拳銃を不法所持して署へ出勤したのか?」

「うん。バッグのなかじゃいざというとき使いにくいから、そのうちミリタリーショップでホルスターを買うことにするよ」

宮野はけろりとしたものだ。

「ここは映画の世界じゃないんだぞ」

「そう思っていたほうが気楽でいいじゃない。それにどっちか選べって言われたら、おれは殺されるより殺すほうがいい」

　宮野は不敵に笑ってみせた。鷺沼も苦笑いするしかなかった。いやむしろあの銃が本当に必要なのは自分なのかもしれないと、ざわめく心を抑えられなかった。

第十章

1

クリスマス・イブのこの日、前日の寒波は緩み、穏やかな陽射しが道端に積まれた残り雪を融かしはじめていた。

鷺沼は約束した午後三時より十分ほど早く、三上真弓が指定した八重洲富士屋ホテルのコーヒーラウンジに着いた。

周囲に人気のないテーブルを選び、中山順子と真弓がやってくるのを待つ。緊張で胃がきりきり痛んだ。三好のあの恫喝めいた忠告によって、自分がいま心理的に追い詰められているのを感じていた。順子がどこまで真実を語ってくれるかに、鷺沼と宮野の命運がかかっていた。

注文したミルクティーがテーブルに運ばれるより先に、真弓と順子が連れ立って現れた。

周囲の視線を避けようという配慮からだろう、この日の二人の出で立ちはいずれも落ち着いた色調のカジュアルファッションで、新橋のコーヒーショップで遭遇したときのオーラを放つような華やかさはない。とはいえ場所柄、地味な服装の男性客が目立つ午後のコーヒーラウンジで、二人はやはり競い咲く二輪の花のようだった。

「お待ちになった？」

真弓はいつもの気さくな調子で訊いてきた。

「いいえ、ついさっき着いたばかりで――」

内心の緊張をさりげない笑みで押し隠し、鷺沼は中山順子に名刺を差し出した。

「初めてお目にかかります。鷺沼と申します。クリスマス商戦でお店がご多忙なときに、わざわざお時間をつくっていただいて恐縮です」

順子もこなれた動作で名刺を差し出した。

「中山です。こちらこそ、勝手な都合で決めさせていただいた場所までご足労くださって――」

髪型にも化粧にも乱れはないが、やや潤いを欠いた肌が疲労の色を感じさせた。きのうまでの旅の疲れか、あるいはこの日の面談への緊張のせいか、新橋で遭遇したときよりも表情に硬さがある。

互いの名刺を交換し、会釈を交わして席に着いた。順子の名刺の肩書は「株式会社ラ・フィエスタ　専務取締役」。鷺沼の名刺を眺めながら順子が訊いてくる。

「不躾なことを伺いますが、特別捜査一係というのはどういうお仕事をされる部署なんですか」

「継続捜査担当ということになっています。未解決のまま、いったん捜査本部が解散した事件を取り扱う部署です」

「捜査本部が解散したということは、事件を解決することに警察は積極的じゃないということでもあるわけよね」

真弓が横から割り込んでくる。一昨日の約束を忘れないようにと釘を刺しているところらしい。こちらも返礼に癖球を一球投じてみる。

「そういう見方もできます。こんなことを言うのはなんですが、森脇事件の解決そのものに私はあまり関心がありませんので」

「だったら、どうして私に興味を?」

順子は口元に皮肉な笑みを浮かべて訊いてきた。つい先ほどの緊張の色がもう払拭されているのに驚いた。真弓同様、こちらもまた侮りがたい相手らしいと覚悟した。

どう本題に入ろうかと思案しかけたところへ、ウェイトレスが注文を取りにきた。格好の間合いだ。二人がメニューを手に品定めをするあいだに必死で知恵を巡らせた。注文を終えて二人が向き直るまでに作戦はおおむね固まった。やはりここは瀕死の男に一役買ってもらうことにする。

「ご存知のことと思いますが、先日、神奈川県警監察官室長の韮沢克文氏が狙撃されました」

時に冷たささえ感じさせるほどに整った順子の顔がわずかに歪んだ。鷺沼はぞくりとするような手応えを感じた。

「私はその犯人を突き止めたいんです。彼は私の尊敬する先輩で、親しい友でもあります。いまも意識不明の重態です。回復の見通しは立っていません。私にとっては森脇氏の事件よりも、いまはそちらのほうが重要なんです」

真弓が慌てて割って入る。

「鷺沼さん、話が違うんじゃないの。韮沢さんのことと、きょうの件とどういう関係があるの？」

その反応に、仕掛けたフェイントの効果を確認しながら、鷺沼は順子にずばりと問いかけた。

「森脇氏が殺害された当時、あなたは韮沢氏に会っていますね」

前日の約束どおり、韮沢千佳子は午前十時過ぎに電話を寄越した。韮沢が保存していた古い手紙の束には、やはり中山功からの手紙が何通か含まれていたという。

その文面に妻と娘に言及する箇所はいくつかあったが、名前は明かされておらず、順子が獄死した中山の娘ではないかという鷺沼の推測の裏づけは得られなかった。

妻と娘の当時の居所も手紙からはわからない。妻子に迷惑が及ぶことを惧れ、他人の目に触れる可能性のある手紙では、身元が特定できる記述を避けたのではないかと千佳子は推測した。

しかし二十一年前の日付の一通の手紙に、娘が今年大学を卒業するとの記述があったという。そこから計算すれば娘はいまはたぶん四十三歳で、中山順子の年齢と一致する。

順子の心に切り込むための武器はいまのところその程度だった。その脆《もろ》い刃に、鷺沼はすべてを託すしかなかった。

「会っていません。その方が銃で撃たれたことをニュースで知っただけで、個人的な面識はありません」

断定的な口調で言って、順子はバッグからキャメルのメンソールを取り出した。

新橋のコーヒーショップで遭遇したとき、真弓と雑談に興じながら、彼女は煙草を吸わなかったと記憶している。たぶんヘビースモーカーではなく、ビジネス社会のマナーにも通じているはずなのに、初対面の自分の前で断りもなく煙草を吸いはじめる——。そんな行為に順子の内心の動揺が感じとれた。

ウェイトレスが飲み物を運んできて、会話はそこでいったん途切れた。こちらもポケットから煙草を取り出して、順子に付き合うように火を点けた。悪癖の共有がときに心の距離を縮めることもある。ウェイトレスが立ち去るのを待って、問うというより事実をただ確認するという調子で語りかけた。

「中山功さんは、あなたのお父さんですね？」

煙草に火を点けようとしていた順子の手が彫像のように静止した。

「どうしてそんな――」

どこか切なげに発せられ、途中で立ち消えたその問い返しを、自分の質問に対する順子の答えだと理解して、鷺沼は畳みかけた。

「韮沢さんとあなたのあいだになにがあったか、話していただけませんか。森脇氏が殺害された前後のことです」

「ちょっと、鷺沼さん。どうしてそんな方向に話がいっちゃうの。あなたが彼女に訊きたいと言ったのはそんな話じゃなかったはずじゃない」

真弓が血相を変えて口を挟む。その態度にやはりと納得した。二人が真実を語ってくれるものとそのときのうまでは信じていたが、千佳子から韮沢と中山功の交流の話を聞くに及んでその信頼がぐらついた。

もし順子が中山の娘なら、そして森脇の死の前後に韮沢と順子が接触していたのなら、そこには安易に語りたくない事情があるはずだ。

それに触れずに話の辻褄だけを合わせ、真実は闇の底に沈めてしまう。それが二人の目算で、そのための口裏合わせは済んでいる。真弓が慌てているのはたぶんそのせいだ。だとしたら鷺沼の奇襲作戦は結果において正しかったことになる。

順子はテーブルに両肘を突いて、周囲の耳を気にするように声を落とした。

「父のことをお話しする理由はありません。韮沢さんという方ともお付き合いはありません。きょうお聞きいただきたかったのは、当時の森脇さんと私のあいだで起きたことについてです。たぶんあなたは私が森脇さんを殺し、お金を奪ったと疑ってらっしゃるんでしょう。私は身の潔白を示すためにあなたとお会いすることにしたんです」

順子は提供する用意のある情報の範囲を限定してきた。鷺沼は意に介さずに踏み込んだ。

「あなたが殺害したとは言っていません。ただ犯人に結びつく事実をご存知かもしれない。それが今回の狙撃事件にも繋がる可能性がある。事件当時、韮沢氏とあなたが接触していたことを示唆する情報を私は得ています」

「どこの誰からそんなお話を？　繰り返しますが、私は韮沢さんとは一面識もないんです」

順子は断言するが、その強気な口調とは裏腹に、小刻みに揺れる瞳が内心の不安を示している。会っていないはずがないと鷺沼の直感は告げているが、その言い分を覆す証拠はない。宮野が東池袋で得た証言は、単に韮沢がそのころ順子の周辺で動いていたことを示唆するだけのことなのだ。ここは一歩退いて、相手の喋りたいことを聞いてやるしかなさそうだ。

「森脇氏と当時一緒に暮らしていたことは認められるわけですね」

順子は紫煙を軽く吐き出して、フィルターに口紅のついたキャメルを無造作に灰皿に置いた。

「私にとってはごく普通の男と女の関係だったんです。あのころは私も若かった。彼は二つ年上で、気鋭の実業家を自称していた。少なくとも私の耳には最初はそういう話しか聞こえてこなかった。彼が十二億円を騙し取って指名手配されていることは新聞のニュースで知ったんです。それから一週間ほどして、彼が私のマンションに転がり込んできたんです。大型のスーツケース四個と一緒に――」

「それはどんなスーツケースでしたか」

順子は思わず惹きつけられるような笑みをこぼした。

「質問の意図はわかるわ。私の証言の信憑性を確認されてるんでしょう。どれも地味なこげ茶のサムソナイト。新品じゃなかったわ。あちこち擦り瑕があったから」

それはやや古びたこげ茶のサムソナイトだという。被害者の古河正三の供述と一致する。古河はそのスーツケース四個に札束を三億円ずつ分けて入れ、森脇に渡した。いわゆる犯人にしか知り得ない事実として報道機関には公表されていない。当時順子が森脇の身近にいて、それを目撃していたことがこれで立証された。

「中身を見ていますか？」

「見ました。彼がやってきた晩に一度だけ。でも警察に通報する気はなかったの。そのとき私の体のなかには彼の子供がいて、彼は結婚を約束してくれていた。だから彼を失うのが怖かったの。莫大な借金を抱えて債権者に追い回されていることもそのとき初めて聞かされたのよ。でもそのスーツケースのなかの札束がすべてを解決してくれる。私も彼もそう確信していたの――」

その十二億円を借金の返済に充てるつもりなど、森脇には毛頭なかったという。森脇は国外への逃亡を企てていた。もちろん順子も一緒にだ。

詐欺事件のことは絶対に発覚しないという自信が森脇にはあったらしい。被害者の古河自身が脛に傷をもつ身で、警察に訴え出れば自らの悪事も露見する。

ところがその読みは大きく外れ、一ヵ月後に古河はリスクを覚悟で被害届を提出した。指名手配されたことを知ってホテル住まいの優雅な逃亡生活もままならなくなった。手にした十二億円も記番号から足がつくのが怖くて使えない。やむなく飛び込んだのが半年ほど前から付き合っていた順子のマンションというわけだった。

順子にとって森脇は高校時代に同じ美術クラブに所属した先輩で、親友だった真弓の兄でもあった。ハンサムでどこか不良っぽいところのあった森脇は、順子の密かな憧れの対象だった。渋谷の街でたまたま遭遇し、以後親しい付き合いが始まって、二度ほどのデートで体を許す関係になった。

会うときはいつもブランド物のファッションで身を固め、食事は銀座や六本木の高級レストラン。順子に金を無心することは一度もなかった。自分は優良な顧客を抱えた投資コンサルタントで、金は使い道に困るほど唸っていると嘯《うそぶ》いていたという。

のちに聞いたところでは、そのころすでに森脇は手練の詐欺師で、口先三寸で借金取りを手玉に取りながら逃亡生活を続ける一方で、うしろ暗い連中を相手に発覚するリスクの低い少額の詐欺を繰り返していたらしい。

そんな暮らしで詐欺師としての才覚に目覚めた森脇が、一念発起して大仕掛けの法螺話をでっち上げ、釣り上げたのが古河正三という大魚というわけだった――。

順子はそこまで語り終え、鷺沼の反応を窺うようにけだるい動作で紫煙をくゆらせた。そこまでの話に嘘はなさそうだ。身内にとっては恥であるはずの生前の兄の行状を聞きながら、傍らで真弓は泰然とコーヒーを口にする。

周到なシナリオに基づく芝居を観せられているような気がしてきた。このまま相手のペースで喋らせても、知りたい真実にはたぶんかすりもしない。内心の焦りに駆られながら順子に問いかけた。

「彼の遺体が発見される三日前の夜、あなたはどこにいましたか？」

「兄が殺されたのはその日だということ？」

傍らから真弓が身を乗り出す。森脇の死亡推定時刻を警察は公表していない。検視の結果は遺体発見の前々日ということになっているが、発見されたのが冷たい冬の海中だったこともあり、プラス一日程度の誤差はあるというのが検視官の見解だった。訊いたのは森脇が福富や田浦と遭遇した夜のことだったが、そう解釈させておくのも悪い手ではなさそうだと咄嗟に考えた。

「その可能性が高いんです」

「私のアリバイについて訊ねてらっしゃるなら――」

深く一呼吸して順子が口を開いた。

「その夜は仕事に出ていました」

「仕事に？」

「私は森脇さんに囲われていたわけではありませんから」

「どんなお仕事に？」

「キャバクラのホステスです。池袋の――」

順子は毅然とした口調で言って唇を噛み締めた。鷺沼の胸を痛みがよぎった。こんな状況でなければ明かすいわれのない過去のはずだった。しかしここで退いたら真相への手がかりをすべて失う。森脇殺害の真犯人も、消えた札束の行方も、そこに関与したかもしれない韮沢の行動についても――。

鷺沼はさりげなく問いを進めた。

「つまりその晩あなたは、森脇氏の姿を見ていないということですね」

「帰ったら彼はいませんでした。お金の入ったスーツケースも消えていた。私は裏切られたと思った。捨てられたと思った。それからまもなく、彼が殺されたことを新聞のニュースで知ったんです」

眉間に苦渋の皺を寄せながらも、順子の口調には淀みがない。森脇を匿った事実を認め、自身の秘められた過去まで明らかにし、しかし森脇の死と札束の行方には一切触れていない。

肝心な部分はすべて順子のみが知る事実で、鷺沼にはその裏をとる手立てがない。こちらがいちばん知りたいことを計算したように回避したその証言を信じるかどうかは鷺沼の胸のうちにかかっていた。信じないほうに鷺沼は賭けた。

「帰宅されたのは何時ごろ？」

「午前一時過ぎです。だから正確には彼の遺体が見つかる二日前ということになるわね」

「誰かが部屋に侵入した形跡は？」

「ありませんでした」

「部屋には鍵がかかっていましたか」

「かかっていました」

「だとしたら森脇氏は自分の意思で部屋を出たと？」

「そうかもしれません」

「四個の大型スーツケースを一人で持って？」

「車を借りたんじゃないかしら。レンタカーを」

「指名手配されている人間がレンタカーを？」

「だったらタクシーを呼んだのかもしれないでしょ」

「行った先に心当たりは？」

「ありません。誰かに呼び出されたのかもしれない」

「警察に追われていた。債権者にも追われていた。あなたのところにいるのがいちばん安全だったはずなのに、なぜ？」

「なぜと言われても、彼の頭のなかのことは私にはわかりませんから」

「あなたは彼の子供を宿していた。一緒に海外へ逃走しようとまで彼は言っていた。そのあなたに置き手紙一つ残さずに？」

鷺沼は執拗に問いを重ねた。順子の声が唐突に震えた。

「そんなことはあなたが勝手に想像すればいいことよ。私にも理由はわからない。警察だっていまだに犯人の糸口さえ摑めないわけじゃない。だからあなたはこうやって私に会っているんでしょう。知っていることはすべて話したわ。それでも私が犯人だと疑うんなら、いますぐ逮捕して取り調べたらいいでしょう」

真弓も憤りを隠さない。

「そうよ。あなたの質問は限度を超えているわよ。もっと友好的なかたちで話し合いができると思って私は順子を説得したのよ。それじゃまるで犯人扱いじゃない」

鷺沼は努めて穏やかに言葉を返した。

「繰り返しますが、私は中山さんが犯人だとは言っていない。知りたいのはあくまで事件の真相です」

「でも、知らないことは話しようがないでしょう。それとも私が嘘をついているとでも言いたいわけ?」

順子は投げやりに言ってコーヒーを口に運ぶ。

「誰かを庇ってはいませんか?」

鷺沼はさらに大胆に切り込んだ。順子はわずかに声を尖らせた。

「どういう意味?」

「あなたのお父さんの中山功さんは二十年ほど前に獄死された。お父さんの自供を引き出して送検したのは、当時警視庁捜査二課の刑事だった韮沢氏でした。韮沢氏はその後も父さんと親交があった。獄中のお父さんと手紙のやりとりをし、刑務所へ面会に行ったこともあるそうです」

「それがどうだというの?」

「お父さんが獄死したことで、彼は心を痛めていたようです。森脇氏が指名手配されて逃走していたとき、彼と接点があることを知りながらあなたを捜査の対象にしなかった。警察官にとってあるまじきことかもしれない。しかし刑事も人の子です。情実に左右されることもあるでしょう」

「おっしゃることの意味がわからないわ。だったら、私が韮沢さんと会ったという証拠をみせてください」

「証拠はないし、私には不要です。知りたいのは真実です。私にとって信ずるに足る真実です。真弓さんにもお約束しました。ここで知り得たことで、あなたにご迷惑をかけることは一切ありません」

「あなたはいったいなにを望んでいるの?」

　順子は当惑したように目を見開いた。鷺沼はずばり本音を口にした。

「韮沢氏を殺害しようとした、いや事実上殺害したと言っても過言ではない連中の正体を暴き、この手で報復すること。それから消えた十二億を手に入れること——」

　順子は怯えたように頬を強ばらせた。

「あなた、本当に刑事なの？」

「警視庁から給料をもらっているのは確かです。しかし魂を売り渡したわけじゃありません」

鷺沼は腹を括った。自分もいよいよ悪徳警官の仲間入りだが、悔いる気持ちはさらさらない。順子は挑むように問いかける。

「私があの十二億円の行方を知っているとでも？」

「そうなら、教えていただければ話が早い」

「冗談じゃないわ。知っていたとしても、あなたに教えるわけがないでしょう。受け取る資格がある人間がいるとしたら、それは私だわ」

突き放すように応じはしたが、灰皿で煙草を揉み消す順子の指が震えている。鷺沼は穏やかに微笑んだ。

「あなたが知らないのはわかっています。それ以外のことで、知っている事実をすべて教えて欲しいんです。どうでしょう、私と取り引きをしませんか」

「取り引きって？」

順子は眉を上げた。鷺沼は一線を踏み越えた。

「真実を語ってくれれば、私はこのままなにごともなくあなたと別れられます。二度とご面倒はおかけしません。そうじゃないと、いますぐにでも逮捕状を請求せざるを得なくなる」

真弓が目を丸くして抗議する。

「どうして。犯人蔵匿罪はもう時効だって言ったでしょう。なんの容疑で？」

鷺沼は切り込んだ。

「殺人の容疑です」

「なんですって？」

二人の声がユニゾンのように重なった。すかさず鷺沼は順子に問いかけた。

「森脇氏がマンションから姿を消した夜のアリバイを証明できますか？」

「だから私は池袋のキャバクラで働いていて――」

順子はそこで言葉に詰まった。不安げに揺れるその瞳に視線を据えながら、鷺沼は容赦なく問いを重ねた。

「その店はいまもありますか？」

「さあ」

「当時の同僚や店の関係者と連絡がとれますか？」

「無理です。十四年も前のことだから」

順子の顔からは余裕が消えていた。鷺沼は嵩《かさ》にかかった。

「つまりアリバイは証明できないわけですね。だったらこんな筋書きが描けるでしょう。当時、森脇氏があのマンションにいるのを知っていたのはあなただけだ。彼が十二億の札束を抱えていることもあなたは知っていた。その金を持って海外に逃亡するというアイデアにむろんあなたは賛成だったが、そうなると指名手配されている森脇氏はかえって足手まといだった。そこで彼には消えてもらうことにした」

「なんとも荒唐無稽なシナリオね。そんな邪推の塊みたいな話が裁判で通じるとでも思っているの？」

順子は鼻で笑ってみせたが、その表情はどこかぎごちない。鷺沼はゆとりをもって微笑み返した。

「問題ありません。物証さえあれば」

「物証？　警察はいまだに凶器も見つけられないんでしょう」

「ルミノール反応というのをご存知ですか」

眉をひそめて二人は顔を見合わせた。鷺沼はその不安げな表情を窺いながら手短に説明した。

「ルミノールという化学物質を炭酸アルカリ溶液に溶かし、そこに過酸化水素水を加えたものを血痕に塗布すると、青白く光るんです。ごく微量の血液でも反応するし、古い血痕ほどよく反応する傾向があります」

順子は落ち着きのない仕種で新しい煙草に火を点けた。

「それで?」

「東池袋のスカイコーポ四〇八号室はいま空家です。令状をとればルミノール反応によって血痕の有無をいつでも調べられます。壁紙を張り替えたり、カーペットを張り替えたりしても、その下に染み込んだかすかな血痕があれば反応は出ます」

鷺沼は口ぶりに自信を滲ませた。科学捜査の手法に詳しいわけではない。賃貸マンションのその部屋はのちにリフォームされている可能性が高い。その場合もルミノール反応が有効かどうかは心もとない。早い話がはったりだ。しかしここでの興味は、ルミノール反応そのものよりも、順子と真弓が示す心理的な反応だった。

順子のこめかみに汗の粒が浮いた。苦しげに何度か息を吐く。その無意識のシグナルを鷺沼は見逃さなかった。

「その晩、さっきの話とは違うなにかが起きたんですね」

順子の肩が小刻みに震えた。真弓が傍らで表情を硬くする。

「私が殺したんです」

店内のざわめきに埋没するようなかすかな声で順子は呟いた。駄目でもともと仕掛けたトラップが核心に迫る答えを引き出した。そのことに鷺沼自身が驚いた。あっさり言われてみれば、逆に真実かどうか判断がぐらついた。

「本当なんですか?」

目を伏せたまま順子は頷いた。真弓がその肩に手を回し、威嚇する猫のような眼差しを向けてくる。その無言の抗議を穏やかに撥ねつけて、鷺沼は順子に促がした。

「話していただけますか。その晩、あなたのマンションでなにが起きたかを——」

2

中山順子が語った話は鷺沼の想像を超えるものだった。二人と別れて別の喫茶店に飛び込んで、聞いたばかりの話を慎重に吟味した。

森脇が福富や田浦たちと出遇った日、順子もじつは深夜に帰宅したマンションで森脇と会っていた。

そのとき森脇は自分のボストンバッグに身の回り品を詰め込んでいた。どこか怯えたような様子で、自分はこのマンションを離れなければならないと順子に告げたという。理由ははっきり言わなかったが、なにかのきっかけで足がついたようなことをほのめかしたらしい。それなら自分も一緒に行くと順子は言ったが、森脇はあとで必ず連絡するからとそれを拒絶した。

順子はその言葉を信じなかった。森脇は自分を捨てようとしている。そんな恐怖に唐突に駆られた。クロゼットのドアが開いていて、そこに隠してあった札束入りのスーツケースが見当たらない。そのことも森脇への猜疑を膨らませた。

順子は湧き起こる感情をコントロールできなかった。いまここで森脇を失うことは、すべてを失うことだった。

たとえ犯罪者に成り下がっても、森脇は順子にとって希望の星だった。当時世間を騒がせた贈収賄事件で父が逮捕され、実刑判決を受けたのは彼女が大学に進学した翌年だった。大黒柱を失った一家の運命は暗転した。生活は困窮した。大学はなんとか卒業したものの、父が犯罪者であるという事実は就職面で不利に働いた。隠してもすぐに求人元の知るところとなり、当初は感触のよかった話が掌を返すように次々立ち消えていった。

けっきょく順子はパートタイム程度の仕事しか得られなかった。大手企業の部長だった父のもとでなに不自由なく育てられ、それまでアルバイトすらしたことのない順子にとって、スーパーのレジやレストランのウェイトレスの仕事はあまりに退屈で辛かった。ファッションにも遊びにも金を使いたい年ごろの順子にすれば得られる収入も少なすぎた。

母親のほうも似たようなもので、二人分を合わせても、父がいたころの一家の収入の三分の一にも満たなかった。父は逮捕の時点で懲戒解雇され、退職金は支払われなかった。

それでも父が刑期を終えれば、事態は好転すると母も順子も期待していた。その父が服役中に病死して、二人の希望ははかなく潰え去った。

収入の多い夜の商売へ順子が流れていくのは時間の問題だった。馴染んでみれば楽しい仕事だった。順子には生来の美貌と若さという二つの武器があった。客あしらいのコツもすぐに呑み込んだ。

現在の仕事に通じる商売の感覚も天性のものだったのだろう。まもなく銀座の高級クラブの花形ホステスにのし上がり、金払いのいい客を大勢抱え、収入はかつての父親をはるかに凌駕した。

しかしそんな絶頂期も長くは続かない。同僚のホステスに勧められた覚醒剤に嵌まり、やがて精神に変調をきたし体調をくずす。店は休みがちになり、出れば奇矯な言動で客の不興を買った。

銀座の店は馘になり、覚醒剤への依存はますます深まった。店が変わるたびにランクは落ちてゆき、顔色が悪く痩せ細り、おかしな言動を繰り返す順子についてくれる新たな客はいなかった。渋谷の街で森脇と遭遇したのは、まともなクラブにはもはや雇ってもらえず、やむなくキャバクラのホステスに身を落としたころだった。

すでに巨額の負債を抱え債権者から逃げ回っていた森脇が順子の目には輝いて見えた。自宅を持たず、転々とホテルを変えて暮らしていることにはじきに気づいた。本人がいう辣腕の投資コンサルタントという話も、ホステス時代に人をみる目を磨いた順子からみれば胡散臭かった。

見た目の羽振りのよさはうしろ暗いことによるものらしいと察しはついたが、自分も落ちるところまで落ちた身だった。森脇が振りまく悪の匂いも含め、その輝きが順子を魅了した。常用していた覚醒剤の効果もあったのだろう。森脇と付き合えば、自分の未来も黄金の輝きをもつような気がしてきた。

森脇も順子が覚醒剤の常習者だということにすぐに気づいたようだった。しかし止めさせるどころか、より効果的な吸引法を教えてくれたり、質のいい品物を扱う売人を紹介したりしてくれた。森脇もまた同好の士だったわけだった。

「めちゃめちゃな生活だった。彼と一緒にいるとき、頭にあるのはセックスとドラッグのことだけだった。ダメ人間同士の地獄へ向かう二人旅。でも楽しかった。毎日が天国にいるような気分だった」

そこまで語って、順子は自嘲するようにため息を吐いた。

一緒に暮らそうと順子が誘っても、森脇はそれだけは拒絶したという。根っからの風来坊という側面もあったかもしれないが、森脇は順子よりはるかに冷静だった。彼女の口から債権者や筋者の取り立て屋に居所が漏れるのを惧れたせいだと順子はのちに理解した。結果的に地獄への片道切符になった十二億円の詐欺事件についても、森脇は順子に一言も語らなかった。

行き場を失った森脇がマンションへ転がり込んできたとき、順子は心のうちで小躍りした。一方でそれほど重大なことを隠していた森脇を激しくなじる自分を抑えられなかった。

森脇は下手に出た。彼にとって頼れるのは順子だけだった。森脇は言った。二人で十二億を持って南米へ逃げよう。それだけの金があれば向こうでなら一生贅沢三昧して暮らせると――。

当局に記番号が把握されている十二億もの現金を、海外に持ち出すことなどほとんど不可能だということに順子は気づきもしなかった。

知り合いの伝手で偽造パスポートが手に入る。現地の役人を金で買収すれば、永住権は簡単に取得できる。日本は犯罪人引渡し条約の整備が遅れていて、世界の大半の国と条約を結んでいない。

永住権を取得してしまえば、もう日本の当局には手は出せない。悪党の古河を手玉にとった詐欺事件など警察は本気で捜査はしない。半年も経てばほとぼりが冷めるから、そのとき計画を実行に移そうと森脇は順子を丸め込んだ。

順子の期待は膨らんだ。コパカバーナの瀟洒なコンドミニアムで、森脇と愛を育む夢をみた。森脇の子供を身ごもっていることを知ったのもそのころだった。森脇は結婚を約束した。

国内では使えない十二億円の札束を抱えた森脇を養うために、休みがちだったキャバクラへも精勤するようになった。お腹の子供のことを考えて覚醒剤とも手を切った。心身両面にわたる禁断症状の苦しみも、新しい人生への希望によって撥ねのけた。

当初は森脇の態度も殊勝だった。唯一の庇護者となった順子の健康を気遣い、部屋の掃除や洗濯なども率先して担当した。しかしそれも最初の一週間ほどで、その後は国外逃亡の準備をすると言いながら、日中はごろごろ寝て過ごし、順子が仕事から帰ると、酒臭い息を漂わせ、帰宅が遅いの食事が不味いのとなじるようになった。

順子も怒りを爆発させた。そのたびに猜疑や妄想が膨らんだ。森脇は自分を捨てようとしている。別の女と外国へ高飛びしようとしている。もう必要がなくなった自分を殺そうとしている——。

理性的にみれば支離滅裂な空想が、抗しがたいリアリティで勝手に動き出す。森脇が順子のもとを去ると言い出したその晩は、そんな精神状態が極限に達しようとしていたころだった。

その言葉を聞いた瞬間、灼熱した怒りが全身を駆け巡った。体内に棲みついた得体の知れない生き物のように制御不能な感情が立ち上がった。森脇を殺して自分も死のう。それが自分にとっていちばん幸福な問題の解決だ——。

そう思ったとたんに気分は反転した。そのアイデアに順子は陶酔した。心のなかが強烈な至福に満たされた。鬱屈していた生命のエネルギーが爆発したように解き放たれた。いまの自分にできないことはないと順子は感じた。

その激しい昂揚がフラッシュバックによるものだと思い当たったのはのちのことだった。薬物を断っても突発的に使用時と同様の興奮状態が引き起こされる覚醒剤中毒特有の現象だが、それを客観的に判断し、制御するゆとりなど順子にはなかった。

キッチンに駆け込み、迷うことなく包丁を手にした。リビングに駆け戻り、情念の奔流に任せて森脇に対峙した。なにかを激しくののしりながら森脇ににじり寄った。

二つの溶けた金属が混じり合うように、森脇への愛と憎悪が体の奥で融合した。神々しいまでの光が頭上から降り注ぎ、その光のなかに周囲のすべてのものの輪郭が溶け去った。震えるような歓喜が全身を突き抜けた。順子は包丁を握ったまま森脇に突進した。森脇の顔が恐怖に歪んだ。そのあとのことは記憶になかった。

目が覚めると、フローリングの床にうつ伏せに横たわっていた。起き上がろうとすると強烈な頭痛が襲ってきた。ひどい悪寒が全身を苛んでいた。あの炎のような歓喜は消えていた。代わりに堪えがたい自己嫌悪と不安が邪悪な昆虫の群れのように心と体を埋め尽くしていた。

凝り固まった筋肉をなんとか動かし、首をもたげて周囲を見回した。少し離れた床の上に森脇が横たわっていた。周りに表面が乾いて黒ずんだ血だまりができている。その血だまりのなかにさっき自分が手にしたステンレスの包丁が転がっているのを見て、順子は震え上がった。記憶に残る最後の瞬間の、得もいわれぬ至福とともに抱いたあの殺意のことを思い出した。

なけなしの力を搾り出して森脇の傍らへ這っていく。森脇は仰向けに横たわったままぴくりとも動かない。呼吸をしている様子もない。グレーのジャージの胸のあたりが血に染まっている。

自分が殺したのだ――。慙愧の思いが茨の鞭のようにわななく心に打ちかかる。世界のあらゆるものが順子への敵意を剝き出しにしていた。いまは生きていること自体が地獄だった。救いはもはや死ぬことにしかなかった。

順子は血糊のついた包丁を拾い上げた。左の手首に刃先を当てた。一思いに引こうとしても包丁を持つ右手は別人の手のように動かない。ためらい傷をいくつかつけただけで、けっきょく動脈を断ち切ることはできなかった。

呆然として洗面室に向かい、棚にある薬箱をまさぐった。禁断症状で不眠症に陥ったとき服用していた睡眠薬があった。半分ほど使用したのが一瓶と未使用のものが一瓶。洗面台の鏡に映る亡霊のように蒼ざめた自分の顔に別れを告げながら、そのすべてを飲み下した。

堪えがたい自責の念も、死への恐怖も、きょうまで生きてきたこの世界への愛惜《あいせき》も、亡き父の顔も母の顔も、それらのすべてを押しのけるように強力な睡魔が襲ってきた。

体全体から力が抜けて、ビニールタイルの床にくずおれた。温かい泥海のような眠りの底に沈みながら、極限にまで達した絶望がいかに心に平穏をもたらすものであるかを、死に向かう旅立ちがいかに安らぎに満ちたものであるかを順子は知った。

再び目覚めたのは病院のベッドの上だった。腕には点滴のチューブが繋がっていて、病室の窓から射し込む光を背に、にこやかに微笑む看護師と気難しい顔の中年の医師がいた。そこは天国でもなければ地獄でもなさそうだった。

「やっとお目覚めね。運び込まれたのが午前三時過ぎだったから、たっぷり十二時間は眠ったわね」

「ここは？」

「東池袋の玉村病院。ご存知でしょ。あなたのご自宅の近くよ」

看護師は気さくに語りかけながら、手馴れた動きで腋の下に体温計を差し込んだ。医師は順子の瞳孔を覗き込み、脈をとり、胸に聴診器を当てて、ふんふんと勝手に頷いている。

その病院は知っていた。マンションから歩いて十分ほどのところにある中規模の総合病院で、一度ひどい風邪に罹《かか》り、外来で受診したことがあった。

「誰が私をここへ？」

「韮沢さんという警視庁の刑事さん。お知り合いなんでしょ？」

点滴のバルブを点検しながら、看護師は屈託なく答える。

警視庁の刑事——。新たな絶望が胸をふさいだ。自分は死ねなかったのだ。退院したら警察の取り調べを受け、殺人犯として裁かれて、刑務所で暮らすことになる。

「私は逮捕されたんですね」

恐る恐る訊いてみた。看護師は当惑したように目を見開いた。渋い顔でカルテになにやら書き込んでいた医師が、順子を振り向いて初めて笑った。

「自殺未遂は犯罪じゃないからね。その刑事さんがたまたまお宅に伺ったら、あなたが倒れていて、近くに睡眠薬の瓶が転がっていたんですよ。それで慌ててタクシーを呼んで、ここへ運び込んでくれたんです」

「その方はいまどこに？」

「明け方までずっと付き添ってらっしゃったのよ。脈拍も呼吸も正常で、あとは心配ないとご説明したら、やっと安心して、仕事があるからとお帰りになったの」

看護師が答える。どう理解していいかわからない。韮沢という刑事のことを自分は知らない。森脇の遺体が転がっていた部屋から自分を運び出し、殺人の容疑者として逮捕手続きをとるでもなく、朝まで付き添って目覚める前に立ち去った。感謝すべきことなのだろうが、その行動への不審感が先に立ち、状況に応じた適切な言葉が思いつかない。

「お知り合いだそうで。その方が訪ねてくれてじつに幸運だった。あなたが飲んだ睡眠薬は致死量には達していなかったけど、処置が遅れれば後遺症は残ったでしょう。ただしお腹のお子さんへの影響が心配です。なるべく早く、専門医の診察を受けたほうがいい。どんな事情があったのかは知りませんが、まだ若いんだから、もう死のうなどとは考えずに、これからの人生を大事に生きることですな」

医師のその言葉が命綱のように思えた。殺してしまった森脇への呵責はむろんあったが、そのとき芽生えはじめた希望は貴重だった。殺人犯としてではなく、まっとうな人間として生きられるチャンスを、韮沢という刑事は自分に与えてくれた。

「その方は亡くなった父の知人なんです。いつも私には気を配ってくれていて――」

口をついたのはその場を切り抜けるための嘘だった。刑事との関係について医師に不審は抱かせたくない。そもそも順子自身にも答えが見つからない。その出まかせの嘘がじつは真実だったということを、そのとき順子は知らなかった。

医師はもう一日入院するように勧めたが、夕刻には体調はほぼ平常に戻り、食事も喉を通るようになった。自宅が近いので異常があればすぐに病院へ来られるからと医師を説得し、急いで退院の手続きをとった。財布や健康保険証の入ったバッグも韮沢が持ってきてくれていて、入院費用はそれで支払うことができた。

また自殺を試みるのではないかと医師は疑っているようだった。その不安を打ち消すために努めて明るく振る舞った。順子には急いで自宅に戻る当然の理由があった。部屋にある森脇の死体と凶器の包丁を処分して、床の血痕を洗い落とし、森脇の身の回り品も廃棄して、すべての痕跡を消し去る必要があった。

マンションに戻って順子は唖然とした。自分がまさにそうしようと思っていたとおり、遺体はすでに跡形もなかった。床の血痕はきれいに洗い落とされ、血糊のついた包丁も消えてなくなっていた。やったのが韮沢という刑事なのは明らかだった。

クロゼットのなかは昨晩見たとおりで、スーツケースは消えたままだった。自分がいないあいだに森脇が運び去ったのはたしかだが、いったいどこへ?

もう少し帰宅が遅れていたら、その十二億円の札束とともに森脇は黙って行方をくらましていたはずだった。それなら森脇を殺さずに済んだのだ。しかし自分を裏切った男に一矢も報いず、捨てられた女としての悲哀をかこつことがいまよりましだったかどうか、順子には答えが見出せなかった。

憑き物が落ちたような気分で順子は床に座り込んだ。自分が森脇を殺した――。そう確信してはいるものの、そのことへの呵責が、自殺を試みたときと比べてはるかに軽くなっていた。

どういう理由でか知らないが、自分を破滅の危機から救ってくれた人がいる。しかもそれが警視庁の刑事だ。なにかの罠のような気がしないでもなかったが、犯罪の隠蔽という罪を自ら犯すことによって示したその人物の不可解な好意が、自分に勇気と希望を与えてくれていた。

会って礼を言いたかった。自分を救ってくれた真意を聞きたかった。しかし父の知人だと嘘をついたがために、医師から連絡先を聞き出すのが不自然になった。あるいは自分の心のどこかでも、真実を知ることを惧れる気持ちが働いていたのかもしれない。韮沢がいなかったら失うはずだった人生を、まだ希望が潰えたわけではない未来への思いを、順子は心から噛み締めた。

空腹を感じ、なにか口にしようとキッチンへ向かうと、冷蔵庫の扉に一通の封書がマグネットで留めてあった。怪訝な思いで手に取った。表書きは「中山順子様」となっている。ボールペン書きの達筆だった。森脇の筆跡でもない。不思議な期待が湧き起こった。封を切ると、中身は便箋二枚にわたる書面だった。

中山順子様
私は韮沢克文と申します。警視庁刑事部捜査二課の警部を拝命しております。
十年前、お父上を逮捕し、送検した刑事です。お父上とは入所後も親交を重ね、そのお人柄にいまも敬愛の念を抱いております。それ以上に、私はお父上に大きな借りがある身です。今回のことはその返済のごく一部に過ぎません。

人生に過ちは付きものです。そして愚見では、あなたの犯した過ちは、たぶん死によって贖《あがな》うほどのものではありません。私が惧れるのは、それを証明する手立てをおそらく我々が持ち得ないだろうということです。

残念ながら、これ以上のことをいま申し上げることができません。私の抱いている疑念がなんらかのかたちである人々に伝われば、私自身が危険に晒される可能性があるからです。むろんそれはあなたにも及びます。

ですから昨晩のことは、私とあなただけの秘密とさせてください。もし警察関係者に質問されることがあったら、森脇はあなたが帰宅したときすでにマンションを出て、その後の行方はわからないと答えてください。

私は別の場所にいたことになっていますので、韮沢の名前は絶対に出さないでください。私とは決して連絡をとろうとなさらないでください。私とあなたとは、これまでも、そして今後も一面識もない関係であり続ける必要があります。

心配は要りません。それですべてがうまくいきます。いまあなたを救うために私にできることはそれだけです。

時間はかかるかもしれませんが、お父上の無念を晴らすことが私の義務と心得ております。それは同時に、私自身を良心の呵責から救う唯一の道でもあるでしょう。

今回のことは、これからも一切を胸に秘め、自らを責めることなく新たな人生を歩んでください。

韮沢克文拝

奇妙な、しかし心のこもった文面だった。そこには思いもよらない言葉がつづられていた。

父を送検したのが韮沢だった。その韮沢が父に大きな借りがあるという。父の無念を晴らすことが自分の義務だと、それが自らを良心の呵責から救う道だという。その意味ありげな文言は、父が冤罪を蒙ったと示唆しているようにも受け取れる。

さらに森脇のことについても、自らを責めるなと励ましてくれている。それが順子の咎《とが》ではないとでもいうように。韮沢がとった行動以上に、その文面は謎めいていた。

父が収監されて以来、世間の風はいわれなく冷たかった。親類縁者からさえ付き合いを絶たれ、以後の人生はただ転落の一途をたどるだけだった。韮沢からの暗示に満ちたその手紙は、順子にそんな人生を反転させるための勇気を与えてくれた。

森脇の遺体が本牧の海で発見されたのはその二日後だった。テレビのニュースでそれを知ったとき、順子は少しも驚かなかった。すべてがうまくいくという韮沢の自信に満ちた言葉が、順子の心を力強く支えていた。

森脇の子供は自殺未遂騒ぎの影響があってか流産した。悲しみはとくになかった。それは心に残っていた堪えがたい重荷の一つだった。もしそうでなければ、たぶん自分の意思で中絶手術を受けていただろう。

夜の仕事はまもなく辞めた。お金よりも世間に胸を張って生きられる仕事をと選んだ新しい就職先がラ・フィエスタだった。

最初はパートタイマーだったが、そこで取り扱うヨーロッパの磁器やガラス製品に順子は魅了された。仕事に熱中し、やがて順子の鑑識眼がオーナーの目に留まった。正社員に、管理職に、そして取締役にと、とんとん拍子に出世した。独学で習得した語学力が買われ、ヨーロッパからの商品の仕入れはすべて順子に任せられた。

事件から五年後、順子は勇気を奮い起こしてかつての親友の真弓のもとを訪れた。韮沢からは口止めされていたが、真弓にだけは真実を語らなければと思い詰めていた。最後の重荷に決着をつけるときだと感じていた。それによって現在の成功を放棄することになってもやむを得ないと覚悟したうえでのことだった。

順子は真弓に一部始終を語って聞かせた。驚いたことに真弓はすべてを許してくれた。それどころか森脇の行為について、詫びたのはむしろ真弓のほうだった。道を誤った兄の死を、自分は悲しむどころか喜んでいたと真弓は言った。その兄を殺害した順子に感謝するとさえ言った。

その日、途絶えていた友情が復活した。それは森脇の死にまつわる秘密の共有という新たな絆で結ばれたより深い盟友関係だった。

韮沢からの接触はあれ以来一度もなかった。警察関係者が順子にアプローチしてくることもついになかった——。

3

喫茶店から宮野に電話を入れて、夕刻どこかで会うことにした。

自分にも迫りつつある敵の足音を警戒し、桜田門とは目と鼻の先の新橋は避けたかった。

けっきょくこちらが神奈川県警のお膝元へ出向いて、宮野の馴染みの関内のバーで落ち合うことにした。田浦たちがこのまま鳴りを潜めるとは思えないが、そちらはすでに手のうちが見えている。しゃしゃり出てくれればむしろいいカモだと割り切った。

署内での仕事がよほど退屈とみえて、約束の時刻に鷺沼が着くと、宮野はすでに先乗りして、いい顔色でジントニックを呷っていた。無口なマスターはいつものようにカウンターの奥で新聞を読んでいる。大声で喋らない限りこちらの会話は聞こえない。幸いこの日もまだほかに客はいない。

「ぶったまげたね。韮沢さんは中山と接触してないどころじゃなかったわけだ。鷺沼さん、見事にしてやられたね」

中山順子から聞いた話を一とおり語り終えると、宮野は舐めきった口調で絡んできた。たしかに反論の余地はない。むかつく気分をギネスのスタウトで洗い流し、鬱屈した思いを吐き出した。

「裏切られたのは事実だが、その理由がわからない。それほど隠したい秘密があるなら、どうして例の裏金の隠密捜査におれを巻き込んだのか——」

緩んでいた宮野の顔もいくらか真面目になってきた。

「そこがいちばんのポイントかもしれないね。ほかにも謎はいくつかあるけど」

「ああ、まず気になるのが凶器のことだ」

「森脇の死体検案書では、使われた刃物は登山ナイフ様の刃物ということだった。しかし順子がそのとき手にしたのは、台所にあったステンレス包丁だったわけでしょう。包丁の傷と登山ナイフの傷じゃ素人が見たって違いがわかる。他殺死体が専門の法医学の先生が見誤るはずがない。順子本人には刺した記憶はないんでしょ」

「フラッシュバックで錯乱していて、包丁を構えて突っかかろうとしたところまでしか覚えていないそうだ」

鷺沼はその状況を語ったときの順子の態度を思い出した。本人は自分がやったと確信している――。真剣で率直な口調からそう感じた。記憶の曖昧さを口実に容疑を逃れようという姿勢は微塵もなかった。殺しの容疑者の供述はこれまでいくつもとってきた。その経験から言っても順子の言葉は信用できた。

「その手紙のなかに、順子が殺したわけじゃないとほのめかすような部分があったわけだね」

「そうなんだ。順子を元気づけようとしてそう書いただけかもしれないが」

「殺ったのが順子じゃないとしたら、韮沢さんも容疑者として排除できないわけだ」

宮野はあっさりと言ってのけるが、たとえ予断と言われようとその考えにだけは馴染めない。鷺沼は大きく首を振った。

「動機がない。それに森脇を殺してマンションを出て、そのあとまた舞い戻って、わざわざ彼女を病院に運んで、病院の人間に自分の身元まで明かしている。殺人犯の行動としてはいくらなんでも不合理だ」

「そりゃそうだ。放っておけば、順子が犯人で一件落着だった。凶器の件にしても、自分が使った登山ナイフを順子に持たせておけばよかったわけだから」

宮野はまたあっさりと鷺沼の主張を受け容れる。そのこだわりのなさがいかにも宮野らしい。

「順子が帰宅したのが午前一時ごろで、病院に担ぎ込まれたのは午前三時過ぎだって言ってたね」

「病院関係者の話だとそうらしいな」

「だとすると、第三の犯人がいた可能性もあるわけだね」

その考えに鷺沼も惹かれた。

「韮さんがマンションに到着する前に、一仕事したやつがいたのかもしれないな」

いったんは三億円で手を打った田浦が、そのあとまた考えを変えて、全額丸ごと頂戴しようと舞い戻った——。あり得ない話ではない。

「しかし札束の入ったスーツケースが、順子が帰ったときすでに消えていたというのが辻褄が合わないね」

宮野の関心はあくまでそちらにあるようだ。鷺沼は頷いた。

「ああ。第三の犯人説はそこが難点だな」

「韮沢さんが真犯人じゃないとしたら、そんな時間に順子のマンションに立ち寄った理由もわからない」

宮野は別の疑念を差し挟む。中山功と韮沢の付き合いのことを考えれば、訪れたこと自体の説明はなんとかつきそうだが、たしかにその時間の訪問は奇妙だといえる。

「札束の入ったスーツケースに関しては、森脇が逃走のための車を確保していて、順子が帰る前にそのなかに運び込んでいたということも考えられるんじゃない」

宮野が指摘する。たしかに頷ける。そうなると、それを韮沢が持ち去ったという推測も成り立つ。順子が病院にいるあいだにマンションへ戻って死体や血痕の始末をしたのが韮沢なら、駐車場に停めてある車のなかにそのスーツケースがあるのに気づいた可能性もなくはない。

だとしたら、やはり韮沢が森脇を殺害し、その金を持ち去ったという最悪の筋書きに行き着くが、果たして問題はそこまで単純か。それなら鷺沼が指摘したとおり、順子をわざわざ病院に運び込んだ行動が理解できない。

思考は堂々巡りするばかりだ。その謎をただ一人説明できるはずの韮沢は、いまも回復の目処のつかない昏睡状態にある。

「やっぱり怪しいのは田浦だよ。けっきょくあいつが欲をかいて、残りの札束もせしめようと舞い戻ったと考えるのが妥当じゃない」

宮野は思い切りよく断定して、手振りでマスターにジントニックのお代わりを催促する。マスターがのっそり立ち上がる。鷺沼はその動きを見ながら声を落とした。

「とりあえずはその方向に落ち着くな。それなら動機も明快だし」

「つまり警察庁の黒幕には内緒で、残りの九億もあいつが懐に入れたことになる。だったら話は早いじゃない」

宮野はつまみのチーズを口に抛り込む。鷺沼もギネスを一呷りして頷いた。

「田浦を捕まえて締め上げてみるか」

「それが近道のような気がするよ。韮沢さんの件も気になるけど、それも田浦の口から答えが飛び出すかもしれないしね。なにしろこっちが話を聞いたのは三下の磯貝からで、ここはやはりご本人と膝詰め談判して確認しないと。それに――」

宮野は堪えきれない様子で笑みを漏らした。

「最初にせしめた一億プラスその九億。裏金に回った二億を除いた十億を田浦が握っている可能性が高いわけじゃない」

「それもついでに頂戴しようというわけか」

「そのとおり。ついでというよりおれにとってはそっちが本命だけどね。それが裏金の金庫に眠っていたとしたら盗み出すのは楽じゃない。でも田浦がどこかに隠しているんなら、もう手が届いたも同然じゃない。こっちにはこういう道具もあるわけだしさ」

宮野はだぶついたジャケットの前をはだけてみせた。その下に装着しているのは官給品とはタイプの違う革製のショルダーホルスター。腋の下に収まったケースからは例のマカロフの銃把《じゅうは》が覗いている。

「ここへくる途中、モデルガンショップに寄ってみたのよ。マニアのふりをしてマカロフに合うのはないかって訊いたら、あったのよ。サイズがどんぴしゃのやつが」

マスターが寄ってきてジントニックのグラスを宮野の前に置いた。宮野は慌ててジャケットの前を合わせ、グラスを手にとり美味そうに中身を啜った。

しかし鷺沼にすれば天を呪いたい気分だった。韮沢はなぜ中山順子に接触したのか。そしてその事実を隠しとおしたのか。韮沢は自分を騙していた。もし順子と森脇の関係を事前に知っていたとしたら、彼は森脇事件の捜査に関わった警察組織自体をも騙したことになる。森脇を生かして逮捕するチャンスを自らの手で潰したとすれば、その真意はいったいなんだったのか。

胸に込み上げてくるのは怒りではなく、切ないほどの孤独感だった。足元の床が粉々に砕け落ちて、奈落の底へなすすべもなく転落していくような恐怖だった。

第十一章

1

田浦昇の自宅は、小田急小田原線伊勢原駅にほど近い桜台二丁目の住宅街にあった。

丹沢山塊から吹き降ろす寒風に身も凍る深夜、鷺沼は邸の近くの路上に愛車のスカイラインを停めて田浦の帰宅を待っていた。助手席にはダウンジャケットのなかに亀のように首を縮めた宮野がいる。

エアコンの切れた車内は冷蔵庫のように冷えきって、宮野が魔法瓶に入れて持参した眠気覚ましと体内暖房兼用の熱いコーヒーも尽きかけていた。

中山順子の衝撃的な告白からすでに三日経っていた。明かされた真実は新たな謎への序章にすぎず、鷺沼の思考はいまも泥の轍《わだち》に落ちたタイヤのように空転していた。

その謎の中心に田浦がいるのかどうか、まだ確信があるわけではない。それでも現状でもっとも真相に近い場所にいると思われるのが田浦だった。

消えた十二億円の行方については、子分の磯貝から聞いただけで、田浦本人の口からはまだ証言を得ていない。鍵を握る最重要人物の韮沢は、いまも昏睡状態から回復する兆しが見られない。

中山順子は森脇殺害の嫌疑を逃れようとはしなかった。その告白は信用していいだろう。極壽会の福富がシロだというのもまず間違いない。関内のレストランで会ったとき、知っているネタはほぼ吐き出しているはずだった。厭味な口調で宮野が言う。

「しかし仕事熱心だね、あのおっさん。もう十一時過ぎだよ。どうせいまごろは裏金から捻り出した札びら切って、どっかの高級料亭で公安委員の先生方ときこしめしてるんだろうけどね」

宮野が得た情報によると、この日は宮前署の管轄地域で県公安委員による激励巡視が行なわれているはずだった。

年末特別警戒の労をねぎらうための恒例行事で、公安委員のお供を仰せつかるのは副署長の役回り。それが終われば供応の宴席を設けるのが通例で、地元の経済人や学識経験者からなる公安委員の面々に覚えよろしきを得て損はしないから、根っからの出世の虫である田浦が張り切るのはまず間違いない。

たちの悪い小悪党にもかかわらず、田浦は普段は残業もせず定時で帰宅する律儀な家庭人のようで、身柄を拘束するには近隣の人目が避けられる深夜がいいと、帰宅が遅くなるこの日を鷺沼たちは決行日に選んだわけだった。

「出世の道が閉ざされちまったいまとなっては、外部の縁故もなにかと大事になってくるだろうしな」

皮肉な調子で鷺沼も応じた。田浦の三崎署副署長への左遷の噂は県警内部でも持ちきりのようで、宮野が署内の廊下とんびから聞きかじった話では、県警本部内にまで隠然たる勢力を誇った子飼いグループにも離反者が出ているらしい。これまで田浦とはそりが合わなかった人脈に擦り寄っては、よからぬ噂を流して回る連中がいるという。

「皆さん冷たいもんよ。沈みかけた船からは真っ先に鼠がいなくなるって聞いたことあるけどさ。田浦はいまや沈没寸前のぼろ船ってわけだよ」

宮野は生あくびを嚙み殺しながら一〇メートルほど先の田浦邸に目を向ける。周囲の街並みのなかでも目を引く豪邸で、地方警察の中級幹部の給料にはそぐわない。森脇からくすねた現ナマにはまだ手をつけていないものの、それを当て込んで大枚の借金をしたのは間違いない。

「人間、破滅に向かうときは雪崩を打つように転落するものなのよ。あれよあれよという間に全部が悪いほうに転がり出すんだね。そうなると、落ちるところまで落ちきるまでは復活の目は出てこないわけよ」

自分の半生を語るように宮野は田浦の行く末を論評する。借金王の語る言葉には妙な説得力がある。

「その田浦の虎の子を掠め取るというのは、転落人生の先輩として寝覚めが悪くはないか」

「だからさ。おれたちは最後の未練を断ち切ってやるわけで、むしろ仏心というべきじゃない。そこで田浦は人生の真理に目覚めるわけだから」

そういう本人がいまどんな人生の真理に目覚めているのかは知らないが、宮野はてんから悪びれるところがない。

いまも行方のわからない残りの札束も田浦が懐に入れた——。中山順子の証言からはそんな可能性も浮上してきた。だとすれば話はだいぶややこしくなる。

その九億円もそっくり吐き出させ、田浦を破滅に追いやっても良心の呵責など微塵も感じないが、一方でそれは小悪党一人の息の根を止めるだけのことだ。警察組織を陰で牛耳る巨悪に鉄槌を下す大義は実現できない。

しかし鷺沼が敬慕してきた韮沢への疑惑のあらかたは解消する。中山順子を庇った理由については、韮沢の意識が回復しなければ解明されることなく終わるだろう。とはいえ韮沢が森脇を殺害して残りの九億円を奪ったという、鷺沼には到底受け容れがたい猜疑からは解放されるのだ。

田浦でもなければ韮沢でもない第三の犯行者を想定することは、理屈としてはあり得ても現実問題として可能性は低い。犯人は田浦か韮沢か。これから田浦を締め上げるということは、鷺沼にとってそんな運命の籤《くじ》を引くようなものだった。

「田浦が丸々くすねてくれてりゃ仕事が手っ取り早いんだけどね。全部いっぺんに剝ぎとって、おれも鷺沼さんも希望に満ちた新人生を歩み出せるわけだよ」

宮野はそう言って洟を啜った。車内はいよいよ冷え込んできた。こんな夜中に車をアイドリングさせるわけにもいかない。田浦が早く来てくれないと、希望に満ちた新人生を歩み出す前に二人とも凍死しかねない。

そう思って前方に目をやったとき、表通りから車が一台進入してきた。田浦のご帰宅だ——。ドアレバーに手をかける。宮野は慌ててポケットから目出し帽を取り出した。

暗がりに目を凝らして車種を確認する。緊張が緩み、同時に落胆した。車は中型のバンで、ボディーにはどこかの会社のロゴマークが描かれている。田浦ならタクシーで帰ってくるはずだ。たまたま通りかかった商用車のようだった。

車はこちらの脇をすり抜けて、田浦の家の前を通り過ぎ、さらに二〇メートルほど先で停車した。

「あらら、あんなとこで停まっちゃった。いま田浦に来られたらまずいじゃない。拉致するところを見られたら警察に通報されちゃうよ。早くどいてくんないかな」

宮野が舌打ちする。バンから二人降りてきた。嫌な感じがした。街灯がまばらな住宅地の路上を、二つの人影はほとんど足音を立てずに近づいてきた。一人は田浦の家の横手の路地に、もう一人は斜め向かいの家の門柱の陰に身を潜める。

「ちょ、ちょっと待ってよ。あいつら何者なのよ」

宮野の声が上ずっている。二人は気配を消して闇に溶け込んでいる。予想もしなかった事態に一瞬思考が停止する。どちらも黒っぽい服装で、目出し帽を被っているようだった。その二人の体型がいかにも対照的だ。頭のなかにようやくランプが点る。

「田浦に用事があるのは、どうやらおれたちだけじゃなかったようだな」

ドアレバーに手をかけながら、もう一方の手を宮野に差し出した。宮野は怪訝な視線を返す。囁くように鷺沼は言った。

「マカロフだよ。ちょっと貸してくれ」

「なにするの？」

「あいつらが誰だか訊いてくる。運転席に移動して、なにかあったら構わず車で突っ込んでくれ」

「大丈夫なの？」

「たぶんな」

宮野はダウンジャケットの前を開け、ホルスターからマカロフを抜いて手渡した。それを受け取り、スライドを引いて薬室に初弾を送り込み、ドアを開けて外に出た。刺すような寒風に身を縮めながら、斜め向かいの家の門柱に向かって歩いてゆく。

男の傍らを素知らぬ顔で通り過ぎ、直後に振り向いてマカロフをその顔に突きつけた。目出し帽から覗いた目に怯えの色が走る。男はタツノオトシゴのように痩せていた。右手には刃渡り一〇センチほどのハンティングナイフ――。

「こんなところでなにしてるんだ?」

「な、なにもしちゃいねえよ。おまえこそ――」

そこまで言いかけて、男は言葉を呑んだ。相手が誰なのか気づいたらしい。

「関内のレストランでは楽しい思いをさせてくれたな。切り裂きの徹とかいう立派な通り名があるそうだな。おれにも庁内ではぶっ放しの鷺沼って通り名があってな。警官になって以来、発砲回数が十回を超え、死傷者が三人いる。四人目になりたくなかったら、その刃物を畳んで生垣のなかへ投げ込むんだ。それからあそこにいる筋肉野郎に、殺されたくないから余計なことはしないようにと合図でもするんだな」

言いながら、道を隔てた路地にいるもう一人に状況がわかるように体の位置を変えてやる。路地からのっそりと大きな人影が現れた。そちらも目出し帽を被っているが、化け物じみたその体型は見間違えようがない。元プロレスラーのクレーン菅原だ。切り裂きの徹は素直にナイフを生垣のなかに抛り込み、なにもするなというように菅原に向かって大げさに手を振った。

「ご両人が揃い踏みということは、ボスはあの車のなかか?」

車の方向へ顎を振ると、ドアが開いて、ダブルのコートを着た恰幅のいい男が降りてきた。武器を持っていないことを示すように両手を軽く広げながら、ゆっくりこちらに歩いてくる。

「奇遇だな、鷺沼さん。ここは穏やかに話し合おうや。まずはその物騒な道具を仕舞ってくれねえか」

大声を出さなくても話のできる距離まで近づくと、福富は鷹揚に声をかけてきた。鷺沼は問いかけた。

「なんでこんなところにいる？」

「それはこっちが訊きたいね」

「田浦に用があるんなら先着順だ。セールの福袋じゃあるまいし。先に来たのはおれたちだ」

「固いこと言うなよ。用が済んだら瑕ものにしないで返すから。おれは田浦からちょっと話を聞きたいだけなんだ」

「そのわりには物騒なお供を連れてるじゃないか」

二人の親衛隊員に皮肉な視線を投げると、福富は鷺沼の手元を指さした。

「そっちこそ結構な道具を持ってるじゃねえか。官給品じゃねえだろう」

「そっちの目当ては田浦がくすねた十二億の札束か？」

「まあ、そんなところだ。おたくたちだって同類だろう」

福富は鷺沼のスカイラインを指さした。車内にいるのが誰なのか、もう見当がついているような様子だ。街灯の光に福富の目が光る。

「どうだい。ここは協力し合うってのは」

「なにを？」

「野郎の化けの皮をひん剝いて、懐に仕舞い込んだ金をふんだくる。おれとしては山分けで文句はない」

鷺沼は空とぼけた。

「どうしてそれが田浦の懐にあるとわかるんだ」

「おれたちの業界は、あんたたちが思っているより横の繫がりが強くてね。おたくのパートナーの宮野さんが静岡の同業者にいろいろ面倒をかけてるという話を聞きかじったんだよ。その落とし前をつけるために、あんたと組んで、田浦が呑み込んだ金をパクる算段をしているそうじゃねえか」

「そこまで喋ってたのか、あいつ」

鷺沼はスカイラインの運転席にちんまり座る宮野に苦々しい視線を投げた。

「おれたちのような稼業の人間と違って、堅気《かたぎ》の連中は口が軽いんだよ。まあ警察という稼業が堅気かどうかについては、常々疑問は感じているがね」

福富は辛辣な皮肉を言ってにやついてみせる。油揚げをさらいにきたとんびに鷺沼は言った。

「そういう虫のいい話には乗れないな。森脇の一件はおれのヤマだ。当然、田浦のこともおれが仕切る」

「勘違いしないでくれよ。森脇の居どころを最初に嗅ぎつけたのはおれじゃねえか。田浦のおかげでおれは大枚一億の金を失った。野郎が掠め取った分を取り戻す権利くらいはあるだろう」

「おれには、あんたと組んで得をすることはなにもない」

「なあ、鷺沼さん。あんたも堅気の刑事の道はもう踏み外してるわけだろう。裏の世間にもしきたりってものがあってな。身勝手に動けば潰される。協力し合えばお互い損はさせない。たとえばだよ――」

福富は意味ありげに笑って、さらにこちらに足を踏み出した。切り裂きの徹に擬していたマカロフの銃口を福富に向け直す。福富の足は止まったが、口のほうは止まる気配がない。

「例の韮沢さんだよ。あんたにとって大事な人なんだろう。おれはあの狙撃事件の実行犯が誰だか知っている」

その唐突な言葉に、覚えず心拍が高まった。鷺沼は表情を殺して問いかけた。

「おれとあの人の関係を、どこでどうやって知ったんだ」

「警察の人事情報にはおれたちも関心があってね。あの人が県警の監察官室長として赴任してきたとき、おれも多少は経歴を調べたんだよ。そうしたら森脇事件のときの捜査二課の係長だとわかった。あのころおれも森脇の妹のヤサに張りついていたから、そういやよく見た顔だと思い出したわけだよ。あんたのことは覚えていなかったが、いまになって森脇事件のことを嗅ぎ回っていることからして、そのころから浅からぬ付き合いがあったはずだと踏んだんだ。どうだい。図星だろう」

「勘がいいのは認めるが、ガセネタで釣ろうとしても無駄だよ、福富さん。そういう話を捜査本部に持ち込む人間は大勢いる。あんたが握っているという情報が、何十件も集まってくる虚偽情報のたぐいじゃないとどうして証明できる」

「確かな筋の話なんだがね。まあ、田浦の件で話がまとまらないんなら、おれとしては教えてやる義理もないわけだ」

さも残念だというように福富はうなだれてみせる。演技だとは知りながら、気持ちがぐらついた。

「山分けという話には乗れないな。おれには相棒がいる。あんたの話がガセじゃないんなら、おれの取り分の半分をやってもいい。つまり総額の四分の一ってことだ」

「話がけち臭くなってきたな。どうしてあんなチンピラ刑事に義理立てするんだよ。しらばくれてりゃいいじゃねえか。静岡の同業者に任せておけば、そのうち死体になって大井川に浮かぶだろうよ。なんならおれのほうから頼んでやってもいいんだぜ」

やくざというのは合理的な考え方をするものだと舌を巻きながらも、なりふり構わず割り込んでくるその厚顔さには腹が立つ。

「そういうわけにはいかないな。宮野はいまではおれの盟友だ。そんな当てにならない話と引き換えに、いまさら裏切る気にはなれない」

そう答えながらも、福富がちらつかせた情報には喉から手が出かかった。相手の思うつぼだとはわかっているが、なんとかこの商談はまとめたい。そんな心を見透かしたように、福富は微妙に条件を変えてきた。

「じゃあ、こんな考えはどうだ。おれが宮野の借金の二億円を棒引きにしてやる。そうすりゃあいつは命を狙われずに済むようになる。その代わり、手に入れた金はあんたと宮野とおれで三等分する」

「田浦から首尾よく金をせしめられるかどうかはまだわからないだろう。そもそもあいつが森脇から金を奪ったという話自体が憶測にすぎない」

鷺沼はとぼけて福富の反応をみた。福富は問題ないというように泰然と首を振る。

「十二億の札束を懐に入れたかどうかはともかく、行方を知っているのは間違いない。ここで会ったのもなにかの縁だ。あいつがそっくり抱え込んでくれてれば仕事は簡単だが、そうじゃなかったときのことを考えると、お互い手を組んだほうが利口なような気がしてね」

宮野はまだ車のなかにいる。こちらの話は気になるが、いましゃしゃり出るべきかどうか迷っているところだろう。鷺沼は問い質した。

「どうやってあいつの借金を棒引きにできるんだ」

「じつは静岡の同業者の企業舎弟に二億近くの金を貸し込んでいるんだよ。それがどうも焦げつきそうでね。このまま取りっぱぐれりゃ元も子もないし、力ずくで取り立てに走れば抗争に発展しかねない。だったら宮野の二億の借金と相殺でチャラということにすればお互い収まりがいい。十二億が満額手に入れば、あいつは借金を返済しないでいいから手取りは変わらない」

どうだというように福富は顔を覗き込む。鷺沼はもう一つ確認した。

「あんたが握っているという韮沢狙撃事件の実行犯の話だが、おれはどうやって信用したらいい。情報の出所くらい教えてくれてもいいだろう」

「あんたも慎重だね。じつはうちの組長が昵懇にしている与党の大物政治家の秘書から聞いた話だ」

「政治家の秘書——。なんでそんな立場の人間が？」

「つまり、あの事件の背景はそれだけ奥行きが深いということだよ。犯人が使ったクラウンと凶器のトカレフが見つかったという話は聞いてるんだろう」

鷺沼は意表を突かれた。四日前に井上が警察無線で偶然傍受したあの話——。文京区湯島の路上で発見された不審なクラウンと凶器のトカレフの一件と符合する。その情報は通信指令室に一報があった時点で秘匿され、警視庁内部でも一部の関係者だけが接触できる最重要機密になっている。それが政治家の秘書を通じて漏れていた——。福富が握っている情報が、まんざらガセとは言えなくなった。

「どうだい。こんな寒いところで立ち話していないで、車のなかで話をしないか。暖房は切れていても風くらいは遮れる。あんたの相棒と一緒でも構わねえよ」

福富は背後のバンを顎で示した。

「田浦が来たらどうする」

「心配いらねえよ。こいつらに任せとけば、田浦が一ダースいたって苦でもねえよ」

福富は余裕綽々の笑みを浮かべて、切り裂きの徹とクレーン菅原に目をやった。徹はズボンの裾をめくって、臑に固定した革ケースから別のナイフを抜き取った。この寒さのなかでTシャツ一枚の菅原は、ボンレスハムのような二の腕の筋肉を盛り上げてみせる。一つ間違えば殺されていたかもしれないと、背筋に冷や汗が滲んだ。

エンジンを停めて間もないバンの車内はまだ暖かかった。福富がフラスコに入れてきたウィスキーをちびちび回し飲みしながら、宮野を交えた三者協議が始まった。

「本当にそんなことできるのか？」

静岡のやくざに借金を棒引きにさせるという福富の案に、宮野は疑心を隠さない。

「向こうは焦げついた借金をチャラにできる。あんたへの貸しを棒引きにしても、そっちで埋め合わせができるというわけだ。おれにすれば回収するのは難しいと諦めていた金だしな。あんたたちと手を組んで田浦から満額せしめられれば、その倍の金が手に入る。鷺沼さんの取り分がちょっとは減るが、それはおれが提供する情報への対価と割り切ってもらう」

福富は田浦が森脇から十二億円そっくり巻き上げたとみているらしい。それが外れとは言いきれないが、川崎の廃倉庫で聞いた磯貝の話が正しければ、本人がじかに懐に入れたのは一億で、二億が県警の裏金に回り、残りの九億が行方不明ということになる。

そこのところをじっくり確認させてもらおうと、鷺沼たちも田浦のご帰宅を待ち焦がれていたわけだが、その九億の行方に田浦が関与していないとすれば、福富の胸算用どおりにはいかないことになる。しかしわざわざそれを教えてやることもない。宮野はいつになく真剣な顔つきで身を乗り出す。

「本当にそうしてくれるんなら異存はないよ。しかし田浦からうまいことむしり取れるかどうかはわからない。しくじってその話はなかったことにするなんて言われたら、おれは立つ瀬がないだろう」

「そんなけちなやり方はしねえよ。なんなら向こうの若頭といまここで話をつけてやってもいいんだぞ」

福富はポケットから携帯を取り出した。

「マジなの？」

「やくざは嘘はつかねえよ」

福富は真面目な顔で嘘をつき、携帯のボタンを押した。

「ああ、福富だよ。夜分済まねえな。例の一件だがね。お互いにいいかたちで決着をつける手はねえもんかと、おれもいろいろ考えたんだ。で、こうしちゃどうかと思うんだが――」

いま聞かされたばかりの腹案を要領よく説明し、何度か相手とやりとりをしてから、福富は宮野に携帯を差し出した。

「若頭がじかに話をしたいそうだ」

宮野はそれを受け取って、怪訝な表情で耳に当てた。相槌だけ打ちながら相手の話に聞き入っている。最後に「ああ、わかった」と一言答え、福富に携帯を返しながら、鷺沼に呆れたような目を向けてきた。

「ほんとに話がついちゃったよ」

「だから言っただろう。やくざは嘘はつかねえって」

福富は胸を反らし、携帯をコートの内ポケットに仕舞い込んだ。

2

明け方近くまで待ったが、田浦は帰宅しなかった。宮野の話では田浦は酒にはあまり強くないらしく、接待に入れ込みすぎて酔い潰れ、ホテルにでも泊ったのだろうという推測に落ち着いた。

夜が明ければ人の目があるから、田浦が朝帰りしたとしても仕事はやりにくい。けっきょくこの日は解散ということで福富たちと別れ、鷺沼と宮野は柿の木坂のマンションへ向かった。

「予想もしない方向に動きはじめちゃったけど、まあ、これでよかったんじゃない。鷺沼さんにしてもおれにしても」

徹夜したあげくの空振りでも、宮野の顔は晴れ晴れしている。それはそうだろう。二億の借金が一夜にして帳消しになり、命を狙われる生活から解放されたのだから。静岡の組の若頭から借金棒引きの確約をとったあと、宮野は福富との共同作戦に一も二もなく同意した。

極道にとって警察が鬼門なのは昔もいまも変わらない。同業者や裏社会の噂に関しては地獄耳の福富も、警察の内部情報となると手に余る。たとえはみ出し者であれ、いまも警察に籍を置く鷺沼たちと手を組むことは、大きな保険であると同時に貴重な戦力の確保でもあるらしい。福富は言った。

「田浦本人が現ナマを握っているんなら問題はねえが、あんたらがみるように警察の裏金庫に納まっているとしたら仕事は少々厄介だ。おれたちにすれば鼠が猫の鈴を盗りに行くようなもんでね。荒事のほうはおれたちが引き受けるが、手引きやら後始末やら、いろいろ協力してもらうことがあるはずなんだよ」

その口ぶりから察するに、必要なら県警本部に侵入して裏金庫の札束を盗み出すことまで想定しているらしかった。やくざというのは強面のわりには臆病な輩が多いものだ。福富が本気なら、それはそれでなかなかの度胸だといえる。

田浦の動静については宮野が署内の噂に耳をそばだてて、身柄拘束に都合のいいタイミングを再度検討することにした。そのときはあくまで共同行動で、抜け駆けは一切なしだと福富はしつこく念を押した。

「成功の確率は決して高くない。たかが四億のためにそんな危ない橋を渡って、後悔することになっても知らないぞ」

鷺沼は福富の真意を確認した。福富は陽気に高笑いした。

「表の商売でいくら稼いだって、しょせん税務署に巻き上げられるだけの話だよ。しかしたかが四億と言っても、裏の稼ぎは税金のかからないいわば真水だ。それにな、冒険心ってことだってあるだろう。近ごろはやくざに対する風当たりが強まって、おれもせいぜい表の稼業に精を出し、いまじゃちょっとした高額納税者だ。しかしなんだかケツの落ち着きが悪くてね。極道ってのは生まれついての血なんだよ。このままただの善良な市民に成り下がっていいのかって、極道の血がときどき暴れ出すんだよ」

わかるようなわからないような理屈だが、福富の目には奇妙に純真な光があった。その光に当てられたように、覚えず鷺沼は警戒を解いていた。

福富との取り引き条件の一つ——韮沢狙撃事件の実行犯に関する話はすこぶる興味をそそるものだった。

情報の出どころは与党民政党の参院幹事長、平山昭吉《ひらやましょうきち》の政策秘書で、極濤会の組長の遠縁に当たる人物らしい。極道の側からみれば美風というべき政治家とやくざの持ちつ持たれつの関係は、暴対法の施行以来ほぼ壊滅という状態だ。

そんななか、その秘書との関係は組長にとって貴重な財産で、折に触れ食事に誘っては、政府の金融政策に関するインサイダー情報を聞き出して、為替や株で大きな利益を上げてきたという。

見返りにフロント企業を経由して、平山の政治団体に多額の政治献金を行ない、秘書氏にも少なからぬ小遣いを渡してきた。二日ほど前にもその秘書と会食した。インサイダー情報絡みの話題がつい脱線し、飛び出したのがその話だという。

「政治家ってのは口が軽い。その秘書となるともっと軽い。そこが極道と違うところだ。湯島で犯人の車と凶器が見つかったって話を、警察はまだ表に出しちゃいないだろう。もちろんそれには理由があるわけだが、そういう話も国会議事堂の赤絨毯の上じゃ立ち話のネタになるらしい」

福富は一くさり皮肉を言って本題に入った。

「犯人は――。というより、凶器のトカレフと一緒に見つかった車の持ち主ということだがね。警視庁第五機動隊所属の山下という巡査部長だったそうだ。捜査本部はマスコミを誘導して、暴力団か左翼の犯行という説を世間に撒き散らしていたが、飛び出したのは身内の犯行というもっとも歓迎すべからざる答えだったわけだよ」

鷺沼は腹の底からこみ上げる怒りを抑えられなかった。

「くそ！　おれの耳にはそんな話のかけらも入ってきちゃいない。国民はおろか警察内部にも公表せずに、このまま事件を迷宮入りにしようというのが上の連中の意向なわけだ」

福富は落ち着き払って先を続けた。

「さっそく警視庁の連中がそいつのヤサへ向かった。ヤサったって市ヶ谷にある官舎だがね。山下は部屋で首を括って死んでたそうだよ。死人に口なしで、警察上層部にとってはもっけの幸いというところだろう。この一件をどう発表すべきか、あるいは発表せずに済ませられるか、いま警察庁の首脳は頭を悩ませているところじゃねえのか」

「本当に自殺だったのか？」

鷺沼は落ち着きの悪いものを感じて問いかけた。

「さあな。しかし犯人が警察官で、それも神奈川県警じゃなく警視庁の所属となると、単なる恨みつらみというより、警察内部の抗争という気がしてくるな。韮沢って人はそういう厄介なことに巻き込まれやすい野心家だったのか」

福富の分析は真相の一部を穿《うが》っている。

「個人的にはどの派閥にも属さなかったはずだ。しかしあんたの情報が正しいなら、巻き込まれた可能性は高い。背後関係でなにかわかったことは？」

「さすがにそこまではな。もしなにかあったとしても、警察が隠したいのはまさにそこんところのはずなんだ。日本の役所の情報統制がいくらザルでも、そんな話まで漏れてはこないだろう」

「五機所属の山下といったな。フルネームはわかるか」

「聞いたのは苗字だけだが、階級と所属がわかれば当たりはつくだろう。しかしあんた、その韮沢という人とそれほど親しいんなら、どうして帳場に出張らねえで、森脇事件みたいな暇ネタ追ってんだ」

「それが韮さんの意向でもあったんだ」

「それはどういうことなんだ」

福富はやおら身を乗り出した。

「警察庁上層部が、ひょんなことから県警の裏金庫に森脇が詐取した札束が眠っているらしいと感づいた。それで韮さんに極秘捜査の指令を出した。むろん犯罪として摘発するためじゃない。世間に発覚する前に病巣を摘出して、警察組織の中枢に累が及ばないように真実を闇に葬るのがその目的だった」

「自分が追いかけた事件の尻拭いをそんなかたちで押しつけられるとは、ずいぶん皮肉な巡り合わせだな」

「韮さんとしても複雑な思いだったようだ。その極秘捜査に協力するようにおれは要請されたんだ――」

韮沢狙撃事件の帳場から外された理由まで含めて、鷺沼は韮沢との交渉の経緯を語って聞かせた。しかし磯貝から聞いた話や中山順子に絡む話は伏せておいた。いずれもまだ裏はとれていないし、福富との共同戦線の条件にそこまでは含まれていない。

「とにかく田浦を締め上げることだよ。韮沢って人の一件にしても、そっちから手がかりが出てくるかもしれんしな。あんただって少なからぬ因縁のようだから、仇は討ちたいわけだろう」

福富は同情するような調子で言った。鷺沼は吐き捨てるように応じた。

「金を手に入れるのは、おれの場合は二の次だ。腐りきった日本の警察組織の屋台骨をひっくり返してやらなきゃ気が済まない。それが韮さんの意思でもあったとおれは理解している」

言いながら、内心では果たしてそうだったのかと自問した。森脇が殺された晩の韮沢の行動は、そう信じてきた鷺沼の思いを裏切る可能性をはらむものだった。

「おっと、それはおれたちが金を手に入れてからにしてくれよ。こっちにとってはそれが第一義の話だからな」

福富は慌てて釘を刺した。鷺沼は頷いた。

「もちろんだ。それだっておれにすれば報復の重要な一部だ。あいつらから奪い取れるものは根こそぎ奪い取ってやる」

腹の底から突き上げてくるどす黒い怒りの正体が、鷺沼にはいまはわからなくなっていた。損得や理屈を超えたその怒りだけが、いま鷺沼を生きる方向に駆り立ててくれる原動力のようだった。

3

マンションへ帰ってわずかな仮眠をとったあと、徹夜明けでだるい体に鞭打ちながら、鷺沼は桜田門へ向かった。

二億の借金の重荷から解放された宮野は、疲れもみせずに山手署へ出勤していった。静岡のやくざから命を狙われる心配がなくなっても、十二億の札束への関心は衰える気配がない。

当面、田浦の動静を探れる立場にあるのは宮野だけだ。署内ではつま弾き者でも県警内部にはいくらか知人もいるようで、宮前署の総務課にも気心の知れた同期がいて、さりげなく電話を入れれば田浦の動きは探れるという。

五日ぶりに出向いた捜査一課のフロアは、相変わらず閑散としたままだった。特捜一係の島ももぬけの殻で、目当ての井上だけがパソコンの前にちんまり座っている。

「景気はどうだい」

背後から肩を叩くと、井上はばねで弾かれたように飛び上がった。どうやら居眠りをしていたらしい。

「あ、なんだ、鷺沼さん。突然出てくるもんだから。きょうはなんの用事で？」

まるで幽霊のような言い種だが、いまの我が身を振り返れば文句も言えない。

「三好の親爺さんたちは、まだ小松川の情痴殺人でてこずっているのか」

「失踪した犯人の足取りが皆目摑めないらしいんです。これじゃ江戸川区に住民票を移すことになりそうだって、きのう電話でぼやいてましたよ。それより鷺沼さんのほうはどうなんですか。とくに進展があったような顔はしてませんけど」

いちいち癇に障る言い方をする。しかしこの日もまた頼りは井上だった。

「ああ、一進一退で、なかなか核心にたどりつけない。古い事件というのは関係者の記憶も物証も風化しているからな。ところで、韮沢さんの事件のほうで、なにか変わった動きはなかったか？」

「全然――。やはりおかしいですよ。ぼくが警察無線で聞いたあの話――」

井上はここぞとばかりに顔を寄せてくる。

「まだ本部は握り潰しているようだな」

「そうなんです。記者発表する気配もないし、犯人逮捕の情報も入ってこない。犯人は表沙汰になるとよほど困る人間なんじゃ？」

「庁内でもまだ噂は立っていないのか」

「ええ、本部に出張っている班のデスク番と立ち話しても、それらしい話題は出てこないんです。捜査本部が緘口令を敷いているのか。それとも捜査本部にも知らせずに、上のほうだけで握り潰しているのか」

井上はしかつめらしい顔でデスクの上に頬杖を突いた。鷺沼は忙しない気分で本題に入った。

「ちょっと手伝ってもらいたいことがあるんだが」

「ええ、いいですよ。またなにか調べものですか?」

お気に入りのフリスビーを見つけた子犬のように井上は瞳を輝かせる。尻尾があれば振っているところだろう。

「人事課の職員情報ファイルにアクセスできるか?」

「できますけど、なんでまたそんなファイルを?」

井上は好奇心を隠さない。適当に誤魔化そうとして、ふと思い直した。敵が隠したい情報なら、こちらからばら撒いてやるのも一手だろう。井上の口の固さがどの程度のものかは知らないが、退屈を持て余す周りの島のデスク番と四方山話に花も咲くはずだ。そこから庁内に噂が広まるのも時間の問題だ。鷺沼は井上の耳元で囁いた。

「湯島で見つかったトカレフつきのクラウンの持ち主を拾い出して欲しいんだ」

「だ、誰だか知ってるんですか?」

井上は椅子から一〇センチほど飛び上がった。

「あるルートからちょっと小耳に挟んでな。どうも信憑性が高いんで、おれのほうでも調べてみようという気になったんだ」

「え、えーと、名前はなんですか？　部署とか年齢は？」

井上は素早くパソコンを立ち上げる。警務部人事課が管理する職員情報ファイルはとくに機密扱いはされていない。家族構成や病歴といったプライバシーに関わる情報へのアクセスは制限されているが、階級や所属部署、年齢、褒賞歴など、公務に関わる情報なら庁内ＬＡＮから自由にアクセスできる。福富から聞いたのは所属部署と階級と姓だけだが、検索条件としてはそれで十分だ。

「所属は五機。姓は山下。名前はわからない。階級は巡査部長——」

井上はイントラネット・サーバーのページを開いて、復唱もせずに検索条件を入力する。結果は一秒もかからずに表示された。

「該当する人物は一名だけです。でもちょっと変ですよ」

「どう変なんだ？」

井上の肩越しに、鷺沼はパソコンのディスプレイを覗き込んだ。氏名の欄には「山下公晴《きみはる》」とあり、所属は第五機動隊、階級は巡査部長——。

井上は氏名の欄にマウスのカーソルを置いて何度もクリックするが、いくらやっても詳細情報のページに飛んでくれない。

「なにかの理由でアクセスが禁止されているんですよ。鷺沼さんが耳にした話、ひょっとしたら当たりかも——」

「ああ、そのようだな」

鷺沼も鋭い手応えを感じながら頷いた。井上が訊いてくる。

「本人の身柄はもう拘束してるんですか？」

「拘束という言葉が適切かどうかは知らないが、桜田門が押さえているのは確かだろうな」

「どういう意味です？」

「自殺したらしい。市ヶ谷の官舎内の自室で——」

「そ、それじゃ、このままお宮入りになりかねないじゃないですか」

「まさに上層部の思惑どおりといったところだな」

「警察って、そういうところだったんですか？　だったら転職でも考えようかな」

井上は腕を組んで考え込む。鷺沼はすがる思いでせっついた。

「なんとか別のルートから山下という男の身辺情報を探れないか」

「そうですね。近ごろは庁内でも個人情報の取り扱いには神経質になってますからね」

井上は眉根を寄せて考え込む。山下という人物についての情報が喉から手が出るほど欲しかった。韮沢の意識の回復が見込めないいま、それが事件の真相に迫る唯一の糸口かもしれない。しかし手を拱いていれば、すべての謎が山下の死とともに闇に葬られかねない。ここは井上が頼りだった。

「なあ、なにかいい知恵はないか」

「なにしろ警視庁には五万人近い職員がいるわけですからね。このぶんじゃ五機に直接問い合わせても教えてくれるとは思えないし、場合によっては藪蛇になりかねないでしょう。でも、なんか気になる名前だなあ」

井上が首を捻る。鷺沼はわずかな希望にすがるように身を乗り出した。

「心当たりでもあるのか」

「どこかで目にした記憶があるんですよ。五機の山下っていう人――」

記憶の抽斗をかき回すように、井上は天井に目を走らせる。

「そうだ。あれだ！」

井上は唐突に立ち上がってフロアの一角へ歩き出した。不意を突かれてその動きを目で追った。井上は部内閲覧用のマガジンラックの前で立ち止まり、薄手の冊子を手にして戻ってきた。

「今月号の庁内報に載ってたんですよ。ほら、ここです――」

井上が開いてみせたページには、先月の中旬に開催された庁内剣道大会のレポートが掲載されていた。山下公晴はそのときの優勝者だった。

「よく覚えてのたな、こんな記事」

鷺沼は井上の肩を叩いて冊子を受け取り、素早く誌面に目を走らせた。大会の模様を伝える記事の片隅のコラムには、山下の写真やプロフィールも掲載されていた。

昭和五十一年、東京都江東区生まれ。都立大島商業高校卒。入庁は平成七年。地域課勤務を経て平成十年より第五機動隊に配属。中学時代より剣道に打ち込み、現在三段。平成十二年に巡査部長に昇任。警視総監賞を一回、警備部長賞を三回授与されている。趣味は剣道に釣り——。

本人が寄せたコメントも掲載されていた。実家は深川で、幼いころ父を失い、母一人子一人の家庭で育ったという。きょうまで立派に育ててくれた母への感謝の言葉で、その短いコメントは締め括られていた。

制服姿の写真を見ると、細面の優しげな顔立ちで、機動隊という所属から連想するごついイメージとはほど遠い。経歴に瑕があるようにも見受けられない。機動隊には一芸に秀でた人間が多いものだが、山下の特技は剣道のようで、射撃が得意だという記述は見られない。

「なんか臭うな」

鷺沼は思わずつぶやいた。これという根拠はないが、なにかが腑に落ちない。

「コピー取りましょうか」

井上が訊いてくる。

「ああ、頼む」

鷺沼は鼓動の高鳴りを覚えながら庁内報を手渡した。暗い闇の向こうへ繋がるトンネルの入り口が見えたような気がした。

井上には食事をしてくると言って席を立ち、鷺沼はそのままロビーに下りた。

公衆電話ブースの電話帳を手に取って来客用のベンチに腰を下ろし、分厚いページを繰ってゆく。

住所が江東区深川で、電話帳に載っている山下姓の人物は二人だけだった。近ごろは電話帳に掲載しない加入者が多いようだが、山下の縁者にたどりつく道はとりあえずそれしか思い浮かばない。

一人は山下博則《ひろのり》、もう一人が山下寛子《ひろこ》。母子家庭ということから考えれば後者でほぼ当たりだろう。電話番号と住所をとりあえずメモ帳に書き出した。

まずは電話を一本入れたかったが、ナンバーディスプレイが普及している昨今、自分の携帯を使うのは憚られた。ここは極力慎重にアプローチしたかった。

警視庁本庁舎の取調室は一階にあり、各部屋にはもちろん電話も備えてある。それを借用させてもらうことにした。容疑者の訊問は普通は所轄署で行なわれ、よほど大きな事案でない限り、本庁に連行することはない。案の定、十部屋ほどある取調室のあらかたは空いていた。

廊下に人がいないのを見計らい、その一つに滑り込み、部屋の隅にある電話機からメモした山下寛子の番号をダイヤルする。呼び出し音が鳴り続け、留守電のメッセージが流れ出したところで受話器を置いた。

山下寛子が置かれている状況を思えば、電話に出ないことが必ずしも留守であることを意味しない。むしろ知らない番号からの電話に無警戒に応じるほうが不自然だろう。けっきょく直接出向いてみるしかなさそうだった。

この日はいったん自宅に帰ることにして、井上に礼の電話を入れ、鷺沼は本庁舎をあとにした。途中、有楽町の家電量販店に立ち寄って、パソコン用の名刺作成ソフトと専用の用紙を購入した。

4

翌日は午前中早めに自宅を出て深川へ向かった。山下寛子の家は東西線門前仲町駅から五分ほど歩き、清澄通りから横に入った寺院の裏手にあった。

下町風情が横溢する路地裏を行きつ戻りつし、ようやく見つけたその家は、近隣の家々と等し並の年数を経た小振りな二階家で、荒れた様子はないが、倹《つま》しい暮らし振りを想起させる佇まいだった。

ガラス格子の引き戸は締め切られ、なかにはさらにカーテンが引かれている。表札の脇にインターフォンがある。何度かボタンを押してみる。家のなかからは反応がない。

周りに人の目がないことを確認して、引き戸に顔を寄せてみる。なかから物音は聞こえてこないが、引き戸の隙間から暖気が漏れ出しているのがわかる。ガラスの内側もびっしりと結露している。なかは暖房が効いているということだ。山下寛子は間違いなく居留守を使っている。

もう一度インターフォンのボタンを押してみる。やはり応答はない。さらに何度も執拗に押し続けるが、家のなかで人の動く気配もない。

やむなく、昨夜作成した偽名刺の裏に短い言葉を走り書きして、携帯の番号とともに連絡はそちらにと書き添えた。引き戸の隙間に挟み込み、注意を引くようにわざとらしく引き戸をがたつかせた。

それから玄関の前を離れ、清澄通りに出て、セルフサービスの喫茶店を見つけて腰を落ち着けた。

反応してくれるかどうかは賭けだった。しかし鷺沼にはヒットする予感があった。山下公晴の死にはそう思わせる胡散臭さがあった。

疑われれば桜田門に通報されるかもしれない。名刺の肩書も名前も嘘だったが、携帯の番号は教えてしまった。そこからこちらの身元が特定される危惧はある。しかしそのときはそのときだと鷺沼は腹を括った。自分が次の標的となることで、かえって敵の姿を炙り出せるということもある。

一時間ほど待ち、じりじりと焦燥に駆られ出したころ、テーブルに置いた携帯が鳴った。ディスプレイに表示されたのは山下寛子の自宅の電話番号だ。通話ボタンを押して耳に当てると、か細い、なにかに打ちひしがれたような女の声が流れてきた。

「あの、警務部人事第一課監察係の葛西さんですか」

山下寛子が口にしたのは、先ほど置いてきた偽名刺に書いてあるとおりのものだった。

「そうです。わざわざご連絡ありがとうございます。警察内部の不祥事の調査を担当しております。名刺の裏にも書いておきましたが、じつは自殺されたご子息のことで不審な点がありまして――」

電話の向こうで息を呑む気配が伝わってきた。続いて戸惑うような、すがるような、複雑なニュアンスの声が返ってきた。

「でも、あの、そのことにはもう一切触れず、このままにと言われていますので――」

やはりと舌打ちした。警視庁のどこの筋からかは知らないが、死んだ山下を韮沢狙撃事件の容疑者に擬する話は母親にも伝わっているらしい。浴びせかけたい質問が束になって喉元に込み上げたが、そこを堪えて鷺沼は穏やかに言った。

「韮沢監察官室長狙撃の容疑に関しては冤罪の可能性があります。そのことで少しお話ができればと――」

冤罪うんぬんの話はあらかじめ用意したシナリオだ。一つには山下寛子の胸のうちを探る観測気球であり、一つには相手の心を引き寄せる撒き餌のようなものだった。あるいは子を思う母の心を弄ぶ結果になるかもしれない。しかしそれ以外に闇の向こうで蠢くものの正体に迫る手立てが、いま鷺沼には思い浮かばなかった。

「冤罪？　でもその話を聞かされたのは警視庁よりもっと上の――」

その言葉には意表を突かれた。上の役所が直々に動いているとまでは想像しなかった。

「つまり警察庁から？　具体的には警察庁の誰から？」

「あ、あの、そのことについては固く口止めされてるんです。どうかもう構わないでください。それでは失礼いたします」

通話が切れた。慌ててこちらからかけ直す。十回ほどの呼び出しで、寛子はようやく電話口に戻ってきた。

「あの、本当にもうそっとしておいてください」

寛子の声は先ほどよりさらにか細く悲しげだ。情に流されそうな心を抑えて、鷺沼はしゃにむに食らいついた。

「辛い事情はお察し申し上げます。しかし事件そのものが表沙汰にならず、このままうやむやになったとしても、息子さんが濡れ衣を着せられた事実に変わりはありません。息子さんは果たしてそんなことを望まれたでしょうか」

「本当に息子はやっていないとおっしゃるんですか?」

寛子は疑心もあらわに問い返す。その声がわずかに力強く感じられた。寛子のなかに芽生えたかすかな希望の光を感じた。そんな心に付け入ろうとする自分に忸怩たるものを感じながら、鷺沼はさらに一押しした。

「それを立証できるかもしれません。ぜひお話を聞かせてください。私の口から言うのもおかしなことですが、警察という組織は決して一枚岩ではありません。ご子息を無実の罪に陥れ、それによってより大きな悪を隠蔽しようとする勢力がいると私は考えています。そうだとしたら、彼らと闘うことが私の責務です」

「でも、このまま黙っていれば息子の容疑を世間に知られることはないと」

「事情によりけりです。それは彼らの好意によるものではありません。いまのところそうするほうが都合がいい理由があるからです。状況が変われば掌を返すかもしれません。そんな当てにならない約束に頼るより、真相を突き止めることのほうが大事だとは思いませんか。私はそのために努力を惜しみません」

そう訴えながら、自分の言葉が出まかせではないように鷺沼は感じていた。自らが求める情報のために打ちひしがれた寛子の心を利用する——。そんな自身の行為への嫌悪感を薄めるための無意識の自己防衛かとも疑った。しかしそうは割り切りがたい強い手応えを、ここまでの寛子の反応のなかに感じとっていた。迷うことなく鷺沼は畳みかけた。

「ご心痛はお察しいたします。しかし、ぜひご協力いただきたいのです。ご子息の名誉のためにも」

電話の向こうで、かすかに啜り泣く声が聞こえた。

「家でお待ちしています。お役に立てるかどうかわかりませんが」

「ありがとうございます。これからすぐに伺います」

小躍りする思いで答えて通話を終えた。自分のここまでの言動が、嘘から出た実《まこと》になることを鷺沼は希《こいねが》った。そうであるなら、それは韮沢狙撃事件の真相に、そして警察組織にはびこる悪の地下茎の根源に迫る突破口になるはずだった。

5

山下寛子に通された広間の仏壇には香の匂いが漂い、簡素な後飾りの祭壇には遺骨と遺影と白木の位牌が安置されていた。

　葬儀は一昨日、近親者だけで済ませたという。線香を立て、手を合わせ、飾られた遺影にしばらく目を留めた。

　細面の柔和な顔立ちで、気弱そうな笑みを浮かべた山下の面影に、どんな事情があれ、その手で人を狙撃するような過激な意思を抱く者の印象はない。生真面目で、与えられた職務を粛々とこなし、決して自己を強く主張することのない、上の人間にとっては使いやすい一方で、本人はストレスを溜め込みがちな性格のようにも感じられた。

　母親の寛子は五十代半ばくらいの痩せぎすな女性だった。息子と共通する穏やかな顔立ちだが、ややそげた頬と、その年齢にしては目立つ口元や目尻の皺が、生来のものなのか、ここ最近の心痛によるものなのかはわからない。寛子がお茶を用意してくれた座卓に座り直し、鷺沼は問いかけた。

「遺書は残されていたんですか？」

　そんなことも知らないのかというように怪訝な表情を浮かべながらも、寛子は静かな口調で語り出した。

「なかったそうです。隊内の人間関係で大きな問題を抱えていた様子もなく、お金の問題や女性の問題で悩んでいることもなかったはずだと、直属の上司や同僚の方もおっしゃっているそうです」

「つまり自殺の理由は、韮沢監察官室長を狙撃したことを悔いてのことだったと？」

「ええ。そう考えるしかないと説明されました。でもなぜ息子がその方を狙撃しなければならなかったのか、そこのところが私にはどうしてもわからないんです」

寛子は途方にくれたように鷺沼の顔を見つめた。鷺沼は淡々と問いを重ねた。

「警察の人間――。つまりその、あなたに事情説明を行なった警察庁の人間はどのような説明を？」

「動機は不明だと――」

「動機が不明？」

鷺沼は鸚鵡返しに問い返した。寛子は感情の内圧に堪えるように、ことさら抑制した口調で答えた。

「車が息子のもので、そのなかに残っていた銃の旋条とかいうのが、狙撃現場で見つかった銃弾のものと一致したとか。銃についていた指紋も息子のものだったそうです。それが動かぬ証拠で、本人が自殺した以上、動機はわからないし、あえてそれを解明することもしない。マスコミにも公表しない。そういうかたちで了解してくれるなら、退職金も満額支給できるし、私にしても犯罪者の母親として肩身の狭い思いをしなくても済むだろう。警察にとっても、私にとっても、それがいちばんいい始末のつけ方だとおっしゃって――」

寛子の肩がかすかに震えた。腹の底から黒々とした怒りが湧いてきた。警察組織を治外法権だと勘違いしている連中は掃いて捨てるほどいるが、ここまで人を馬鹿にした話があるとは想像さえしなかった。

捜査もしない、送検もしないというなら、証拠を提示する必要もない。寛子が聞かされた話がすべてでたらめだったとしても、彼女にはそれを指摘するいかなるすべもないことになる。

このことにおそらく捜査本部は関与していないだろう。外に情報が漏れてこないということは、本部のごく一部の人間以外には情報が与えられていないからではないか——。そんな猜疑さえ湧いてくる。鷺沼はさらに問いかけた。そこがいまいちばん興味深い部分だった。

「あなたにその話をしたのは、警察庁のどなたでしょうか?」

寛子は一瞬ためらうように視線を宙に這わせ、意を決したように鷺沼に目を向けた。

「警備企画課長の片山さんという方でした」

頭のなかに垂れ込めていた霧が一気に晴れた気がした。韮沢狙撃事件の背後で暗躍する中心人物がこれですっきり浮かび上がった。

片山警備企画課長といえば、韮沢が狙撃された直後に妻の千佳子に第一報を入れ、その後、病床の韮沢自身を機密のベールで覆い隠し、病棟に警護とは名ばかりの監視役を張りつけた人物だ。

　千佳子から得た情報では、韮沢と親交のあった柴崎官房長の属する湯浅派とは対立関係にある松木派に属し、川崎の廃倉庫で聞き出した磯貝の話によれば、その松木派の総元締めの香川義博参議院議員こそが、かつて自らが使い込んだ裏金を穴埋めするために、田浦から二億円を受け取った張本人だった。

「ご子息のことで、片山さん以外の人間から接触は？」

「ありませんでした。自殺そのものは刑事捜査の対象にはならないとのことで、すべて自分がうまく取り仕切るから、狙撃事件との関連については誰にも喋らないようにと」

「しかし私には語っていただけた。そのことにはとても感謝しています」

　鷺沼は思いのたけを込めてそう言った。寛子の眦《まなじり》に光るものが滲んだ。

「本当に、本当に、息子はそんな大それたことをやったんでしょうか」

「ご安心ください。私は息子さんの無実を信じます。それを立証するために全力を尽くす覚悟です」

　無実の立証のみならず、自殺という事実そのものすら覆せるかもしれない――。心のなかで鷺沼はそう付け加えていた。

第十二章

1

その翌日、鷺沼は震える指でファイルのページをめくっていた。

捜査二課知能犯資料三係の閲覧室。世間では企業も官庁もすでに仕事納めだが、桜田門は年中無休だ。犯罪の世界に盆も暮れもない。

本部庁舎に出没する直立歩行の大ネズミは、まだこの捜査記録には手を出していなかった。内容は二十四年前に起きた都内の公営施設への警備システム納入に絡む贈収賄事件。贈賄側の大手警備システムメーカー——カサマツ技研の中心人物が当時営業部長の職にあった中山順子の父、中山功だった。

中山から自白を引き出し、事件解決の立役者となったのが当時二課の若手刑事だった韮沢で、そのとき警察功績章を授与されて、巡査部長から警部補に特進した話は妻の千佳子から聞いている。

記録によれば、事件の構図そのものは類型的な贈収賄事件だった。しかし捜査に着手してから全容解明まで一年半を要していた。事件の鍵を握ると目されていた中山に、捜査本部は執拗に事情聴取を繰り返した。しかし中山は頑なに口を閉ざした。

収賄側の供述から、動いた金の総額や受け取った議員は特定できたが、贈賄側の帳簿から裏づけとなる支出の記録が出てこない。裏帳簿の存在が疑われたが、経理部から押収した証拠書類には、その存在を窺わせる痕跡すらなかった。

贈られた賄賂の総額は二億円。中山のポケットマネーで賄える金額ではない。明らかに企業ぐるみの犯罪で、経営トップの関与が疑われたが、隘路《あいろ》を塞ぐ石のように頑なに沈黙する中山には、企業防衛のために自らの命まで投げ出しかねない殉教者的な決意さえ感じられた。

捜査本部は焦った。証拠書類が押収できないということは、いつそれが処分されるかわからないということだ。いやすでに処分されている可能性すらあった。

たとえ中山から自供が得られても、証拠がなければ法廷で供述を覆し、一転無実を主張する惧れがある。そもそも汚職や経済事犯の場合、口頭でのやりとりや暗黙の了解でことが進むため、他の刑事事犯と比べ物証が少ない。検証が困難な当事者同士の動きを反映する帳簿類の入手は公判の成否を握る鍵となる。中山はその鍵を腹に呑み込んだまま吐き出そうとしない。

中山の事情聴取に手間どって、逮捕状さえ請求できない警察の動きを察知して、収賄側の容疑者からも供述を翻《ひるがえ》す者が出はじめた。このまま起訴しても公判が維持できない。捜査本部にプレッシャーがかかり出したとき、新たな訊問役に抜擢されたのが韮沢だった。

のちに伝説となる落としのテクニックがそのころすでに片鱗《へんりん》をみせていたのか、あるいは中山と韮沢とのあいだに相性のよさでもあったのか、訊問開始後一週間で、中山は贈賄資金を捻出するための裏帳簿の存在を認め、その一切の管理を自分が行なっていたと自供した。

中山は事件発覚直前に自らの手で秘匿したという裏帳簿を提出した。偽造伝票によるカラ出張、カラ残業にはじまり、関連会社や中小の取引先を介在させた架空取り引き、下請け企業に水増し請求させ、その差額を裏から還流させる——。手口は細心で巧妙だった。

帳簿はすべて手書きによるもので、筆跡は中山のそれと一致した。贈賄工作の指揮をとったのは中山自身で、すべて自分の営業実績を上げるために一存で行なったことであり、上の人間は関与していないと中山は主張した。

しかし一部上場企業となれば会計監査も厳密に行なわれる。これだけ大掛かりな裏金の存在をプロの監査法人が見逃したというのも腑に落ちない。故意に監査法人に見落としをさせるにしても、財務部門に協力者がいなければそれは難しい。しかし経理部長も財務担当役員も、自分たちの関与は強く否定した。

中山はすべての罪を背負って送検された。捜査本部は手仕舞いした。鷺沼からすれば、そこがいかにも臭かった。贈収賄や大掛かりな経済事犯、選挙違反といった二課が扱う事件の場合、幕引きのタイミングが政治的判断で決まることはよくある話だ。

捜査本部はなんらかの政治的圧力を受け容れて、中山功を人身御供とすることで手を打った——。中山の個人的犯行という一点にすべての証言や証拠が集中した捜査資料には、それと矛盾する材料はすべて刈り込まれたような印象があった。鷺沼の直感は鋭く反応した。

当時の捜査チームの布陣を眺めて驚いた。偶然の符合か、そこになにかの意味があるのか、現場を直接指揮したのは、現参議院議員で、当時は二課の管理官だった香川義博——。磯貝から聞いた話のとおりなら、使い込んだ裏金の埋め合わせに田浦から二億円を受け取った張本人だ。

そして当時の捜査二課長が、韮沢に神奈川県警内部での隠密捜査を指令した柴崎官房長。階級も役職も香川より一ランク上だった。その後香川は警視監の地位まで昇りつめ、まもなく政界に打って出た。出世競争では柴崎を逆転したことになる。二十四年前から最新版までの警察庁職員録を書架から引っ張り出して、過去から現在へと流れを摑む。

中山功の事件の二年後、香川は警視正に昇進し、神奈川県警本部の警務部長に栄転した。一方の柴崎はまだ捜査二課長の席に留まっており、ここで香川に並ばれた格好だ。そして香川は森脇事件の翌年に、理事官として警察庁に舞い戻っている。階級は警視正のままだが役職からみれば栄転だ。田浦から受け取ったとされる二億円で、裏金に開けた穴を埋めたのはこのときだ。

そのまた翌年に香川は警視長に昇進し、関東管区警察局総務部長に転出している。香川と柴崎の地位はここで逆転した。さらに三年後には警視監に昇進し、警察庁警備局長に就任。この時点で柴崎はようやく警視長、役職は静岡県警本部長。しかし柴崎の出世が遅いわけではない。それが普通で香川の場合が異例なのだ。

香川はそのときまだ四十代半ば。警視監までならごぼう抜きでのし上がれても、その上となると警視総監か警察庁長官だけで、それには適齢というものがある。

野心家の香川はそれを待てなかったのだろう。与党民政党の参院比例区に出馬したのは警視監に昇進した翌年で、新人には相応しくない上位の名簿順位で一発当選を果たしたことが、新聞の縮刷版で確認できた。

政界入りしてからも香川の勢いは留まるところを知らず、議員キャリアわずか三年で法務政務次官、四年後には国家公安委員長、さらに五年後には法務大臣として入閣を果たしている。

有力政治家の血を引くわけでもなく、潤沢な資金力をもつ財界の出身者でもない、一警察官僚である香川のまさに異例ずくめの出世は、政界七不思議の一つとされていたようで、マスコミが躍起になって黒い噂探しに奔走した時期があったらしい。けっきょくなんの悪材料も見つけられずに終わったということが、法務大臣就任時の新聞の特集で触れられていた。

鷺沼のアンテナはびりびり反応した。韮沢と森脇事件を結びつける伏線がその辺にあるような気がしてきた。刑事の本能に導かれるように贈賄側の役員リストに目をとおす。

会社案内のページをコピーしたものらしい。それぞれの名前と肩書の脇に顔写真がある。どいつもこいつも人畜無害そうな顔をしているが、この世知辛い世の中で人畜無害の人間はなかなかそこまでのし上がれない。

見慣れた顔も聞いたことのある名前もない。肩書の下に学歴や経歴が書いてある。会長と社長は同姓だ。会長が創業者で社長はその息子といったところだろう。あとは生え抜きが四人。残り二人のうち一人は取引銀行からの出向だ。

最後の一人、常務取締役の高見巌《たかみいわお》という人物からはなにやら異臭が漂っていた。元警察庁中部管区警察局長。就任したのは事件の五年前——。

再び書架に戻り、さらに五年遡って職員録を確認する。高見はその年に警視監で退官していた。出世競争の最終段階で敗れた高級官僚のほとんどが、そこを職階の頂点として天下りする。

一部上場企業の取締役なら警視監クラスの天下り先として遜色はない。韮沢たちはその存在を見過ごしたのか。あるいはこの人物がいたがゆえに、中山功を人身御供に捜査は終焉を迎えたのか。

その功績で出世したことに韮沢は忸怩たる思いを抱かなかったのか。あの置き手紙で示唆したように、もし中山功が冤罪を被ったとするなら、きょうまでなぜ腹に仕舞い込んできたのか。あの韮沢が功を焦ったとは思えない。もしそうなら娘の順子にあのような慙愧の念を綴ったり、リスクを冒して犯罪の痕跡を隠滅した行動の理解に苦しむ。

中山功の事件を起点とする薄汚れた権力の地下茎が森脇事件へと繋がり、さらに現在まで延びてきて、韮沢は凶弾に襲われた。そして実行犯とされた山下巡査部長の不可解な自殺――。

韮沢はすべてを知っていたのかもしれない。鷺沼が想像していたよりはるかに多くのことを――。森脇事件の闇のさらに奥で蠢いているおぞましいものの実態が垣間見えた気がした。

その真相に切り込む刃とは――。鷺沼の脳はフル回転した。このどす黒い舞台の書き割りのなかで、田浦はおそらく端役にすぎない。むしろ主役は韮沢なのか。

頭の芯がうずく。政界から財界まで張り巡らされた欲得の地下回廊。野心と利権で肥え太った大ネズミや小ネズミが、世間の正義を嘲笑いながら勝利を謳歌している姿が目に浮かぶ。

2

鷺沼は必要な部分のコピーを取って閲覧室を出た。現場は年中無休というものの、事務方は他の官庁並みに休みをとるから、庁内の廊下は閑散としている。

井上の顔を見たくなって一課のフロアに足を向けた。またなにか新ネタを掴んでいるかもしれないという期待もあるが、ただ顔を見ないと落ち着かない気分でもあった。いまや自分が警視庁に在籍する刑事だということを思い出させてくれる唯一の存在が井上だった。

事件を担当していない班は年末年始の休暇に入ったようで、待機の班が二組だけ、それぞれの島に暇そうにたむろしている。だだっ広いフロアはゴーストタウンの趣だ。

特捜一係の島に井上の姿が見えない。本隊はまだ小松川の事件に釘づけだ。留守役の井上にしても休暇に入れるはずがない。退屈しのぎに廊下とんびに励んでいるのかと、自分の席に腰を落ち着け、井上の机の週刊誌を手にとった。

ぱらぱらページをめくっていると、人気のまばらなフロアのあちこちからぴりぴりした視線が突き刺さる。ぐるりと首を回してみる。フロアにいる全員が無遠慮にこちらに目を向けている。ろくでもないことが起きている気配を感じて肌が粟立った。

待機班の島に懇意な顔があった。警察学校で同期の瀬島《せじま》。視線を合わせると席から立って歩み寄る。

「おれはいつからパンダになったんだ」

訊くと瀬島は柚子肌の丸顔に憂いを浮かべた。

「興味の的はあんたんとこの若いのだよ。井上っていったな。さっき人事の監察に引っ張っていかれたぞ。なにかやらかしたのか？」

「なにかって訊かれても、おれはあいつのお守り役じゃないからな。いつの話だ？」

「小一時間前だよ。あいつがパソコンに向かってなにかやってるところへ、連中が突然飛び込んできて、有無を言わさず引っ張っていった」

「どうして監察だとわかった？」

「以前、所轄の婦警にちょっかいを出して絞られたことがある。一人はそのときの担当だった。あいつは手が早いのか」

瀬島は小指を立ててみせた。警務部人事第一課監察係——。道府県警本部なら韮沢が指揮をとっていた警務部監察官室に相当し、警視庁職員の犯罪や不祥事を取り扱う強面の部署だ。そこに引っ張られたというのがめでたい話であるはずがない。鷺沼は曖昧に首を振った。

「そんなこともなさそうだが、他人の下半身のことはわからない」

「だったら、エロサイトでも眺めていたのかな。そいつら、そのパソコンの画面を写真に撮っていったよ」

「パソコンの画面を写真に？」

鷺沼は立ち上がって井上のパソコンを覗き込んだ。画面は真っ黒で、電源のランプも消えている。

「ああ、撮影してすぐにスイッチを切って、それから井上を引っ張っていった」

井上が勤務中にエロサイトを渉猟していたとは思えない。できればその方面の趣味を持ち合わせていて欲しいくらいだったが、井上は想像以上の硬骨漢だった。

こうなったのも半分以上は鷺沼の責任だ。井上を窮地から救い出さなければならない。それに手に落ちた先が気に食わない。本来なら真っ先に調べるべき山下巡査部長の一件に頬かむりをし、韮沢狙撃事件そのものを迷宮に押し込もうとする陰謀の中核部隊が警務の監察だとは小学生でも読める筋書きだ。

のんびり作戦を立ててはいられない。出たとこ勝負でいくことにする。瀬島が席に戻るのを待って、内線番号のリストから人事の監察の番号を拾い出す。ダイヤルボタンをプッシュする。呼び出し音が十回鳴って、無愛想極まりない声が応答した。

「はい、監察係」

「うちの若いのが面倒を起こしたそうで。いったいなにを？」

「おたく、誰よ？」

猜疑心を音波に変換するとこうなるというような声が返ってきた。むかつく思いを呑み込んで、へつらうように下手に出る。

「捜査一課特捜一係の鷺沼です。若い者がまずいことをやらかしたんなら、こちらにも監督責任がありますんで、一応事情をお聞かせ願えればと」

「鷺沼さん？　だったらちょうどいい。おたくからもちょっと事情を聴きたいことがあるんでね。すぐ顔を出してもらえますか」

妙な成り行きになってきた。井上が、韮沢事件絡みの鷺沼の動きを喋ってしまったか、それとも別のルートからこちらの動向を察知して、いよいよ包囲を狭めてきたか。

いずれにしても敵の本丸へ乗り込むべき時がきたらしい。刺し違えるに十分な情報の匕首はすでに手にしている。連中も桜田門の庁舎内で荒っぽい手段を行使することはないだろう。そう腹を括ったうえで、とぼけた声で問い返す。

「私に用事が？　おたくの部署から目をつけられるような不品行をやらかした覚えはありませんがね」

「来てくれと言ったら、黙って面を出してくれればいいんですよ、鷺沼さん。あんたの首の一つや二つ、刎《は》ね飛ばすのはわけないんだから」

相手はせいぜい凄んでみせるが、声からすれば若造だ。偉ぶったキャリアの連中なら直接電話に出るはずもない。頭に血が昇るに任せてカウンターを一発返してやる。

「おまえ誰なんだよ。ずいぶん見下した口を利いてくれるな。人事の監察はいつからそんなに偉くなった。ことと場合によっちゃ、あんたの上司に事情を話して躾をし直してもらわんとな。階級と名前を聞かせてもらおうか」

「し、失礼しました。細野《ほその》と申します。階級は巡査部長です。上司が折り入って事情を聴きたいことがあるとのことで――」

若造は慌てた。相手の足元を見透かしたこちらの強気の一言で、図に乗っていた頭が冷めたらしい。

「だったら、その上司というお方とまず電話で話したい」

「ちょ、ちょっとお待ちを」

細野は電話口を離れた。保留のメロディーが流れ出す。苛立ちを抑えながら花のワルツをしばし鑑賞する。今度は中年じみた野太い声が返ってきた。

「ああ、鷺沼さん。係長の川島《かわしま》です。済まないんだが、こちらへご足労願えませんか。電話じゃちょっとまずい話なもので」

係長なら警部クラスのはずだが、川島は薄気味悪いほど慇懃《いんぎん》だ。そこになにかのサインを感じた。どうせろくでもない話に違いはないが、鋭く興味をそそられた。

「命の保証はしてくれるんでしょうね」

冗談めかして言ってやる。込められた皮肉に気づいたのか気づかないのか、川島は電話の向こうで鷹揚に笑った。

「君たちはゲシュタポのように思ってるらしいが、庁内でいちばん話のわかるのがうちの部署なんだ。懲罰よりも温情をというのが我々のモットーだ。井上君やあなたの些細な行き過ぎを不問に付す代わりに、こちらの希望も聞いて欲しい。そこまで言えば事情は呑み込めたと思うんだがね」

川島の口調は温和だが、そのほのめかしには銃口を突きつけるような凄みがあった。こちらの動きをどこまで察知しているかはわからない。しかし韮沢の事件を闇に葬りたい黒幕の一角であることを隠そうともしない。

建前上は警察の良心であるはずのこの連中の真の職務が組織防衛のための汚れ仕事なのは警察官なら誰でも知っている。

世間に発覚する前に不祥事を起こした人間に因果を含め、さりげなく配置転換したり、場合によっては依願退職を勧告する。満額もらえる退職金が口封じ代わりになるわけだ。

懲罰よりも温情をというのは言いえて妙で、警察がその本質においていかに市民に背を向けた組織であるかの明白な証左といえるだろう。

しかし今回は連中の思いどおりにはさせない自信があった。あえて拾おうとする火中の栗には、冒すかもしれない危険を凌駕する魅力があった。鷺沼は快く応じてやった。

「わかりました。すぐにそちらへ向かいます」

「鷺沼さん。おたくは話のわかる人間らしい。お互い実りある付き合いをしたいものですな」

しれっと言って川島は受話器を置いた。したたかな狸を相手にどんな化かし合いを演じられるか。鷺沼は心に活を入れ、努めて落ち着いた足取りでエレベーターホールに向かった。

3

人事第一課監察係は本部庁舎十一階の警務部フロアの一角を占める小さな部署だ。間仕切りで囲われたブースに足を踏み入れる。警務部の他の部署は一般官庁並みに休暇に入っているらしく、その閑散ぶりは一課のフロアの比ではないが、そこにはエリート臭ぷんぷんの若手から浮世の灰汁《あく》で煮しめたような古株まで、そっくり暇を持て余して居流れていた。年末年始に羽目を外して不善をなす習性は一般市民も警察官も変わらない。この連中にとってはいまが繁忙期なのだろう。

ひょろりと背の高い、やや猫背気味の、髭の剃り跡の濃い若造が鷺沼を見て立ち上がり、軽く会釈して歩み寄る。

「細野です。ご多忙のところご足労いただきまして。川島がお待ちしております」

川島に言い含められたのか、今度は厭味なほどに低姿勢だ。狡猾《こうかつ》そうな視線を投げながら、細野は先に立って歩き出し、いったん廊下に出て、右手に並ぶ会議室のドアの一つをノックした。

「入ってくれ」

なかから先ほどの野太い声がした。細野はドアを引いてから鷺沼のあとにつく。足を踏み入れたなかは殺風景さでは訊問部屋と遜色ない小部屋で、会議テーブルに椅子が四脚。その椅子の一つに井上が緊張気味に座っている。向かいには川島が陣取っている。日比谷側の窓にはレースのカーテンが引かれている。川島は立ち上がって名刺を差し出した。歳は五十がらみで、面識はなかったが、庁舎内の食堂でカツ丼やラーメンを食っているところを見かけたことがある。

階級は警部。この歳で警部ならキャリアではない。栗の渋皮のような肌は現場での職歴が長かったことを窺わせる。

川島は細野に目配せして席を外させ、手まねで鷺沼に椅子を勧めた。井上の横に座ると、実直そうな笑みを湛えて口を開いた。

「じつは井上君が警務部のファイルに対してハッカーまがいの行為を繰り返してね。幸い試みはすべて失敗したが、システム管理者がそれに気づいて報告してくれたわけなんだ。どうもパスワードを破って管理者権限を取得し、人事ファイルの機密事項を覗き見しようとしたらしい」

想像どおり井上の善意の勇み足だった。空とぼけてこちらから訊いてやる。

「覗こうとしたのはなんのファイルで?」

「それはおたくがよくご存知だと思うんだが」

柔和な態度はそのままに、川島は鋭く切り込んできた。どうやら無駄話をする気はないらしい。こちらもそれは望むところだ。

「自殺した山下巡査部長のファイルでしょう。それなら責任は私にあります。彼に探るように指示をしたのは私です。やり方に多少行き過ぎがあったにせよ、彼はあくまで正義感に従って行動したまでです」

正義感という言葉を蛍光マーカーで下線を引くように強調してやった。川島はポケットからビニール袋に入ったものを取り出して、鷺沼の手元に差し出した。

「まあ、井上君のほうは未遂ということだから、今回は大目に見てもいい。ただしこっちのほうは、そういうわけにもいかないんでね。心当たりは？」

山下寛子に渡した偽名刺――。思った以上に早く足がついた。素知らぬ顔で問い返す。

「いったいどういうことで？」

「井上君がきのうからファイルを突ついていたもんだから、山下巡査部長の実家にもなんらかの接触があるんじゃないかと気になってね。ご母堂のところへ出向いて事情を伺った。出てきたのがこの偽名刺だった。裏に書いてあった携帯の番号からあなたの身元を突き止めた」

川島はどうだというように身を乗り出した。危険は意識していたが、ここまで早くばれるとは――。しらを切っても手遅れだ。鷺沼は開き直った。

「捜査上、やむにやまれぬ理由があってのことです。場合によってはその理由を公にすることもやぶさかではありません」

川島はたるんだ顎の肉を指で捻った。

「我々の組織を舐めてはいないかね」

「我々の組織？　警察はいつおたくたちの所有物になったんです」

「君を含めて我々全員のだ。警察組織が健全に存在してこそ、我々はまっとうな生活が営める。警察は我々の飯の種だ。我々全員が乗る船なんだ。その船を沈めるような行為をなんでする？」

「違うでしょう。血税から支出された予算を掠め取り、ぬくぬく肥え太って政界に進出したり大手企業に天下ったりする連中のための組織じゃないんですか」

苦い口調で鷺沼は言った。川島は火を点けた煙草を吸い込んで、間合いをとるようにゆっくり煙を吐き出した。

「まあ、そう気色ばまずに。道理が通らないのがこの世の常じゃないか。そこを上手く立ち回るのが宮仕えする者の処世の要諦だ。井上君は不正アクセスを試みただけで成功はしていない。不正アクセスに未遂罪はない。場合によっては目こぼししてもいい。しかし君がやったのは官名詐称で立派な犯罪だ。懲戒解雇の対象になるし、逮捕して送検もできる。困るのはそっちのほうじゃないのかね」

川島はまだ悠長だ。そこに勝機を見出した。

「困らないわけじゃありません。しかしどう考えてもそちらほどじゃない。こっちは世間が興味を持ちそうなネタをたっぷり蓄えていますから」

「どこまで知っているんだね？」

川島は馬鹿でかい灰皿で煙草を揉み消した。

「さあね。当ててみたらどうですか。質問する事柄に、イエスかノーかでお答えしますよ」

「ふざけるな。その手に乗るか」

「だったら、こちらから質問していいですか」

川島は身構えた。鷺沼は言葉の匕首を突きつけた。

「真相を知らない上の役所のお偉方や政治家や政府関係者には、自殺した山下が韮沢狙撃事件の犯人だと報告し、発覚すれば日本の警察の危機だと煽り立てて隠蔽処理の一任を取りつける。いまも捜査に携わる下々の警察官にはそんな密約はひた隠す。韮沢狙撃事件はお宮入り。そのころにはマスコミは沈静化し、政府筋からのお咎めもない。黒幕の皆さんは枕を高くしてお眠りになれる。どうせシナリオはそんなところでしょう。それで得をするのはいったい誰ですか？」

「さっきも言った。君も含めた我々警察官全員だ。その権威の傘の下で日々安穏な生活ができる日本国民全体だ」

「しゃれで言ってるんじゃないんなら、おたくの脳味噌も腐ってますね。韮沢室長を狙撃させたのは、警察内部の、それも雲の上の人間だ。そういう連中に奉仕するのが監察の本務なんですか」

「どうしてそう決めつける。そんな事実はまだどこからも出ていない」

「山下が犯行に至った動機も解明されていませんね。そもそも捜査自体を封印しているわけだから、解明もへったくれもないわけですが」

「銃についていた指紋は山下のもので、銃の旋条は犯行に使われた銃弾の旋条痕と一致した。車も目撃証言通りのものだった。山下の犯行だという事実はその物証だけで証明できる」

「それ以上ほじくればなにが出てくるかわかりませんからね。いいや、そもそも山下巡査部長が実行犯かどうかも怪しいものだ。たまたま罪をなすりつけるのにちょうどいい自殺者が出てくれた。そういう絵解きだってあり得ないわけじゃない」

「君は本気でそう思っているのかね」

川島は真顔で訊いてきた。とぼけているようにも受け取れる。心のなかで眉につばをつけた。日本の警察機構を震撼させかねない事件の火消しを任されたこの人物が、並みの狸であるはずがない。

「あなたがそう感じない理由がわからない。川島さん。あなたは以前、刑事畑にいたんでしょう」

当てずっぽうで訊いてみた。同じ刑事畑で飯を食ってきた人間特有の体臭を、鷺沼は川島から感じていた。川島は頷いた。

「所轄で二十年ほどね。主に殺しを担当してきた。好きこのんでこの部署に移ったわけじゃない。本音を言えば貧乏籤を引かされたというところだよ」

「だったら現場で鍛えた鼻を利かせてください。いや、すでにあなたはわかっている。

同じ警察官が狙撃され、上の人間は事件を闇に葬ろうとしている。その手先に使われている自分に嫌気はささないんですか？　良心の痛みは感じないんですか」

川島は鼻で笑った。

「良心という言葉に、君はいまでもなにがしかの価値を見出しているというわけか」

「世の通念としての良心とは多少違うかもしれませんが」

「自分の人生をつつがなく全うするためのささやかな努力――。最近じゃ良心という言葉への私の定義はせいぜいそんなところだよ」

「人生に敗れたアンチヒーローを気取るのは勝手ですが、それが巨悪が強いる理不尽を擁護する理由になるとは私は認めない」

川島は新しい煙草に火を点けた。

「私だってそうだ。内心忸怩たるものがある」

「だったらあなたの本務に戻るべきだ。警察内部に巣食う悪があるなら、どうしてそれを摘発しないんです」

「まだまだ青いね、君は。いや訂正しよう。君は若い。まだまだやり直せるだけの人生がある」

「あなたにだって、それは十分あるはずだ。要は魂の問題でしょう」

川島は揺らぐ思いを断つようにテーブルをばんと叩いた。

「ここで哲学談義をしてもはじまらない。いいか、鷺沼君。私はこの問題を穏便に解決するよう上から指示を受けている。そのための裁量権もある。つまり君が犯した官名詐称の罪にしても、井上君のハッカー行為にしても、私の腹積もり一つで握り潰せる。山下巡査部長の一件にこれ以上首を突っ込まない。そして君が知り得た一切の事実を口外しないと約束してくれればね」

「お断りすると言ったらどうします。訓告であれ懲戒免職であれ、甘んじて受ける覚悟はある。送検してもらっても構わない。しかし口がついている以上、自分の立場については公の場で弁明する。当然、おたくたちが隠したい事実についても語ることになる」

川島は身悶えするように体を揺らした。

「どうしてそう駄々をこねるんだ。どうして同じ釜の飯を食う仲間を裏切るんだ」

「そういう屑どもを仲間だと思ったことはない。糞にまみれた釜の飯を食わされるのは真っ平です」

「あんたはそれでいいかもしれないが、こちらの若い人の将来はどうするんだ。警察官としての人生はそれで終わりだ」

「ご要望に応えたところで身の安全は保証されないでしょう。韮沢室長はなぜ狙撃されたか。なにかを知っていたからだ。おたくたちが隠しておきたい薄汚いキンタマを握ってしまったからだ。私もそいつを握ってますよ。私にも鉛弾を見舞うつもりなら、早めに自殺希望者を募っておいたほうがいい」

鷺沼は挑発した。川島はため息を吐いた。

「下種《げす》の勘ぐりも極まれりだな。そんな話をいったい誰が信用する」

「私が信じられればそれで構わない」

「君はいったいなにをしたいんだ？」

「韮沢さんの仇を討つ。相手がどんなお偉方だろうと容赦はしない。ただし約束しますよ。今後あなたが私のやることにちょっかいを出さない限り、山下巡査部長の件は当面口外しない。それであなたは仕事をしたことになる。上からお叱りを受けずに済むでしょう。ただしおかしな動きがあれば、世間の耳に確実に届くかたちで、知っていることを洗いざらいぶちまけます」

「もう一度訊く。君の本当の狙いはなんなんだ？」

「そちらには関わり合いのないことです。あなたの人生をつつがなく全うするための努力を妨害する気はありません。だからなにが起きようと見て見ぬふりをすることです。それが火の粉を被らないための最良の選択です」

鷺沼は親しみを滲ませた。川島は打ち解けた笑みを漏らした。

「わかったよ。その線で手を打とう。ひとつ聞かせてくれないか。人生を棒に振ってでも闘いとる価値のあるものってなんなんだ」

「正義です」

「正義？　酸いも甘いも嚙み分けたベテラン刑事の口から、そんな青臭い言葉が飛び出るとは恐れ入ったな」

「それを死語にしたのは、あなたやその背後にいる連中でしょう。そういう勢力に脅されて節を枉《ま》げるくらいなら、自分が信じる青臭い正義と心中するほうがまだましです」

川島は仏頂面で煙草を揉み消した。当惑した面持ちでやりとりを聞いていた井上を促がして、鷺沼は席を立った。

〈君の胸の奥で燻っている正義を愛する心に、ここでもう一度火をつけてみないか――〉

数寄屋通りの鮨屋の座敷で聞いた韮沢の言葉を嚙みしめながら、川島に背を向けてドアに向かった。川島の声がうしろから追ってきた。

「滝田恭一警部が殉職したとき、君はその場に居合わせたそうだね」

唐突な問いに思わず振り返った。

「どうしてそれを？」

「事件後しばらくして、庁内報にそのときの顚末を書いた一文を君が投稿しただろう。捜査本部の上層部が自分たちの失策を隠蔽しようとしたんだったね。あれを読んで私も溜飲を下げた一人だ。滝田警部は私が新任の刑事だったころ、手取り足取り世話になった、親父のような人だった」

「私にとっても恩師のような人です」

そう答えながら覚えず心が揺れた。しみじみとした口調で川島は言った。

「その志を継いでくれる刑事がいまもいてくれて私は嬉しいよ。本当の正義を愛する愚直な刑事が――」

4

「済みません。勝手なことをして」

井上がしょげ返った表情で頭を下げる。

「いや、いいんだ。むしろおまえを見直した。ただし厄介なことになったのは事実だな」

鷺沼は穏やかに言って、テーブルに届いたビールを井上のグラスに注いでやった。

まだ時刻が早いうえに上客のサラリーマン族はすでに仕事納めで、交通会館地下一階の居酒屋は気が滅入るほど客が少ない。

川島との話し合いのあと、一課のフロアには戻らずに、井上を連れてそのまま有楽町に足を向けた。戻れば好奇の視線に晒されるのはわかっていた。あれやこれや質問されれば、言わずもがなの話もしてしまいそうだった。口外しないという川島との約束とはまた別に、こちらもそっと静かにことを進めたい。

話がついたのはあくまで川島とであって、韮沢を狙った連中とではない。川島自身、どこまで真相を知っているのかわからない。知っているのはおそらく山下を隠蔽工作の道具に使う話くらいだろう。その裏側で跋扈《ばっこ》する魑魅魍魎の真の姿を把握しているとは思えない。

鷺沼と井上が今後その連中の注目の的になるのは明らかで、いやすでになっていると考えたほうが賢明だ。自分一人がターゲットになるのは構わない。敵が姿を晒してくれることはむしろ望むところだが、井上を巻き添えにするのは不本意だ。

「当然、三好の親爺さんの耳にも入るでしょうね」

井上は不安げにビールのグラスを手元に抱え込む。とりあえず一口飲むように勧め、鷺沼も軽く一呷りして喉を潤した。

「いや、連中は約束どおりその件は不問に付すだろう。そうじゃないなら三好の親爺がもう騒いでいる。監督責任は現場の長にある。とっくに話がいっているはずだ」

「じゃあ、厄介なことというのは？」

井上が身を乗り出す。さて、どこまで事情を語るべきか。多くを知るほど敵にとっては邪魔になる。相手は韮沢を狙撃までした連中だ。次の一手が穏便なものであるはずがない。しかし現状ですでに井上は危険な状態に置かれている。

「しばらく会社を休まないか。有給休暇はたっぷりあるんだろう。海外旅行にでも出かけるとか」

さりげない口調で提案すると、こちらの腹を疑うように井上は首を傾げた。

「どういう意味ですか？」

「殺されたくはないだろう？」

「そりゃ、そうですけど、誰がぼくを殺すんですか」

「川島たちの背後にいる連中だよ。川島にはなにを訊かれたんだ」

「もちろんファイルを覗こうとした理由ですけど」

「なんて答えた？」

「庁内報で山下さんが剣道大会で優勝した記事を読んで、ぼくも剣道が好きだからつい出来心でと――」

「本当に好きなのか」

「警察学校の術科の授業で剣道をやったくらいで、どちらかといえば武術は苦手です」

「おまえもなかなか狸だな。しかし相手は納得しなかったわけだろう」

「ええ、一時間ほどとっちめられましたけど、こちらはそれで押し通したんです。そのうち鷺沼さんがやってきて――。でも彼らはどうしてあそこで退いたんですか。なにか鷺沼さんを惧れてるみたいだったけど」

井上は探るような眼差しを向けてくる。とぼけとおすのは困難だ。

「おまえをこれ以上巻き込みたくないんだよ。ここから先はおれの個人的な問題だ。韮さんには恩義がある。だからその仇を討ちたいんだ。それはおそらく体を張った闘いになる」

「韮沢さんと同じ運命になるかもしれないと?」

「そういうことだ。そんなことで命を落とすのはおれ一人で沢山だ」

「鷺沼さんはどこまで真相を知ってるんですか。本当の敵が誰なのか教えてください。それを知らなきゃ、ぼくだって身を守れないでしょう」

井上は厳しいところを突いてくる。気がいいだけの若造だと思っていたら、想像以上に骨がある。いとおしくてたまらなくなってきた。

「これから言うことは誰にも喋るな。喋ったら命がないものと思え。話を聞いたあとの身の処し方は自分で決めろ。おれはなに一つ要求しない。もしアドバイスがあるとすれば、なにもしないで傍観するのがいちばんだ。それが平和で幸福な人生を送るための正しい選択肢だ――」

鷺沼は包み隠さず語って聞かせた。森脇の十二億円を追ってたどりついた悪党どもの強欲の宴――。ただし井上に一枚かませろと言い出されても困るので、十二億円奪取計画のところは省いておいた。

「全部が一繋がりになっているわけですね。警察にいることだけじゃなくて、こんな国に住んでいることすら嫌になる」

井上は自棄《やけ》になったようにビールを呷る。鷺沼は先ほどの提案をまた繰り返した。

「おまえまで命を狙われることになったら、困るのはおれなんだ。三好の親爺にはうまく話しておく」

「でも真っ先に命を狙われるのは、ぼくより鷺沼さんじゃないですか」

「おれのほうは覚悟している。というより、きょうまで無事にいられたことがむしろ不思議だよ。おれが森脇の事件を手がけているのは周知の事実だし、帳場から外れて一人で動いているのが韮さんの意向によることも、上の連中は知らないはずがない」

「泳がされているんじゃないですか」

井上は微妙なところを指摘する。泳がす——。だとしてもその意図がわからない。唯一説明がつくとすれば、警察庁上層部での湯浅派と松木派のせめぎ合いがいまも熾烈だということだ。韮沢に隠密捜査の指令を出した湯浅派にとって、鷺沼はいまも大事な手駒なのだろう。それを失わないために、彼らも策謀を巡らしているということだ。

だとすれば松木派が掌握しているのは井上の勇み足から露呈した山下寛子との接触の件だけだとも考えられる。韮沢の意を受けて鷺沼にフリーハンドを与えた長官官房からの指令自体は、たぶん松木派からは看過されている。

鍵は田浦が鷺沼の動きを御注進に及んだかどうかだが、こちらに尻尾を摑まれたことは田浦の失策でもあるわけで、それは報告していない可能性がなくはない。

しかしそれも時間の問題だ。田浦はトカレフで狙撃されている。さらに唐突な左遷の憂き目に遭っている。それは彼らが田浦をトカゲの尻尾にしようとしていることを匂わせる。森脇事件の痕跡をきれいさっぱり消し去って、心穏やかな新年を迎えたい連中が、そろそろ牙を剝いてきてもいいころだ。そう思うと首筋のあたりがやけに涼しくなってきた。

井上には、とりあえずあすは出庁しないように言い含めた。そのあいだに小松川の帳場にいる三好に談判するつもりだった。三好もまた敵か味方か読めないが、鷺沼が動いている真の理由を察知しながら、いまも具体的な動きには出ていない。韮沢が倒れたいま、その気になれば鷺沼を捜査本部に召集できるはずなのだ。

その点からみれば、鷺沼を泳がせている張本人と言えないこともない。いまのところさほどの危険もなく接触でき、もっとも多く情報を引き出せそうな相手が三好だった。田浦の拘束にはもうしばらく時間がかかるだろう。こちらもそのあいだ暇を持て余しているわけにはいかない。

5

そこそこ腹が満たされたところで、井上はトイレに立った。鷺沼は支払いを済ませようとレジに向かった。

店員に伝票を渡し、クレジットカードを取り出したとき、店の外を足早に横切る長身の男の姿が見えた。

頭のなかで危険信号が点滅した。監察係の細野——。どうやら尾行されていたらしいが、ここまでまったく気づかなかった。人事の監察は尾行が下手だというのが庁内の定評だが、それは訂正する必要がありそうだ。

どう撒いてやろうかと思案しながら、カードの伝票にサインをする。そのとき頭のなかの危険信号のフィラメントが白熱した。

店員が差し出すカードとレシートを引ったくるように受け取って、店の外へ駆け出した。地階にあるトイレは二ヵ所。まず近いほうの男子トイレに駆け込んだ。小のほうには人影がない。大のほうは戸が閉まっているのが一ヵ所であとは空家だ。

「井上！」

閉まっているドアに声をかける。返事はない。腰を屈めて奮闘中の利用者の履物を確認する。よれたスニーカー――。井上が履いていたのはまだ真新しい革靴だった。

もう一つのトイレに回る。小のところでは中年の酔っ払いが二人談笑している。大のほうはどれも空家だ。

井上が消えた！　全身から冷や汗が流れ落ちる。地下飲食店街を駆け足で一周し、元の店の前に戻る。井上はいない。

有楽町駅方面への階段を駆け上がる。息を切らして路上に駆け出して、行き交う人と車に目を走らせる。

夥しい顔、夥しい車が視界のなかで渦を巻く。横断歩道を渡る。タクシーを待つ者。タクシーに乗り込もうとしている者。井上の姿は見えない。細野らしい男の姿も見えない。

目の前を通過するテールランプの赤い光と駅周辺の店舗のイルミネーション。周囲を流れる人、人、人――。眩暈を堪えて視線を動かす。頭の芯がずきずきする。自責の念が沸騰する。

信号が変わる。車が動き出す。行き過ぎる車に目を凝らす。高速度カメラと化した鷺沼の視線に車窓の一つから投げられた視線が絡みつく。

日比谷方面に走り過ぎるタクシーの後部席を、後続車のヘッドライトが照らし出す。井上が緊張に強ばった顔を向けている。二人の男が左右を固めている。右側の男の横顔が見えた。細野！　してやられた。やはり川島は狡猾な狸親爺だ。細野はその下請けの屑野郎だ。

行灯《あんどん》に書かれた文字を記憶のフィルムに写しとる。銀座方向からの車列のなかに空車表示のタクシーを探す。やってくるのは実車ばかりだ。

井上の乗ったタクシーはテールランプの赤色光の群れに呑み込まれ、向かった先はもうわからない。しかし敵がタクシーを使ってくれたのは幸いだった。それなら希望は消えていない。

キヨスクの脇の公衆電話に駆け寄った。硬貨を投入し、一〇四をダイヤルする。オペレーターが出る。「東光タクシー」の番号を問い合わせる。答えをメモし、今度はその番号をダイヤルする。配車係が応答する。

「毎度ありがとうございます。東光タクシーです」

「こちら警視庁捜査一課。そちらの二〇一号車がいま向かっている先を至急調べてもらいたい」

「本当に警視庁の方？　悪戯じゃないでしょうね」

配車係は露骨な疑惑を突きつける。鷺沼は声を荒らげた。

「捜査一課特捜一係の鷺沼という者です。信用できないならあとで警視庁に問い合わせてみればいい。緊急なんです。その車で人が拉致されかかっている。同乗しているのは危険な連中で、たぶん拳銃を持っている。へたをすれば運転手にも危害が及ぶ」

「本当ですか？」

配車係の声に戸惑いが混じる。鷺沼はさらに脅しをかけた。

「これが悪戯電話なら、あとで笑いの種にすればいい。しかし本当だったらとんでもない事態になる。そのときはおたくだって責任は免れない」

配車係は慌てて応じた。

「わかりました。少しお待ちを」

「無線で問い合わせるなら、できるだけさりげなく。気づかれたら面倒なことになる」

「もちろん、十分気をつけます」

電話が保留に切り替わる。三十秒待った。配車係が電話口に出た。

「行き先は横浜の本牧だそうです。それ以上はわかりません。まだ行き先の詳細は聞いていないんだろうと思います」

「有楽町から本牧までの所要時間は？」

「そうですね、もう道路は空いてますから、高速に乗って三十分くらいでしょう。大きな会社のタクシーならGPS無線を装備していて、車両の位置が随時把握できるんですが、うちはまだそこまでは――」

配車係は口惜しそうだ。

「だったら目的地に着いたころにもう一度連絡をとって、客を降ろした場所を訊いてください。こちらの電話番号は――」

鷺沼はすかさず携帯の番号を伝えた。配車係は上ずった声で応じた。

「わかりました。でも、大丈夫でしょうね。うちの運転手まで巻き添えになるようなことになれば――」

「そいつらに感づかれなければ心配ない。だから不用意な無線交信はくれぐれも控えて欲しい」

そう答えて鷺沼は受話器を置いて、京橋口のタクシー乗り場に駆け出した。先客が十人ほどいる。待ってはいられない。強権発動を決意して、乗り場の手前一〇メートルほどのところに移動する。やってきたタクシーに警察手帳を振りかざす。慌ててブレーキを踏んだタクシーに滑り込み、本牧へと行き先を告げる。タクシーが西銀座から首都高速に乗ったところで、携帯で宮野を呼び出した。

「いまどこに？」

「会社を出て、おたくのマンションに帰るところ。きょうは遅くなるの？」

宮野はのんびりしたものだ。運転手に聞こえないように声を殺して事情を話す。宮野は声を弾ませる。

「面白くなってきたじゃない。その細野って野郎をとっ捕まえて締め上げれば、別の局面が開けるかもしれない」

「それより、まずは井上を救出したい。手伝ってくれるか」

「もちろん。こっちも急いで本牧へ移動するよ。敵の目的地がわかったら、タクシーを飛ばして直行する。いや自由度の点じゃレンタカーがいいな」

「そうしてくれ。例の道具も忘れずにな」

「任しといてよ。きょうも懐に仕込んでいるから。手入れもゆうべちゃんとしといたし」

宮野はサバイバルゲームに出かける銃器マニアのようなはしゃぎぶりだ。

6

本牧埠頭ランプで湾岸線を下りて、産業道路をかもめ町方向に向かう。

東光タクシーの配車係から連絡が来たのは五分前。タクシーが客を降ろしたのは、かもめ町九丁目の新栄化工本牧工場の前だった。

運転手から聞いた話によれば、客はやはり三人連れで、一人は三十歳前後。痩せてやや背が高く猫背気味。もう一人は年齢が四十前後で、身長が一八〇センチ以上はありそうな巨漢だった。残りの一人は二十代半ばくらいの鼻筋の通った優男《やさおとこ》。三人のなかでいちばん小柄だったという。

その小柄な男が井上で、瘦せた猫背が細野だろう。もう一人はたぶん面識はないが、人事の監察のスタッフか、もしくは警備畑から助っ人に駆り出された武闘派の狂犬といったところだろう。

小柄な男は怯えた様子だったが、ほかの二人が銃や刃物を手にしている様子はなかったという。猫背の男が料金を払い、大柄な男が小柄な男を引き連れて、通用口からなかに入るのを運転手は確認していた。

連絡を受けてすぐに宮野と連絡をとった。

宮野はレンタカーを借りてすでに本牧界隈を流しており、急いでこちらに駆けつけるという。落ち合う場所は本牧元町入口の交差点。タクシーを降りて一分も待たないうちに、宮野が黒いアコードでやってきた。

鷺沼は助手席に乗り込んだ。宮野はすぐに発進し、かもめ町方向に車首を向けた。かもめ町第二交差点を過ぎたあたりでスピードを落とし、新栄化工の前をいったん流す。

頑丈そうな鉄の門扉は閉じられている。敷地のなかの建物に灯火はほとんど認められない。工場らしい二階建ての建物から一〇メートルほど離れて、プレハブ風の平屋があり、そこの天窓からわずかに光が漏れている。

工場の敷地を過ぎたところでUターンし、路肩に駐車して車を降りた。声をひそめて宮野が言う。

「やけに人気がないのがかえって臭いね」

鷺沼も不安を覚えた。細野たちがあえて行き先を捕捉されやすいタクシーを使ったこと。その目的地がどうぞ侵入してくださいといわんばかりの休業中の工場だったこと――。

「おれたちも、じつはご招待されてたりしてな」

「そういうこともあり得るね」

宮野はホルスターからマカロフを取り出してスライドを引いた。小気味よい金属音が車の往来の絶えた路上に谺する。

正門の格子状の門扉はがっちり施錠されている。潜り戸の扉も鉄製で、押しても引いても動かない。宮野が肩から体当たりしてみたが、それでも軋みすらしない。

「ご招待いただいたわけでもなさそうじゃない」

宮野が舌打ちする。鷺沼は頷いて門扉の高さを目測した。鷺沼の身長ほどだ。

「なんとか乗り越えられそうだな」

「変な仕掛けがしてなければね」

宮野はポケットから煙草を取り出した。一本引き抜いて火を点ける。深々と吸い込んだ煙を門扉の上に吹き上げる。

「ああ、やっぱり――」

宮野が指さす先に目をやると、門扉の上を漂う煙のなかに一条の赤い光線が浮き出した。

「赤外線センサーか」

「うん。人はいないけど、警備会社に直通というわけだ。どうしよう」

宮野が問いかける。鷺沼は門扉の左右を見渡した。塀は三メートル弱はありそうで、その上に有刺鉄線のフェンスがある。コートを脱ぎながら宮野に声をかける。

「マカロフを貸してくれ」

「どうするの？」

怪訝な表情で宮野はマカロフを手渡した。

「こうするんだよ」

鷺沼はマカロフを握った手にコートを巻きつけた。カシミヤ製の簡易サイレンサー。潜り戸のノブに銃口を向けてトリガーを引いた。鈍くくぐもった発射音。鉄の扉がハンマーで叩かれたように激しく撓《たわ》んだ。

コートの射出口から立ち昇る煙を吹き消して、ノブの状態を確認する。銃弾は中央のシリンダーを貫通し、開いた穴から扉の向こうの風景が覗いている。宮野が爪先で軽く蹴飛ばすと、扉は抵抗もなく奥に開いた。

「これで住居不法侵入に器物損壊が加わったわけだね」

「銃刀法違反もな」

鷺沼はまだ銃身の火照《ほて》っているマカロフを宮野に返した。

足を踏み入れたところは幼稚園の運動場ほどの荷捌き用のヤードで、右手奥に管理棟らしい二階屋があり、正面には先ほど眺めた工場棟。どちらも暗闇の底に沈んでいる。管理棟と工場の周囲にも赤外線センサーが設置されている可能性がある。灯火の漏れているプレハブに達するには塀に沿って迂回するのが安全だろう。

宮野は煙草を吸っては煙を足元に吹きつけて、赤外線の検知に余念がない。どうやら門扉の近辺以外にセンサーはなさそうだった。

敷地内には人のいる気配がない。それでも慎重に足音を忍ばせる。ヤードをほぼ半周し、目指すプレハブの前に出た。

横手の暗がりにはフォークリフトが五台ほど行儀よく整列し、傍らにはパレットに積まれたコンクリートブロックの山が五つか六つある。施設の補修にでも使うのだろう。建屋の正面は観音開きの開き戸で、外から閂《かんぬき》がかけられて、馬鹿でかい南京錠で施錠されていた。

扉に耳を近づける。なかで人の呻き声がする。さらに神経を研ぎ澄まし、屋内の気配を探る。呻き声の主以外に人のいる様子はない。

「どうする？　器物損壊の再犯を犯す気はある？　カシミヤのコートにはもう穴が開いちゃったんだし」

宮野はマカロフを差し出した。鷺沼はそれを受け取って、同じ手順で器物損壊の再犯を敢行した。古びた南京錠は一撃で吹き飛んだ。

閂を外し、扉を開く。踏み込んだ内部は資材倉庫か物置のようで、段ボール箱やスチール缶がうずたかく積まれている。その隙間に二つの人影が横たわっている。

その一つが上体を持ち上げてしきりに呻く。口は粘着テープで押さえられ、両手両足にも粘着テープが何重にも巻かれている。井上だ。

その奥のもう一人は大人しく横たわったままで、死んではいないが、意識を失っているようだ。両手両足にはテープが巻かれているが、口にはテープは貼られていない。眠れるシーサーといった風情のその顔は、薄暗い蛍光灯の照明の下でも見まごうはずがない。

「あちゃー。なにしてんのよ、田浦のおっさん、こんなところで？」

宮野の声は驚きと喜色が半々だ。拘束したくて躍起になっていたターゲットが、まさに棚ぼたで目の前に転がっていた。

そのとき背後で扉が閉まった。続いて腹に響くような音がして、コンクリートの床が激しく揺れた。慌てて扉に駆け寄った。外からなにかで押さえられているように、扉はびくとも動かない。

心臓がどくどく音を立てていた。想像以上に手が込んではいたが、どうやら招待されていたのは間違いなさそうだ。

第十三章

1

「とりあえず生きててよかったな」

井上の手足を拘束している粘着テープを剝がしてやりながら鷺沼は声をかけたが、その声が引き攣っているのが自分でも情けない。口のテープを剝がしてやったとたんに井上は騒ぎ出した。

「すいません。どじ踏んじゃって。あいつですよ。警務の細野ですよ。もう一人もたぶんどこかの部署の警察官です。銃を持ってたんです。外から見えないようにコートのポケットに入れて、それを突きつけられて。でも鷺沼さん、どうやってここへ？」

「長話する余裕ができたら話してやるよ。いまはここからどう抜け出すかだ。こんなところへおれたちを閉じ込めて、脱出マジックを鑑賞しようというつもりでもないだろう」

軽口を返してはみるが、おめおめと敵の罠に嵌まった自分への怒りで腹のなかはもつ煮になる寸前だ。また重い地響きがして、出入り口の扉の向こうになにかが落とされた。電動モーターの駆動音が聞こえる。タイヤが地面を擦る音がする。

もう一度、扉に体当たりする。七〇キロはある鷺沼の体がゴムボールのように弾き返される。硬く重い壁のようなものが背後にあるようだ。ふと思い出した。この建屋の横にコンクリートブロックの山がいくつもあった。その横にはフォークリフトが並んでいた。細野たちはそれで出入り口を封鎖したのだ。

「こっちのおっさんはなにか薬でも飲まされてるようだね」

田浦の半身を抱え起こし、粘着テープを剝がしてやりながら、宮野が声をかけてくる。田浦はぐったりしたままで、かすかに鼾も聞こえてくる。外傷はとくになさそうだ。顔色はごく普通に見える。脳卒中かなにかを起こしている可能性がなくもないが、いまは我が身のことで手いっぱいで、そこまで心配はしていられない。

「細野がなにを企んでいるか、見当はつくか？」

田浦はしばらく役に立ちそうにないので、まずは井上に問いかける。

「年末の大掃除だとか言ってましたけど」

「利いたふうなことを抜かしてくれるじゃない」

ホルスターからマカロフを引き抜いて、宮野が鼻息荒く立ち上がる。半起こしの状態の田浦がまたうしろに倒れ込み、段ボール箱の角に頭をぶつけて呻き声を上げる。それでも目覚める気配はない。

「あ、あんなの持っててまずいじゃないですか。それから、誰ですか、その人？」

井上は初対面の宮野を見て慌てふためいた。髪は金髪で耳にピアスを着けてマカロフを所持する友人がいるとは、井上にはまだ教えていなかった。

「宮野だ。あれでも一応警察官だ。この件についても詳しいことは追って話す。おい、細野！」

外に向かって呼びかける。返事はない。モーターの唸りと地面を転がるタイヤの音が交錯する。フォークリフト二台が稼動中のようだ。また重い地響きがする。細野たちはコンクリートブロックの移動作業で答える暇もないらしい。

「ちょと、鷺沼さん。これ見てよ」

宮野が傍らの段ボール箱からカラフルな柄の紙筒状のものを掴み出す。玩具の打ち上げ花火のようだ。慌ててほかのダンボール箱を確認する。線香花火、ススキ花火、ネズミ花火、ロケット花火、しかけ花火、かんしゃく玉――。積み上げられた大量の荷物の山はすべてその種の品物のようだ。

「いくら玩具だといっても、これだけ量があるとやばいよね」

宮野の顔が青ざめる。鷺沼も手足から血の気が引いてゆく。ここに火でも点けられたら目も当てられない。いや連中はたぶんそのつもりなのだろう。

「丸焼きになるか、ひき肉になるか——。いずれにしても生きて出るのは難しそうだな。ここは花火をつくっている工場なのか」

「出しなにネットで検索してみたのよ。プラスチック成型品のメーカーで、花火を扱っているとは書いてなかったけどね」

「じゃあ、違法貯蔵ですよ。母屋の工場のすぐ隣にこんなものを貯め込んでいたら、火薬類取締法に抵触します」

井上が金切り声を上げる。宮野は苦々しげにたしなめる。

「この際そんなことどうでもいいの。問題はどうやってここから脱出するかでしょ」

「裏口はないのか？」

「あればとっくに封鎖してると思うけどね」

言いながらも、宮野は段ボール箱と壁の狭い隙間に体を捻じ込んで、横歩きしながら建屋の奥へ向かっていった。段ボール箱の山の向こうから宮野の怒声が飛んでくる。

「畜生！　裏手にも横手にも出口はないよ。見かけはぼろでも、けっこう頑丈な建物みたいだよ」

「鷺沼さん。ちょっと、あれ——」

井上が上を指さした。鉄の波板の天井が撓《たわ》んで軋む音がする。フォークリフトの駆動音はすでに止んでいる。誰かが屋根の上を歩いているようだ。

天窓の一つが外に開いた。そこからホースのようなものが突き出した。その先端から透明な液体が流れ落ちる。不快な甘い臭いが鼻腔の粘膜に纏わりつく。ガソリンのようだ。花火だけではサービス不足ということらしい。丸焼きどころか、これならきれいなお骨にしてもらえそうだ。

「こうなりゃ正当防衛だ」

宮野がマカロフを天井に向ける。慌ててその腕をひっ掴む。

「やめろ。マズルフラッシュ（銃口炎）で引火するぞ」

「どうせ火を点けられたら一緒じゃない」

しぶしぶ銃を下ろしながら、宮野は憤りに目をぎらつかせる。

そのとき鷺沼の胸のポケットで携帯が鳴った。慌てて取り出してディスプレイを覗く。福富からだった。通話ボタンを押して耳に当てると、不機嫌な福富の声が流れてきた。

「抜け駆けしようってんじゃねえだろうな、鷺沼さん。あんたと宮野がついさっき本牧のなんとかいう工場へ押し入ったたって、宮野を見張っていた子分から連絡があったんだよ。まさかそこに例の金が――」

屋根の上の男に聞こえないように、声を落として応答する。

「あんたこそおれたちが信用できないで、ちゃっかり子分を張りつけていたわけか」

福富は悪びれる気配もない。

「用心に越したことはねえからな」

「あんたの勘ぐりが当たりならお互いにとって結構な話だが、いまはそれどころじゃないんだよ――」

現状をかいつまんで説明すると、福富は色めき立った。

「田浦がそこにいるのか。生きてるんだな？」

「生きてはいるが、このままじゃそう長生きはできないぞ。もちろんおれたちも同じ運命なわけだけど」

「わかった。すぐに組の者を連れてそこへ行く。なんとかそれまで死なずに待ってろ」

「そう言われてもなあ」

言い返しながら、天窓から突き出したホースに目を向けた。流れ落ちる液体はすでにコンクリートの床を浸しはじめている。

「なんとか時間を稼ぐんだよ。そこまでだったら十分もあれば行けるから」

「わかった。なんとかやってみる」

期待は抱かずにそう答え、こちらの居場所と赤外線センサーを避けるルートを教えて通話を切った。声を殺して宮野に福富とのやりとりを説明する。細野に話し合う用意があるとも思えないが、とりあえずもう一度声をかけてみる。

「おい、細野、返事くらいしたらどうだ」

「いま忙しいんですよ、鷺沼さん。それにおれからはとくに話すこともないんでね」

そっけない返事が天井から降ってくる。

「誰に頼まれた。川島か。それともその上の連中か」

「言っとくがね、鷺沼さん。おれはあんたに恨みはない。気の毒だとは思ってるけど、どうしようもない。あんただってわかってるだろう。警察組織に世間の法律は適用されない。そのうえそこには世間と違う法律がある。あんたやあんたのお仲間たちはその法律を犯したわけだよ」

「そうは言っても、おれたちを殺せば、いやでも世間の法が適用されるぞ」

細野は小ばかにしたように舌を鳴らした。

「わかっちゃいないな。おれたちは神奈川県警監察官室長という大物の暗殺未遂事件だって闇に葬れるんだ。あんたたちのような下っ端がわけのわからないくたばり方をしたところで、世間に波風は一切立たない」

「警務の監察という部署が、そういう汚れ仕事をするところだとは知らなかったな」

「だったらあんたの勉強不足だ」

「川島の指示なのか」

「あのおっさんはとうの昔から死人みたいなもんでね」

「じゃあ、別の筋からの指図で動いているわけだな」

「おれたちゃ特別な存在なんだよ。言うなれば警察という権力の牙城を守る闇の親衛隊だ」

「けちな警察官僚上がりの政治家の尻尾にぶら下がって、いったいどういう余禄があるんだよ」

「あんたみたいな間抜けにはわからない美味い手蔓があるんだよ。あんたの敬愛する韮沢さんだって、平刑事からあそこまでのし上がったわけだろう。その裏になにもないと信じてるんなら、そりゃずいぶんお目出度い話じゃないか」

露骨なほのめかしの真偽はわからないが、その言葉は鷺沼の脳天を直撃した。

「どういう意味だ。あの人がおまえたちの同類だと言いたいのか」

液体はホースから落ち続け、コンクリートの床はすでにびしょ濡れだ。吸い込んだ気化ガスでしだいに頭が朦朧としてくる。細野はせせら笑う。

「ある意味でな。知恵のある人間は本音で生きる。求めるものは金と権力だ。正義漢ぶって偽善に奉仕するあんたのような手合いはけっきょく貧乏籤を引くだけだ。それも今回は最悪のを引いちまったようだがな」

「そりゃどっちかわからないぞ、細野。おれも馬鹿正直な正義感はかなぐり捨てた。おまえみたいな小悪党一人殺したところで良心は痛まない」

細野は余裕綽々と受け流す。

「強がりを言っても手も足も出ないじゃないか。倉庫のなかはもうじき気化したガソリンでいっぱいになる。楽しい花火も山ほどあるぞ」

「どうやって点火する気だよ。そこにいたんじゃ、おまえも一緒に吹き飛ぶぞ」

手の内を探ろうと鎌をかけたが、細野はそれには乗ってこない。

「準備は万端整ってるんだよ。教えるわけにゃいかないけどね。それじゃ、おれたちはこれでおさらばするよ。あの世で達者で暮らしてくれ」

液体の流れが止まり、ホースが天窓から引っ込んだ。屋根の波板が軋む音がする。細野は退避しようとしているらしい。頭より先に体が反応した。呆然とたたずむ宮野の手からマカロフを奪い取り、迷いもせずに銃口を天井に向けた。

「動くな。動いたら撃つぞ――」

「撃てるもんなら撃ってみろ。本当にそこまでの覚悟があるならな」

細野は舐めた口を利く。天井は鉄の波板だが、銃弾は十分貫通する。ただし気化したガソリンに引火する――。灼熱した怒りはそんな理屈を飛び越えた。

「こっちは相打ち覚悟だよ。どっちにしても丸焼きになるわけだからな。だったらおまえも地獄へ道連れだ」

そう叫んだとき、唐突にひらめくものがあった。それは一か八かの賭けだった。

「井上、肩を貸せ！」

当惑しながら井上はその場に屈み込む。その肩に鷺沼は跨った。井上はそのまま立ち上がる。鼻の周りに漂っていたガソリン臭が薄まった。

拳銃を持った腕を目いっぱい上に伸ばす。狙いはホースが覗いていた天窓のすぐ脇だ。頭のなかは空っぽだった。恐怖も悲しみも感じない。ただそれだけが、いま生き延びられるかもしれない唯一の道だった。

トリガーを引いた。銃声が耳を劈《つんざ》いた。マズルフラッシュが迸る。天井の波板に穴が開く。一瞬の静寂。体内の血液が凍りつく。屋根の上で人が倒れる音がした。続いて細野の呻く声――。

「く、くそ。この馬鹿が。本当に撃ちやがって」

狙いどおり引火はしなかった。息が弾んだ。心臓が躍った。口のなかはからからだ。

「お望みなら、とどめの一発をお見舞いしてやってもいいんだぞ」

「や、やめろ。た、助けてくれ。動けないんだよ。痛いんだよ。血が止まらないんだよ」

波板に開いた穴から赤いものが滴り落ちる。宮野は魂が抜けたような顔で立ちつくしている。鷺沼を肩に乗せたまま、井上は石になったように微動すらしない。

警察も無駄なことばかりする組織ではない。危険物処理の研修で習った知識が役立った。ガソリンの気化ガスは空気より重い。井上の肩車と目いっぱい伸ばした腕のおかげで、澱んだガス層の外でトリガーが引けた。まさに薄氷を踏む大博打──。それでも勝ったわけだった。

「おい、外にいるもう一人！」

鷺沼は声を張り上げた。

「細野を死なせたくなかったら扉の前のブロックをどけろ！　こっちは一度死にかけた身だ。もう腹は括ってる。チンピラ刑事の一人や二人、殺したところで痛くも痒くもない」

「お、おい、頼む。言うことを聞いてやってくれ。こいつ頭が狂ってる。おれはまだ死にたくないんだよ」

屋根の上で細野がわめく。外でフォークリフトが動き出す。扉の前を何度か行き来してから動きが止まるのを確認し、井上の肩から飛び降りた。

開き戸の片側を押してみる。扉はゆるりと外に開いた。さらにゆっくり扉を押し開き、新鮮な空気を吸い込みながら、マカロフを構えて外に出る。

フォークリフトのシートに図体の大きな男が座っている。こちらの銃を見て両手を上げる。宮野が駆け寄って、ハンドルの輪を通して手錠をかけて、コートと背広を点検する。

「拳銃は持っていないようだね。代わりにこんなのが出てきたよ」

宮野が投げて寄越したのはクリップタイプのポケットライトだ。それが井上がコートのなかから突きつけられた拳銃らしきものの正体のようだ。井上は風船が萎むようにその場にへたり込んだ。

「し、死んでお詫びしなくちゃいけないですね。種を蒔いたのはぼくなのに、けっきょくなんにもできなくて」

「そうしょげなくていいよ。おかげで予想もしない収穫があったわけだから——」

宮野が歩み寄って慰める。言っているのは田浦のことだろう。

「なんにもしなかったどころじゃない。おまえの肩車が勝負の帰趨《きすう》を変えたんだ。しっかり立っててくれなかったら、おれは狙いを外してた」

鷺沼も優しく背中を叩いてやった。井上は頷きながら嗚咽を漏らす。

「あ、やばいよ。田浦のおっさん、あそこへ置きっぱなしだよ。逃げられたら元も子もない」

宮野が慌てて駆け出した。そのとき正門の前に人影が現れた。通用口の潜り戸を抜けて敷地のなかに滑り込むのが見える。三人だ。福富と例の用心棒だろう。やはり一足遅かった。

「いやあ、おっさん、まだ寝ててくれてよかったよ。しかし重いのなんのって」

まだぐったりしたままの田浦を両足を摑んで引きずりながら、宮野もこちらへ戻ってきた。

「ところでさあ。やっぱ、やばかったよ。あいつら玩具の花火をばらしてね、火薬の入った紙縒《こよ》りをつくって、それを結んで二〇メートルくらいの導火線にしてやがった。それが入り口の隙間から倉庫のなかに引き込まれてたのよ。火を点けたらシュルシュル走ってガソリンに引火して、大量の花火と一緒に大爆発という仕掛けだったわけよ」

「無許可の花火貯蔵施設で爆発事故。遺体は木っ端微塵で身元は不明。あとは本庁の悪党どもの息のかかった県警の官僚が、按配よくマスコミ対策や書類上の処理をする算段か。しかし面白い場所を見つけたもんだな」

「近所の誰かがチクってきたのを、所轄の生活安全課の月給泥棒が頰被りしていたわけよ。そんな手つかずの事案はいくらでも連中のファイルに綴じてあるからね。いわば管内の危ない場所のカタログだよ。あの図体のでかいのは県警の生活安全部にいる役立たずでね。犬猿の仲の桜田門と県警も、悪党同士は仲良しらしいね」

そんな話をしているうちに、福富たちが暗がりから姿を現した。

「無事だったのか？」

「ああ、なんとかな」

フォークリフトの大男と屋根の上で唸っている細野を鷺沼は目で示した。細野の傷は太腿のあたりで、命に別状はなさそうだ。

「野郎も殺っちまったのか」

宮野の足元に横たわる田浦を見やって福富は舌打ちする。宮野は田浦の脇腹を軽く蹴飛ばした。

「眠ってるだけだよ。なにか強力な睡眠薬でも飲まされた感じだね」

「そうか。詳しい話はあとで聞くとして、ここは早いとこずらかったほうがいいな。あいつらはどうするんだ」

「ほっときゃ自分たちで始末をつけるさ。事件の揉み消しはこいつらのお手のものだから。田浦の旦那は、そこの力のありそうな若い衆に運んでもらおうか」

鷺沼はクレーン菅原に視線を投げた。菅原は田浦の傍らにのっそり歩み寄り、宮野が息を切らして引きずってきたその体を軽々と肩に担ぎ上げた。

帰りは管理棟前を突っ切った。監視カメラからは顔を背けて、門扉の周囲の赤外線センサーの光線を堂々と横切ってやる。管理棟のなかでけたたましい警報音が鳴り出した。

まもなく警備会社から警備員が駆けつけて、すぐさま警察に通報し、怪しい警察官二人の身柄は拘束されるだろう。警察組織は治外法権だと嘯いたあの細野がどうやって事態を取り繕うか、お手並み拝見というしかない。

まだ眠ったままの田浦は福富のベンツに同乗させ、井上と鷺沼は宮野が借りたアコードに乗り込んで、車を連ねて西へ向かった。行き先は湯河原にある福富の別荘だった。

2

福富の所有する北欧風の小粋な別荘は、奥湯河原の温泉街からやや離れた山深い場所にあった。

田浦は車中で目を覚ましたが、隣に座っていたクレーン菅原を一瞥《いちべつ》しただけで、あとは騒ぎ立てるでもなく、すこぶる紳士的にドライブに付き合ってくれたらしい。

道中で本人から聞いた話では、この日、田浦は県警本部へ呼び出され、三崎署副署長への異動の正式な辞令を受け取ったあと、歓送会という名目で、同じ派閥に属する同僚たちから飲みに誘われたという。都落ちとはいえ県警内部の異動だ。歓送会もないだろう。これでおさらばという挨拶かと訝りながらも、先々のことを思えば無下に断れない。

市内の小料理屋で何杯かビールを飲むうちに、田浦は急に眠気を催した。もともと酒に強いほうではないから、ここ最近の心労が重なってのことだろうとそのときは思ったらしい。

たまらず舟を漕ぎ、ふと薄目を開けたとき、自分のグラスにビールを注ぎ足しながら、そこに錠剤のようなものを落とす同僚の手の動きが見えた。やられたと気がついたときは遅かった。体はすでに泥のように重く、身動きがとれないままに意識は遠のいていく。

目が覚めたときは見慣れない車のなかで、隣でクレーン菅原が睨みを利かせている。助手席には福富がいる。なにがなんだかわからないが、いずれろくでもない状況に陥ったのはたしかだと、田浦はあっさり観念したようだった。しかし福富が本牧の工場で起きたあらましを語ってやると、田浦は怒りの発作でもう一度気絶しかけたという。

鷺沼たちは別荘へ着くと、さっそくジャグジーつきの風呂でガソリンの臭いを洗い流した。井上は軽いＰＴＳＤ（心的外傷後ストレス障害）にでも罹《かか》ったようで、ひどい頭痛と悪寒がするというので、これ幸いと二階の寝室で休ませた。これから始まる田浦の訊問に付き合わせれば、否応なしに危ない三羽烏の陣営に引きずり込むことになる。まだ将来がある井上にとって、それがいいことだとは思えない。

庭に面した居心地のいいリビングで、近くのホテルから取り寄せた軽食をつまみながら、福富を交えて田浦の訊問に取りかかった。逃げる心配はなさそうなので、田浦も客人扱いにしてやった。田浦のグラスにビールを注ぎながら、鷺沼はさっそく切り出した。

「田浦さん。あんたはすでに切り落とされたトカゲの尻尾だ。それどころじゃない。おれたちが助け出さなきゃ、いまごろはあの世の住人になっていた。おれたちに協力することが、余生を全うする唯一の道だと思うんだがな」

「協力するって、なんのことだ」

田浦はまずはとぼけてみせる。鷺沼はずばりと踏み込んだ。

「知りたいのは森脇が詐取した金の行方だよ」

「そんなの私は知らないよ」

「森脇の遺体が発見される三日前の夜、あんたはやつと遭っている。ここにその証人がいる」

福富を目線で示すと、田浦は一瞥して鼻を鳴らした。

「私は覚醒剤絡みの容疑で福富を追っていたんだよ。森脇に用があったわけじゃない」

「そんなことは知っている。しかし偶然にせよ、指名手配されていた森脇と遭遇して、あんたは逮捕も通報もしなかった。なんの見返りもなしに見逃してやる理由があるなら説明して欲しいもんだ。それとも森脇を殺したのはあんたなのか」

「警察官だって日本じゅうの指名手配犯の人相までは頭に入っちゃいない。そのときはそいつが森脇だとは気づかなかった。つまりそういう単純な話だよ」

「だったら、どうしていまになって命を狙われる。あの工場でおれたちと一緒にあんたを丸焼きにしようとしたのは、韮沢さんの銃撃に関わった連中の手先だ。そもそも東池袋のホテルでおれにほのめかしたところでは、彼があの十二億の一件で動いていることをあんたはすでに知っていたようじゃないか」

田浦は全身に猜疑心を滲ませてなにも答えない。鷺沼はさらに慎重に迫っていった。

「なあ、田浦さん。あんたの上にいる悪党連中に義理立てしたって、向こうは執行猶予を認めてはくれない。あんたの頭の中身を命ごと消し去ろうとしてるんだ。そこはあんたがいちばんよく知っているはずだ」

福富も猫なで声で語りかける。

「そうだよ、田浦さん。おれたちはあんたを取って食おうってんじゃねえ。ここでほっぽり出せば、連中はまたあんたを殺しにかかる。知ってることを洗いざらい喋ってくれれば、おれたちがあんたを守ってやる」

揺れる心を誤魔化すように、田浦は勢いよくビールを呷る。鷺沼はすかさず空いたグラスに注ぎ足してやった。

「欲にまみれた殿上人の尻の世話までしてやって、用済みとなれば見返りの出世コースから外されて、あげくは命まで狙われる。惨めだとは思わないか、田浦さん。腹は立たないのか」

シーサーを思わせる田浦の顔が突然崩壊した。怒っているのか、泣いているのか、笑っているのかよくわからない。さらにその肩が激しく揺れた。ウズラの卵のようなぎょろ目が涙で濡れている。

「私だって、香川やその取り巻きを殺してやりたいよ。殺せないまでも、出世の梯子のてっぺんから浮世の糞壺の底へ叩き落としてやりたいよ。しかしあいつらが握っているのは国家の暴力装置そのものだ。そんな連中に対してこんな私になにができるんだ」

「知ってることを喋ってくれれば、おれたちが代わりにそれをやってやる。おれにしたってもう抜き差しならないところに来ちまった。こうなりゃやるかやられるかだ。あんたが生きながらえる道はほかにはないと思うがな」

鷺沼は諭すような口調で言った。田浦はまだ疑いの目を向けてくる。

「あんたたちだって、狙いは森脇の札束なんだろう。うまいこと言って私を利用しようとしているんだろう」

「否定はしない。しかしそれだけじゃない。おれは韮さんの仇を討ちたいんだ。あの人とおれの特別な関係は、あんたも先刻承知のはずだがね」

田浦の気持ちが動きそうな気配を感じながら、鷺沼は穏やかに押していった。田浦は上目遣いに鷺沼の顔を覗き込む。

「あの人が狙われた本当の理由を、あんたは知らないのか」

胸の奥でなにかがざわついた。あの工場の倉庫で細野もほのめかした。韮沢の出世の裏になにやら事情があるようなことを——。

「湯浅派と松木派の抗争のことを言っているのか」

「その辺はおおむね間違いない。しかしなにも知らないなら、命まで狙われることはないだろう」

「韮さんはいったいなにを知っていたというんだ」

「たぶん消えた九億の行方だよ」

田浦の言葉は意表を突いた。覚えず心拍数が高まった。福富が慌てて割って入る。

「お、おい。消えた九億てのはどういうことだ。こいつがぱくったのは十二億丸ごとじゃなかったのか？」

その件については田浦の子分の磯貝から聞いただけで、まだ裏はとれていない。だから福富には言っていなかった。福富を目顔で制して鷺沼は穏やかに問いかけた。

「だったら、まずその辺の事情から聞かせてくれないか、田浦さん。もう隠し立てしたってしようがないだろう」

田浦は頷いて、言葉を選ぶように語り出した。

「私が在り処を知っているのは、十二億のうちの三億についてだけだよ。あんたたちの読みどおり、私はあの晩、森脇と遭って、ちょっとした取り引きをしたんだよ——」

田浦は森脇と交渉して、見逃す代償として三億円を手に入れた。そのうちの二億円が現参議院議員で当時は神奈川県警の警務部長だった香川義博が使い込んだ裏金の穴埋めに使われた。残りの一億円は田浦が懐に入れた。そこまでは磯貝から聞いていた話と矛盾しなかった。

「その三日後に森脇の死体が本牧の海に浮かんだと聞いて、正直私は焦ったよ。あの晩、私が森脇と遭っていたことを、そちらの御仁は知っているはずだった――」

田浦は福富に一瞥を投げてさらに続けた。

「それを表沙汰にされたら殺しの容疑がこちらに及ぶ。私は戦々恐々だった。しかしあんたはなぜか黙っていた」

「そりゃあのときのおれは、あんたどころの騒ぎじゃなかった。殺したのはおれだと思い込んでいたわけだから」

福富はお愛想のように怖気《おぞけ》をふるってみせる。田浦は表情も変えずにビールを啜った。

「県警と桜田門の双方に帳場が立って、捜査現場は混乱の極みだと聞いて、私はひたすら迷宮入りを願うばかりだった」

ひどい気鬱の種を抱え込んだそんな田浦のもとに、警視庁捜査二課の刑事から電話がきたのは、森脇の死体が出て一週間ほどしてからだという。

「東池袋のマンションで起きたことで話を聞きたいというんだよ。そのことは捜査線上には上がっていないはずだったが、本部が公表しない動きについては部外者の私にはわからない。ついに尻尾を摑まれたかと半ば観念したものの、逃げ隠れすればかえって怪しまれる。殺人容疑なら濡れ衣だし、三億をせしめた件なら上の連中も一蓮托生だ。連中の手蔓でなんとか闇に葬ってくれることを期待して、私はその刑事と会うことにしたんだよ」

田浦は重いため息を吐いて、キャビアをたっぷりのせたクラッカーを口に抛り込んだ。鷺沼は不穏なものを感じながら問いかけた。

「その刑事というのは？」

田浦はさらりとその名前を口にした。

「韮沢さんだよ。当時は二課の係長だった」

「本当なのか？」

心臓に穴が開いたような気分だった。問いかける自分の声がその穴から漏れ出す風のように聞こえた。こちらの反応を確かめるように視線を流し、田浦はおもむろに先を続けた。

「変だったのは、その日あの人が、待ち合わせた横浜市内の喫茶店へ一人でやってきたことだった。相方を伴わないということは、つまり正式の捜査活動じゃない。彼の一存で動いているものと私は受け取った」

中山順子との出会いといい、その少し前にマンションの周辺で韮沢が聞き込みをしていたという宮野が拾ってきたあの話といい、森脇が死んだ晩の出来事に絡むすべての行動を韮沢は単独で行なっていた。田浦が指摘するとおり、刑事事件の捜査としてそれは明らかに不自然だ。

「それで話というのは？」

「ずばり訊いてきたんだよ。あの晩、あそこでなにがあったのかと」

「あんたが森脇と遭ったことを知っていたのか？」

「ああ、知っていた。私がどじを踏んだんだよ。こっちは福富の取り引きの現場を押さえようと張っていた。そのとき運悪く管理人に見咎められて、やむなく名刺を渡していたんだよ。しかし当時は桜田門も県警もあそこが森脇の潜伏先だとは知らなかったはずなんだ。なぜ韮沢さんがあのマンションに着目したのか、私はいまもわからない」

田浦はしきりに首を傾げるが、中山順子の足取りを追ってたまたま行き着いたというところだろう。しかしそれをいま田浦に言うことはない。鷺沼は先を促がした。

「それで、あんたはなんて答えたんだ？」

「もちろん、森脇と遭ったなんて口が裂けても言えないよ。福富の覚醒剤取り引きの現場を押さえようと張り込んでいたとだけ答えておいた。そこまでは嘘じゃないわけだから。けっきょく取り逃がして、その晩は引き上げたと——」

「信じてもらえたのか」

田浦は渇いた喉を潤すように軽くビールを口にした。

「森脇の殺害現場の写真を見せてくれたよ。あのマンションの一室だというんだが、私は室内は見ていないからなんとも言えない。胸部に大型のナイフが刺さって、床に倒れていたのは間違いなくあの晩遭った森脇だった。とんでもない相手とお近づきになってしまったと、私は背筋が凍りつくような気分だった。あんたがやったのかと訊いてやると、あの人は黙って首を振った。そして向こうから訊いてきた。森脇がそこにいたことを誰かに喋ったかと。森脇には遭っていないという私の話が嘘なのは先刻お見通しという顔をして――」

田浦は凶器のような乱杭歯《らんぐいば》を覗かせた。どうやら自嘲する笑いのようだった。

「間抜けなのは私だったんだよ。紺屋《こうや》の白袴ってやつで、そのときは自分が捜査対象になるなんて考えもしなかった。だから普通の犯罪者なら当然用心することに気が回らなかった。マンションの庭で起きた一部始終が、すべて防犯ビデオに記録されていたわけだ。森脇と話をつけて、三億が詰まったスーツケースを受け取って、私がその場を立ち去るところまで」

「それで韮さんは、あんたが森脇を殺害したと?」

田浦は曖昧な表情で首を振った。

「防犯ビデオの死角を通って舞い戻ることは可能だった。疑えばきりがないのに、あの人はそうはみていないようだった。刑事としての勘は大したもんだと言うしかない」

「訊かれたことに、あんたはどう答えたんだ」

「誰にも喋っちゃいないと答えたよ。一緒にいた部下にもしっかり口止めしてあると。もちろん信じやしなかっただろうけど」

「確認するが、森脇を殺したのは本当にあんたじゃないんだな」

鷺沼は念を押した。田浦は苦渋を滲ませた。

「自分が善人だなどとは思っちゃいないさ。しかし悪党にも器というものがある。私にできるのはせいぜい三億をくすねて上司に恩義を売る、つまり出世を金で買うくらいのことだった」

「そのうちの一億はちゃっかり懐に入れたわけじゃねえか」

福富はすかさず厭味を言うが、田浦は悪びれるふうでもない。

「冒したリスクに対する報酬としては妥当な額だと思うがね。しかし恩義を売ったはずのその連中に命まで狙われるとは、そのときは想像もしなかった。せっかくの三億円を丸呑みしなかった私が馬鹿だった」

鷺沼は促がした。

「当時の話に戻ろう。その現場写真を撮影したのは韮さん本人だったのか?」

「韮沢さんは信頼できる筋から手に入れたととぼけたよ。こちらもうしろ暗いところがあるから強くは問い質せなかった。けっきょくそのときはすべて口をつぐんで済ませたが、あの人もそれ以上は突っ込んでこなかった。しかしなにか摑んでいるらしいと私は感じた。それを思い知らされたのは、それからまもなくだった」

田浦の額の横皺に汗が滲んだ。

韮沢から速達の封書が届いたのはその数日後で、そこには田浦が森脇から受け取った三億円の記番号の範囲が記されていた。そこに含まれる札の動きを、森脇殺害事件が時効を迎えるまで自分は徹底的に監視するつもりであり、一枚でも見つかれば出どころはすぐに特定できる。その人物を森脇殺害事件に繫がる重要な容疑者として捜査の俎上《そじょう》に載せることになると書き添えてあった。

十二億円の新品の札束なら、受け渡しの前に銀行側が記番号を記録しておくことは十分あり得る。田浦自身も万一を考慮して、香川に渡す前にその札束の記番号を記録しておいたという。しかし韮沢がその分を特定できたのが不気味だった。さらにその手紙の真意を考えれば、田浦は自分の未来に覆い被さる韮沢の影に恐怖を感じないわけにいかなかった。

韮沢が、田浦がくすねた札束の記番号を把握していた理由は鷺沼には想像がついた。詐欺事件の被害者の古河は、銀行で十二億円の現金を受け取るとき、自前のスーツケースを持ち込んでいる。どれも茶色のサムソナイトだが、それぞれに特徴的な瑕や汚れがあった。

銀行の担当者は、それぞれのスーツケースの特徴と、そこに入れられた札束の記番号の関係も記録していた。十二億円という大枚の移動には、銀行といえどもそこまで神経を使うものらしい。そしてビデオカメラに記録された森脇と田浦の逢瀬の現場の映像には、受け渡されたスーツケースの特徴も映っていたということだろう。

裏を返せば韮沢はそこまでの事実を把握しながら、その札束を使わない限り田浦の罪状を見逃すと言明しているわけだった。時効がくるまで大事に仕舞っておけという指示にも受け取れた。むろん森脇殺しの犯人も残りの九億円の行方も田浦は知らない。しかし韮沢は捜査本部の一員として正式の取り調べはせず、田浦の件を当面は秘匿しておく腹積もりらしい。それはあまりにも不可解な行動だった。

「もちろん私だって馬鹿じゃない。詐欺の公訴時効までの七年間はもともと使わないつもりだった。しかし殺人となると時効は十五年。やむなく生活安全部長を通じて香川にも注進に及んだよ。こっちが我慢しても向こうが使っちまえば元も子もないわけだから」

「当然、韮さんの名前も出たわけだ」

「もちろんだ。だからといって香川のほうもなにもできない。二億を受け取ったことは、まだ韮沢さんには知られていないはずだった。へたに動けば藪蛇になりかねない」

「その時効の成立が一年足らずに迫ったとき、韮さんが突然動き出したというわけだ」

鷺沼は息苦しいものを感じながら問いかけた。韮沢が自分に語ったことの、どこまでが本当でどこまでが嘘だったのか。いやすべてがなんらかの意図に基づいて演じられた芝居で、自分はその狂言回しに抜擢されただけではないかと訝りながら――。田浦は頷いて続けた。

「私もそう思って焦ったよ。しかし真意はその時点でも読めなかった。あんたと差しで話をしたのも、本音はそのあたりの探りを入れるためだった。もし私をターゲットにしているのなら、話が違うと思ったからだよ」

「話が違うとは？」

「県警の裏金庫から流出したという旧札を私も見たんだよ――」

田浦は赤みの差した目を鷺沼に向けた。

「違っていたんだ。私が森脇から受け取ったのはそれじゃなかった」

「それはつまり――」

鷺沼は口にしかけたビールのグラスをテーブルに戻した。田浦は頷いた。

「消えた九億の一部だった」

「ちょ、ちょっと待ってよ、じゃあこれ――」

宮野が慌てて手帳を広げ、カバーのポケットからあの旧札を抜き出した。鷺沼はそれを手に入れた経緯を説明してやった。田浦はそれを手にとって一瞥し、即座に首を振った。

「私が森脇から受け取った札じゃない。記番号が違う。これは消えた九億の一部だよ」

「だとしたら、あんたが香川に渡した二億は、まだそっくり裏金庫に納まっているわけか？」

鷺沼の問いに、田浦はしかつめらしい顔で頷いた。

「ああ、それもこの目で確認したよ」

「あんたが？」

「そうだ。当時の事情は私しか知らない。裏金の金庫番を担当する代々の警務部長は、なにかあったら私に訊くように申し渡されている。それで確認して欲しいと依頼があった。あの二億は私が香川に渡したときのままだった。帯封もシュリンク包装も」

「森脇から三億を受け取った直後にも、あんたは記番号を確認したと言っていた。シュリンク包装を破らずに、どうやってそれを調べたんだ」

「帯封つきのピン札なら記番号は連番になっている。それぞれの束の表に出ている一枚を確認すれば、あとは類推できるわけだよ。三億といえば一万円札で三万枚だ。一枚ずつ調べて記録している暇はなかったよ」

田浦は当然だろうという表情だ。たしかに頷ける説明ではある。今度は福富が色めき立った。

「ちょっと待て。裏金庫がどこにあるのか、あんたは知っているわけか」

田浦はすかさず身を乗り出した。

「ああ、知ってるよ。ダイヤルの数字も、鍵がどこにあるのかも」

「どうしてそれを早く言わないのよ。もったいつけちゃって」

ご機嫌をとるように宮野は田浦のグラスにビールを注ぐ。まずは二億円ゲットを確信した腹のうちがその表情に滲み出る。鷺沼は慌てて割って入った。

「その件はとりあえず置いておいて、話を元に戻そう。つまり流出した旧札は消えた九億の一部ということになるな」

「そういうことだ。こちらもその札を含む金の動きを追ってみた。出どころが裏金庫なのは間違いない」

田浦は頷きながら言った。鷺沼は重いため息でそれに応じた。

「韮さんが探ろうとしていたのは、むしろそっちの線だったかもしれないな」

「というより、あの人がもともと追っていたのは、その九億そのものだったのかもしれない。それも警察の手は通さずに」

「あるいは十二億全額かも――」

思わずそんな言葉が口を突く。田浦にくすねた三億円を使うなと釘を刺した真意はそれだったかもしれない。いずれにせよ東池袋のマンションでの出来事を、韮沢は十四年間腹に仕舞い込んできたわけだった。

「もう一度訊く。あんたは本当に九億の行方についてなにも知らないんだな」

「誓って言うよ。それについても、森脇を殺した犯人についてもなにも知らない」

由緒正しいシーサーのような真顔で田浦は応じた。ここは信じるしかなさそうだった。

森脇が殺害された直後の現場に居合わせ、そこに倒れていた中山順子を病院へ運び、現場を写真に撮り、さらに部屋から事件の痕跡を消し去った。おそらくは遺体の始末もした。そして本部には一切報告しなかった。事件を迷宮の闇に葬り去ったまさに張本人が韮沢だった——。

それは鷺沼の想像を超えていた。しかし田浦の話が真実なら、導かれる結論はそれしかない。殺害したのが韮沢だという可能性にしても否定する材料が思い浮かばない。

「金庫から流出した札を持ち込んだやつが九億横取りの犯人に繋がる可能性が高いけど、だとしたらいつ誰がやったかだよ」

小鼻を膨らませて宮野が問いかける。田浦は首を傾げた。

「現在の警務部長は、前任者から引き継いだとき、シュリンク包装された旧札だけは使うなと申し渡されていた。バラの状態で保管されている分についてはなにも言われていないそうだよ。当然、札の新旧まではチェックしていない」

「引き継いだとき、旧札はだいぶあったのか」

鷺沼は訊いた。田浦は頷いた。

「ああ。それが今年の四月のことで、市中じゃもうほとんど新札に切り替わっていたが、裏金の金庫なんてそんなものだろうと深くは考えなかったそうなんだ」

「あんたが覗いたときもあったのか?」

「旧札はいくらか残っていたが、該当する記番号のものはなかった。すべて流出したあとだったんだろうね。回収できたのはごくわずかだから、実際に旧札がいくら含まれていたかはわからない」

「裏帳簿からチェックはできなかったのか。誰かが紛れ込ませたのなら、記帳されているより残高が膨らんでいたはずだが」

「それがぴたりと合ってるんだよ。つまり、その記番号の札と元々あった札を同額ずつ交換したとみるのが妥当じゃないのかね」

「九億の盗人は、そうやって時効前に札びらを切っていたわけだ。しかしそれなら、もっと以前に流出が発覚してもよかったはずだがな」

「そういう札《ふだ》つきの紙幣をチェックする市中銀行や日銀のシステムは、意外にざるなんじゃないのかね。現にあの三億円事件で強奪された紙幣はけっきょく一枚も出なかったわけで、当局は現物は流通しなかったという認識を示しているがね」

「もしそうなら、あんたも一億の札びらを切って豪勢に暮らしててもよかったのにな」

福富は複雑な顔でローストビーフを口に抛り込む。田浦は経験を踏まえてその心境を解説する。

「それがなかなかできないもんでね。確信がないから抑制が働く。現に偶然とはいえ、今回は見つかってしまったわけだから」

「使えば確実に捕捉できるなんて法螺を吹かなきゃ、三億円事件の犯人だって大っぴらに使ってくれただろうにね」

宮野の声はどこか弾んでいる。鷺沼は断言した。

「やったのは間違いなく警察の身内だな。記番号のチェックシステムがざるだということを知っていた。そのうえ裏金の金庫に容易にアプローチできた」

我が意を得たりというように田浦も頷く。

「裏金の性質もよく知っていた。表向きは存在しないことになっている金だからね。そこから流出したとなれば警察は隠蔽工作に奔走せざるを得ない。犯人を突き止めるどころの騒ぎじゃない」

「ばれても安全だと読んでいたわけだ。そして手持ちのいわくつきの旧札を自由に使える新札に交換した。県警の裏金庫を使ったマネーロンダリングだな。誰なんだ、そいつは？　あんた、見当はつかないのか？」

福富が苛立ちもあらわに問いかける。田浦は皮肉の利いた答えを返す。

「私にわかるんなら、警察は要らないよ」

「そもそもその警察の人間が犯人というんじゃね」

宮野はほとほとうんざりした表情だ。福富が呻くように言う。

「臭いのは、やはり香川の一派だな」

「問題はそいつらが、九億のうちのどのくらいまで手をつけているかだよ」

宮野は今度は心配顔だ。福富も不安を隠さない。

「ああ。こっちの取り分がそれだけ目減りするわけだ。どう思う、田浦さん」

「それほどの額じゃないと思うね。少しずつ時間をかけたにしても、いわくつきの札が何億も流出したのなら、いくらざるでも引っかかる。せいぜい数千万規模だと私はみるね」

田浦は福富が落胆しないように気遣ってでもいるようだ。頼れるのはこちらだと、すでに腹を括った表情だ。

「となると、折り入って皆さんと相談だが――」

福富は真顔になって切り出した。

「九億の件はとりあえずあとに回すことにして、当面の課題は県警の裏金庫に眠っている二億だよ。まずは確実に手に入るものから片づけていくのがこんな場合の定石ってもんだ。そのためには田浦さんのご協力をぜひ仰がなくちゃならねえわけだ」

田浦は身構えた。福富はその緊張を解くように口調を和らげた。

「心配すんなって。あんたの一億も寄越せなんて強欲なことは言わねえよ。ただね、田浦さん。あんたにとって大事なことは、親からもらったその命を無駄に落とさないことだろう。そのための腹案がおれにはあるんだよ」

「話を聞かせてもらおうか」

田浦は開き直ったように問い返す。福富はおもむろに切り出した。

「あんた、外国へ高飛びする気はねえか。家族も一緒にな。命をつけ狙う悪党の手から逃れるにはそれが最善だと思うんだよ。なに、フィリピンやらブラジルなら、一億の金があれば死ぬまで遊んで暮らせるさ」

「私の金には手を出さないと?」

それがいかにも意外だというように田浦は問い返す。福富は頷いた。

「それだけじゃねえ。渡航費用やらなにやら、当面金がかかるだろう。札つきの一億は国内で使うのも海外に持ち出すのも難しい。そこでおれにアイデアがあるというわけだ」

「いったいどういう?」

「おれたちに協力してくれれば、あんたの一億を無瑕の新札と交換してやるよ。あんたは真っさらの金を銀行に預けて、そこから渡航費やら向こうでの滞在費を自由に引き出せる。おれはそれを抱えて森脇殺しの時効を待てばいい。フィリピンにもブラジルにも懇意なダチがいる。ギャングとかそういうのじゃねえよ。表の稼業で付き合いのあるまっとうなビジネスマンだ。そいつらに頼んで、現地での受け入れも手配する。ほとぼりが冷めるまで向こうで暮らすのもいいし、骨を埋めるのも悪くはねえ。どっちも金さえあれば居心地のいい国だ。もっとも、このお二方が納得してくれたらの話だがな」

福富は鷺沼と宮野に交互に視線を投げる。宮野は頷いた。

「予定より多少取り分が減るけど、裏金庫の二億の件で協力してもらえるなら、必要経費と考えることにするよ」

「いい心構えだ、鷺沼さんは?」

福富は今度はこちらに振ってくる。鷺沼も頷いた。いまは突然湧き起こった韮沢への疑惑で頭がいっぱいで、そちらの話には気が回らない。

「お二方の同意は得たよ。どうだい、田浦さん。おれの提案に乗れないのなら、あんたは早晩連中に殺される。それならあんたの一億は宝の持ち腐れだから、おれたちが頂戴することにする。おれとしては、できればそういうえげつない真似はしたくねえんだよ」

親身な調子で言ってはいるが、意味するところはすでに十分えげつない。しかし田浦は意外にもその提案に乗ってきた。

「私にとっては悪くない話だ。いや自分自身、ここ最近の身辺の動きのなかで、そんなことを考えてもいたんだよ。ろくでもない人間のこの私ですら、糞蠅のような官僚が牛耳るこの国で暮らすのはもう真っ平だ。私の一億をあんたが洗浄してくれるというなら、それは私にとっても願ったり叶ったりだ」

「だったら、裏金庫の二億をかっさらう手引きをしてくれるか」

「ああ、私だってそのくらいの仕返しはしてやりたいね。連中の青ざめた顔がいまから目に浮かぶよ」

田浦のシーサー顔が穏やかに崩れた。どうやら会心の笑みを浮かべたようだった。

3

田浦によれば、ターゲットの裏金庫は、神奈川県警本部の警務部長室に鎮座しているという。

警務部長室は日中は施錠されていないが、当然部屋の主は執務中で、人の出入りも頻繁だ。侵入など到底できはしない。夜間や休日なら人はいないが、その代わりドアはきっちり施錠されている。

鍵を所持しているのは部長本人と側近の課長クラス。総務部にも合鍵が保管されているが、そちらはそちらで管理が厳重で、保管室の鍵を盗み出す必要があるから、けっきょく手間は同じになる。

裏金庫は部長室の壁に掛けられた三流画家の油絵の裏に埋め込まれていて、鍵は部長の机の抽斗にあり、ダイヤル番号は田浦の頭のなかに入っている。

香川に二億円を貢いだ直後、田浦は警務部の係長に抜擢されて、短期だが香川の側近を務めたことがあり、裏金の出し入れにも携わっていたらしい。悪の系譜にも信義とかいうものがあり、金庫番は代替わりしても、鍵やダイヤルのナンバーは変えることがないという。

県警内部では大物の部類の田浦なら、夜間でも本部に自由に出入りできる。鷺沼たちが侵入する経路なら、田浦はもちろん宮野も熟知している。つまり問題は警務部長室の鍵を手に入れることだけだった。

けっきょく所持している人間から奪う以外に手はないという結論に落ち着いた。警務部長の身辺情報は、田浦から知る限りのことを聞き出したが、身持ちは堅く、生活態度は几帳面で、付け入る隙はなさそうだった。

側近の課長連中はどうかと訊ねると、なかにゴルフ狂が一人いて、安月給から大枚をはたいて県内のゴルフ場の会員権を買い、月に何度かプレーしているという話が出てきた。そのゴルフ場の名前を聞いて福富は膝を叩いた。

「それならいけるよ。そこの副支配人にはちょっとした貸しがあってね。おれの頼みならたいていは聞いてくれる。犯罪に類することはできればしたくねえが、この際だからしようがねえ」

そもそもいまやろうとしていること自体が犯罪だということをすっかり忘れた言い種だ。福富が思いついた手口はすこぶる単純だったが、それゆえ成功率は高そうだった。

あとの計画はすらすら決まった。決行日は正月三日の夜。捜査部門や警備部門は年中無休だが、内勤の警務は普通の役所と同様で、土日と祝祭日はほとんど人はいない。そのうえ夜間となれば、警務のフロアはまず間違いなくもぬけの殻だ。

まず田浦が表玄関から堂々と入る。そのまま警務のフロアのある五階へ向かい、なかから施錠されている裏手の非常階段へのドアを開け、鷺沼と宮野と福富はそこから侵入する。

あとの仕事はとくに問題はない。金庫の鍵がある机の抽斗には普段から錠はかかっていない。無用心なのではなく、地震や火災の際に側近の連中が素早く中身を退避させられるようにという配慮に基づくものらしい。

とっておきのアイデアはシュリンク包装した特別製の二億円の札束だ。むろんいちばん上だけが真っさらな旧一万円札で、あとは同サイズに断裁したただの紙。新品の旧札は福富が交換する予定の田浦の一億円から流用する。金庫にあるのは一億円ずつ包装されたのが二山だ。田浦の一億円が見本になるから、帯封も含めて正確なイミテーションがつくれるはずだ。

表の一枚は記番号が違うが、そこまでチェックされる心配はまずないだろう。本物をそれと差し替えておけば、盗まれたことは当分発覚しない。そのあいだに田浦は海外逃亡の準備ができるし、依願退職を申し出て退職金を満額受け取れる。鷺沼たちにとっても残りの九億円の行方を追求するうえで、それは貴重な時間稼ぎになる。

宮野と福富はすでに戦闘モードに入っているのか、飲んだビールの量以上に血色がいい。鷺沼はまだ重苦しい気分だった。田浦の証言から窺える韮沢のあまりにも不審な行動が、鷺沼の足元をひどく危ういものにしていた。いまにもそこに生じた裂け目から底知れぬ悪意の熔岩が噴き出して、辛うじて残っている人としての矜持まで焼き尽くそうとしているかのようだった。

鬱々とした気分で思いを巡らしていると、胸のポケットで携帯が鳴った。こんな時間に誰だろうとディスプレイを覗くと、韮沢千佳子からの着信だった。韮沢の容態が悪化でもしたのか。いま韮沢に死なれたら、その心のなかのあまりに大きな秘密を昏睡の水面下に沈めたまま死なれたら――。

　魂が押し潰されそうな不安を覚えながら、慌てて座を外し、バルコニーに出た。通話ボタンを押して耳に当てると、穏やかだがどこか寂しげな千佳子の声が流れてきた。

「ごめんなさいね、こんな夜遅く。なんだか寝つかれなくて、鷺沼さんにつまらない話でも聞いてもらえば、少しは気持ちが落ち着くと思ったの」

「韮さんの容態は？」

　のめるような口調で問いかけた。電話の向こうで千佳子は吹き出した。

「こんな時間の電話じゃ、誰だってそっちの心配をするわよね。夫のことならとくに変化はないのよ。おととい、ＩＣＵから一般病棟に移ったの。つまり生命の危険は当面去ったということのようだけど――」

「意識のほうは？」

「相変わらずよ。手をさすったり呼びかけたりすると少しは反応するんだけど。きょうは娘に付き添いを代わってもらって、家庭菜園の手入れをしに家に戻ったの。雑草がだいぶ増えていたけど、白菜と小松菜が元気に育っていたわ」

「家庭菜園？」

「ほら、庭の隅っこに箱庭みたいな畑があったでしょ。六年前に私がひどい貧血で入院したときに、新鮮な野菜で栄養をつけなきゃだめだと言って主人が独りでつくったのよ。退院して家に帰ったら胡瓜やトマトや茄子が芽を出していたわ。それから毎年、量は大したことないけど、旬の野菜が楽しめるようになったのよ。もっとも主人は畑をつくっただけで、世話はもっぱら私だけどね。それがいまではあの人の形見のような気がして――」

千佳子の声がかすかに震えた。日々目の当たりにさせられる逃れようのない現実を、穏やかな諦念で無理やり包み込もうとしている――。そんな千佳子の心の様が伝わって、鷺沼は胸が塞がれる思いだった。

千佳子は鷺沼に語ったこと以外に、なにか気づいていることがあるのだろうか。いや知っていて隠していることがあるのではないか――。そんな思いがふと心に浮かぶ。それを問い質すべきかどうか思いあぐねた。たとえ鷺沼の心が砕け散るような秘密を韮沢が抱えていたとしても、もし千佳子がそれを知らないのなら、そのままにしておくことが最善のような気がした。その一方ですべてを知りたいという欲求も抑えがたかった。堪えがたい魂の地獄から自らを救うために――。

そんな葛藤とは無関係な意志が働いたように、鷺沼は自分でも奇妙に感じるほど冷静な声で問いかけていた。

「あすは病院に？」

「そのつもりよ。お見えになるの？」

「ええ。このあいだお会いして以後のことで、ご報告したいことがいろいろあるものですから」

「楽しみだわ。気の置けない話相手というのが、いま私にはいちばん嬉しい差し入れなのよ。あなたが来てくれれば、主人にもきっとなにかが伝わると思うわ」

別荘を囲む木立を揺する寒風がひときわ強まった。電話回線を伝わってくる千佳子の声が、いま鷺沼の心をこの世界に繋ぎ留めてくれるただ一本の糸のように感じられた。あすその声で、いま抱いているあらゆる疑惑を払拭するような言葉が聞けることを心から願った。それがたとえ嘘であっても、自分には絶対に見破れない完璧な嘘であって欲しかった。

第十四章

1

大晦日のこの日、湯河原から帰ったその足で、鷺沼は飯田橋の警察病院を訪れた。三日前にＩＣＵから移ってきたという韮沢の個室には、窓辺に花瓶に生けられた花が置かれているだけで、正月らしい飾りはなにもない。昨夜、千佳子が言ったとおり、韮沢は声をかけても答えない。閉め切った窓から忍び込む電車や車の走行音だけが、穏やかでいてどこか張り詰めた室内の空気を震わせていた。

韮沢の寝顔は昼寝でもしているように安らいでいた。心の裡にあれほど大きな秘密を抱えているはずの韮沢が、どうしてこうまで平穏な眠りを貪れるものかと鷺沼は訝しい思いですらあった。

警備部から派遣されている馬面とピグミーチンパンジーの二人組は、相変わらずナースステーション前のロビーに退屈そうにたむろしている。訪れた鷺沼にとくに警戒の色もみせず、馴れ馴れしく声をかけてきて、年末年始も休みなしだとぼやいていた。

昨夜のあの出来事のあとでも無警戒なのが気味悪いが、彼らは単に韮沢の身辺の監視を仰せつかっているだけで、その裏事情は聞いていないということだろう。上の連中も鷺沼が出入りしているという報告は受けているはずだが、へたにちょっかいを出せば馬脚を露すことになるから静観するしかないというわけだ。千佳子は切ない皮肉を口にした。

「のんびりしたものよ。一階のロビーにいる連中も人数が減ったし。主人はずっとこのままで、彼らが困ることを喋り出す心配はもうないとみて、気が緩んでるんじゃないかしら」

「じつはあれから新しい事実が出てきまして——」

意を決して鷺沼は語り出した。十四年前、東池袋のマンションで起きた出来事を、中山順子から聞いたそのままに——。千佳子の反応は予想に反して落ち着いたものだった。

「あなたから中山功という人のことを調べて欲しいと言われたとき、私もそこになにか秘密がありそうな気がしたのよ。だから彼女と会ったあと、すぐに連絡がくるものと思っていたの。それがずっと音沙汰なしだった。私には聞かせたくない話が飛び出したんじゃないかとじつは疑っていたのよ」

昨夜の突然の電話もその点を確認したかったからだと千佳子は暗に言っているようだ

った。

「率直なところを聞かせてください。いまの話はすべて中山順子からの伝聞で、裏は一切とれていません」

「でもあなたは彼女が真実を語ったと、そのとき感じたんでしょう」

千佳子の口調はどこか投げやりだった。鷺沼はさらに語って聞かせた。中山功が逮捕された贈収賄事件での香川義博と韮沢の意外な結びつき。韮沢の田浦に対する脅迫めいた奇妙な接触。韮沢狙撃の嫌疑を背負って自ら命を絶った山下巡査部長のこと。鷺沼自身が昨夜、細野たちに殺されかけたこと。

「夫が森脇を殺したと考えてらっしゃるの?」

千佳子が唐突に訊いてきた。その厳しい表情は、とりあえず安心させるために偽りの答えを返すことを暗に拒絶しているようだった。鷺沼は戸惑いながら答えた。

「韮さんがそんなことをしたとは信じられません。ただそれを否定する材料が乏しいのも事実です。確かなのは、森脇が所持していた残りの九億の行方に韮さんが想像以上に深く関与していたらしいことです」

「回りくどい言い方をしなくてもいいのよ。いずれにせよ、その九億円を夫が手に入れたかもしれないとあなたはみているわけね」

「ここまでにわかったいくつかの事実が、その方向を示しています」

「私もそうであって欲しいと願っているとしたら、あなた驚く?」

千佳子が迷う様子もなく口にしたその問いかけに、鷺沼は返す言葉を失った。張り詰めた空気を和らげるように千佳子は小さく笑った。

「冗談よ。でも、そういうあくどい連中が日本の警察機構を牛耳っていると聞けば、そんな冗談を言いたい気にもなるじゃない」

言葉は穏やかだが、そこにはなにかに挑むような意思が感じられた。鷺沼は気圧される思いで次の言葉を待った。千佳子は電動ポットの湯でお茶を淹れながら言葉を続けた。

「私はなにがあろうと夫を信じることに決めているの。夫が人を殺してお金を奪ったなんて絶対にあり得ない。そんなことをする人じゃないのは私がいちばんよく知っている。でもね、それ以外の点については、つまりその九億円のことや、中山順子さんのマンションの後始末のことや、田浦さんという方に接触したことについては、なにか考えがあってのことだと思うのよ。それがなんなのか、いまの私には見当がつかないけど、たとえ犯罪に類するものだったとしても、その行為は正しかったと私は信じているの。いまそこにいる夫の姿がまさにその証拠よ——」

千佳子は静かに寝息を立てている韮沢を一瞥した。その瞳に宿った怒りの炎を鷺沼は見逃さなかった。

「理由がなんであれ、夫をこんな目に遭わせた連中を私は決して許さない。だから私は夫の闘いを支持するしかないの。もし夫が闘っていた敵の正体をあなたが暴いてくれるのなら、私はできる限り協力をするわ。たとえ法に触れることでもね。その九億円を夫がどこかに隠していたとしても、私はそんなものに興味はないの。あなたたちが手に入れて構わないのよ。いえ、必ずそうすべきよ。その在り処を突き止めることで、夫が闘っていた本当の敵も見えてくると思うのよ」

宮野と福富との盟約については曖昧にかわしておいたつもりだった。しかし千佳子にはこちらの狙いが読めているようでもある。その真意を探るように鷺沼は言った。

「詐欺事件の被害者の古河正三は死んでいます。古河に資金を預託したのもうしろ暗い連中で、名乗り出ることはまずない。証拠の帳簿類も古河が焼き捨てている。つまり司直の手に渡ったとしても、受け取り人不在で国庫に収納される金です。韮さんがあなたや娘さんのためにどこかに秘匿しているのなら、私は手を出す気はありません」

「本当にそんなことどうでもいいのよ。ただ、夫をこんなふうにした連中を法が裁けないなら、あなたの手で罰して欲しいの。もしその九億円を夫が隠し持っているのなら、その報酬としてあなたたちに差し上げるわよ」

捨て台詞のように千佳子は言う。かすかに覚えた違和感がそのまま口を突いて出た。

「まさか、その在り処に心当たりが？」

「九億円の札束となると、そう小さな荷物じゃないんでしょ」

「一億の束が重さで約一〇キロです。つまりぜんぶで九〇キロ。嵩《かさ》はスーツケース三個分ほどでしょう」

「そんな大荷物、狭い我が家には隠せないわね。私がしょっちゅう片づけ物をしているから、あれば必ず気づいているはずよ」

千佳子のさばさばした調子がやはり気になった。すべてを知っているのではないかという直感が働いた。これまで彼女を一度も疑ったりはしなかった。それが盲点だったかもしれないと疑心暗鬼にとらわれる。

「保管する場所はご自宅とは限らない。貸し金庫とかレンタルロッカーもありますから」

反応をみるつもりで言ってみた。千佳子は一瞬唇を噛み締めて、湧き起こる感情を抑えるように声を落とした。

「疑えばきりがないことよね。あなたの気持ちもわかるわよ。あらゆる可能性が考えられるもの。夫が森脇を殺し、その現場の後始末を私が手伝ったという憶測だって成り立つはずよ。その日は娘は友達の家に泊りに行っていて、家にいたのは私一人だったから、アリバイだって成立しない」

唐突に千佳子は声を昂ぶらせた。

「でも、そんなことってある？　あなたにそんなこと信じられる？　あなたが調べ上げた夫の行動には説明がつかないことが山ほどあるわ。だからどうだというの。夫はいまなにも喋れない。どんな疑惑を突きつけられても、言いわけ一つできないのよ。私が信じてあげなくて、いったい誰が夫を――」

見つめる千佳子の瞳が濡れていた。人を疑うことが、あるいは信じることが、いかに困難で危険な賭けであるかということを鷺沼はいま痛切に感じていた。鷺沼自身でさえ持て余すほどの疑惑を突きつけられて、それでもなお千佳子は夫を信じるという。

それが衷心からの言葉なのか、開き直りなのか、鷺沼には判断する手がかりがない。しかし傍らにはいまも回復の兆しのない韮沢がいる。そしてあの狙撃事件そのものが、彼が闘おうとした黒幕たちの手で迷宮に葬られようとしている。そんな状況を前に、千佳子に疑惑の目を向ける勇気を鷺沼は持てなかった。

「奥さんのおっしゃることを信じます。韮さんがその魂において、人として恥じるようなことは絶対にしていないと」

「わかってくれたのね。信じるってそういうことなのよ」

千佳子は肩を震わせた。湯飲みを載せたトレーを落としそうになる。慌てて駆け寄って、その手からトレーを受け取ると、千佳子はとっさに両手を顔に当てた。指の隙間からこぼれ落ちた涙が足元のカーペットに染みをつくる。慌てて取り出したハンカチで目頭を拭いながら、嗚咽混じりに千佳子は言った。

「できるものなら私自身の手で殺してやりたいのよ。夫をこんな目に遭わせたやつらを」

2

警視庁本部庁舎の食堂は昼飯時だったが、大晦日とあって、残務を抱えて出庁した内勤の連中がまばらに席を占めているだけだった。

食券の販売機の近くでしばらく待つと、目的の人物がやってきた。鷺沼はその傍らに歩み寄った。

「川島さん。きのうはどうも。たまには外で食事というのはいかがですか」

「ああ、あんたか。私はここの不味い飯が体に合っているんだが」

「そうおっしゃらずに。昨夜の出来事もご報告しておかないと」

「昨夜の出来事?」

とぼけているのか、本当に知らないのか、川島の反応はすこぶる鈍い。

「細野はどうしてます?」

「自宅で転んでガラスで足を切ったとかで、傷病休暇をとってるよ」

鷺沼は川島の耳元で囁いた。

「怪我の原因はガラスじゃなくて銃弾です。昨夜は神奈川県警の厄介になっているはずです。本当は知ってるんでしょ？」

「私はなにも聞いていない」

川島の顔が強ばった。反応はやはり微妙なところだ。昨夜のことは知らないようだが、こちらが口にしたことの意味は察知したというように見えた。鷺沼は軽く一押しした。

「こちらもせっかく地獄の入り口から戻ってきたんです。土産話を聞いてもらうくらいの義理はあると思うんですが」

「ここじゃ喋りにくい話題なわけだ」

頭の切り替えは早いようで、川島は自分から出口に向かって歩き出した。虎ノ門方面の食い物屋は休みに入っているし、有楽町方面は混んでいそうなので、日比谷公園まで歩くことにした。公園までの道中で話はあらかた語り終えた。

園内のレストランも予想外に混んでいたので、やむなく売店でサンドイッチと缶コーヒーを買って大噴水前のベンチに腰を下ろした。園内の木立は冬枯れていたが、この日は風もなく暖かかった。川島は苦虫を嚙み潰したような顔で切り出した。

「くどいようだが、その件には一切関知していない。じつにふざけた話だな。商売柄、新聞の社会面は隅から隅まで読むようにしているが、そんな事件はどこの新聞も報じていない」

「もし我々が殺されていたとしても、事情はあまり変わりなかったでしょう」

「そういうことだ。で、あんたは私になにをして欲しい。その話の内容なら刑事事件として十分立件できるが、あんたも不法所持していた短銃をぶっ放している。騒ぎ立てるのが得策かどうかだな」

「むろん、そっとしておきますよ。しかしあなたには責任をとってもらわなくちゃ困ります」

「そう言われても、私は蚊帳の外にいる身でね。できることは限られる。なにをして欲しいというんだね」

「細野たちを操った黒幕と接触したいんです。誰だかわかりますか」

「見当はつくが、私が口を利いたくらいで、言うことを聞いてくれる手合いじゃないよ」

「言うことを聞きたくなるような手土産を用意しますよ」

「それはどういう——」

「森脇を殺害した真犯人を知っています。それを私の口から内密に聞くか、正規の手続きを踏んで捜査の俎上に載るのを待つか、どちらか決めていただきたいとお伝え願えれば」

「本当に君はそれを知っているのか」

川島は怪しむような視線を向けてくる。もちろんいまのところは敵の反応を探るための観測気球だ。しかし外れてはいないという自信もなくはない。田浦ではない、韮沢でもないとすれば、もっとも蓋然性の高いのがその人物だった。当たっていれば、確実に反応があるはずだ。

「知っています」

余裕を滲ませて鷺沼は答えた。

「それが誰だか、私に教えてくれるわけにはいかないのかね」

川島は温もりを楽しむように両手で缶コーヒーを弄ぶ。口調はあくまで穏やかで、ことさら関心があるようにも思えない。細野がこの人物に冠した「死人」という形容が、あながち外れでもないような気がしてくる。

「あなたをどこまで信用していいかわからない。それに、もし知ったら――」

「私の命も怪しくなると言いたいのかね」

「そんなところです。たかが十二億の金ごときで死人の山を築きたくはないんです」

「私はもうすでに死んでいる。それは部内じゃ有名な話だよ――」

川島は芝居じみた哀感を湛えて缶コーヒーをちびりと啜った。

「しかしね、そんな私にも耳はついている。内勤の部署というのは、外回りとはまた別の噂が流れてくるところでね。森脇の金のことで、上の役所が慌てているという噂は聞いている」

「韮沢さんの狙撃事件については、どこまで知ってるんですか」

「山下巡査部長が死んだのは、犯行に使われたとされる車と短銃が発見される前の晩だった」

川島がさりげなく口にした言葉に心臓が跳ね上がる。

「それはどういうことで？」

「目撃者の話では、車がそこに停まっていたのは発見された日の朝からで、前夜にはそこにはなかったそうだ」

「つまり——」

「車は山下巡査部長の死後に、発見現場へ移動したことになる」

「それを知りながら、監察は事実を握り潰したわけですか」

「だから私は死んでいると言ったんだよ。言い換えれば、私のポジションは死んだ人間じゃないと勤まらない。監察という仕事は、社会正義を実現するためにあるんじゃない。警察という利益集団の存続のためにあるんだよ。細野たちをコントロールしているのが誰だか、見当はついているんだろうね」

「警察庁警備企画課長の片山さんでしょう」

あてずっぽうで挙げたその名前に、川島は戸惑いもなく頷いた。

「現長官を擁する湯浅派とは対立関係にある松木派のやり手だよ。細野は彼の甥に当たる。出来は悪いのにひどく目をかけているという話でね。いろいろ便利に使えるということじゃないのかね。うちの部署に押し込んできたのも片山さんの意向だと聞いている。近々警部補に昇任するという噂を本人が流しているよ。試験じゃなく選抜でね」

警察官の昇任はペーパーテストによるものと一般には理解されているが、実績抜きの昇任システムの弊害を世間から指摘され、最近では選抜昇任や選考昇任といった抜擢型のシステムも取り入れている。ところがそちらはそちらで情実や縁故が絡みやすい。

細野のケースはその好例だろう。組織を牛耳る権力者たちにすれば、意のままに動かせる手勢を養ううえで絶好のシステムということになる。

「死人にも意地はある。細野をコントロールする立場にある私がなにも聞かされず、あんたは命を失いかけた。山下巡査部長の件にしたって、私が知らされたのは自殺した二日後で、茶番の書き割りが整うまで警備部のお偉方が握り潰していたということだ。そういう指示を出したのが片山だというのは簡単に想像がつく。ことここに至っては、さすがの死人も慙愧に堪えん――」

川島は万事わかったという様子で膝を叩いた。

「ささやかな協力だが、それを自分にも多少は魂が残っていることの証にしたい。いまの話、私の口から上に伝えることにしよう。ただし耳打ちできるのは上司の警務部長までだ。そこからさらに上にどう伝わるかは、私もさっぱり読めないよ」

「構いません。反応は確実にあるでしょう。私のところへじかに」

鷺沼は大いに期待を滲ませた。川島が唐突に訊いてくる。

「あの若い人――。井上君だっけね。彼はどうしている」

「休みをとらせました。ことが落ち着くまで海外旅行にでも行くように勧めています」

「ああ、それが安全だろうね。上の連中からすれば、彼も厄介な存在になってしまったわけだから」

川島は穏やかに微笑んで、安心したように肩から力を抜いた。

3

年が明けた一月三日の深夜、鷺沼たちは二億円奪取計画を実行に移した。

前日に福富は首尾よく警務部長室の鍵を入手した。例の神奈川県警警務部のゴルフ狂の課長が初打ちの予約を入れたという情報をゴルフ場の副支配人から得た福富は、その日、なるべく人相の穏当な組員を見繕い、貴重品ロッカーのあるロビーに待機させた。

組員は、件の課長がやってきて電子式のロッカーに財布や鍵束を入れたのを確認し、プレーしている最中にフロントに出向いて暗証番号を忘れたと騒ぎ立てた。電子ロッカーの暗証番号はそんな場合に備えて管理者が裏から調べられるようになっている。事前に話が通じている副支配人が対応し、正規の手順で本人確認をするふりをしてから、暗証番号を教えてくれた。

組員はロッカーを開け、鍵束を取り出して、駐車場で待機していた別の組員に手渡した。その組員はホームセンターに車を飛ばし、合鍵を作って、すぐさまゴルフ場にとって返した。ロビーにいた組員は素知らぬ顔で鍵束を戻し、暗証番号をセットして立ち去った。課長本人も含め、怪しむ者はいなかったはずだと福富はほくそえんだ。田浦はそのなかの一本が警務部長室の鍵だと特定した。

神奈川県警本部庁舎の裏手はみなとみらいから大桟橋方面へ抜けられる運河になっていて、海上警備用舟艇のための小さな桟橋がある。侵入と退避のルートはそこに決まった。滅多に使われることはなく、警備面でも穴だということは田浦も宮野も保証した。

鷺沼と宮野と福富は事前に借りていた海釣り用の小型ボートで、午後十時に本牧のマリーナを出発した。田浦は正門から堂々と庁舎に乗り込んで、午後十時半きっかりに警務部フロアの非常口のドアをなかから開錠した。

こちらの読みどおり、深夜の警務部には人っ子一人おらず、桟橋から侵入して待機していた鷺沼たちは、誰にも気づかれずにフロアに足を踏み入れた。用意した合鍵で警務部長室の鍵はあっけなく開いた。田浦の言ったとおり、箱根の山だかゴミの山だかわからない下手な油絵の額を外すと、そこには大型の耐火金庫が埋め込まれていた。

田浦は勝手を知った様子でデスクの抽斗を開け、その奥にさらに設えられた隠し抽斗から金庫の鍵を取り出して、ダイヤルを合わせ、鍵を回した。かちりと小気味よい音がした。

田浦は静かに金庫の扉を開いた。宮野と福富が生唾を呑む音が聞こえた。懐中電灯の光のなかに、金種ごとに仕分けられた大枚の金が唸っていた。シュリンク包装された二億円の札束はそのいちばん奥に鎮座していた。

宮野は用意してきたダミーの札束とそれを交換した。福富が知り合いの製本屋に断裁してもらった一山九百九十九枚の紙束の上に、田浦が所持していた旧札を一枚ずつ載せて、カラープリンタで印刷した帯封を巻いてシュリンク包装したものだ。それは田浦が持っていた一億円の札束の見事なまでのレプリカで、鷺沼の目には本物としか映らない。

頂戴した札束は宮野がザックに入れて背負い、鷺沼たちは非常階段から退散した。県警本部に押し入る泥棒がいるとは思いも及ばないからだろう、防犯システムはないも同然だった。田浦は正門から堂々と退出し、一時間後に福富が確保していた市内の高級ホテルのスイートで四人は落ち合った。

二億円の札束を拝むのは鷺沼も宮野も初めてだ。シュリンク包装を解いて中身を確認した。こちらは上から下まで本物だった。福富と宮野と鷺沼で六千六百六十六万円ずつをまず山分けし、残りの二万円を福富は気前よく一万円ずつ鷺沼と宮野に分配した。

福富は田浦の手持ちの旧札と持参した新札の一億円を交換してやった。田浦は三が日明けのあすさっそく辞表を提出し、家族ともども福富の別荘に居候しながら、海外逃亡の準備をするという。

「さてと、仕事はこれで終わったわけじゃねえ。残りの九億の見通しはどうなんだ。その片山って野郎を力ずくでとっ捕まえて締め上げたほうがてっとり早くはねえか」

福富は血走った目で問いかける。大見得を切って宮野の借金を肩代わりした福富としては、これではまだ大幅な赤字ということだ。それをカバーする義務が鷺沼にあるわけではないが、その九億円の行方こそが、韮沢が抱え込んでいる厄介な謎を解明する鍵であり、同時に韮沢の思いを遂げてやるための核弾頭でもあるはずだった。

鷺沼ははやる気持ちを抑えて言った。

「片山はおれの考えじゃまだ小者だよ。トカゲの尻尾切りは連中のお手ののだ。へたに荒療治をすると、かえって本物の悪玉を取り逃がすことになりかねない」

「本物の悪玉ってのは、香川のことかね」

田浦が横から割り込んだ。突然飛び出した意中の人物の名に当惑しながら、鷺沼は引き込まれるように問い返した。

「思い当たることがあるのか、田浦さん？」

「森脇を殺したのは香川じゃないかと、私はずっと睨んでいたんだよ」

「どういう理由で？」

「香川の趣味はハンティングなんだよ」

「というと？」

「報道では、森脇を殺害した凶器は登山ナイフ様のものとなっていたが、刃渡りは？」

「検視の結果だと一五センチ以上はあったようだ。傷は心臓を完全に貫いていた」

田浦は我が意を得たりと頷いた。

「だったら凶器はハンティングナイフだよ。それもかなり大振りのね。私も当時の捜査本部の連中から傷の状態についてはそういうふうに聞いていた――」

登山ナイフという概念はじつは存在しないと田浦は言う。警察発表やマスコミの報道でよく用いられる呼称だが、それは誤りで、ほとんどの場合ハンティングナイフやサバイバルナイフのような大型のナイフを指している――。元生活安全部刑事ならではの蘊《うん》蓄《ちく》だ。

「この前も言ったが、あの一件のあと、私は短期だが警務の係長として香川の側近を務めた。そのとき自慢話を聞かされた。ハンティング中の写真も見せられたよ。香川は鹿撃ち用の猟銃を手にして、腰には鞘入りの大振りのハンティングナイフを提げていた——」

田浦は続けて福富に問いかける。

「あんたが見た森脇のナイフは？」

福富は記憶をまさぐるように眉を寄せた。

「刃渡りでいえば五センチくらいのものだったな。だったら凶器はそれじゃない。最初はおれがそいつを奪って、弾みで野郎の胸を刺したと思ってた。だから真犯人も同じ凶器で殺したんじゃないかと勝手に考えていた」

「私の記憶でもそうだよ。あの晩、森脇が持っていたのは、せいぜい五、六センチのフォールディングナイフだ。一五センチを超す大型のナイフはあまり一般人が使うもんじゃない。業務上の正当な理由なしに持ち歩けば銃刀法違反になる。ただし趣味がハンティングなら所持していること自体に問題はない」

「しかしそれだけじゃ、まだ本ボシと決めつけるには弱いだろう」

福富は興味を失ったように鼻を鳴らす。田浦はさらに続けた。

「もちろんそれだけじゃない。香川は当時、雑司ヶ谷の官舎に住んでいた。横浜まで通うのは不便だったが、子供の学校の関係で、かみさんが引っ越すのを嫌ったとかいう話でね。雑司ヶ谷なら東池袋とは目と鼻の先だ」

「あんたの話を聞いてすぐに行動に移れば、時間的には犯行が可能なわけだ」

鷺沼は高揚を覚えて身を乗り出した。田浦は頷いた。

「あの二億を香川に渡したのは翌日の午前中で、警務部長室へ私が直接届けたんだ。しかし森脇が東池袋に潜伏しているという事実は、その晩すでに生活安全部長経由で香川の耳に入っていたはずだ」

鷺沼は心に鋭く響くものを感じた。それはほとんど確信というべきものだった。

森脇が殺されたあの晩、その潜伏先を知っていた人物は複数いた。そこには香川も含まれていたはずだった。香川のごぼう抜きのスピード出世はその直後からはじまった。

警察官僚としての職階を一気に駆け抜けて、参議院議員に一発当選するまでたったの六年。さらに政界入りしてわずか五年目にして法務大臣の椅子を手に入れた。

その間の香川の官僚及び政治家としての実績に突出したものはない。それだけのロケットダッシュには特別な推進剤が必要なはずだった。

直接手を下したかどうかは別として、消えた九億円を手中に収めたのは香川なのではないか。それが香川の出世街道驀進《ばくしん》の原動力になったのではないか——。二課の資料室で香川の足跡を目の当たりにして以来、そんな感触を鷺沼は拭えなくなっていた。

中山功の事件での香川と韮沢の因縁にも大いに引っかかるものがあった。娘の順子に残した手紙で、韮沢は中山の冤罪の可能性をほのめかした。そして韮沢はその後も順子と森脇の関係を秘匿し続けた。それは森脇殺害の真犯人にとっても好都合なはずだった。

にもかかわらず韮沢は狙撃された。韮沢はなんらかの手段で犯人を追い詰めていた可能性がある。その韮沢をおそらくは警察内部の人間を使って殺害しようとし、さらにその事実を力ずくで隠蔽しようと企てた。そんな指令の出せる人間となると、警察組織の頂点の、さらに上にいる人物しか思い浮かばない——。

田浦の証言は、そんな考えを力強く裏づけるものだった。興奮を隠して田浦に問いかけた。

「金を受け取ったときの香川の様子は？」

「それがなんだか奇妙でね——」

田浦は意味ありげに鼻の脇を搔いた。

「まるで人を殺したあとのようだった」

「人を殺したあとのよう？」

鷺沼は慄く思いで問い返した。

「香川は当時まだ四十になるかならないかで、髪は黒々して、血色もよかった。野心満々の中堅キャリアらしいエネルギッシュな男だった。事件の数日前に見かけたときもそうだった。ところがその日は違っていた。髪は白髪が増えて銀髪といっていい状態で、顔色は悪く、頬はこけて、目つきもどこか虚ろだった」

田浦は怖気立つように首をすくめる。

「そのとき香川がやったという感触を？」

訊くと、田浦は顔の前で手を振った。

「もちろん、そのときは体の具合でも悪いのかと思ったよ。森脇が殺されたことはまだ知らなかったわけだから。しかしその後のことを考えるとね。韮沢さんからの謎めいた接触、飛ぶ鳥を落とす勢いの香川の出世、いちばん真相に近い場所にいたはずの私自身が見当もつかない消えた九億の行方——」

「おれは田浦の旦那の見方を支持するよ。いよいよ九億のお宝に王手がかかったな」

福富はいまにも涎を垂らしそうだ。宮野は不安げに首を傾げる。

「だとしたら、香川がもう使っちゃった可能性が高いんじゃない」

「いや、まだ手元にあるはずだ。現ナマそのものは時効がくるまで塩漬けだとしても、額が九億ともなると使える魔法がいくらでもある。最後にゃそれで返済すればいいわけだから、普通なら返せないはずの借金も恐くない。それをハイリスク・ハイリターンの利殖に回して、金の卵を産み続けることだってできる。要は頭の使いようだ」

「しかし相手が与党の大物政治家となると、普通のやり方で尻尾を掴むのは難しいよ」

田浦は親身な顔で忠告する。宮野も苦い表情だ。

「たぶん真相はすべて韮沢さんの頭に入っているわけだろうけど、いまも回復の見通しが立たないわけだしね」

「おいおい、頭は飾りじゃねえんだぞ。大枚九億の金を手に入れるんだ。普通のやり方じゃだめなのは当たりまえだ。そこを突破するために知恵を絞るのが、天から与えられたおれたちの使命じゃねえか」

福富は瞳を輝かせて発破をかけるが、自分にもとくに目ぼしい知恵はないようだ。鷺沼は宮野と福富に問いかけた。

「そこで、普通じゃないやり方で攻めてみようと思うんだが、協力してもらえるか」

宮野は頷いてビールを呷った。福富はテーブルを押し潰すような勢いで身を乗り出した。三が日のあいだ温めてきた腹案を鷺沼は打ち明けた。宮野と福富の目の色がパチスロの絵柄のようにめまぐるしく変わった。

4

翌日、鷺沼は小松川署の捜査本部に赴いた。

折り入って話があると耳打ちすると、三好は周囲の耳を憚《はばか》ってか、署からほど近い喫茶店に鷺沼を連れ出して、いつものぶっきらぼうな調子で訊いてきた。

「例の件だろう。なにか進展はあったのか」

「大いに進展がありました」

鷺沼はとりあえずそう応じ、気を持たせるようにコーヒーを口に運んだ。

「それはよかった。おれの忠告を無視して、勝手に突っ走った甲斐があったわけだ」

三好は皮肉な挨拶を返す。鷺沼は単刀直入に問いかけた。

「正直なところを教えてください。係長の背後には誰がいるんです」

「どういう意味だ。おれが誰かと結託して、よからぬことを企んでいるとでも？」

「そういう意味じゃありません。しかし係長は神奈川県警から流出した例の旧一万円札のことを知っていた」

「県警の知人から聞いたと言っただろう」

「県警内部では極秘の話です。知っていた人間はごく限られる」

「なにが言いたい」

「知人というのは韮さんじゃないですか」

「どうしてそう考える」

「私を帳場から外したのは参事官からの指示だとおっしゃった。その一方で、裏で韮さんが動いたようなことをほのめかした。もしそうなら、韮さんが狙撃されてその指示は宙ぶらりんになったはずなのに、きょうまで私を現場に戻さず自由にさせてくれた。その一方で、手を引いたほうが身のためだというような忠告もいただいた。その辺の言動のぶれに意味深なものを感じていたんです」

「妙な角度からの突っ込みだな。万事承知で、あんたを泳がせていたと言いたいのか」

「おかげでいろいろ見えてきました。韮さんの思いを私の手で遂げられるかもしれません」

「韮さんの思いって、いったいなんなんだ」

三好は構えた様子で訊いてくる。鷺沼はとぼけて問い返した。

「係長はなんだと思います」

「おれがわかるわけないだろう」

「二十年ほど前に韮さんが手がけた、カサマツ技研の贈収賄事件のことはご存知でしょう」

「中心人物の中山を落としたのがあの人で、その殊勲で警部補になった」

「しかしそれは冤罪だった」

三好は口にしかけたコーヒーを慌ててテーブルに戻した。

「なんだって。そんな話は聞いていないぞ」

「そうでしょう。韮さんもたぶん誰にも漏らしていないと思いますから」

「だったらどうしてそんなことが言える」

「推測です。ここまでに知り得た事実を繋ぎ合わせると、そんな線が見えてくるんです」

鷺沼は中山順子が語ったあの晩の経緯をじっくり聞かせてやった。順子の部屋に残されていた、中山功の無実を示唆するような置き手紙の文面についてもメモを見ながら詳細に――。

加えて二課の捜査資料で見つけた韮沢と香川の思いがけない接点。事件当時カサマツ技研の常務取締役だった元警察庁中部管区警察局長の高見巌という人物の存在。捜査の過程で本部は高見に手をつけず、二課の管理官として捜査を指揮した香川が以後とんとん拍子の出世を遂げたこと。捜査の流れ全体に、中山を人身御供になんらかの政治的配慮で幕引きが行なわれた形跡が窺えること――。

「後段の話は勘ぐりが半分といったところだが、当たっていないといえなくもない。しかしその中山順子の話にはたまげたな」

三好は気持ちを落ち着けるようにゆっくりと煙草に火を点けた。芝居のようには見えなかった。鷺沼は畳みかけた。

「韮さんからはどんな話を？」

「そこまでの話が飛び出してくると、しらばくれてもいられないな。あんたも韮さんの口からはもうなにも聞けないだろうしな――」

三好は紫煙をくゆらせながら、渋い表情で語り出した。

「じつは狙撃される一週間ほど前、折り入って話があると銀座の飲み屋に誘われてね」

そこで三好は思いがけない申し出を受けたという。いま長官官房からの直々の指令で、神奈川県警内部の重大な不祥事の調査を進めているが、自分は本庁からの天下りで、手勢は生え抜きの海千山千ばかり。つまり県警内部に腹心がいない。そこで桜田門の特捜班から信頼できる刑事を一人、内々で貸してくれないかということだった。

詳しい内容は明かせないと言いつつも、韮沢はそれが森脇事件の絡みであることを匂わせた。目当ての人物が鷺沼なのはその口ぶりから推察できた。さらにしつこく問いかけると、三好を信用してか、なにか思惑があってのことか、あっさりとガードを下げて、事件の概要を語ったという。

発端が羽田警備局長の財布から出た十二億円の一部の旧一万円札だったこと、それが神奈川県警の裏金庫から流出したものだったというそのときの話の内容は、鷺沼が韮沢からじかに聞いたとおりだった。

さらに韮沢は県警内部にも同様の旧札が流出し、その一部が使用されたことを突き止めた。それは前回電話で話をしたとき、三好自身が出所をはぐらかして鷺沼に語ったことだった。ある人物が偶然それを受け取って、森脇事件で消えた紙幣の一部だと気づいたというもので、県警内部の知人からの情報だと三好はそのとき誤魔化した。

しかし実際にはそれを聞いたのは韮沢からで、県警内部に手駒を持たない韮沢が、苦肉の策で徴募した情報屋が持ち込んだ話だという。韮沢は監察官室長に就任して以来、懲戒の対象になる素行不良や不祥事を握り潰してやる代わりに、自分の意を受けて動いてくれる子飼いを養っていたらしい。

「韮さんは官房長の指令に唯々諾々と従ったわけじゃないんだろう。あの人なりの思いがあって、警察官僚としては禁忌の一線をあえて踏み越えたのかもしれないな。あんたもいまじゃ似た者同士だ。腹は括ってるんだろう。こうなったら突っ込めるところまで突っ込むんだな。こちらから支援してやれることはあまりないが、小松川の帳場には今後も召集しないくらいのことは約束するよ」

三好は親身に言い添えた。鷺沼はすかさず申し出た。

「でしたらもう一つ頼みを聞いてもらえませんか」

「ああ、おれにできることならな。いったいなんだ?」

当惑をみせながらも、三好は興味深そうに応じてきた。

「韮さんの逮捕状を請求してください」

「なんの容疑で?」

「もちろん森脇康則殺害の容疑です」

三好は飲みかけたコーヒーでひどく噎《む》せた。

それは本物の大ネズミを燻り出すための陽動作戦だった。真実を語れない韮沢の立場を逆手にとる。入院中の韮沢に逮捕手続きは執行できないが、逮捕状《フダ》さえ手に入れば、病院での監視の役回りは片山の息のかかった警備部から捜査一課の手に移る。

狙いは病状を含む韮沢についてのあらゆる情報から敵を遮断することだ。逮捕状は韮沢を、彼らからは不可視なブラックボックスのなかに封印する霊験あらたかな御札というべきものだった。

韮沢は彼らが知られたくない事実を知っている。だから狙撃までされる羽目になったのだ。しかし幸いにして命はとりとめた。これから意識が回復し、それを語り出すのを敵は惧れている。必ず焦って動いてくる。

逮捕状を請求できるのは警部以上の司法警察員だから、手続きは三好に頼むしかない。必要な書面はすべて鷺沼が準備する。時効の切迫を請求事由の柱にし、あとは偽名を使って中山順子や田浦の証言を適当に脚色した供述調書を作文し、文房具屋で売っている三文判を押して疎明資料として添付する。

公文書偽造に当たるのは承知のうえだが、逮捕状を執行するつもりはさらさらないから、韮沢本人にはいかなる実害も生じない。三好は鷺沼が作成した書類に黙って判を押すだけだ。一課長にはむろん報告しない。執行されない逮捕状なら、あとでしらばくれて取り下げれば存在しなかったと同様だ。

ポイントは裁判所がすんなりフダを出してくれるかどうかだが、そこは三好がチェックの甘いずぼらな判事を選りすぐると請け合った。

三好が宮仕えの身としては大きなリスクを伴うそんな話に乗ったのは、半分は義俠心、半分は金だった。神奈川県警の警務部長室に鎮座する札束を頂戴した話を鷺沼は打ち明けた。その取り分から三好が住宅ローンの残債を一括返済できるだけの金を支払うと約束した。三好は鷺沼が睨んだとおり、なかなかさばけた男だった。

「結構な宝の山を見つけたもんだ。盗まれても向こうは泣き寝入りするしかない金だ。おまえさんたちの良心は痛まない。それならおれもおこぼれに与るのにやぶさかじゃない」

千佳子には電話を入れて承諾をとった。気分を害するかと思っていたら、逆に向こうは大乗り気で、敵に一泡吹かせられることならなんでも歓迎という様子だった。

5

その晩、宮野と知恵を出し合って韮沢の逮捕状請求のための疎明資料をでっち上げた。

供述調書は本人を特定されないように架空の人物によるものを創作した。韮沢への疑惑がより鮮明になるように多少の粉飾は施したが、内容は中山順子や田浦が語った事実にほぼ即したものになった。それだけで逮捕状請求に足る説得力をもつことに、鷺沼自身あきれるばかりだった。

翌日さっそく小松川の三好のもとに走り、逮捕状請求書に判をもらい、その足で東京地裁へ赴いた。三好が事前に連絡を入れておいてくれた選りすぐりのずぼらな判事は、書類を受け取ってわずか三十分で令状を発布してくれた。

前夜のうちに髪を黒く染めてピアスを外した宮野と、いかにも平刑事然としたよれた服装に身をやつした福富とは、飯田橋駅近くの喫茶店で落ち合った。簡単な打ち合わせのあと、三人揃って警察病院へ乗り込んだ。逮捕状を示し、韮沢が今後は捜査一課の監視下に入ると通告すると、退屈な任務にうんざりしていた馬面とピグミーチンパンジーは抵抗するどころか喜色さえ浮かべ、あとはよろしくと立ち去った。帰って上司に事情を報告したとき、どんな雷が落ちるかはこちらの知ったことではない。

手続きは不正でも、手に入れた逮捕状はれっきとした公文書だ。執行はしないまでも、韮沢をこちらの監視下に置くことに彼らが抵抗する根拠はない。これで韮沢の身柄は事実上奪還した。あとは敵が焦って動き出すのを待てばいい。

宮野はこの日から休暇をとって、しばらく桜田門の刑事になりすます。福富も贋刑事の役回りが気に入っているようで、懐に自前のS&Wを仕込んで馬鹿に気合を入れている。

三好は暇な手勢を回すと言ってくれたが、ここから先は法の埒外の闘いで、なにも知らない同僚は巻き込めないし、三好の取り分を考えてもこれ以上のリスクを負わせるのは気の毒だ。残りの九億円奪取の目論見もある。気心の知れた三人でリスクとリターンを分かち合う——。それが鷺沼にとっていちばん落ち着きのいい身の処し方だった。

状況が動き出すのは早かった。馬面とピグミーチンパンジーが退散して一時間もしないうちに三好から連絡が入った。さっそく警備部の上のほうから問い合わせがあったらしく、三好は刑事部長から直々に呼び出され、韮沢に対する逮捕状請求の意図を問い質されたらしい。

「なあに、刑事部長は香川の一派とは対立関係にある湯浅派の実力者で、柴崎官房長の懐刀と言われている。片山とはライバルというより犬猿の仲でね。こうなりゃおれも一蓮托生だから、思い切ってあんたから聞いた話のあらましを喋ってやったんだよ——」

危険なことをしてくれたものだと一瞬冷や汗が滲んだが、三好は三好でつぼは心得たもので、二億円の窃盗のことや宮野や福富のことは伏せたうえで、香川一派への疑惑の部分を極力強調してやったらしい。刑事部長はいたく興味を示し、敵陣営に痛打を与えるチャンスと知るに及んで、片山からの横車はすべて撥ね返すから、とことん突き進めと発破をかけてきたという。

そこまでの反応は予想もしていなかったが、雲の上のお歴々が角突き合わせてくれるのは鷺沼にとって結構な話で、逮捕状不正取得の件については、これで刑事部長のお墨付きが得られたようなものだった。

韮沢の容態は安定していた。声をかけたり手を握ったりした際の反応も力強くなったと千佳子は言う。主治医の見立ても希望を与えるもので、脳の活動を示すアルファ波やベータ波が頻繁に出現するようになり、それは覚醒に向かう兆候とみていいとのことだった。

千佳子は世田谷の自宅に近い病院への転院を希望し、主治医も賛成してくれた。紹介されたのは砧《きぬた》にある小規模な民間病院で、不審人物の接近に対して目配りが利くうえに、機密保持の点でも警察病院より有利なはずだった。韮沢は翌日さっそく転院した。

6

鷺沼たちは病院から歩いて五分のビジネスホテルに投宿して、交代で韮沢の身辺の警護に当たることにした。

転院して四日後の午後、待ちかねた敵からのコンタクトがあった。自宅から携帯に転送されてきた電話の主は細野だった。

「先だってはいたぶってくれたな」

「殺されなかっただけ運がいいと思え。なんの用だ」

「川島の親爺があんたのよた話を真に受けてこそこそ動いているようなんだが、今度はもう少し穏便なかたちで会って、いろいろ事情を聞かせてもらおうと思ってさ」

「足の怪我はもういいのか」

「あんたの腕がよかったのか、うまく貫通してくれてね。まだまともには歩けないんだが。まあ、あの晩のことはお互い水に流そうや」

「おれのほうは殺されかけたんだ。水に流せる話じゃない。それにおれが会いたいのはおまえのような小者じゃない」

細野は鼻で笑う。

「叔父貴を引っ張り出したいんだろ。例の逮捕状の一件でなりふり構わず仕掛けてきているのはわかってる。ああいうお偉方が、そんな危ないところへのこのこ出て行くわけないだろう」

「だったら電話を切るぞ。転送料金が無駄になる」

「けちなこと言うなよ。おれは言うなれば叔父貴の全権大使だ。あんたが望むことはなんでも伝えられるし、逆もまた真なりだ」

「片山にもおれに伝えたいことがあるのか？」

「ああ、メッセージを託されていてね。聞いたらあんたが痺れるような話だよ」

「二度続けて騙されるほど馬鹿じゃない」

「だったら時間も場所もあんたが指定したらいい。ただし会うのは差しでだよ。おれも一人で行くから、お仲間の同席は遠慮してくれ」

細野は鷹揚な口ぶりだ。その裏に隠した意図を訝りながらも、鷺沼は誘いに応じることにした。会うのはあすの午後六時、場所は例の行きつけの新橋の居酒屋を指定した。

相手があの細野となれば、こちらは約束を守る気などさらさらない。マカロフを仕込んだ宮野とS&Wを仕込んだ福富がボディーガードだ。どちらも面は割れているから、近場の店で待機させる。危ないようなら宮野の携帯へのワン切り一発を救難信号とする。場合によっては今回はこちらが細野を拉致し、締め上げることも辞さない覚悟だった。

翌日の午後六時少し前に鷺沼は店に着いた。暇そうな親爺と四方山話をしていると、約束どおり細野が一人でやってきた。

「きょうは物騒な道具は持っちゃいないね」

馴れ馴れしく擦り寄って耳打ちする。松葉杖を突いた姿が痛々しいが、しょせんは自業自得というものだ。

「おれに伝えたいメッセージというのはなんなんだ」

カウンターから離れた席に移動して、酒と肴が並んだところで、鷺沼はさっそく問いかけた。細野は鷺沼のグラスにビールを注ぎながら切り出した。

「ずばり本題に入ろう。あんたが森脇殺しの本ボシと睨んでいるのは香川義博参議院議員だ。違うかい」

「そのとおりだ」

「しかしあんたが押さえているのはお粗末な状況証拠だけで、立件するにはほど遠い。だから韮沢さんの逮捕状請求という奇策を弄して揺さぶりをかけてきた」

「現に揺さぶられて飛び出してきたネズミが一匹おれの前にいる」

「仕留め損ねたのは一生の不覚だよ」

細野のその言葉は、音もなく発射された銃弾のように鷺沼の耳元をかすめた。

「もう一度言ってみろ」

「頭じゃなくて心臓を狙うべきだった」

「韮さんを狙撃したのはおまえなのか」

問い返す声が上ずった。細野は薄ら笑いを浮かべてビールを啜る。胴震いするような慄きが抑えられない。ビールを一呷りして気持ちを落ち着けて、鷺沼はもう一度問いかけた。

「本当なのか？」

細野はあっさり頷いた。

「本当だよ。信じるも信じないも、それはあんたの勝手だがね」

「誰に指示された？」

「直接の指示は叔父貴からだ。しかし本当の出どころはもっとずっと上だよ。たぶん松木警視総監――」

「警視総監が暗殺の指令を？」

「驚くような話じゃない。日本の警察機構のナンバー2といったところで、しょせんは組織と権益に絡め取られた官僚だ。連中にとってそれは命より大事なものなんだ。それを守るためには、韮沢さんのような下っ端官僚など虫けらくらいにしか思わない。害虫を駆除するようなもので、やましさなんか感じない」

細野の言うことは常軌を逸した戯言のようだが、鷺沼がここまで知り得た事実を踏まえてみれば、そう考えるのがむしろ自然だ。松木警視総監といえば警察庁長官をトップに頂く湯浅派とは対抗関係にある松木派の頭目で、香川義博の直系だ。松木派は実質的に香川派と言い換えていいほどにその影響下にある。

その香川が森脇事件にまつわる疑惑で失脚するようなことがあれば、営々と築いてきた派閥の地盤が瓦解する。それは細野がいみじくも言うように、高級官僚としての彼らの死に繋がることなのだ。

「おまえの狙いはいったいなんなんだ。いま言ったことが事実なら、おれはおまえを許さない。法によって裁くことなんか期待しない。おれの手でおまえに罪を贖わせる」

「そう気色ばむことはないだろう。こんな話をするのは、じつは叔父貴に命令されたからじゃない。そう匂わせたのは、なんとかあんたの興味を引こうとしてのことだ。韮沢さんには悪いことをした。だから少しは罪滅ぼしをさせて欲しいんだよ」

細野は煎じ薬を飲むような顔でビールを呷った。馬鹿に神妙なその表情が沸騰しかけていた怒りに水を差した。

「あんたの作戦は効果的だった。のんびり構えていた上の連中もいよいよケツに火が点いた。それでやばいのがおれの立場だよ。たかが平刑事で、連中にすれば踏み潰しても痛くも痒くもないゴキブリだ。ところがそのゴキブリがあまりに多くのことを知っている。そのうえ韮沢さんの件とあんたたちの件と、二度にわたってどじを踏んだというわけだ――」

細野はテーブルに両肘を突いて顔を寄せてきた。

7

細野と店を出たときは午後八時を過ぎていた。ビールを何本か空けてはいたが、頭は冷水を浴びたように醒めていた。

細野は知っていることを洗いざらい吐き出した。自分が手を染めた悪事をことさら悔いているわけではなかったが、身に迫る危機に怯えている様子は言葉の端々に窺えた。

田浦の殺害を試みた張本人が感じるのだから、その恐怖も根拠のないものではないだろう。田浦といい細野といい、身のほど知らずの栄達を望んだ下級官吏への最後の報酬は非情なもののようだった。

細野は今後も情報を流すと約束した。何度殺しても飽き足りないような相手だが、現状ではまだ利用価値がある。いまはその身に幸多かれと願うしかない。

歩行が辛いのでタクシーで帰るという細野と別れ、鷺沼は新橋方向へ歩き出した。柳通りの車の往来はまばらだった。細野は歩道の端に立ち、店から電話で呼んだタクシーを待っている。

そのとき前方に停まっていた黒い乗用車が急発進した。ナンバープレートがなにかで覆い隠されている。ハイビームのライトが目に突き刺さる。頭のなかで危険信号が点滅した。

「細野、危ないぞ！」

叫んだときは遅かった。車は鷺沼の傍らを高速でかすめ、細野に向かって突進した。松葉杖を突いた細野はとっさに動けない。

車は細野を突き倒し、車体の下に巻き込んだ。細野の体が襤褸屑《ぼろくず》の塊のように回転する。車はバウンドしながらその体を踏み越えて、スピードを上げて浜松町方向へ走り去った。

路上に残された細野の体はぴくりとも動かない。駆け寄って上体を抱え上げる。出血はしていないが、側頭部が陥没しているのが見ただけでわかる。頸動脈に手を触れる。拍動は停止していた。

前方にある喫茶店から宮野と福富が飛び出してくる。鷺沼は先ほどまでいた居酒屋に走って声をかけた。

「親爺さん、事故だ。表でおれの連れが倒れている。救急車を呼んでくれ！」

親爺が慌てて受話器を取り上げるのを確認して、また現場へ駆け戻る。

「まもなく救急車やパトカーが来る。急いでずらかろう。事情を聞かれるのは面倒だ」

懐に短銃を仕込んだ宮野も福富も躊躇《ちゅうちょ》はしない。新橋方向へ駆け出すと、運よく空車のタクシーがやってきた。それを摑まえて飛び乗った。とりあえず砧の病院へ戻ることにして運転手に指示を出す。タクシーが走り出してようやく一息ついた。

病院へ向かうタクシーのなかで、宮野と福富に細野から聞いた話を語ってやった。

韮沢を狙撃したのは自分だと細野ははっきり認めた。田浦を自宅前で狙撃したのもやはり細野だった。その二つの狙撃に失敗したことで、片山からの自分への評価が大きく揺らいだと細野は寂しげに自嘲した。

細野が叔父の片山の意を受けて汚れ仕事に手を染めるようになったのは、五年前に起こした飲酒運転による轢き逃げ事故を揉み消してもらってからのことだった。

そこで握られた弱みと将来の出世を餌に、片山は細野を巧みに操って、脅迫や窃盗に類する行為を強要したらしい。いずれも対抗派閥を弱体化するための裏工作で、公安出身の片山は、派閥内部でその方面の専門家とみなされているようだった。

韮沢殺害の指示が出たときはさすがに細野も躊躇したが、ご褒美が六年越しで試験に落ちていた警部補への昇進で、さらに何年後かには警部に抜擢すると言われて受諾した。

結果は片山の期待を裏切った。韮沢は一命をとりとめたうえに、犯行現場を目撃された。さらに田浦の狙撃にも失敗した。幸いナンバーは特定されなかったが、車種とボディーカラーは公表された。

片山も細野も戦々恐々とした。韮沢が意識を回復すればすべては元の木阿弥だ。使った車は細野の自家用車で、そこから足がつけば片山本人も破滅しかねない。

それからほどなく警視庁第五機動隊所属の山下巡査部長が自殺した。山下はうつ病の治療を受けていた。自殺の原因がそれだということを五機の隊長は知っていたが、そういう事態を並べて不祥事と考えるのが警察の世界に属する人間の習性だ。隊長は警視庁の上司を飛び越えて、派閥の実力者の片山にまず報告した。

鑑識が到着する前に隊の宿舎に赴いた片山は、山下の愛車が細野と同じ濃紺のクラウンだということを知った。片山の指図を受けて、細野はその車の助手席に凶器のトカレフを置いて湯島の路上に放置した。

そして最後のチャンスだとばかりに、片山は細野に田浦と鷺沼の抹殺を命じた。それがあの本牧の工場での騒動だった。

これにも失敗した細野はいよいよ窮地に立たされた。片山に従って生きてきた何年かの経験から、次に切られるトカゲの尻尾は自分だと察知した。

鷺沼にアプローチしてきたのはあくまで本人の意思によるもので、自らを破滅に追い込んだ人遣いの荒い叔父さんに、せめて一矢でも報いようという思いからだという。

「哀れなもんだな。人間の屑といっても、それじゃあまりに救いがねえな」

福富は嘆息する。宮野も傍らで頷いた。

「要するに他人の尻尾にぶら下がってちゃだめなのよ。おれみたいに自分の力でまっとうな人生を切り開いていかないとね」

宮野の人生がまっとうかどうかは知らないし、細野の所業に酌量の余地はないが、それでもその人生には自業自得とは言い切れない悲哀があった。

8

細野の死は、翌日の新聞の社会面で小さく報じられただけだった。

敵は予想を超えて強気に出てきた。鷺沼の目の前で起きたあの出来事は、逆らえば命はないという明瞭なメッセージとも受け取れた。

これ以上図に乗らせないためにはこちらからもメッセージを送る必要がある。山分けした例の札束から三人がそれぞれ一枚ずつを供出し、敵側のキーマンに送ってやることにした。すなわち片山と香川と松木警視総監——。

差出人名なしの封書で送りつけると、早くも翌日には反応があった。それも過剰すぎるほどの反応が――。

足りなくなった着替えをとりに久しぶりに自宅に戻ると、マンションの錠が破壊され、室内は竜巻のあとのように荒らされていた。

クロゼットの衣服は引っ張り出されて床を覆い、ソファーやベッドのクッションはざっくりと刃物で切り裂かれ、キッチンの床には食器や缶詰や瓶詰が見るも無残に散乱していた。テーブルは横倒しにされ、机の抽斗もすべて引き抜かれ、中身は床にぶちまけられていた。

とくに無くなっているものはない。泥棒ではなく家捜しの跡のようだった。昨夜は宮野が着替えをとりに戻っているが、そのとき異状があったとは聞いていないから、封書が届いたのちの出来事と考えられた。

例の現金は近所のレンタルロッカーに置いてある。探し物はたぶんそれだろう。出向いて確認すると、そちらのほうは無事だった。いずれにせよ、敵は神奈川県警の裏金庫から例の二億円が消えたことにすでに気づいているはずだった。

とりあえず大雑把に室内を片付けて、錠前屋を呼んで錠を交換してもらい、砧へ戻ろうと駅へ向かうと、背後から公安刑事然とした男が尾けてきた。

片山の息のかかった手合いだろう。別件逮捕は公安のお手のもので、たちの悪いのは目の前で勝手に転んで相手に公務執行妨害を適用してくる。転び公妨と呼ばれる十八番のテクニックで、うっかりちょっかいを出せば藪蛇になりかねない。

室内の探し物にしても尾行にしてもやり方があまりに露骨で、真の意図が脅迫もしくは挑発だということがよくわかる。宮野に電話で注意を促がすと、やはり病院の周囲をいかにも公安らしい刑事がこれ見よがしにうろついているという。

敵は包囲を狭めてきた。背後に控えるのが一万円のお年玉を送ってやったお三方だということもはっきりした。いよいよ戦争をはじめるしかなさそうだ。片山も松木も、もうどうでもいい。ご本尊の香川をどう戦場へ引きずり出すかが肝心要の課題だった。そろそろ通常国会が召集されるころで、香川先生も多忙になる。会期中は不逮捕特権があるから、こちらも手を拱いてはいられない。ここは先制攻撃あるのみだ。鷺沼はまた新たな爆薬を仕掛けることにした。

9

翌日の各紙の一面に大きな見出しが躍った。

警視庁、時効目前の殺人容疑で韮沢克文容疑者を在宅取り調べ

警視庁捜査一課は、時効の成立まであと三百三十日に迫った森脇康則殺害事件の容疑で、神奈川県警警務部監察官室長・韮沢克文容疑者の在宅取り調べに踏み切ることを決定した。十二億円の巨額詐欺事件で当時指名手配されていた森脇容疑者に職権を利用して接触。殺害したのち所持していた現金を奪ったというもので、いまも発見されない十二億円の行方とともに、未解決のまま時効を迎えると見られていた事件全体にようやく光が当てられることになる。

韮沢容疑者は昨年暮れ、何者かに狙撃されて頭部に銃弾を受け、昏睡状態が続いていたが、現在は快方に向かっている模様。逮捕状はすでに請求済みだが、捜査一課は逃亡の恐れがないため逮捕手続きは不要と判断し、病院側と協議の上、院内での取り調べとすることを決めた。

さらに当時の捜査状況や、韮沢の狙撃事件の概要をおさらいする付帯記事が紙面を埋め、各紙ともトップの扱いとなっていた。

三好の協力を得て鷺沼が仕掛けた爆弾がそれだった。三好は刑事部長をじかに説得した。刑事部長は委細承知で三好にGOサインを出した。千佳子はここでも不快感一つ示さなかった。三好は記者クラブに出向いて大っぴらにその情報をリークした。

韮沢の入院先は秘匿したが、マスコミの嗅覚は鋭く、病院にはその日のうちに取材チームが殺到した。しかし病院側は患者の安静を理由に立ち入りを一切認めず、結果的にその人垣は、周囲をうろつく公安に対する目隠しの役割を果たしてくれた。

敵がどう反応してくるかが見物だった。得意の政治圧力は使えない。強引に横槍を入れれば馬脚を露すことになる。しかし細野を殺した人間が現にいるわけで、汚れ仕事を厭わない人材なら向こうはこと欠かないはずだ。

こちらもそこは計算に入れている。三好は今度も警護の人員を派遣すると言ってきたが、それでは敵が寄りつかないし、宮野と福富の正体もばれるから、やはり丁重に断った。

「誰が来ようと生け捕りだ。とことん締め上げてやろうじゃねえか」

福富は意気軒昂だ。傍らで宮野も指の関節をぽきぽき鳴らす。

「来るとわかってりゃちょろいもんだよ。今度こそ香川の糞のこびりついた尻尾を引きずり出してやろうじゃない」

日が暮れるころにはマスコミの取材チームも姿を消した。福富はクレーン菅原と切り裂きの徹を呼び寄せて病院の外の監視に当たらせた。なにが起きるかわからないので、千佳子には自宅に帰ってもらうことにした。

午後九時を過ぎると病棟は静まり返り、廊下を歩く人の姿もなくなった。宮野はナースステーション前のベンチで人の出入りを監視している。福富も一階のロビーで同様の態勢をとっている。鷺沼は病室で韮沢の傍らに張りついている。

思惑どおり敵が動いてくれる保証はない。こんな態勢を何日続けてもけっきょく無駄になるのかもしれないが、それでも鷺沼には確信があった。敵は——香川は必ず動き出す。

午後十時を過ぎたころ、千佳子が電話でこちらの様子を聞いてきた。夕刻からほぼ一時間ごとに電話を入れてくる。異状はないと答えると、向こうもなにも問題はないという。娘はこの日、大学のゼミの新年会で帰宅が遅くなるという話だった。

また一時間経ち、病院内はさらに静まり返った。窓の外から聞こえてくるのは吹き募る風の音だけだ。千佳子からの定時交信がまだこない。

さらに十分過ぎた。やはり電話がない。小さな不安が立ち上がる。あらかじめそうしようと決めていたわけではないし、千佳子にしても心労が重なっている。そろそろ眠くなる時間でもあるだろう。杞憂だろうと思い直す。

そのときポケットで携帯が鳴り出した。千佳子からだと決めつけて、確認もせずに応答すると、太くしわがれた男の声が流れてきた。

「鷺沼さんだね。いま韮沢さんのお宅にお邪魔しているんだがね」

慌ててディスプレイを覗き込む。表示されているのは記憶にない携帯の番号だ。首筋に冷たい汗が滲み出す。

「あんたは誰だ？」

「香川だよ。私に会いたがっていたのは君のほうじゃなかったかね」

悪寒のような慄きに全身の皮膚が粟立った。千佳子が狙われる可能性を看過したのはうかつだった。しかし、まさか香川本人が——。頭のなかはまだ半信半疑だ。

「そちらが香川さんだという証拠は？」

「報道番組をたまに観ることがあるんなら、この声には聞き覚えがあるはずだがね」

たしかにテレビなどで耳にする香川のだみ声そのもので、それは電話越しにさえ聞く者を威圧してくる。抗うように強い調子で問いかけた。

「そこでなにをしている？」

「韮沢さんの奥さんにご挨拶しているところだよ。なかなか気の強いお方で、落ち着いて話ができないものだから、少し自由を制限させてもらっているがね」

携帯から流れる声に女の呻き声が混じる。千佳子は拘束されているらしい。手足から血の気が引いてゆく。心臓が暴れ馬のように跳ね回る。

「待ってろ、いまそこへ行く。その人にそれ以上手を出したら——」

自らの優位を誇示するような調子で、香川は鷺沼の言葉を遮った。

「じつは私も君に用事があるんだよ。ただし来るなら一人でだ。手にはなにも持つんじゃない。コートや上着は脱いでくるんだ。君の仲間が一人でも家に入ってきたら奥さんの命はないと思え」

「わかった。言うとおりにする。十分で行く。だからなにもするな」

渇いた喉からようやく声を搾り出し、通話を切って廊下へ飛び出した。

「どうしたの？　なにかあったの？」

敏感に異変を察知したらしく、宮野が慌てて駆け寄ってくる。廊下を走りながら事情を説明する。非常階段を一階まで駆け下りる。今度はロビーにいた福富が走り寄る。宮野が代わって事情を説明する。福富は血相を変え、携帯を取り出して、切り裂きの徹とクレーン菅原に韮沢の警護に回るよう指図した。

三人は競い合うように病院の外へ駆け出した。韮沢の自宅まで歩いて十分。走ればせいぜい五分だろう。車を出すよりそのほうが早い。理解不能な香川の行動に戸惑いながら、吹きすさぶ寒風に抗って鷺沼は走り続けた。


息を切らして到着した韮沢の自宅は、なにごともないように静まり返っていた。居間の窓には明かりが点り、外からは異常な気配はみられない。香川の指示に逆らわず、ジャケットを脱いで宮野に預け、乱れた呼吸を整えながら玄関に立ってチャイムを鳴らす。

宮野と福富は生垣の陰に身を潜めた。ドアの向こうで足音が聞こえ、ラッチを回す音がした。続いてなかから押し殺しただみ声が聞こえてきた。

「自分で開けろ」

深呼吸を一つしてから、ノブを回してゆっくりドアを引く。ダウンライトに照らされたホールには、迷彩柄のフィールドジャケットを着て、黒い目出し帽を被った男が立っていた。手には二連の猟銃を構え、腰には刃渡り一五センチほどのハンティングナイフ——。人相は皆目わからないが、声は先ほどの電話の主とまったく同じだ。

「ドアをロックしろ」

命じられるままにドアノブのラッチを回す。

「頭のうしろに手を当てて、そのままゆっくりついて来い」

鷺沼に銃口を擬しながら、男はうしろ歩きで廊下を進む。言われたとおりにしてついて行く。緊張にみぞおちがきりきり痛む。男は居間の入り口で立ち止まる。

「入れ」

足を踏み入れた居間のソファーには、両手両足に手錠をかけられた千佳子がぐったりと横たわっていた。男は銃を構えたまま二人が視野に入る位置に回り込み、そこにあるソファーに腰を下ろすと、目出し帽をとって素顔をあらわにした。テレビや新聞でよく見るあくの強いその顔は、疑問の余地なく香川義博その人だ。頭の芯が灼熱した。

「彼女になにをした？」

鷺沼は香川に詰め寄った。香川は銃口を千佳子の頭部に押しつけた。

「野生獣捕獲用の麻酔で眠っているだけだ。量は加減したから命の心配はない。ただしそれ以上私に近づくな。さもないとこのご婦人の頭が吹き飛ぶぞ」

上気したようなその目の色からは、脅しか本気か判断しがたい。鷺沼は腫れ物に触るように問いかけた。

「香川さん、いったいなにを望んでるんだ。なぜこんな卑劣な行動に出た？」

「種を蒔いたのは彼女の旦那だ。森脇のような屑が一人死んだところで、この世界はなんの損失も被らないというのに」

香川の口の端は、なにかに憑かれたように歪んでいる。厚手の革の鞘に入ったハンティングナイフに目をやりながら鷺沼は問いかけた。

「森脇を殺したのは、やはりあんたなのか」

「君たちがそう勘ぐって、じたばた動いているのは知っている」

「そうじゃないんなら、なぜこんなことをする」

「君や韮沢君の行動が、私の政治生命を脅かすからだ」

「やっていないのなら、堂々と身の潔白を証明すればいい」

「なあ、鷺沼君。あの晩あそこで起きたことはごくつまらんことだ。私がやったとは言わないが、いずれにせよ、身の丈に合わない大仕事をしてしまった犯罪者が自業自得で死んでいったというわけだ。それで困った人間は世の中に誰もいない。道義的に責められるべき人間も一人もいない」

「身勝手な屁理屈だ」

鷺沼はむかつく思いで吐き捨てた。香川は肩をそびやかす。

「そうかね。私は世の中にとって有用な人間だ。いまも政治活動を通じてこの国の社会に貢献している。そういう仕事をさせてもらえるポジションを得るために、私には金が必要だった。つまり私は森脇が掠め取った金を、この国のために有効に生かせる人間だった」

「金の力で官僚社会の出世の階段を昇り詰め、国会議員の地位を買うことが、世のため人のためなのか」

「君はわかっちゃいない。世の中の仕組みとはそういうものだ。いかに正しい志を持っていようと、いかに能力に恵まれていようと、そんなものは世に出るためのパスポートには決してならない。韮沢君もそれをわかっていなかった。世間の敗北者というのはおおむねそういうものだ。しかし私はそれを知っていた。だから戦いに勝てたんだ」

「正しい志を持つ無数の人間を蹴落としてか」

「そこが雑魚とエリートの違いだよ。さて、そろそろ本題に入ろうか」

香川は顎でソファーの一つを示した。鷺沼はそこに腰を下ろして、慎重に周囲の状況を窺った。

香川は窓側を向いている。鷺沼は窓を背にしている。宮野と福富が庭に回ってきたとしても、先に発見されるから手出しはできない。香川の銃口は千佳子に向けられたままだ。悲しいかな、現状では事態打開の妙手がない。

「奥さんの命を救うのも失わせるのもすべて君次第だということを、まず肝に銘じて欲しい」

香川は勝ち誇ったような笑みを滲ませる。怒りと恐怖がないまぜになって、覚えず膝頭が震える。

「国会議員がこんなことをして、どうして政治生命が保てるんだ。あんたはすでに破滅している」

「君は韮沢君ほど馬鹿じゃないはずだ。もちろん私もだ。最大多数の人間がもっとも幸福に生きられる道を追求するのが我々政治家の役割だ。そこで君に頼みたいことがあるというわけだ」

「いったいなにを?」

「韮沢君にこれを投与して欲しいんだよ」

香川はフィールドジャケットのポケットから取り出したプラスチックのケースを投げて寄越した。怪訝な思いで受け取って蓋を開けると、薬剤の充塡された注射器のようなものがある。

「インスリンのカートリッジだ。点滴のチューブから注射と同じ要領で注入してくれればいい。難しいことはないだろう。君なら誰にも怪しまれない」

「馬鹿な。韮さんは糖尿病患者じゃない。体力の弱っている状態でこんなものを投与されたら、血糖値が低下して死んでしまう」

　香川はそのとおりだというように頷いた。

「インスリンはわずかな時間で体内で分解されるから証拠が残らない。私にとっても君にとっても、もっとも安全な処置といえるだろう。最大多数の人間が幸福に生きるために、彼は不要な人間だ。今後意識が回復したとしても、元どおりの人生は歩めない。不幸を背負って生きるより、ここで命を絶ってやることが思いやりというもんじゃないのかね」

「つまり韮さんがあんたの尻尾を握っているわけだ。彼が意識を回復するのが怖いわけだ」

「彼は私を逆恨みして破滅させようとしているだけだ。私には自らを守る権利がある」

　香川の声が昂ぶった。引き金に掛けた指が震えている。鷺沼は臆さず香川に視線を据えた。

「あんたは彼を殺害しようとした。そのおかげで韮さんはあんな状態になったんじゃないのか」

「彼は森脇の事件以来、私を恫喝し続けた。それが当然の報いだろう」

韮沢が香川を恫喝——。意想外の言葉に鷺沼は面食らった。

「いったいどういう方法で？」

「それは君が知らなくていいことだ。私と彼だけが共有する真実だ」

「その一方の真実を手段を選ばず抹消し、あんたはのうのうとその薄汚い人生を全うするわけか」

「もちろん君もいい目をみることになる。私の力で、キャリア官僚に匹敵する出世コースを歩ませてやるよ」

香川は充血した蛇のような目で、射すくめるように鷺沼を見据えた。鷺沼は強い視線でそれを撥ね返し、湧き起こる怒りを言葉に滲ませた。

「死んだ細野もそんな話を真に受けたわけだ。残念だがお断りする。あんたの同類にされるんなら、一生雑魚で終わったほうがいい」

「ところがそうはいかんのだ。君が拒否すれば、こちらのご婦人は死ぬことになる。もちろんここまで事情を知られた以上、君にだって生きていてもらっては困るわけだよ——」

香川は動じる様子もなく、猟銃の筒先を千佳子と鷺沼に交互に向けた。

「引き受けてくれれば、私はこのまま退散する。ただし韮沢君の死亡が確認されるまで奥さんの身柄は預かっておく。無事目的が果たされれば、奥さんはなにも知らずに麻酔から覚める。スマートなやり方だとは思わないかね。真実は君と私の心のなかにしか残らない」

「それでも断ると言ったら」

「そのときはやむを得ない。彼女と君を殺して私も死ぬよ。そのくらいは覚悟のうえの行動だ。私はプライドの高い人間でね。生き恥を晒《さら》すのは真っ平だ――」

香川は銃口を鷺沼の眉間にぴたりと向けた。

「どうだね。考えが変わったんじゃないのかね。それが最大多数の最大幸福を追求する政治家としての観点から私が得た唯一の解答だ。引き受けてくれれば、君は階級では警視長、役職では県警本部長あたりまで昇進できる。断ればしがない平刑事のままここで人生を終わることになる。そちらのご婦人の命まで巻き添えにしてね」

香川の並べる御託を聞き流しながら、鷺沼は必死で頭を巡らせた。いまは宮野と福富だけが頼りだが、屋外で二人が動いている気配はない。千佳子は戸締りを厳重にしていたはずだった。

香川はどこから侵入したのか。二人がそれを見つけてくれれば、なんとか救出してもらえるかもしれないが、敵はここまでなかなか周到だ。侵入路をそのまま放置しているとは思えない。

引き受けるふりをして外へ出ることはできるだろう。そして病院の協力を得て韮沢死亡の偽情報を流してもらう。しかし香川が本当に千佳子を解放する保証はないし、口封じの目的で殺害する可能性のほうがまだ高い。もちろん嘘がばれれば最悪の結果を招く。けっきょく自力でなんとかするしかない。

傍らのソファーに分厚いクッションが置いてある。香川の猟銃はありふれた十二番口径で、散弾ならそのクッションでほぼ防げるだろう。しかし単体のスラッグ弾なら近接での貫通力はライフルと変わりない。

香川のフィールドジャケットの胸ポケットが膨らんでいる。その形状から予備の実包と判断できたが、散弾かスラッグかはわからない。

ふと傍らのゴミ入れに目がいった。実包の空パッケージが捨ててある。「競技用」との記載があった。だとすれば散弾だ。香川の銃にいま装塡されているのがそれなら、一か八かの賭けに出られる。

心臓がバスドラムの連打のように高鳴った。それでも躊躇はしていられない。

意識が戻りかけたのか、千佳子が呻き声を上げて体を捩じらせた。香川の視線がそちらに逸れた。その一瞬の隙を突いてクッションを抱え込み、鷺沼は香川が構える猟銃の筒先目がけてダイブした。

香川は意表を突かれたように目を剝いた。乾いた銃声が耳を劈《つんざ》いた。バットで殴られたような衝撃が胸郭を襲う。クッションが炸裂して中身が宙に舞う。防弾効果はもはやない。二の矢を放たれたら致命傷だ。

すかさず銃身を両手で摑み、上に捻りながら体重を預けてのしかかる。二人は折り重なってソファーごとうしろに倒れ込む。二発目の銃声が轟いて、天井の照明器具が吹き飛んだ。室内は暗転した。

香川が下から腹を蹴り上げる。年齢を感じさせない力がある。両手で摑んだ猟銃を殺意さえ覚えながら香川の喉元に押しつける。香川の体から力が抜けた。すかさず銃をもぎ取って立ち上がる。

ようやく目が慣れてきた闇の向こうで、香川もよろよろ立ち上がる。

香川は腰からナイフを引き抜いた。庭の常夜灯から射す光に鋭利な刃先が冷たく光る。奪い取った猟銃にはもう銃弾はない。

ナイフの切っ先をこちらに向けて、香川がじりじりとにじり寄る。ただの棍棒にすぎない猟銃を得物に防御の姿勢をとって、鷺沼は殺すか殺されるかの闘いを覚悟した。

そのとき香川の背後に宮野と福富の顔が現れた。宮野が香川の首に腕を回し、手にしたマカロフをこめかみに押しつける。

「脳味噌を床にぶちまけたくなかったら、ナイフを捨てるんだね、香川さん」

香川は当惑した表情でナイフを床に落とした。

「済まねえな。遅くなって。すぐに徹を呼んで錠を開けさせたんだがね。新しいタイプで手間どっちまった――」

福富が言いわけする。切り裂きの徹は錠前破りの腕も持っているらしい。

鷺沼は銃刀法違反の現行犯で香川を逮捕した。千佳子はほどなく麻酔から覚めた。まだ覚束《おぼつか》ない口調で語ったところによると、翌朝が収集日のため、家の向かいの集積所へゴミを置きに出た。その帰りに、突然背後から首に腕を回され、顔にナイフを押しつけられて、そのまま家へ入り込まれたらしい。

具合はどうだという問いに、千佳子は大丈夫だと答えたが、用心のために福富の車で韮沢が入院している病院へ運ぶことにした。

小松川の帳場に連絡を入れると、三好は手勢を引き連れて小一時間で到着し、先着していた機動捜査隊にこのヤマは自分のものだと宣言した。小松川の情痴殺人事件はこのまま迷宮入りにしてしまいそうな勢いだった。

10

三好は取り調べを鷺沼に任せてくれた。

中山順子が住んでいた東池袋のマンションの床からは、ルミノール反応が検出された。神奈川県警は、森脇の遺体が握っていた頭髪をしぶしぶ提供した。DNA鑑定の結果、それは香川のものと特定された。香川は森脇殺しを自供した。

しかし韮沢への狙撃を教唆した容疑については、香川は頑として否認した。重要参考人として事情聴取した片山も同様だった。実行犯の細野は死んだ。まさに死人に口なしで、鷺沼が細野から聞いた話だけでは立件は到底覚束なかった。

香川が田浦から二億円を受け取った行為については、収賄罪に当たると考えられたが、すでに時効で不問に付された。田浦が森脇から三億円を受け取った行為は恐喝罪に当たる可能性があるが、そちらも時効で立件はされなかった。鷺沼たちが県警の裏金庫から盗み出した二億円については、当然ながら事件の存在すら認識されなかった。

罪も責任も問われない古い話に関しては、香川はすこぶる饒舌だった。中山功を獄死させたカサマツ技研の贈収賄事件が、仕組まれた冤罪事件だったことを香川はあっさり認めた。中山の自供はカサマツ側と警察庁上層部のあいだでなされた裏取引の結果だった。

贈賄側の首謀者は常務取締役だった元警察庁中部管区警察局長の高見巌。中山は彼に代わって濡れ衣を着たわけだった。

そのシナリオを書いたのが担当管理官だった香川で、与えられた使命は犯罪の摘発ではなく警察の威信を守ることだった。当時は官僚の天下り批判が高まっていた。その意味でも警察上層部は高見に瑕をつけるわけにはいかなかった。香川は言った。

「中山功は立派な企業戦士だ。当時はそういう人材が大勢いたんだよ。会社の存続こそが彼にとっては至上命題だった。韮沢君には、そんな背景は教えずに訊問させた。いわば手柄をくれてやったわけだが、彼は頭の固い男だった。それを知っていたら取引をご破算にするような挙に出かねなかった」

その真相を韮沢はいつ知ったのだろう。その結果として中山を獄死させた慙愧を、以来彼は抱え続けてきたわけだった。

森脇を殺したのが自分だということを韮沢は早い時期に知っていたはずだと香川は言う。事件から一ヵ月ほどして、匿名の郵便物が香川のもとに届いた。なかに入っていたのは森脇を殺害した晩のあのマンションの室内を写した写真だった。床に倒れているのは森脇だった。

それは韮沢が田浦に見せた写真と同じものだろう。そのことを香川は田浦から聞いていたから、写真の送り主が韮沢だとすぐにわかったわけだった。韮沢はその時点で、すでに犯人が香川だということを突き止めていたことになる。

田浦と森脇の取り引き現場が映っていた防犯ビデオには、そのあとやってきた香川の姿も映っていたのかもしれない。そしてそのことを自らの腹にきょうまで仕舞い込んできた――。その真意を鷺沼はやはり計りかねた。

以来、香川は韮沢の影に怯えて生きてきた。その写真を撮影したのが韮沢なら、なぜ彼があの晩マンションを訪れたのか、香川には皆目わからなかった。それ以上の謎が森脇の遺体の始末だった。

凶器のナイフを携えて、香川はその晩遅く、森脇のいるマンションを訪れたという。インターフォン越しに先ほどの田浦だと偽って声をかけ、なにごとかとドアから顔を覗かせた森脇にナイフを突きつけて、そのまま室内に上がり込んだ。

金を渡せと要求したが、森脇はそんなものはないと首を振る。押し問答をするうちに森脇が暴れ出した。殺すつもりはなかったが、森脇が抵抗し、弾みで胸部にナイフが刺さったと香川は主張した。追い詰められていた森脇がそう簡単に金を渡すはずがない。それを承知で押し入った以上、最初から殺すつもりだったと鷺沼は確信していたが、香川はそこを認めない。

同じ殺人でも故殺か謀殺かで量刑は大きく変わる。元警察官の香川なら、当然そこはよく知っている。森脇の遺体の検死結果をもとに、けっきょく裁判で争うしかないだろう。

そのとき香川は室内に女の死体があるのに気がついた。それが中山順子で、実際には生きていたわけだったが、香川はそこで動転した。へたをすれば二つの殺人の罪を問われかねない。慌てて家捜ししたが、九億円の札束はどこにも見つからない。

森脇の着衣を調べると、ポケットからトランクルームのカードキーが出てきた。店舗名と所在地も印刷されていた。場所は上池袋三丁目ですぐ近くだ。遺体をその場に放置して、香川は車を走らせた。

札束の入ったスーツケースはそこに収納されていた。香川はそれを車に積んで、一目散に自宅へ戻った。現場の後始末をしようという考えは、そのときまったく浮かばなかった。

だから本牧で森脇の遺体が見つかったとき、彼も驚いたうちの一人だった。始末をしたのは韮沢だと香川は直感した。だとすれば韮沢は自分を救ったことになる。自らの班を率いて森脇を追っていた当時の韮沢の行動として、それはあまりに不可解だった。

鷺沼は中山順子から聞いた話を語ってやった。香川は心底驚いた様子だった。

「中山功が自ら冤罪を引き受けたことに、彼はどこかで気づいたんだろうね。それで私に恨みを抱いていたのかもしれない。だから娘の順子には絶対に殺人の濡れ衣を着せられないという思いがあったんじゃないのかね」

そしてさばさばした顔でさらに続けた。

「しかしそれ以上に強かった思いが、中山に対する咎を背負わせた私への報復だ。それをそのとき暴き立てるよりも、私が職階を極めたときにやるほうが、蒙る打撃がはるかに大きいと考えたんだろう」

たしかにそんなこともあったかもしれない。しかしそれは報復というような個人的な感情を超えて、警察社会の悪そのものへの挑戦だったと鷺沼は思いたかった。

松木派はいまや総崩れだという。湯浅派による粛清の嵐は、警察組織の雛壇の上位に居並ぶ面々の過半を更迭や退任の憂き目に遭わせていた。しかし新たに覇権を掌握した湯浅派も、体質において松木派となんら変わりはない。

政界やマスコミは警察機構の抜本的改革をと盛り上がっているが、警察内部の反応は上も下も対岸の火事程度にしかみていない。その意味からすれば、韮沢の闘いは思い半ばに終わったとみなすしかないだろう。

最後に残った謎——。それは鷺沼たちにとって最大の謎でもある、あの九億円の行方だった。

香川はそれが知らない間に消えてなくなったという。鷺沼はもちろん、三好を含む捜査陣も当初は信じようとしなかった。

香川はそれを自分の選挙区でもある埼玉県の実家の蔵に秘匿していたという。実家は江戸時代から続く名家で、その蔵も二百年以上前に造られた古いが堅牢なものだった。そこには巧妙に設えられた隠し戸棚があり、九億円の現金はそこに納めてあったという。

異変に気づいたのは六年前のことで、久しぶりに実家に帰って点検すると、総重量九〇キロのあの旧札の山が魔法のように消えていた。隠し戸棚の存在を知っているのは家人だけだった。施錠もきちんとされていた。半年前にも点検したが、そのときは無事だった。

いったい誰がどうやって？　その札束の存在を知っていたのは香川だけのはずだった。蜘蛛の巣で覆われたがらくたが大半のその蔵には、両親も滅多に足は踏み入れない。

ところが母親に訊いてみると、一週間ほど前に県の教育委員会から電話が来て、いま県内に貴重な文化財が死蔵されていないか調べており、ついては蔵のなかを調査させて欲しいと言ってきたという。

どうせがらくたしかないと思っていた母親はあっさりとそれに応じた。翌日調査員がやってきて、半日ほどかけて調べていったが、けっきょく目ぼしいお宝は見つからず、母親もわざわざ報告するまでもないと考えて、東京にいる香川には連絡しなかった。

香川が慌てて教育委員会に問い合わせると、そんな調査は行なっていないという返事だった。その贋調査員にやられたのは確かだった。しかしどうしてあの札束がそこにあることを知ったのか。

ふと思い浮かんだのは、その前年に行なわれた警視庁捜査二課による実家の家宅捜索だった。そのころ香川は政治資金規正法違反の容疑で事情聴取を受けていた。その捜査を指揮した管理官が韮沢だった。

捜索は抜き打ちで行なわれ、そのとき香川は永田町の事務所にいた。実家に帰ったときはすでに捜索は終わっていた。捜査員は蔵のなかも調べていったというので、香川は慌てて隠し戸棚を点検したが、そのときは札束は無事だった。

しかしもし捜索現場に韮沢がいて、あの札束の存在に気づいていたら——。そんな疑念が拭えなかったが、盗難届が出せる性質のものではなく、韮沢に問い質すのも藪蛇になりかねない。けっきょく泣き寝入りするしかなかったと香川は言った。

「あれは私にとって魔法の金だった。その裏づけの範囲で好きなだけ借金をすればよかった。私は実家の資産を根抵当《ねていとう》に入れて銀行から多額の借金を繰り返した。惧れることはない。時効が成立すればその金で返済可能だったから。庁内での出世にも政界への進出にも金は不可欠なものだった」

捜査本部は埼玉の実家から目黒の自宅、永田町の事務所まで徹底した家宅捜索を行なったが、けっきょくあの旧札は一枚も出てこなかった。そこから先の話は韮沢に訊くしかないが、その意識はいまも回復していない。

11

韮沢は三月の半ばには退院して自宅に戻ったが、まだ意識は混濁したままで、日常的な会話がごく断片的に交わせる程度だった。半身に麻痺が残り、介助なしに歩行するのも困難だ。それでも香川の逮捕と送検のことを報告すると、身を乗り出して聞き入った。どこまで理解したかはわからないが、語り終えると満足げに微笑んだ。

四月に入ってまもなく、快気祝いにはほど遠いが、とりあえず退院祝いを行ないたいと千佳子から誘われた。招待客はほかに宮野と福富だった。

多摩川の土手の桜も盛りを過ぎた四月上旬の日曜日、砧三丁目の韮沢の自宅に三人は昼から集まり、千佳子の心尽くしの料理で気の置けない酒宴がはじまった。

本心までは読めないが、福富は表向きはさばさばしたものだった。

「いい夢を見させてもらったよ。宮野の借金を立て替えた分は、どのみち焦げついて戻るはずのない金だった。それより県警本部から二億の札束を盗み出してなんのお咎めも受けないなんて、そんじょそこらで聞ける話じゃない。孫子の代まで語り継ぎたいおれの伝説になるだろうよ」

「でも、どこかにあると思うんだけどね。ゆうべも札束数えている夢を見たよ。おれ、人生の夢を全部それに賭けちゃってたから」

宮野はまだ未練がましい。その人生の夢がなんなのか聞いたことはないが、福富のおかげでやくざに命を狙われる境遇からは脱したわけだから、結果オーライと言うしかないだろう。

鷺沼としても韮沢への殺人者としての疑惑を払拭し、その真犯人を送検できたわけで、その点については慶賀の至りだが、韮沢がこのまま元には戻らないような気がして、燻った気持ちがなかなか切り替えられない。

そんな思いを知ってか知らずか、背もたれを起こしたリクライニングベッドで、韮沢はさっきから窓の外の庭に視線を向けている。陽射しはすっかり春の暖かさで、開け放った窓から吹き込む風がビールで火照った肌に心地よい。

韮沢の視線の先には千佳子が丹精を込めた家庭菜園があった。キヌサヤが実をつけ、その傍らでアスパラガスやセロリも元気に育っている。畑そのものは以前千佳子が重症の貧血を患ったとき、野菜でも栽培して栄養をつけさせようと韮沢がつくったと聞いていた。

韮沢は室内に視線を戻し、もどかしそうに鷺沼と千佳子の顔を交互に見やる。

「あなた、なにか面白いものでも見つけたの？」

千佳子が歩み寄って問いかける。韮沢は目をしばたたきながら自由の利く手を動かして、土を掘るような仕草をしてみせた。

「どうしたのよ。畑仕事はあなたにはまだ無理よ」

千佳子が肩に腕を回して宥めるように言うと、そういう意味ではないというように韮沢は不器用に首を振る。心に響くものを感じて、鷺沼は千佳子に問いかけた。

「キヌサヤもアスパラガスもセロリも、そろそろ食べごろじゃないですか」

「そうなの。そろそろ収穫して、夏野菜の種を蒔こうかと思っていたのよ」

「だったらこれからどうですか。せっかく人手が集まってますから」

「でもきょうはそんなつもりで——」

言いかけた千佳子の目が輝いた。

「まさか——。ひょっとして——」

「たしか韮さんがあの畑をつくったのは」

「六年前よ。たしか香川義博の実家から九億円が消えたのも——」

「六年前です。思いがけない収穫があるかもしれませんよ。スコップや鍬《くわ》はありますか」

宮野も福富も張りきった。キヌサヤとアスパラガスとセロリを収穫したあとの地面をさらに掘っていく。

一メートルほど掘り下げたところでスコップの先が硬いものに当たった。慎重に周囲の土砂をとり除いていくと、ビニールシートで梱包された角ばったものが姿を現した。福富と宮野がそれを引き上げる。かなりの重さのようだった。その横手の土砂のあいだからも似たようなものがもう二つ覗いている。

ビニールシートをとり除くと、中身は大型のスーツケースだった。汗にまみれた宮野の顔が笑みに崩れる。福富はいまにも涎をたらしそうだ。恬淡《てんたん》としていたつもりの鷺沼も、胸の高鳴りを抑えられない。

すべてを掘り出すのは待ちきれなかった。施錠された最初のスーツケースを福富がスコップの先端でこじ開ける。中身はビニール袋に入った一千万円の束が三十個。すべて旧札で、締めて三億円——。続いて掘り出したもう一つの中身も同じく三億円。三つ目は二億九千万円で、一千万円の束が一つ足りない。

それがおそらく神奈川県警内から流出した旧札だと思われた。三好が言っていた不祥事の黙認と引き換えに韮沢が徴募した協力者。そのなかに裏金の金庫にアクセスできる課長もしくは係長クラスがいたのかもしれない。

その旧札をあえて流出させることで、韮沢は時効目前の森脇事件を動かす端緒をつくろうとした——。だとすればここまでの推移はすべて韮沢の計算どおりだったことになる。その計算には自分の命が狙われることも含まれていたのかもしれない。それが鷺沼を巻き込んだ本当の理由だったとも考えられる。

「やったよ！　おれたち億万長者だよ！」

両手に摑んだ札束に頰擦りしながら宮野が叫ぶ。福富は目の前に居並ぶ夥しい数の福沢諭吉を陶然と眺めている。千佳子は瞳を潤ませて呆けたように地べたに座り込んだままだ。

花の香を含んだ柔らかい風が庭を吹き過ぎる。窓の向こうで俄か成金たちの胴元が、春の陽射しのような穏やかな笑みを覗かせていた。

解説

細谷正充（文芸評論家）

警視庁と神奈川県警が不仲であるということを、一般の人が知るようになったのはいつ頃だろう。個人的な記憶でいうならば、二、三〇年前に見た週刊誌が最初だと思う。東京と神奈川に跨る事件で、警視庁と神奈川県警の連携が悪く、捜査に支障をきたしたといった内容だったろうか。この記事で、連携の悪い原因が、警視庁と神奈川県警の伝統的な不仲にあると書かれており、そんなことがあるのだと、ビックリしたものである。

以後、警視庁と神奈川県警が不仲であるという記事を、たまに見かけるようになった。また、警察小説でも、不仲を前提とした作品が増え、いつのまにか、それが当たり前になっていったのである。

これは警察不祥事についても同様だ。警察官の不祥事と、それを隠そうとする警察組織の隠ぺい体質。あるいは裏金問題。こうした事実が明らかになるにつれ、それを踏まえた警察小説が増加していった。

もちろん警視庁と神奈川県警の不仲や、警察不祥事は大問題であり、関係者には組織的な根治を求めたいところだ。だが、フィクションとなれば事情が違う。警察小説のネタとして、こんなに美味しいものは、滅多にないだろう。いくらでも魅力的なドラマが創れるではないか。その美味しいネタを充分に活用しながら、刑事の熱き魂を描いたのが、笹本稜平の『越境捜査』なのである。

作品の内容に踏み込む前に、作者の経歴を紹介しておこう。笹本稜平は、一九五一年、千葉県に生まれる。立教大学社会学部社会学科卒。出版社勤務を経て、フリーライターとなった。二〇〇〇年九月、長篇謀略小説『暗号』（後に『ビッグブラザーを撃て！』と改題）を刊行。そして二〇〇一年、『時の渚』で、第十八回サントリーミステリー大賞を受賞（読者賞とダブル受賞）した。ちなみに最終選考の候補は作者の他に、五十嵐貴久と海月ルイである。その後、作家デビューを果たした両氏の作品を押さえての受賞という一事だけを見ても、笹本作品の質がいかに高かったか分かろうというものだ。

以後、謙実なペースで、国際的なスケールの謀略小説・冒険小説を発表する作者は、二〇〇四年に『太平洋の薔薇』で、第六回大藪春彦賞を受賞。その一方、二〇〇六年に刊行された『駐在刑事』で、警察小説にも乗り出した。これが作者の新たな金鉱であったことは、すぐに判明する。同年に『不正侵入』、二〇〇七年に『越境捜査』、〇八年に『素行調査官』、一〇年に『挑発　越境捜査2』『特異家出人』と、立て続けに警察小説を上梓。たちまち警察小説ブームの一翼を担うことになったのである。そんな作者の警察小説の代表作が『越境捜査』なのだ。

本書は、「小説推理」二〇〇六年二月号から翌〇七年三月号にかけて連載された長篇だ。その後、加筆と訂正を加え、二〇〇七年八月に双葉社より、ハードカバーで刊行された。二〇〇九年十二月に、ノベルスも出版されている。

物語の主人公は、警視庁の殺人犯捜査六係から、継続捜査担当の特別捜査一係に異動した鷺沼友哉だ。大きな事件に駆り出されないときには、過去の未解決の事件をほじくり返しているが、誰も本気で解決するとは思っていない。今回、鷺沼の追っている、十四年前の詐欺師殺しもそうだ。アンダーグラウンドの住人から十二億円をだまし取った森脇康則が殺され、本牧埠頭の海で発見された事件である。詐欺事件として森脇を追っていた警視庁と、神奈川県警の合同捜査が行われるが、両者の関係はギクシャクしたまま、事件は迷宮入り。旧一万円札で揃えられた十二億円も闇に消えた。

かつて警視庁の一員として捜査にかかわっていたというだけで、鷺沼がこの事件の再調査を始めたことに、さしたる意味はない。だが、鷺沼の元上司で、現在は神奈川県警警務部監察官室長の韮沢克文の話を聞いて、彼は戦慄する。神奈川県警がキープしている裏金の中から、十二億円の記番号と合致する旧一万円札が出てきたというのだ。十二億円を奪取したのは、神奈川県警なのか。鷺沼は韮沢から、事件に専念するように依頼される。

その一方で、鷺沼のもとに奇妙な男が現れた。神奈川県警の所轄刑事の宮野裕之だ。ふたりには、ちょっとした縁があった。鷺沼が韮沢と並んで敬愛する、もうひとりの刑事・滝田恭一の甥だというのだ。真面目一徹な刑事だった滝田は、警察の連絡ミスにより鷺沼の眼前で殉職。それを組織は糊塗しようとしたが、鷺沼の行動により事実が明るみに出たという過去がある。もっとも宮野は、滝田とは似ても似つかぬ不良刑事だった。博打で作ったヤクザへの借金二億円を穴埋めしようと十二億円を狙い、鷺沼に接近してきたのだ。人間的にはダメダメだが、どこか憎めない宮野と共に、本格的な捜査を始めた鷺沼。しかし、新たな事実を摑むたびに、事件を取り巻く闇は濃さを増していった。腐敗した警察組織の実態が明らかになるにつれ、韮沢まで信じられなくなっていく。そこに韮沢が狙撃され、意識不明の重体になったとの知らせが入った。この非常事態を受け、鷺沼は刑事としての一線を越境する覚悟を決めるのだった。

おっと、粗筋が長くなってしまったが、これで物語の半分も行っていない。とにかく内容が濃密なのだ。誰もが何かを隠しているかのような登場人物の言動。詐欺事件のさらに以前に起きた贈収賄事件まで絡んでくる、複雑極まりない全体の構図。調べれば調べるほど絶望的な気分にさせられる警察組織の腐敗。宮野の憎めないキャラクター。二転三転する森脇事件の真相。これらの要素が入り乱れ、とてつもないリーダビリティーを持った警察小説が生まれたのだ。

また、宮野が鷺沼についた嘘や、韮沢の鷺沼への試しなど、ちょっとした部分にも一捻りを加え、読者の興味を逸らさない。大技小技てんこ盛りのエンタテインメントに、スタンディグ・オベーションを送りたいのである。

そして、そんな面白すぎる物語を貫くキーワードが、タイトルにもある〝越境〟だ。ちなみに越境を『広辞苑』で引くと「境界線や国境などを越えること」とある。警視庁の鷺沼が神奈川に赴いたり、神奈川県警の宮野が東京で動きまわる様は、まさに越境捜査といえよう。だが、本書で真に重要な越境は、主人公の心の中で起こるのだ。

韮沢と滝田という正義を体現してきた刑事を敬愛している鷺沼。しかし警察組織の実態を知り、己の裡にあった正義感を燻ぶらせていた。ところが、韮沢が狙撃されたことで鷺沼は変わる。信じることの出来ない警察に見切りをつけ、十二億円を手に入れようとするのだ。この時点で鷺沼は、不良刑事の宮野のいる側へと越境してしまうのである。

だがそこには、もうひとつの越境があった。宮野の側に越境したが、同じ場所に立つわけではない。本書の中で鷺沼は、ある刑事とこんな会話を交わす。

「ひとつ聞かせてくれないか。人生を棒に振ってでも闘いとる価値のあるものってなんなんだ」

「正義です」

「正義？　酸いも甘いも嚙み分けたベテラン刑事の口から、そんな青臭い言葉が飛び出るとは恐れ入ったな」

「それを死語にしたのは、あなたやその背後にいる連中でしょう。そういう勢力に脅されて節を枉げるくらいなら、自分が信じる青臭い正義と心中するほうがまだましです」

組織に正義がないのなら、個人で正義を遂行する。この〝青臭い正義〟の在《あ》りかこそが、本書のメインの越境であり、この作品のテーマとなっているのである。

なお本書の好評を受け、作品はシリーズ化されている。経歴のところで、ちらりと触れたが、二〇一〇年には第二弾『挑発』が刊行された。第三弾『破断』も、二〇一〇年現在「小説推理」に連載中だ。詳しく書く余地がなくなってしまったが、本書の途中から鷺沼・宮野コンビに加わるヤクザ者の福富利晴も再登場し、事件に絡んでくる。こうした部分は、シリーズ物ならではの読みどころであろう。また、二〇〇八年九月には一作目が、一〇年五月には二作目がテレビドラマ化されている。鷺沼友哉を柴田恭兵、宮野裕之を寺島進が好演。機会があれば、こちらもチェックしていただきたい。
単独の物語からシリーズへ、そしてテレビドラマへ。タイトルに象徴されるように、この作品そのものが、さまざまな〝越境〟を続けている。どこまで広がっていくのか。越境が切り拓く新たな世界を、とことん楽しみたいのである。

二〇二〇年十一月

本書は、二〇一〇年十一月に小社より刊行された上下巻の同名作品を合本した新装版です。

双葉文庫

さ-32-07

越境捜査《えっきょうそうさ》〈新装版〉

2020年3月15日　第1刷発行

【著者】
笹本稜平《ささもとりょうへい》

【発行者】
箕浦克史
【発行所】
株式会社双葉社
〒162-8540 東京都新宿区東五軒町3番28号
［電話］03-5261-4818(営業)　03-5261-4831(編集)
www.futabasha.co.jp
(双葉社の書籍・コミックが買えます)
【印刷所】
大日本印刷株式会社
【製本所】
大日本印刷株式会社

【表紙・扉絵】南伸坊
【フォーマット・デザイン】日下潤一
【フォーマットデジタル印字】恒和プロセス

ISBN978-4-575-52337-9 C0193
Printed in Japan

破断　越境捜査

笹本稜平

大物右翼の変死体を警察は自殺で片付ける。だが、その裏には公安が絡んでいた。

双葉文庫

逆流　越境捜査

笹本稜平

宮野が鷺沼に告げた不可解な殺人事件。捜査線上にある人物が浮かぶが……。

双葉文庫

偽装　越境捜査

笹本稜平

大企業の御曹司が殺された。犯罪スレスレの捜査で企業の闇を明らかにする！

双葉文庫

傭兵をしていたタクシー運転手の久我は、
ふたたび戦いの世界に呑み込まれていく。

夜明けまで眠らない

大沢在昌

双葉文庫

左遷捜査3　三つの殺人

翔田寛

シリーズ完結編。手に汗握る刑事たちの攻防が繰り広げられる魂震える傑作。

双葉文庫